S★tb★

GEORG HUBER

In deiner Welt

S★tb★

Originalausgabe

ISBN 978-3-8434-3023-4

1. Auflage 2012

Umschlag: Murat Karaçay, Schirner,
unter Verwendung von # 2162967 (Tyler Olson)
und # 27436684 (Murat Subatli), www.fotolia.de
Redaktion: Sandra Frey, Schirner
Satz: Heike Wietelmann und Sandra Frey, Schirner
Printed by: OURDASdruckt!, Celle, Germany

www.schirner.com

Durch meine Mutter erhielt ich die Sanftheit,
durch meinen Vater bekam ich die Kreativität,
durch meine Frau lernte ich die Freude,
und durch meine Tochter
erkannte ich die wirkliche Liebe in mir.

Euch und allen Nicks und Jacks,
die sich unermüdlich und mit aller Kraft dafür einsetzen,
diese Welt zu einer besseren zu machen,
widme ich dieses Buch.

Ich danke Euch.

Nick lag ausgestreckt auf seinem Bett, und obwohl er genau wusste, dass er das nicht tun sollte, hatte er dabei immer noch seine Schuhe an. Es war wohl Teil seines stillen Protestes gegen Regeln jeder Art. Statt nach dem Mittagessen hinauszugehen und sich mit Freunden zu treffen, warf Nick sich auf sein Bett und hörte Musik. Auch dieses Mal hatte er einen Knopf im Ohr. Sein MP3-Player lag neben ihm auf dem Bett und spielte die Rockmusik ab, die Nick sonst auch immer hörte.

Die Sonne schien durch sein Fenster, der Himmel in Winston war klar an diesem warmen Julitag. Vor einer knappen Woche hatten die Sommerferien begonnen, und man hätte meinen können, dass ein siebzehnjähriger Junge etwas anderes zu tun gehabt hätte, als trübselig auf dem Bett zu liegen und Musik zu hören. Doch dem war nicht so.

Wenn man Nick so betrachtete, hätte man denken können, er befände sich in einer vorgezogenen Midlife-Crisis, und irgendwie war er an diesem Tag besonders freudlos. An manchen Tagen, und dieser Tag war einer dieser manchen Tage, wäre er morgens am liebsten gleich im Bett liegen geblieben und hätte bis zum nächsten Morgen weitergeschlafen. Doch es war Freitag, und Nick hatte Training, Footballtraining, um genau zu sein. Er spielte in seiner Freizeit in einer Jugendmannschaft. Einmal in der Woche traf er sich nachmittags mit seinem Team und jagte dem Ball hinterher. Obwohl Nick schon öfter darüber nachgedacht hatte, das Footballspielen aufzugeben, liebte er es dennoch, und er war froh, wenigstens ein Mal in der Woche Spaß zu haben, mit seinen Jungs abzuhängen und über Themen zu quatschen, die die Lehrer und die Eltern einfach nicht verstanden hätten.

Die einzige Person, die ihm diesen Spaß manchmal vermasselte, war sein Trainer, der scheinbar frustriert darüber war, dass er seinen eigenen Sohn nicht richtig unter Kontrolle hatte, und diesen Frust an den Spielern ausließ.

Es gab eigentlich sowieso nur zwei Arten von Trainern: einmal die frustrierten Familienmenschen, die auf dem Feld ihre sonst nicht vorhandene Macht demonstrieren wollten, und die Trainer, die tatsächlich echtes Interesse an den Jüngeren hatten und sie »auf den richtigen Weg« bringen wollten.

Natürlich waren Trainer der zweiten Art wesentlich unangenehmere Zeitgenossen. Wer wollte schon mit jemandem zu tun haben, der sich um einen sorgte?

»Nick Parker!«, schallte es plötzlich von unten.

Obwohl Nick diesen Ruf schon zur Genüge kannte, erschrak er. Zu intensiv hatte er über seinen Trainer nachgedacht.

»Nick Parker!«, ertönte es nach wenigen Sekunden wieder.

Er kannte diesen Tonfall seines Vaters ganz genau. Vor allem die Tatsache, dass sein Vater seinen Nachnamen hinzufügte, konnte nichts Gutes verheißen. Diese dämliche Angewohnheit, ihn bei seinem vollen Namen zu rufen! Reichte es nicht, dass er Eltern hatte, die ihn nicht verstanden? Musste er auch noch durch den Nachnamen daran erinnert werden, dass er ein Teil der Familie war?

Nick riss genervt den Knopf aus seinem Ohr und warf den MP3-Player auf den Stuhl vor seinem Schreibtisch. Er wollte einfach nur seine Ruhe haben, doch es war offenbar nicht möglich, sie zu bekommen.

»Ja, ja, ja! Ich habe dich gehört!«, rief er durch die verschlossene Tür zurück.

Frustriert stand er auf, drehte sich einmal im Kreis und versuchte verzweifelt, sich daran zu erinnern, ob er vergessen hatte, irgendetwas zu erledigen. Was konnte sein

Vater jetzt bloß von ihm wollen? Mit einem lauten Seufzer, der seine Unwissenheit unterstrich, schloss Nick die Tür auf und lief die Treppe hinunter.

Bereits nach wenigen Stufen konnte er ins Wohnzimmer blicken und erkannte die Stiefel von Bob. Diese graubraunen Stiefel erweckten, obwohl sie schon viele Jahre lang getragen worden waren, immer noch den Eindruck, sie wären neu. Nick fluchte leise und biss sich auf die Lippe.

Bob war Polizist und außerdem der beste Freund seines Vaters. Das konnte natürlich kein Mensch gebrauchen, einen Polizisten im Freundeskreis der Eltern.

Eine leichte Panik stieg in Nick auf, und kurz ballte er eine Hand zu einer Faust. Er war am vorherigen Abend mit Freunden in der Stadt gewesen, und dabei war ihm ein kleines Missgeschick passiert.

»Nick!«, rief sein Vater jetzt noch lauter.

»Ist doch gut, ich bin hier!«, gab Nick völlig entnervt zurück und stieg die letzten Treppenstufen hinab.

»Setz dich bitte!«

Welch schöne Runde: Nicks Vater saß mit Bob im Wohnzimmer, und zu allem Übel stellte Nicks Mutter noch ein Tablett mit Kaffee und Keksen auf den Tisch.

»Hi, Bob!«, begrüßte Nick den Freund seines Vaters, ohne ihn auch nur eines Blickes zu würdigen.

Nicks Vater atmete lange und hörbar aus. »Was hast du gestern Abend gemacht?«

Nick, der sich mittlerweile auf der Couch niedergelassen hatte, schaute verlegen auf den Boden. »Ich war mit Freunden in der Stadt, das weißt du doch.«

Es bestand ja noch die klitzekleine Chance, dass sein Vater etwas anderes meinen könnte, also war die Devise: nicht zu viel verraten.

»Und du hast gestern Abend in der Stadt nicht zufällig Rosies Ladenscheibe eingeworfen?«, fragte sein Vater ihn gehässig.

Es war also heraus, und es gab keine Ausreden mehr. Das musste ja passieren; Bob hatte also davon Wind bekommen und es seinem Vater erzählt. Irgendjemand musste Nick gesehen haben.

»Ich höre!«, sagte Nicks Vater nüchtern und gab Nick kaum die Möglichkeit nachzudenken.

»Es war ein Unfall!«

»Ein Unfall?«

Nicks Vater stand auf und stütze sich auf den Tisch.

»Robert, setz dich!«, sagte Nicks Mutter und legte sanft die Hand auf die Schulter ihres Mannes. »Jetzt hör dir doch erst einmal an, was dein Junge zu sagen hat!«

Sechs Augen starrten Nick an, der am liebsten einfach seine Sachen geholt und das Haus verlassen hätte. Und das am allerliebsten für immer.

»Ich habe einen Stein nach Steve geworfen und die Scheibe getroffen.« Verschämt blickte Nick wieder nach unten. »Es war keine Absicht, mein Gott!«

»Das unterstellt dir auch niemand, Schatz, aber kannst du nicht einfach mal ein bisschen aufpassen?«

Nick rollte mit den Augen. Die ständige Verständnistour seiner Mutter ertrug er am allerwenigsten.

»Ich kann es jetzt nicht ändern«, brachte Nick noch hervor, bevor er schließlich aufstand, um wieder in seinem Zimmer zu verschwinden.

»Nick, du bleibst jetzt hier!«, fluchte sein Vater noch hinterher, doch Nick hatte bereits wenige Sekunden später die Tür zugeknallt.

Zurück in seinem Zimmer, legte er sich auf sein Bett und steckte sich die Knöpfe seines MP3-Players in die Ohren.

»Catherine, was haben wir bloß falsch gemacht? Wir haben dem Jungen doch immer alles gegeben, was er gebraucht hat.« Nicks Vater schüttelte ungläubig den Kopf und murmelte leise vor sich hin.

»Robert, mach dir keinen Kopf«, beruhigte Bob seinen Freund.

»Du hast gut reden! Du kommst doch alle paar Monate hierher und erzählst mir von Dingen, die mein eigener Sohn in seiner Freizeit verbrochen hat!«

Bob zuckte mit den Schultern. »Hast du eine Vorstellung, was andere Jungs in seinem Alter machen? Dagegen ist dein Sohn harmlos.«

»Das ist mir egal. Er ist siebzehn Jahre alt und hat sich an die Regeln zu halten!«

»Robert, dein Junge hat im Moment keine Perspektive. Er weiß nicht, was er mit seinem Leben anfangen soll. Das ist alles.«

Bob nahm sich einen Keks und schielte durchs Fenster hinaus in den Vorgarten. Es war Zeit für ihn zu gehen.

»Okay«, sagte er und stand schließlich auf. Mitfühlend warf er einen Blick in Richtung Treppe.

»Bevor du gehst, Bob, was ist jetzt mit der Scheibe? Hat das Konsequenzen für Nick?«, fragte Catherine noch schnell.

Bob lief zur Tür und dachte für einen Moment nach.

»Das kann ich dir jetzt noch nicht sagen, aber es könnte sein, dass er Sozialstunden leisten muss. Bei mutwilliger Zerstörung fremden Eigentums greift das Gesetz ein bisschen härter durch in dieser Stadt. Aber ich werde das für euch regeln und mit Rosie und dem Gericht sprechen.«

Catherine setzte sich entkräftet an den Tisch und ließ den Kopf in ihre Hände sinken.

»Oh, Nick, was soll ich bloß mit dir machen?«, murmelte sie. Sie war den Tränen nahe.

»Mach dir keine Sorgen, Catherine. Es war ein Unfall, mehr nicht. Ein paar Sozialstunden werden ihm nicht schaden.«

Fürsorglich blickte Bob seine Freunde ein letztes Mal an, winkte und verschwand.

Robert seufzte, warf einen kurzen Blick in seine Ledertasche und stand auch auf.

»Ich muss noch einmal zu einem Kunden. Du weißt, der alte Webber ist nicht so einfach zu handhaben.«

Nicks Mutter nickte, zwang sich zu lächeln und räumte schließlich das Tablett vom Tisch.

Sie legte das Geschirr in die Spüle, als Robert sie von hinten umarmte und ihr den Nacken küsste.

»Jetzt mach dir keine Sorgen!«

»Ich verstehe einfach nicht, wieso er so unzufrieden ist. Ich würde ihm doch so gerne helfen, aber er lässt mich nicht an sich ran.«

»Schatz, vielleicht hat Bob ja wieder einmal recht und Nick macht nur irgendeine Phase durch. Vielleicht findet er etwas, was ihn begeistert, und taut wieder ein bisschen auf.«

Nicks Mutter drehte sich um und blickte ihren Mann verständnislos an. »Aber das geht doch jetzt schon so lange!«

Er legte seine Hände auf ihre Schultern und massierte ihr den Nacken. »Was soll ich dir sagen? Ich weiß doch selbst nicht, was los ist.«

Catherine nickte, und schließlich drehte Robert sich um und ging zur Tür.

»Soll ich Henry abholen, oder machst du das?«

Catherine schüttelte den Kopf. »Brauchst du nicht. Jenny bringt ihn nach Hause.«

»Okay, bis später. Es dauert nicht lange«, sagte Robert und ging mit dem Autoschlüssel in der Hand zur Tür hinaus.

Nick suchte indessen eilig seine Trainingskleidung zusammen. Er hatte zwar noch eine Stunde Zeit, bevor das Training anfing, und mit seinem Fahrrad bräuchte er nur fünf Minuten zu fahren, doch er entschloss sich, durch den Park zu gehen und sich etwas von dem Stress zu erholen.

Er ging öfter in den Park, setzte sich dort auf eine Bank, lauschte seiner Musik und beobachtete unauffällig die Menschen, die sich um ihn herum aufhielten. Das half ihm dabei, sich nicht zu viele Gedanken zu machen, und ausnahmsweise war es dann nicht er, der beobachtet wurde. Er war dann einfach nur ein Junge, der seine Musik hörte, nicht mehr und nicht weniger.

Nick schlich langsam die Treppe nach unten, um sich zu vergewissern, dass er sich jetzt nicht noch auf eine Diskussion mit seinem Vater einlassen musste.

Als er schließlich keine Stimmen mehr hörte und auch niemanden auf der Couch sah, ging er die letzten Stufen hinunter und direkt zur Haustür.

»Hey, Nick, hast du einen Moment Zeit zu reden?«, fragte ihn seine Mutter, die, wie sonst auch immer, mit Aufräumen beschäftigt war.

»Nein, Mum, ich muss gehen. Ich treffe mich vor dem Training noch mit einem Freund.«

Das war zwar eine Lüge, aber die einzige Möglichkeit für ihn, sich vor dem Gespräch zu drücken.

Seine Mutter würde nur wieder anfangen zu weinen, und Nick hätte dann wieder diese zermürbenden Schuldgefühle in sich. Darauf hatte er einfach keine Lust.

»Okay, Schatz. Bis später.«

»Bis später!«, rief Nick noch zurück und verschwand.

Der Stadtpark war im Verhältnis zu Winston sehr groß geraten. Selbst Großstädte, die Nick einmal mit seinen Eltern oder der Schule besucht hatte, hatten einen kleineren Park als Winston.

Die Bewohner Winstons waren gemütliche Menschen. Wieso sie einen so großen Park brauchten, hatte Nick noch nie verstanden. Für Stadtmenschen war eine Grünfläche sinnvoll, damit sie sich von dem Stress und dem Verkehr erholen konnten. Aber eine Kleinstadt wie Winston, mit gerade einmal 20 000 Einwohnern, brauchte solch einen Park wirklich nicht.

Dennoch war Nick froh, dass es ihn gab. Hier hatte er Ruhe vor seiner Familie, hier konnte er sich in seine eigene Welt zurückziehen.

Viele Menschen trafen sich in dem Park und verbrachten ihre Zeit miteinander. Meistens waren es Familien, die auf den Wiesen zusammen picknickten, und ältere Menschen, die Schach oder Boule spielten.

Der Park war sehr schön gestaltet. Die Idee hierfür hatte ein Bürgermeister Anfang der 1930er-Jahre gehabt. Das wusste Nick, weil einmal pro Woche eine Führung angeboten wurde. Eine Frau, deren Namen er nicht kannte, hetzte dabei mit einer Gruppe von zwanzig bis dreißig Menschen durch die Anlage. Immer wieder schob sie nervös ihre Brille hoch und stellte sich auf die Zehenspitzen, um einen Überblick zu haben, wer aus der Gruppe gerade was machte. Nick liebte es, sie zu beobachten.

In dem Park gab es auch eine kleine Skateranlage, an der sich überwiegend Jugendliche in Nicks Alter trafen und immer wieder die Halfpipe hinauf- und hinunterfuhren. Nick beobachtete oft die Skater, für die nichts erfüllender zu sein schien, als einen Trick besser als die anderen zu können. Manchmal stellte er sich vor, dass er der Skater war, der den größten Applaus und Zurufe von den anderen Jugendlichen bekam.

Auf der Highschool, die Nick besuchte, gab es auch einige Skater, und diese gehörten zu den beliebtesten Schülern. Sie hatten immer einen großen Freundeskreis, weil jeder sich gerne in ihrer Nähe aufhielt. Und Skater hatten auch immer Freundinnen, wohingegen Nick noch nie eine richtige Freundin gehabt hatte.

Aber wollte Nick so ein Leben überhaupt? Er beendete seine Tagträumerei, indem er die Musik seines MP3-Players etwas lauter stellte. Heute war nur ein Skater auf dem Gelände und drehte seelenruhig und ohne Beifall seine Runden.

»Bleib stehen!«

Neben der Parkbank, auf der Nick saß, huschte ein kleines Kind, aufgeregt mit den Armen winkend, an ihm vorbei. Es hatte es wohl auf den Brunnen abgesehen, der inmitten der vielen Bänke stand.

»Schatz, stehen bleiben!«

Obwohl das Kind noch recht wackelig auf den Beinen war, schafften es die Eltern nur knapp, rechtzeitig am Brunnen zu sein. Nick wollte schon aufspringen und zu dem Kind eilen, als der Vater des Kindes es hochhob. Es gluckste nur so vor Freude und wollte sofort wieder auf den Boden gestellt werden, um in die Gegenrichtung laufen zu können.

Einen Moment lang beobachtete Nick das Kind. Es hatte eine solche Freude damit, einen Fuß vor den anderen zu setzen, und der Vater offensichtlich damit, so zu tun, als hätte er keine Chance, hinter dem Kleinen herzukommen.

»Sie sind einfach wunderbare Geschöpfe, diese Kleinen, rein und unschuldig, voller Leben und Freude.«

Wie aus dem Nichts aufgetaucht, stand plötzlich eine Gestalt vor Nick. Er konnte den Mann nicht richtig erkennen, weil die Sonne ihn blendete. Also hielt er sich die Hand vor die Stirn.

»Oh, Entschuldigung. Aber ich wollte mich sowieso setzen. Ich darf doch?«

Obwohl Nick eigentlich etwas dagegen hatte, nickte er und nahm seine Sporttasche von der Bank. Kurz, ohne den Kopf zu bewegen, blickte er sich um. Es gab zehn Bänke, die kreisförmig um den großen Brunnen standen, und davon waren vier noch frei. Wieso musste der Mann sich ausgerechnet neben ihn setzen?

Als ob der Mann mittleren Alters Gedanken lesen könnte, sagte er: »Das ist meine Lieblingsbank. Hier habe ich früher oft gesessen und die Menschen beobachtet.«

Nick hatte zwar keine Lust zuzuhören, doch er wollte dem Mann auch nicht das Gefühl geben, mit einer Wand zu sprechen. Daher schaute er den Mann notgedrungen an, während dieser weitersprach: »Diese Bank unterscheidet sich in einem wichtigen Detail von allen anderen Bänken.«

Der Mann drehte sich näher zu Nick und zeigte mit dem Finger auf eine Gravur auf der obersten Latte. Da war ein Herz zu sehen, mehr nicht. Kein Name, kein Datum, lediglich ein Herz.

Für einen Moment schwelgte der Mann lächelnd in Erinnerungen. »Ja, es sind die kleinen Details, die das große Ganze so wunderbar machen.«

Der Mann wandte sich wieder Nick zu und lächelte. »Aber das weißt du sicher schon.«

Eine unbeschreibliche Sanftmut strahlte aus seinen blauen Augen. Sein Ausdruck war so friedlich, wie Nick es noch bei niemandem gesehen hatte.

Er machte einen sehr glücklichen Eindruck, dachte Nick, und irgendwie wirkte die Ausstrahlung dieses Mannes imponierend auf ihn.

Ja, dieser Mann war glücklich. Er schien in seiner Mitte zu sein, wie viele Menschen das so gerne ausdrückten. Seine Haut war sanft gebräunt und rein. Eine beigefarbene Leinenhose, die frisch gebügelt aussah, und ein weißes T-Shirt bedeckten sie. Sein kurzes braunes Haar glänzte in der Sonne.

»Mein Name ist Jack«, unterbrach der Mann Nicks Gedanken. »Und wie heißt du?«

Nick zögerte einen Moment. Eigentlich ging es diesen Mann überhaupt nichts an, wie er hieß, und er hatte ja auch keine Lust auf eine Unterhaltung mit ihm. Schließlich war er in den Park gekommen, um seine Ruhe zu haben. Doch auf irgendeine Weise hatte Jack Nicks Interesse geweckt.

Erwachsene wirkten auf Nick meistens sehr gestresst und unglücklich. Sie lebten in ihrem Alltagstrott und hatten kaum Freude in ihrem Leben. Nick hatte immer Angst davor, so zu werden wie sie.

Doch dieser Mann wirkte anders. Nick blickte jetzt genau in das Gesicht des fremden Mannes, der die ganze Zeit dieses sanfte Lächeln auf den Lippen hatte. Es gab nicht die geringste Spur von Sorgen oder Stress in seinem Gesicht.

Also gut, dachte Nick. »Ich bin Nick. Nick Parker.«

»Es freut mich, dich kennenzulernen, Nick.«

Etwas schüchtern lächelte Nick zurück und blickte verstohlen auf den Kiesboden. Es vergingen nur zwei Sekunden, ehe er aufstand und so verhinderte, dass Jack seine gerade begonnene Unterhaltung fortführen konnte. Nick wollte auf keinen Fall unfreundlich sein, und dieser Jack schien auch ein wirklich interessanter Kerl zu sein, doch Nick hatte einfach keine Lust darauf, mit diesem Mann ein Gespräch zu führen. Womöglich würden sie dann irgendwann nur noch auf der Bank sitzen und sich anschweigen. Jack könnte genauso gut auch anfangen, Fragen über Nicks Leben zu stellen. Und darauf hatte dieser am allerwenigsten Lust. Etwas beschämt blickte er auf seine Sporttasche, die vor der Bank stand.

»Ähm, ich … also, ich habe noch Training. Ich muss gehen«, stammelte er etwas unsicher und zeigte zur Unterstützung mit dem Finger in Richtung des Spielfeldes.

»Hey, ich verstehe das. Vielleicht sehen wir uns ja noch einmal«, lächelte Jack.

»Ja, vielleicht«, sagte Nick noch schnell, packte seine Sporttasche und machte sich auf den Weg zum Ausgang.

»Down! Set! Hut! Los, los, los!«

Nick kämpfte sich durch das Gerangel und rannte mit aller Kraft vorwärts. Sein eigenes Schnaufen hörend, versuchte er vergeblich, seinen Quarterback wahrzunehmen, der ihm den Ball zuspielen sollte. Noch im Lauf drehte Nick sich um und sah den Ball auf sich zufliegen.

Der Ball flog viel zu hoch, als dass ein anderer ihn hätte fangen können. Es stand kein Verteidiger in der Nähe, der Nick hätte blocken können. Ein scheinbar leichtes Spiel für ihn.

Er spurtete los, den Ball immer im Augenwinkel. Zwei Verteidiger rannten jetzt auf Nick zu. Nur noch ein paar Millisekunden, und er hätte den Ball in seinen Händen gehalten.

»Mist!«, schrie Nick auf, als er bemerkte, dass er das Ei nicht richtig gefangen hatte und es nur zwei Meter hinter ihm auf dem Boden aufgekommen war. Sofort stürzten sich die Verteidiger auf den Ball. Der Spielzug war vorbei.

»Aus! Aus! Aus!« Der Trainer kam wütend auf das Spielfeld gerannt, direkt auf Nick zu.

»Was ist denn los mit dir, mein Gott?«, schrie er ihn an.

Den Blick noch auf Nick gerichtet, gab er einem anderen Spieler ein Zeichen, ihm den Ball zuzuwerfen.

Dann hielt er den Ball direkt vor Nicks Helm.

»Weißt du, was das ist?«, fragte er Nick gehässig. Nick gab keine Antwort auf diese Frage, doch in ihm brodelte es.

»Kommt her!«, rief er den anderen Spielern zu, die sich zu einem Kreis versammelten.

»In zwei Monaten fangen die Spiele an. Wollt ihr eine so schlechte Figur wie letztes Jahr abgeben? Wollt ihr wieder so einen Müll zusammenspielen?«, schrie der Trainer und versuchte, mit seinem Blick so viele Spieler wie möglich zu erfassen.

Einer der Spieler stupste Nick sehr unsanft von hinten an die Schulter. »Wenn er den Ball nicht fangen kann, dann wechseln wir ihn eben aus!«

Nick zog seinen Helm aus und knallte ihn auf den Boden. Er warf dem Spielkameraden, der ihn gerade bloßgestellt hatte, einen bösen Blick zu und lief in Richtung Tribüne.

Immer wieder wurde auf ihm herumgetrampelt. Er hatte keine Lust mehr, sich das noch länger gefallen zu lassen.

Frustriert und wütend kletterte er auf die Tribüne und setzte sich. Wieso ging er denn immer wieder zum Football, wenn er anscheinend nicht das bringen konnte, was der Trainer von ihm verlangte? Innerlich schüttelte er den Kopf.

Der Trainer pfiff und schien den anderen Spielern zu sagen, dass das Training nun zu Ende sei. Die Spieler liefen alle vom Feld in die Kabine hinein. Nur einer drehte sich um und gab Nick ein Zeichen, ebenfalls zu kommen.

Doch Nick hatte keine Lust, zu den anderen in die Umkleidekabine zu gehen. Es reichte schon aus, auf dem Spielfeld der Buhmann zu sein. Seine Kameraden sollten sich nur umziehen und dabei über ihn herziehen, aber er musste sich das nicht mit anhören.

Schließlich wurde es still. Nur das entfernte Lachen und Reden der anderen konnte er hören. Ein leichter Wind blies Nick ins Gesicht und ließ seine kurzen dunkelblonden Haare tanzen.

Es war eigentlich ein schöner Anblick: Die Sonne ging gerade unter und zauberte ein warmes Licht auf das Gras.

Nick saß eine halbe Stunde dort oben auf der Tribüne und genoss die Ruhe um sich herum. Sein Helm lag einsam auf dem Rasen und wartete darauf, mitgenommen zu werden.

Dann stand Nick langsam auf und ging die Treppen hinunter. Er hatte keine Lust mehr, Football zu spielen. Vielleicht würde er ab und an bei Turnieren auf der Tribüne sitzen und den anderen zuschauen. Aber mitspielen wollte er nicht mehr.

Demütig und immer noch enttäuscht hob er seinen Helm auf, klemmte ihn unter den Arm und ging zur Umkleide.

Freundlicherweise hatte Nicks Trainer die Tür offen gelassen, sodass Nick sich umziehen konnte. Statt sein Trikot und den Helm im Spind einzuschließen, wie er es sonst immer nach dem Training tat, packte er beides in seine Tasche und verließ schließlich endgültig die Kabine.

Schon als Nick in Richtung Ausgang lief, konnte er Musik vernehmen. Ein paar seiner Footballkameraden standen vor einem offenen VW-Bus und tranken Bier. Laute Elektronikmusik machte eine Unterhaltung so gut wie unmöglich. Nick hatte ohnehin keine Lust, sich auf ein Gespräch mit ihnen einzulassen. Wenn er ihnen jetzt sagen würde, dass er nicht mehr zum Training käme, würden sie entweder versuchen, ihn zum Bleiben zu überreden, oder, was Nick eher vermutete, ihn auslachen und als »Loser« bezeichnen. Also nahm er denselben Weg, den er gekommen war, und ging zum Park. So könnten ihn die anderen zwar vielleicht sehen, aber Nick wäre zu weit weg, um blöd angequatscht zu werden.

Er war völlig in seinen Gedanken versunken, und so war es ihm nicht möglich, die Abendröte zu sehen, die sich über den Himmel erstreckte. Er blieb zwar kurz auf einem Hügel stehen, jedoch nur, um seinen MP3-Player aus der Tasche zu holen und sich einen Knopf ins Ohr zu stecken.

Hätte er für einen Moment innegehalten und sich den Sonnenuntergang angesehen, wäre er vielleicht glücklich gewesen, wenn auch nur für einen Moment. Er hätte womöglich auch den Frieden gespürt, nach dem er sich immer so sehnte.

Es waren kaum noch Menschen im Park, nur hier und dort begegnete Nick Joggern, die teilnahmslos an ihm vorbeiliefen. Der alte Graham mähte, wie üblich, den Rasen und goss ein paar Bäume und Blumen mit dem Wasserschlauch, der an einen Kanister auf seinem Wägelchen angeschlossen war. Die Menschen im Park ließen Nick in Ruhe, so, wie auch er sie in Ruhe ließ.

»Hey, warum so schwer bepackt?«, hörte Nick auf einmal und drehte sich nach links, von wo er die Stimme vernommen hatte.

Dort saß immer noch Jack, auf derselben Parkbank wie am Nachmittag.

Er hatte wohl nichts Besseres zu tun, als den ganzen Tag auf dieser Bank zu sitzen, dachte Nick verwundert und blieb doch stehen.

Für einen kurzen Augenblick dachte Nick nach, ob er einfach weiterlaufen und diesen komischen Kerl ignorieren sollte, doch ein Teil in ihm antwortete bereits.

»Football. Das ist meine Ausrüstung«, erwiderte Nick auf Jacks Frage.

Wie immer lächelte Jack. »Das ist doch toll. Es gibt kaum etwas Schöneres, als sich körperlich zu ertüchtigen.«

Wieder schien es so, als ob Jack für einen kurzen Augenblick in seinen Erinnerungen schwelgte. Obwohl Nick noch ein paar Meter entfernt war, konnte er Jacks Gesicht deutlich sehen und musste innerlich lächeln. Dieser Mann war schon ein merkwürdiger Zeitgenosse, doch irgendwie gefiel Nick seine offene, herzliche und verrückte Art.

Wider Erwarten ging Nick die paar Meter auf Jack zu und setzte sich, ohne eine Aufforderung, neben ihn auf die Parkbank.

Es schien, als ob Jack in diesem Moment ein bisschen mehr lächelte als sonst.

»Ich habe aber beschlossen, mit dem Spielen aufzuhören!«, brach es aus Nick heraus.

Über sich selbst verwundert, zog er für einen Moment seine Augenbrauen nach oben. Doch er hatte keine Zeit, über seinen gerade ausgesprochenen Satz nachzudenken.

»Wieso hast du das beschlossen? Macht es dir denn keinen Spaß mehr?«

Nick blickte sich um und dachte einen kurzen Augenblick lang nach.

»So würde ich das nicht direkt sagen. Es macht mir schon Spaß. Ich mag es, wenn ich abends erschöpft nach Hause komme und dann unter die warme Dusche springen kann.«

»Ja, das habe ich auch immer geliebt. Aber wieso willst du dann aufhören?«, fragte Jack neugierig weiter.

Der alte Graham lief an den beiden vorbei und grüßte mit einem Winken. Nick winkte höflich zurück, bevor er weitersprach.

»Keine Ahnung. Ich fühle mich einfach wie ein Versager, weil ich nicht so gut spiele wie die anderen. Außerdem schnauzt mich der Trainer immer an, wenn ich etwas falsch mache. So einen Trainer braucht wirklich kein Mensch!«

Innerlich zuckte Nick zusammen. Er konnte nicht glauben, dass er sich wirklich neben diesen Mann auf die weiße Bank gesetzte hatte und ihm das gerade offenbarte.

»Das mit dem Trainer verstehe ich«, antwortete Jack verständnisvoll und nickte dabei.

»Der wird wohl ganz schön frustriert sein mit seinem Leben«, lachte er schließlich, ohne dabei irgendwie verachtend zu wirken.

Nick lächelte schließlich auch, weil genau das ja auch schon seine Vermutung gewesen war. Wer so mit seinen Spielern umging, musste wahrlich ein frustrierter Mensch sein.

»Aber, weißt du, wobei ich dir nicht ganz folgen kann, ist, dass du mit dem Football aufhören willst, nur weil du vielleicht nicht so gut bist wie die anderen.«

»Ja. Mein Dad würde auch sagen, dass ich mich mehr anstrengen sollte. Aber ich schaffe es einfach nicht. Vielleicht bin ich einfach nicht dafür gemacht, Football zu spielen.«

Nick zuckte mit den Schultern.

Verträumt blickte Jack in die untergehende Sonne und zog sein beigefarbenes Hemd, das die ganze Zeit auf seinem Schoß gelegen hatte, über sein T-Shirt.

»Ich finde nicht, dass du dich mehr anstrengen solltest. Ich meine eher das Gegenteil«, schmunzelte Jack und wandte sich Nick noch deutlicher zu. »Es ist doch völlig egal, ob es Spieler gibt, die einen Ball besser werfen oder fangen, die besser rennen oder besser blocken können.«

»Hm«, antwortete Nick, nicht ganz verstehend, worauf dieser Jack hinauswollte.

»Wieso hast du mit dem Football angefangen?«, forschte Jack weiter.

»Nun, weil ich Sport treiben wollte. Ich wollte etwas Sinnvolles tun.«

»Und wieso hast du nach dem Probetraining weitermacht?«

»Ja, weil es mir Spaß gemacht hat!« erwiderte Nick wie aus der Pistole geschossen.

»Siehst du. Weil es dir Spaß gemacht hat.« Jack neigte seinen Kopf leicht zur Seite und lächelte. »Geht es nicht genau darum? Spaß zu haben?«

»Das ist wahr«, bestätigte Nick nachdenklich.

»Aber wenn ich mir vorstelle, dass ich weiterhin mit ein paar der Spieler und vor allem mit dem Trainer Zeit verbringen muss, vergeht mir dennoch der Spaß.«

»Möchtest du meine Meinung dazu wissen?«, erkundigte sich Jack vorsichtig.

»Schießen Sie los!«, forderte Nick ihn auf.

»Also, ich sehe das so: Stell dir vor, du wärst ein selbstbewusster Junge, der sich seiner Stärken und auch seiner Schwächen bewusst wäre. Was glaubst du, wie du dann auf deinen Trainer reagieren würdest?«

Nick wunderte sich über den Verlauf dieses Gespräches. Er kam nicht darauf, was Jack ihm mit dieser Frage mitteilen wollte.

»Keine Ahnung, was dann wäre. Wie würde ich denn dann reagieren?«

Jack grinste wieder bis über beide Ohren und erhob seine Stimme. »Es wäre dir egal, dass dein Trainer dich kritisiert. Und auch, dass andere besser spielen als du.«

Jack streckte seine Füße aus und lehnte sich gemütlich an die Banklatten. Dann drehte er seinen Kopf und blickte Nick lächelnd an.

»Oder was meinst du?«

»Das kann ich schlecht sagen. Ich bin ja nicht so, wie Sie mich gerade beschrieben haben.«

Jack stand langsam auf und nahm einen tiefen Atemzug. Seinen Blick auf die fast untergegangene Sonne gerichtet, sagte er schließlich: »Es ist Zeit für mich, zu gehen, Nick.«

Er drehte sich um und reichte Nick die Hand. »Es war mir eine Freude, dich hier getroffen zu haben.«

Nick stand ebenso auf und nahm seine Sporttasche in die Hand. Zögernd reichte er Jack die Hand. »Ja, mir auch.«

»Tschüss, Nick. Wir sehen uns«, rief Jack noch und ging den Weg entlang.

Nick schwang seine Tasche über die Schultern und blieb noch für einen Moment stehen. Er hatte gerade angefangen gehabt, sich auf eine Unterhaltung mit diesem Mann einzulassen, doch auf einmal war dieser aufgestanden und gegangen.

Verblüfft schüttelte Nick den Kopf und schlenderte schließlich ebenfalls zum Ausgang. Was für eine merkwürdige Begegnung das doch gewesen war.

Doch für den Moment wollte Nick gar nicht zu sehr darüber nachdenken. Er hatte sich den ganzen Tag den Kopf zermartert, und jetzt wollte er einfach nur in sein Bett, damit der Tag endlich ein Ende finden konnte. Er würde schnell noch ein Brot mit ins Zimmer nehmen, um einem Gespräch mit seinen Eltern aus dem Weg zu gehen, und dann schlafen. Einfach nur schlafen.

Nick hatte alles andere als eine ruhige Nacht. Wie bei einem Fiebertraum wachte er immer wieder schweißgebadet auf. Nach einem kurzen Moment, in dem er sich ausruhen konnte, träumte er dann immer wieder weiter. Einen skurrilen Traum, dennoch so deutlich und real, wie Nick ihn selten geträumt hatte.

Er lief durch ein großes altes Gefängnisgebäude, das im letzten Jahrhundert gebaut worden sein musste. Die Wände waren marode, und das ganze Gefängnis machte auf Nick den Eindruck, als würde es bald einstürzen.

Er bewegte sich durch den Hauptgang des Gebäudes und erschrak immer wieder, weil er eine Stimme hörte, die nach ihm rief.

An den Wänden bildeten sich Rinnsale von dem Regenwasser, das das Dach nicht mehr halten konnte. Schlamm, Dreck und Pfützen bedeckten den kalten Steinboden, der bei jedem Tritt ein Echo ins Gebäude warf.

Unaufhörlich bewegte Nick sich vorwärts. Zwar verspürte er den Impuls, sich umzudrehen, doch wie ferngesteuert konnte er seine Richtung nicht ändern. Sobald er nach hinten schaute, verblasste der Gang hinter ihm und hinterließ nur eine düstere Leere und Schwärze.

»Nick!«, hallte es wieder durch den Gang. Jedes Mal, wenn Nick an einer Zellentür vorbeilief, fürchtete er sich vor dem, was dahinter sein könnte. Die Stimme schien aus jeder Zelle und aus jeder Wand zu kommen. Man hätte meinen können, das Gefängnis selbst riefe ihn und triebe ihn dazu an, voller Panik immer weiterzulaufen.

Nick horchte auf. Er hörte jemanden weinen, eine weibliche Stimme, doch ob jung oder alt, konnte er nicht erkennen. Seine Füße liefen weiter, und Nick konnte nur beobachten, wie er selbst diesen düsteren, dreckigen Gang entlanglief.

Wieder hörte er das Winseln, das kurze, traurige Weinen, und bald darauf bildete sich schemenhaft eine Person vor ihm. Wie aus einem Nebel entstanden, rannte ein Mädchen vor ihm den Gang hinunter. Die Angst und die Ohnmacht, die es verspürte, waren für Nick deutlich wahrnehmbar. Irgendwie konnte Nick fühlen, was in der jungen Frau vorging. Womöglich war sie es gewesen, die nach ihm gerufen hatte.

»Warte!«, rief Nick laut und versuchte, seine Beine schneller zu bewegen. Obwohl er das Gefühl hatte, zügig zu rennen, kam er nicht schneller vorwärts.

Mit aller Mühe versuchte er, das Mädchen einzuholen, es zu erreichen, doch es gelang ihm einfach nicht. Seine Laufgeschwindigkeit blieb konstant. Er konnte dem Mädchen zwar folgen, doch einholen konnte er es nicht.

Vor einer Zellentür, vielleicht zehn Meter von Nick entfernt, blieb das Mädchen plötzlich stehen und senkte den Kopf.

»Warte!«, rief Nick der jungen Frau wieder zu, und unter größter Anstrengung befahl er seinen Beinen, ihm zu gehorchen. Wut und Frustration stiegen in ihm auf. Er wollte zu ihr, er musste zu ihr! Das war alles, was er in diesem Moment spüren konnte.

Das Mädchen hob langsam seinen Kopf. Es schien, als reagierte es auf Nicks Rufe.

Langsam drehte es seinen Kopf und dann auch seinen Körper. Doch bevor Nick sein Gesicht sehen konnte, knallte die dicke Stahltür, die als Sicherheitstür den Zellengang unterteilte, wie von Geisterhand zu.

»Nein!«, schrie Nick auf und hämmerte mit seinen Fäusten auf die Tür ein. Verzweifelt tastete er sie ab, doch es gab keinen Griff, nichts, womit er sie hätte öffnen können. Und selbst wenn sie einen Griff gehabt hätte, sah sie so massiv und schwer aus, dass er sie unmöglich auch nur einen Zentimeter hätte bewegen können.

Er war von dem Mädchen abgeschnitten, so kurz bevor er es hätte sehen können.

Weinend brach Nick zusammen und lag nun auf dem kalten, nassen und verdreckten Steinboden. Er geriet zunehmend in Panik. Er hechelte, um irgendwie noch ein bisschen Sauerstoff aus der Luft in seine Lungen zu pumpen. Sein Herz schlug hart, und er konnte den schnellen Rhythmus seines Herzschlags im ganzen Körper spüren.

Die Wände schienen näher zu kommen, und ein dunkler Nebel zog den Zellengang hinunter.

Wieder hörte Nick jemanden seinen Namen rufen. Doch dieses Mal war es eine männliche Stimme, die ihn rief. Und diese Stimme klang auch überhaupt nicht verzweifelt, sondern ganz klar und ermutigend.

Die Sicherheitstür, die ihm den Weg versperrte, knarrte auf einmal und öffnete sich einen Spalt. Zentimeter um Zentimeter ging sie weiter auf, und Nick atmete erleichtert auf.

Ein Arm griff jetzt durch den Türspalt, und Nick konnte schließlich das Gesicht eines Mannes erkennen, der ihn zu sich winkte. Es war Jack.

»Nick!«

Erschrocken und schweißgebadet wachte Nick auf.

»Wie lange willst du denn noch schlafen? Du weißt doch, dass wir zu Oma fahren!«

Nicks Vater stand in der Tür. Nick hatte am Abend zuvor vergessen, sie abzuschließen.

Mit zitternden Händen rieb Nick sich den Schweiß von der Stirn. Tränen schossen ihm in die Augen. Der Traum war so unglaublich real gewesen, dass er Schwierigkeiten hatte, zu begreifen, dass er in seinem Bett lag.

Als Robert seinen Sohn sah, fiel alle Härte von ihm ab, und besorgt eilte er ans Bett und setzte sich neben ihn. »Nick, was ist los?«

Normalerweise hätte Nick in dieser Situation seinen Vater aufgefordert, sofort sein Zimmer zu verlassen. Doch seinen Vater in der Nähe zu wissen, beruhigte ihn in diesem Moment.

»Du bist ja völlig nass geschwitzt. Komm, beruhige dich. Atme langsamer.«

»Nick!«

Henry, Nicks kleiner Bruder, rannte die Treppe herauf.

»Warte, Schatz! Geh zu Mum. Nick geht es nicht so gut. Wir kommen gleich«, hielt Robert seinen fünfjährigen Sohn zurück und wandte sich wieder Nick zu.

»Gehts dir gut?«, fragte er fürsorglich.

Nick schüttelte den Kopf. »Nein, mir geht es nicht gut. Ich hatte einen wirklich schlimmen Traum!«

Vorsichtig legte Robert seine Hand auf Nicks Arm. »Möchtest du darüber reden?«

Nick schüttelte den Kopf und suchte mit den Augen nach der Wasserflasche neben seinem Bett.

Nicks Vater stand auf und nahm die Flasche, die neben der Sporttasche auf dem Boden lag.

»Hier!«

Hastig setzte Nick die Flasche an den trockenen Mund und trank einige Schlucke.

»Gehts wieder?«, fragte sein Vater weiter.

Nick schloss erschöpft die Augen und nickte.

Mit einem Seufzer stand sein Vater schließlich auf, um zur Tür zu gehen. Doch bevor er das Zimmer verließ, blieb er stehen und drehte sich noch einmal zu Nick um.

»Nick. Ich wollte …« Robert seufzte wieder. »Es tut mir leid, dass ich gestern so grob zu dir war. Ich habe gar nicht hören wollen, wie das mit der Scheibe passiert ist.«

Nick winkte ab, obwohl es ihn wirklich verletzt hatte, dass es seinen Vater überhaupt nicht interessiert hatte, was er zu sagen gehabt hätte. Aber im Moment war das unwichtig für ihn. Viel wichtiger war es, wieder wach zu werden.

»Ist schon okay.«

Robert merkte genau, dass sein Sohn kein Interesse hatte, mit ihm darüber zu reden. Nick vertraute ihm nicht mehr, so war es eben.

Nick lehnte sich im Bett an die Wand und zog die Decke nach oben, bis nur noch sein Kopf zu sehen war.

»Mir ist kalt. Kannst du Mum mal fragen, ob sie gucken kann, ob ich Fieber habe?«

Robert nickte. Er drehte sich zur Tür, blickte Nick noch einmal an, als ob er noch etwas sagen wollte, und verließ dann doch das Zimmer.

»Catherine! Kommst du bitte?«

Laut seiner Mutter hatte Nick erhöhte Temperatur, und so wurde er gefragt, ob er lieber zu Hause bleiben und sich ausruhen wollte.

Das kam Nick sehr gelegen, denn obwohl seine Oma eine liebenswerte Frau war und sich immer gut um ihre Enkel kümmerte, hatte er wenig Lust auf Familienaktivitäten.

Als er kleiner gewesen war, hatte er die Besuche geliebt, doch seit einigen Jahren ging er nicht mehr gerne mit. Tief in seinem Inneren wusste er genau, wieso. Es schmerzte ihn, dass Henry die volle Aufmerksamkeit der Familie erhielt. Was Nick in seinem Leben machte, interessierte kaum jemanden mehr. Sein Onkel, seine Großeltern und auch seine eigenen Eltern zeigten das zwar nicht deutlich und versuchten, keinen Unterschied zwischen Nick und Henry zu machen, doch es waren subtile Dinge, die ihm zu verstehen gaben, nicht mehr interessant zu sein. Henry war nun einmal ihr Liebling geworden.

Catherine brachte ihrem Sohn noch etwas Tee und ein Brot ans Bett, bevor sie abfuhren.

»Wir sind morgen Abend wieder da, okay?«

»Ich komme schon klar. Ist ja nicht das erste Mal, dass ich alleine hier bin«, antworte Nick gefällig.

Nicks Mutter legte ihre Hand auf seine Schulter. »Okay, Schatz. Wir rufen dich heute Abend an.«

Wenige Minuten später verließen alle das Haus, und Nick beobachtete sie durch sein Fenster, als sie im Auto davonfuhren.

Für einen Moment noch blieb er im Bett liegen und schloss die Augen. Sofort war wieder das Bild dieses Mädchens in seinem Kopf. Dieser Traum verunsicherte ihn, doch der Gedanke, dass seine Familie aus dem Haus war und er sturmfrei hatte, motivierte ihn genug, aufzustehen.

»Welche Freiheit!«, dachte sich Nick und schlüpfte in seine Hausschuhe. Noch etwas wackelig auf den Beinen, lief er die Treppe hinunter ins Wohnzimmer, in der rechten Hand sein Brot und in der linken die Tasse mit dem Tee.

Was könnte er an den beiden Tagen machen? Spontan kam ihm der Gedanke, Steve anzurufen. Vielleicht könnten sie etwas zusammen unternehmen.

Nicks Eltern sahen nicht gerne, dass ihr Sohn sich mit Steve traf. Er habe einen schlechten Einfluss auf Nick und sei auch der Grund dafür, dass Nick sich immer mehr von seinen Eltern zurückzog. Das behauptete zumindest Robert ab und zu.

Nick fand die Andeutungen seines Vaters geradezu lächerlich. Seine Eltern waren das Problem und nicht etwa der einzig gute Freund, den Nick hatte.

Nick setzte sich auf die Couch und schaltete den Fernseher ein. Zunächst wollte er richtig herumlungern und nichts tun, ganz ohne schlechtes Gewissen.

Er legte die Füße auf den Tisch und wechselte mit der Fernbedienung auf der Suche nach Unterhaltung die Programme. Fast zwei Stunden lang blieb er ohne große Bewegung auf der Couch liegen und schaute sich einen Film an. Dann hatte er genug und ging hinauf, um zu duschen.

Ein Gefühl der Langeweile breitete sich anschließend in Nick aus. Seit vielen Wochen sehnte er sich danach, endlich wieder einmal Zeit für sich zu haben und allein im Haus zu sein, doch jetzt, wo wirklich Stille herrschte, fand er dennoch keine Ruhe.

Er öffnete seine Zimmertür, um sich frische Kleidung zu holen. Der muffelnde Morgengeruch stieg ihm in die Nase, und er sah sich gezwungen, das Fenster zu öffnen.

Die Kleidung der letzten Tage lag überall auf dem Boden verteilt. Was davon dreckig und was sauber war, konnte er ohne Geruchsprobe nicht erkennen. Eilig suchte er die Kleidung, die gewaschen werden musste, zusammen und brachte sie in den Wäschekorb neben der Badewanne. Aus einer Jeans zog er noch sein Handy hervor, bevor sie bei den anderen Kleidungsstücken landete, die ihren Zweck zumindest für einen Tag erfüllt hatten.

Ein Blick auf das Display verriet ihm, dass jemand angerufen hatte. Es war Steve, sein Freund, und sofort rief Nick ihn zurück.

»Hey, schläfst du noch, oder was ist los?«, fragte Steve, trocken wie immer.

»Nee, ich hab das Handy nicht gehört«, entgegnete Nick.

Eine kurze Pause, die in Nick sofort Unbehagen auslöste, machte sich breit. Steve war, wie immer, mit etwas anderem beschäftigt. Zwei Dinge gleichzeitig zu tun, war für ihn undenkbar. Irgendwie fehlten ihm dazu bestimmte Nervenbahnen im Gehirn.

»Wieso hast du denn angerufen?«, unterbrach Nick die Stille. Er hoffte, Steve würde ihm helfen, seine Langeweile zu vertreiben, und etwas mit ihm unternehmen.

»Äh, ja. Sorry, meine Mum hat gerade irgendwas gefaselt. Hast du Lust, zu Angie zu fahren?«

Nick dachte für einen Moment nach.

»Wer ist denn das schon wieder?«

»Die Freundin meiner Schwester. Du weißt doch, Mann, die Blonde, die wir auf der Party vor ein paar Wochen getroffen haben.«

Enttäuscht über Steves Vorschlag, erwiderte Nick: »Ja, aber was willst du bei der?«

Wieder schien Steve für einen Moment weg zu sein, und Nick blickte entnervt umher, um auch etwas zu finden, mit dem er sich beschäftigen könnte.

»Ihre Eltern sind nicht zu Hause, und sie lässt 'ne kleine Party steigen.«

Auch wenn Nick solche Treffen nie ablehnte, hatte er doch gehofft, die Ruhe ein wenig genießen und einfach einmal zwei Tage entspannen zu können, natürlich mit Steve zusammen. Doch der war wieder einmal nicht zu halten und vielleicht eben auch nicht umzustimmen.

»Nee, du, da hab ich eigentlich keine Lust zu. Können wir nicht was anderes machen?«

»Du bist ein Langweiler, Nick!«, ließ Steve seinen Freund wissen, und sofort fühlte Nick dieses nagende Schuldgefühl. Steve hatte recht. Er war wirklich ein Langweiler.

»Du kannst da ja hin, wenn du willst.«

»Lass mal. Das muss nicht sein. Aber was willst du dann machen?«

»Ich dachte, wir hängen am Felsen ab und ...« Weiter fiel Nick nichts ein.

»Kannst du das Auto von deiner Mum haben?«, fragte er schnell hinterher, um seine Planlosigkeit zumindest ein wenig zu verbergen.

»Hm. Ja, das geht klar«, entgegnete Steve. »Soll ich dich abholen?«

»Ja, hol mich ab.«

»Gut, ich ruf dich dann auf deinem Handy an, wenn ich da bin«

»Du kannst klingeln, meine Eltern sind nicht da«, unterbrach Nick seinen Freund.

»Alles klar, bis gleich!«

Nick räumte sein Zimmer noch ein wenig auf, während er auf Steve wartete. Das hatte er schon seit Längerem nicht mehr getan, und es war ihm ein wenig unangenehm gewesen, dass sein Vater am Morgen seine Unordnung hatte sehen müssen.

Nur zwanzig Minuten später klingelte es, und Nick verließ das Haus. Lässig begrüßte er seinen Freund mit einem Handschlag.

»Wo sind denn deine Alten hin?«, fragte Steve etwas gehässig.

»Die sind zu Oma gefahren. Ich bin hiergeblieben, weil ich heute Morgen mit ...«

Nick dachte für einen Moment darüber nach, Steve von seinem merkwürdigen Traum zu erzählen, der ihm jetzt wieder voll ins Bewusstsein trat.

Er konnte es sich nicht erklären, doch irgendwie spürte er in sich eine tiefe Sehnsucht nach dem Mädchen, das er im Traum gesehen hatte. Er wollte unbedingt zu ihm, und Trauer hatte sein Herz erfüllt, als die Tür im Traum zugefallen war und ihm dies die Möglichkeit genommen hatte, dem Mädchen ins Gesicht zu schauen. Und dass Jack dann aufgetaucht war und ihm die Tür geöffnet hatte, machte ihn umso unsicherer. Es war Nick noch nie passiert, dass er so real geträumt hatte. Und es war ebenso seltsam, dass die Begegnung mit Jack offensichtlich so eindrucksvoll auf ihn gewirkt hatte, dass er gleich von ihm geträumt hatte.

»Ja, was war denn heute Morgen?«, unterbrach Steve Nicks Gedanken. Er war vermeintlich tatsächlich an dem Grund für Nicks Bleiben interessiert.

»Ach, ich hatte keinen Bock und hab gesagt, ich fühl mich nicht gut.«

Steve lachte und schlug seinem Freund auf die Schulter: »Na, so was. Du bist aber wirklich ein böser Junge!«

Immer noch lachend stieg Steve ins Auto und räumte die Bierflaschen, die er wenige Minuten zuvor im Supermarkt gekauft hatte, auf den Boden.

»Quincy war im Laden. War mal wieder kein Problem, die zu besorgen. Willst du eine?«

Nick blickte nachdenklich nach unten. »Nee, lass mal. Lass uns warten, bis wir am Felsen sind.«

So ganz wohl war Nick nicht bei dem Gedanken, schon so früh etwas zu trinken.

Steve drehte den Schlüssel, und der alte Cadillac fing leise an zu röcheln. Ein paar Sekunden später startete der

Motor, und Steve schaltete die Anlage an. Laute Hip-Hop-Sounds ließen das Auto vibrieren, begleitet von einem deutlichen Kratzen der Lautsprecher, die anscheinend keine Lust auf diese Art von Musik hatten. Steve trat aufs Gaspedal, und das Auto ruckelte los.

Nick kurbelte das Fenster herunter und ließ sich den Wind ins Gesicht blasen. Für einen Moment schloss er die Augen und genoss die Sonnenstrahlen.

Etwa zehn Autominuten von Nicks Zuhause entfernt lag die zweihundert Meter breite Schlucht, die seit Urzeiten einfach »der Felsen« genannt wurde. Als Nick noch klein war, war er oft mit seinen Eltern zum Felsen gefahren und mit ihnen durch das Gelände gewandert.

Die Schlucht war stets etwas Besonders für die Menschen in der Umgebung gewesen, und immer wieder wurden mystische Geschichten über diesen Ort erzählt. Eine der Legenden enthielt auch eine Erklärung für den Namen der Schlucht. Es hieß, dass sie durch Erdbewegungen entstanden sei und das so entstandene Tal jahrhundertelang amerikanischen Ureinwohnern ein schützendes Zuhause geboten habe. Der Geschichte nach waren die Indianerstämme aufgrund von Hungersnöten in diese Region gekommen und hatten die Schlucht vorgefunden. Es wurde erzählt, dass der Manitu ihnen den Weg zur Schlucht gewiesen habe und sie sich so dort niedergelassen hätten. Die Natur und der Fluss hätten ihnen genug Nahrung geboten, und fortan hätten sie die Schlucht angebetet. Da sie allerdings nur im Tal gelebt hätten, hätten sie die Schlucht nicht als solche erkennen können und sie daher »den Felsen« genannt. Aber so genau wusste niemand, ob dieser Ort wirklich auf diese Weise seinen Namen bekommen hatte.

»Nimmst du das Bier?«

Nick hatte gar nicht bemerkt, dass sie bereits angekommen waren. Eilig packte er die Bierflaschen in seinen Rucksack und stieg aus dem Auto.

Sie hatten, wie immer, auf einem kleinen Parkplatz nicht sehr weit vom Felsen entfernt geparkt und gingen einen schmalen sandigen Weg entlang.

Ein Gefühl von Freiheit machte sich in Nick breit. Wie sehr er diesen Ort liebte!

In all den Jahren hatte sich dort so gut wie nichts verändert. Das Geländer war erneuert worden, und auch die Mülleimer waren in den letzten Jahren ausgewechselt worden, doch die Natur änderte sich nicht mehr. Die Landschaft war wie ein gemaltes Bild, erschaffen in einem Moment der Unendlichkeit.

Nick warf seinen Rucksack unsanft auf die Holzbank und lief schnellen Schrittes an das Geländer.

»Komm, mach dein Bier auf!«, rief Steve ihm hinterher. Ihm gefiel dieser Ort zwar, aber er teilte Nicks tiefe Verbundenheit nicht.

Nick war schon längst am Geländer angelangt und lehnte sich dagegen. Er blickte in die Ferne und atmete tief ein. Vor ihm erstreckte sich eine trockene Steppenlandschaft, deren Ende mit bloßem Auge nicht zu erkennen war. Es gab dort nichts außer dem sandigen Steinboden und vereinzelten Büschen und Sträuchern, die in dieser Landschaft wachsen konnten. Für Nick war all das ein Inbegriff für Ruhe und Freiheit.

»Ich kann nicht glauben, dass ich auf ein Date mit Angie verzichtet habe, um diese Einöde zu sehen!«

Nick hob einen kleinen Stein vom Boden und warf ihn in Steves Richtung.

Dieser wich flink aus und lachte. »Du weißt, was beim letzten Mal passiert ist, oder?«

Nick grinste und setzte sich mit einem tiefen Seufzer neben Steve auf die Bank.

»Gib mal her!«, forderte er Steve auf und zeigte auf eine Flasche.

»Und jetzt?«, fragte Steve frech. »Was machen wir jetzt hier?«

»Wieso willst du immer irgendwas tun?«, erwiderte Nick. »Können wir nicht einfach hier sitzen und die Ruhe genießen?«

Steve nahm seinen Freund wieder nicht ernst und lachte lauthals los. Dann schließlich sagte er: »Okay, wir genießen die Ruhe, wenn wir anschließend zur Party fahren.« Fragend blickte er seinen Freund an.

Nick überlegte einen Moment lang. Wenn er jetzt wirklich mit Steve einfach hier oben sitzen und quatschen könnte, wäre ihm das recht.

»Abgemacht!«

Steve packte Nick mit einer Hand an der Schulter und rüttelte ihn. »So gefällst du mir.«

Nick blickte verträumt in die Weiten der Natur. Seit so vielen Jahren kam er an diesen Ort. In einem Jahr würde er nun seinen Abschluss machen, womit sich sein ganzes Leben grundlegend ändern würde. Er würde auf ein College gehen, womöglich das Elternhaus verlassen. Zumindest hatte er das immer gewollt, und jedes Jahr sehnte er sich mehr nach dem Tag, an dem er wegkonnte. Seit mehreren Wochen informierte er sich bereits im Internet, an welchem College er sich bewerben könnte. Doch irgendwie fühlte er sich nicht wohl bei dem Gedanken, wegzuziehen.

»Findest du sie nicht auch scharf?«, fragte Steve plötzlich.

»Sag mal, wovon redest du eigentlich?« Nick war sichtlich verwirrt.

»Ja, von Angie, von wem denn sonst?«

»Kannst du mal einen Augenblick nicht an Mädchen denken?«, lachte Nick.

»Nein! Könntest du mal anfangen, an Mädchen zu denken? Vielleicht wenigstens ab und zu?«, konterte Steve triumphierend mit einer Gegenfrage.

Nick schüttelte nur den Kopf. »Den Stress, den du mit Betty hattest, will ich nicht haben!« Er tippte mit dem Zeigefinger an seinen Kopf. »Nee, lass mal. Keine Lust auf Mädchen!«

»Ich kann nicht glauben, dass mein bester Kumpel noch Jungfrau ist! Hast du eine Ahnung, wie schlimm das für mich ist?«

Nick reagierte genervt. »Ich habe einfach nicht das Bedürfnis, wie du ständig irgendwelche Weiber zu beglücken.«

Er stand auf und lief ans Geländer. Er mochte Steve, doch die Gespräche mit ihm führten immer nur zu einem bestimmten Thema.

Für einen Moment verschwand die Sonne, und Nick blickte in den Himmel. Ein Schwarm Vögel zog über dem Felsen seine Bahn.

»Jetzt komm wieder her!«, rief Steve. »Ich hör auch auf.«

Nick stütze seine Arme auf dem Geländer ab, und ohne seinen Blick von der Schlucht abzuwenden, wechselte er das Thema: »Weißt du schon, auf welches College du nach dem Abschluss gehen willst? Hast du dir mal Gedanken darüber gemacht?«

Nick hörte Schritte hinter sich, und einen kurzen Augenblick später lehnte auch Steve am Geländer.

»Ach«, seufzte dieser, »keine Ahnung. Wenn ich mal ehrlich sein soll, will ich jetzt noch nicht darüber nachdenken.«

»Ja, irgendwie macht der Gedanke Angst«, bestätigte Nick.

Steve nahm einen großen Schluck aus seiner Flasche. »Ich finde mein Leben ziemlich cool, so, wie es ist. Keinen Bock, was zu ändern!«

Damit war für Steve das Thema abgeschlossen. Er dachte wirklich nicht länger darüber nach. Manchmal beneidete Nick Steve um seine Einfachheit. Es schien tatsächlich so, als ob Steve sich keine Gedanken über sein Leben machen würde. Er lebte einfach für den Augenblick, und so war es gut.

Als Nick daran dachte, schob sich sofort die Unterhaltung mit Jack in seine Gedanken, und ein kleines Schmunzeln machte sich in seinem Gesicht breit. Ja, dieser Jack lebte offensichtlich auch im Augenblick. Das änderte jedoch nichts daran, dass er wirklich ein komischer Kauz war. Doch irgendetwas hatte Jack, was Nick mochte, sodass er sich insgeheim wünschte, diesem Mann noch einmal zu begegnen. Er hatte irgendwie einen bleibenden Eindruck auf Nick hinterlassen, sonst hätte er wirklich nicht von ihm geträumt.

Nick wurde schließlich etwas traurig und dachte an die junge Frau aus seinem Traum und diese Verbundenheit mit ihr. Auch jetzt, als er sich an den Traum erinnerte, spürte er wieder die gleiche Verzweiflung und Traurigkeit, die er in der Nacht gefühlt hatte.

Egal, wer dieses Mädchen war, Nick hatte mit ihm gelitten und ihm helfen wollen. Als er es vor sich gesehen hatte, hatte er für einen Moment alles vergessen, was ihm wichtig war. Das Einzige, was für ihn gezählt hatte, war gewesen, es zu erreichen und sein Gesicht zu sehen. Auch dieses Gefühl war ihm fremd. Für diesen kurzen Moment im Traum schienen er und alle seine Probleme unwichtig gewesen zu sein.

»Hey, was machst du da?«, fragte Nick plötzlich schockiert.

Steve war über das Geländer geklettert und stand direkt vor dem Abgrund.

»Meinst du, wir finden einen Weg da runter?«

Ein paar kleine Steine lösten sich unter Steves Füßen und fielen lautlos in den Abgrund.

»Komm sofort wieder zurück!«, rief Nick jetzt schon lauter. Er war offensichtlich besorgt über Steves Entdeckungsdrang.

»Jetzt mach dir nicht in die Hose! Komm her!« Steve forderte Nick mit einer Handbewegung auf, ihm zu folgen.

Vorsichtig hob Nick erst das eine und dann das andere Bein über das Geländer.

Steve gab einen lauten Schrei von sich.

»Juhuuu!«, schrie er erneut. Zufrieden setzte er sich auf einen größeren Felsbrocken und sammelte kleine Steine auf, die er in den Abgrund warf.

»Jetzt setz dich schon!«, forderte er seinen Freund erneut auf, der sich immer noch ängstlich am Geländer festhielt.

Nick nahm allen Mut zusammen und wagte einen vorsichtigen Schritt in Richtung Abgrund. Von dort schien es Hunderte Meter steil bergab zu gehen.

Schließlich drehte Nick sich zur Seite und setzte sich ebenfalls auf einen Felsbrocken, nur zwei Meter von Steve entfernt.

»Ahhhh!«, schrie nun auch Nick in den Abgrund, sichtlich erleichtert, dass er seine Angst überwunden hatte. »Wenn das mein Vater sehen würde! Der würde mich sofort zurück übers Geländer schleifen«, lachte er.

»Ach, vergiss deinen Alten! Der ist nicht … hier!«, brüllte Steve wieder in die Tiefe.

Eine gute halbe Stunde lang saßen die beiden auf den Felsbrocken, blickten in die Weite der Schlucht und sprachen über die Schule und ihre Eltern. Steve wusste von Nicks Problemen mit seinen Eltern, und auch er hatte so manches Mal Schwierigkeiten mit seiner Mutter. Doch eine Lösung für Nicks Problem hatte er natürlich nicht. Er zuckte in solchen Situationen nur mit den Schultern und sagte: »Ach, mach dir keinen Stress!« So auch dieses Mal.

Nick blickte schweigend in die Ferne. Es gab nichts außer ihnen beiden, der Natur, der Schlucht und der Sonne, die durch die Reflektion der hellen Felsen noch stärker schien als ohnehin schon.

Steve nahm einen letzten Schluck aus seiner Flasche und schleuderte diese dann mit aller Kraft in die Schlucht.

»Kommt sofort da runter!«, schrie ein Mann, der, von den beiden unbemerkt, den Aussichtsplatz erreicht hatte.

Nick drehte sich um und sah ein Paar mit einem kleinen Jungen neben der Bank stehen. Steve stand auf, ohne etwas zu sagen, und sprang über das Geländer.

Nick fühlte sich sichtlich ertappt und lief rot an. Auch er stieg wieder über das Geländer und ging vorsichtig zur Bank, um seinen Rucksack zu holen.

»Langweiler«, zischte Steve in Richtung des Mannes, der noch immer vor ihnen stand und, beide Hände in die Seiten gestemmt, eine Entschuldigung forderte.

»Haut bloß ab von hier!«, erwiderte der Mann, der Steves Worte genau verstanden hatte.

»Komm, wir gehen!«, rief Steve seinem Kumpel zu und begab sich langsam wieder auf den Sandweg, der zum Parkplatz führte.

Nick wagte einen Blick in Richtung der Ehefrau, die ihn böse anblickte und mit einem Arm ihr Kind festhielt, so, als ob sie den Kleinen beschützen wollte.

Ja, das war wieder dieser typische Elternblick. Dieser Blick, den Nick genau kannte und der jedes Mal dazu führte, dass er sich schlecht fühlte.

»Jetzt komm, Nick!«, rief Steve noch einmal, hob seinen Arm und streckte den Mittelfinger nach oben.

In der Hoffnung, dass der Mann dies nicht bemerkt hätte, rannte Nick zu Steve und drückte dessen Arm nach unten.

Als die beiden außer Sichtweite waren, sagte Nick aufgebracht: »Was sollte das mit dem Langweiler?«

»Ach«, Steve schüttelte den Kopf, »der soll sich mal nicht so aufregen. Ist doch wahr, das ist ein langweiliger Spießer!«

Nick lachte auf einmal los. Steve hatte natürlich recht, der Mann war ein Spießer. Doch Nick hätte sich im Gegensatz zu Steve niemals getraut, dies laut auszusprechen.

Lachend rannte Nick in Richtung des Autos und machte Luftsprünge. Diese lebendige und freche Art mochte er an Steve.

»Was ist denn mit dir los? Bist du besoffen?«, fragte Steve und rannte ebenfalls jubelnd zum Auto.

»Und jetzt?«, wollte er wissen, als sie wieder im Auto saßen.

»Wann steigt denn die Party deiner Angie?«, erwiderte Nick ebenso mit einer Frage.

»Genau so mag ich dich!«, antwortete Steve und fuhr los. »Am Felsen sind wir nicht mehr erwünscht, also auf zur Party!«

Die beiden Freunde legten zuvor noch einen Stopp bei einem Imbiss ein. Nick hatte seit dem Frühstück nichts gegessen und wurde schon unruhig, weil sein Magen so leer war.

»Ich finde es toll, dass du mitkommst«, sagte Steve, während er genüsslich in seinen Burger biss. »Es ist lange her, dass ich dich für eine Party begeistern konnte.«

Innerlich lächelte Nick, ohne es nach außen zu zeigen. Steve zufriedenzustellen war ziemlich einfach. Nick hatte eigentlich keine Lust auf diese Party, und Angie interessierte ihn auch nicht wirklich, doch seinem Freund diesen Gefallen zu tun, reichte ihm aus.

»Willst du dich noch umziehen?«, fragte Steve mit vollem Mund. Er konnte es sich nicht verkneifen, seine Augenbrauen nach oben zu ziehen und so die in seiner Frage mitschwingende Anklage zum Ausdruck zu bringen.

»Nee, lass mal«, entgegnete Nick, während er ebenfalls eilig sein Essen in sich hineinstopfte.

Da Nicks Eltern es nicht gerne sahen, dass ihr Sohn mit Steve etwas unternahm, hatte Nick nicht oft die Möglichkeit, abends mit Steve wegzugehen. Doch wenn er es tat, erschien Steve meist mit gegelten Haaren und einem Hemd, das dem Anschein nach aus Plastik bestand. Zumindest sah es nicht aus, als ob es aus natürlichen Materialien entstanden wäre. Nick wiederum dachte nicht viel darüber nach, was er bei einer solchen Gelegenheit anziehen sollte.

Steve wischte sich den Ketchup von den Fingern und knüllte anschließend die Serviette zusammen und ließ sie auf den leeren Teller fallen.

»Fertig!«

Nick kaute immer noch und ließ sich kaum beeindrucken.

Steve faltete seine Hände hinter dem Kopf und lehnte sich gegen das rote Polster. Etwas unruhig schaute er Nick beim Essen zu und stand nach ein paar Sekunden auf. »Ich geh mal aufs Klo!«

Nick nickte nur und steckte sich die letzten paar Pommes, die auf dem Teller lagen, in den Mund. Er ließ seinen Blick im Imbiss umherschweifen.

Bis auf eine überforderte Mutter, die versuchte, ihre beiden Kinder ruhig zu stellen, gab es keine Familien in dem kleinen Imbiss, der gerade einmal zehn Tische bot.

Bis auf diese eine Frau und der Bedienung waren auch keine weiteren Frauen zu sehen.

Zwei relativ junge Männer, die in identisch aussehenden Anzügen steckten, unterhielten sich über irgendwelche Bankgeschäfte, von denen Nick nichts verstand.

Am letzten Tisch in der Ecke saß ein älterer Mann mit weißem Haar, trank einen Kaffee und aß ein Stück Kuchen.

Vor Nick saß ein dicker Mann mittleren Alters, der bei jedem Bissen in seinen Burger laut schnaufte. Irgendwie war es eklig, dem Mann beim Essen zuzusehen.

Neben Nick saß ein Mann in Jeans und Hemd, der ebenfalls einen Kaffee trank und aufgeregt mit jemandem telefonierte. Immer wieder hörte man ihn durch den ganzen Imbiss fluchen, sodass sogar der alte Mann ganz hinten vorsichtig seinen Kopf drehte und selbigen verständnislos schüttelte.

Nick wischte seine salz- und fettverschmierten Hände an der Serviette ab und legte das Besteck, das er ohnehin nicht benutzt hatte, auf den Teller.

Wehmut machte sich in ihm breit, wenn er die Menschen ansah, die um ihn herum saßen. Er wollte nicht so sein wie sie. Er wollte keine Kinder, zumindest keine Kinder, die so laut und nervig waren wie die vor ihm. Und er wollte auch nicht so dick und eklig sein wie der Mann vor ihm, genauso wenig ständig fluchend wie der Kerl neben ihm am Handy.

Doch am allerwenigsten wollte er im Alter einsam und traurig sein wie der alte Mann, der ganz hinten in der Ecke saß. Irgendwie tat Nick dieser Mann leid, und ein Teil von ihm wäre gerne aufgestanden und hätte sich neben den Alten gesetzt, um mit ihm zu reden.

Bestimmt hatte der Mann niemanden, mit dem er reden konnte, dachte Nick. Seine Kinder, wenn er überhaupt welche hatte, kamen sicherlich nie zu Besuch. Vielleicht war der Mann sogar Großvater, hatte seine Enkel aber nie gesehen. Seine Frau war vielleicht bereits gestorben oder hatte ihn verlassen.

Nick neigte den Kopf zur Seite und stützte ihn auf seiner Hand ab. Würde er denn so werden? Vielleicht würde er das tatsächlich. Einsam fühlte er sich jetzt schon, und manchmal tat er nichts anderes, als vor genau dieser Einsamkeit zu flüchten und sich mit irgendetwas zu beschäftigen.

»Bist du fertig?«

Er hatte Steve gar nicht kommen sehen.

»Ja, ja«, antworte Nick hastig und nahm seinen Rucksack in die Hand.

»Gehen wir!«

Die Straßen waren leer, nur hier und da fuhr ein Auto. Menschen waren ebenfalls kaum unterwegs, nur eine junge Frau und ein älterer Mann mit einem Hund befanden sich in Nicks Sichtweite.

Steve hatte direkt an der Straße vor dem Imbiss geparkt und stieg als Erster ein. Er konnte es kaum erwarten, auf die Party zu gehen.

Nick stand noch für einen Moment vor dem Auto und blickte auf den Park, der gegenüber der Straße lag. Ein kleiner Hügel blockierte die Sicht auf die weißen Bänke am Brunnen. Ob Jack, der verrückte Kerl, wieder auf der Bank saß und glücklich und im Einklang mit der Natur die Vögel betrachtete? So jemanden wie Jack hatte er wirklich noch nicht erlebt. Entweder hatte er einen an der Klatsche oder er war tatsächlich ein zufriedener Mensch.

Wenn er wirklich so zufrieden war, wie es den Anschein machte, wollte das Nick auch sein: den ganzen Tag ohne

Stress und erheitert sein Leben leben. Irgendwie hatte dieser Jack es Nick angetan. Diese umsorgende und friedliche Art hatte Nick sonst bisher bei niemandem wahrgenommen. Und zweifelsohne blickte Jack auch nicht auf Nick herab, so, wie es die meisten Erwachsenen taten.

»Jetzt komm schon! Was hast du denn heute?«, fragte Steve und winkte Nick ins Auto.

Steve startete den Motor und blickte auf die kleine digitale Uhr am Armaturenbrett des alten Cadillacs. »Genau die richtige Uhrzeit, um auf eine Party zu gehen.«

Auf der relativ kurzen Fahrt jubelte Steve immer wieder und erzählte Nick von seinen Eskapaden, doch Nick war wieder in seiner eigenen Gedankenwelt versunken. Immer wieder dachte er an Jack und an seinen Traum, um sich dann wieder den einsamen alten Mann ins Gedächtnis zu rufen, den er vorher gesehen hatte. Die Menschen waren so vielfältig. Der eine hatte eine ruhige Ausstrahlung und diesen glücklichen Ausdruck in den Augen, einem anderen wiederum konnte man sein Leid deutlich ansehen. Doch was unterschied diese Menschen voneinander? Hatte es den einen nur härter getroffen, während der andere einfach Glück gehabt hatte?

»Hörst du mir überhaupt zu?«, fragte Steve auf einmal so laut, dass Nick erschrocken seine Augen aufriss.

»Ja, ja.«

»Hm«, antwortete Steve. »Komm! Wir sind da!«

Er konnte es kaum erwarten, sein Auto zu verlassen und auf die Party zu gehen.

Fünf Stunden, drei Bier und sechs Tequilas später öffnete Nick seine Haustür. Mit einem Plumps ließ er sich auf den Boden fallen und versuchte mit voller Konzentration, seine Schuhe auszuziehen.

»Oh«, stöhnte er und lehnte sich mit dem Rücken gegen die Tür.

Obwohl er sich völlig entspannt fühlte und es durchaus mochte, betrunken zu sein, hatte er wohl einen Tequila zu viel gehabt. Sein Magen gab Geräusche von sich, die man wahrscheinlich bis auf die Straße hören konnte, und immer wieder hatte er diesen säuerlichen Geschmack in seinem Mund, der ihn an genau diesen einen Tequila zuviel erinnerte.

Nick fuhr sich mit den Händen übers Gesicht, um erstaunt festzustellen, dass alle Nerven im Gesicht und in den Händen betäubt waren.

Er stand schließlich wieder auf und torkelte in die Küche, um sich ein Glas Wasser zu holen. Hastig trank er es aus und legte sich anschließend etwas unsanft auf die Couch. Er hatte vorher schon gewusst, dass es eine doofe Idee war, auf die Party zu gehen.

Anfangs hatte er sich ja noch wohlgefühlt. Steve hatte wie immer Witze gemacht und von irgendwelchen dämlichen Typen auf der Highschool erzählt. Doch nach zwei Stunden war Steve verschwunden, um sich an Angie ranzumachen, und ab dem Zeitpunkt hatte Nick meist alleine auf der Eckcouch seinen Alkohol getrunken. Nur hier und da war irgendein Besoffener vorbeigekommen, um mit ihm über Football zu reden oder einfach nur seine Betrunkenheit zu demonstrieren. Zwar hatte Steve sich noch ab und an neben Nick gesetzt und ihm irgendetwas ins Ohr gebrüllt, was dieser wegen der Lautstärke der Musik jedoch sowieso nicht verstanden hatte, doch richtig wohl hatte Nick sich dennoch nicht gefühlt. Schließlich hatte er Kopfschmerzen vorgetäuscht und war nach Hause gegangen.

Und genau dort lag er auf der Couch und schlief ein. Wenn sein Vater ihn so gesehen hätte, hätte es wieder ein großes Geschrei gegeben. Welch ein Glück, dass seine Eltern nicht zu Hause waren und ihn sehen konnten. Alles, was sie über ihn dachten und was Nick auch manchmal über sich selbst dachte, hätte nur sofort Bestätigung gefunden.

Um 7.30 Uhr wurde Nick vom Telefon geweckt. Ruckartig setzte er sich auf und blickte sich mit verquollenen Augen um. Erst dann registrierte er, dass er auf der Couch eingeschlafen war.

Obwohl er kaum fähig war zu stehen, eilte er zu dem Tisch, auf dem das Telefon stand.

»Ja?«

»Mensch, Nick, endlich gehst du ran! Ich habe gestern Abend fünf Mal auf deinem Handy angerufen, und du hast nicht abgenommen. Ich habe mir Sorgen gemacht! Du weißt doch genau, dass ich abends anrufe, wenn wir nicht da sind. Wieso machst du das?«

Nick hielt den Hörer von seinem Ohr weg. Seine Mutter war ihm viel zu laut, und sein Kopf brummte ohnehin schon genug.

Als er merkte, dass sie nicht mehr weitersprach, nahm er den Hörer wieder ans Ohr.

»Sorry, ich hab den ganzen Abend Musik gehört und das Klingeln nicht bemerkt.«

»Lügst du mich an, Nick? Du hast doch nicht gestern Nacht so laut Musik hören können, dass du das Telefon nicht gehört hast.«

»Mum«, seufzte Nick, »ich bin früh ins Bett, weil es mir nicht gut ging.« Er wartete einen Moment, bevor er weitersprach. »Ich habe das Telefon wirklich jetzt erst gehört!«

Seine Mutter wurde still. »Hast du noch Fieber?«, fragte sie besorgt.

»Ich weiß nicht, keine Ahnung. Du kannst ja heute Abend nachschauen.«

»Nick, wir werden früher kommen. Wir frühstücken jetzt gleich, und dann fahren wir los. Wir werden also zum Mittagessen nach Hause kommen.«

Nick wusste genau, was das bedeutete. Er hatte ihnen wieder einmal das Wochenende ruiniert. Sie mussten früher fahren, weil er so unzuverlässig war.

Er wollte nicht, dass seine Eltern nach Hause kamen. Manchmal wollte er nicht einmal, dass sie überhaupt wieder nach Hause kamen.

»Ja, Mum.«

»Bis gleich«, sagte sie noch und legte auf.

Nick war wütend und frustriert zugleich. Er hatte sich so sehr auf die beiden freien Tage gefreut, und jetzt würden seine Eltern und sein Bruder schon am Mittag wieder zu Hause sein.

»Es ist zum Kotzen!«, schrie er und suchte verzweifelt irgendetwas, woran er seine Wut auslassen konnte. Schließlich schlug er wutentbrannt mit seiner Faust auf den Tisch. Dann legte er sich wieder auf die Couch, in der Hoffnung, weiterzuschlafen zu können. Er nahm die Decke, die auf dem Sessel neben der Couch lag, breitete sie über sich aus und zog das Ende bis über seinen Kopf.

Nach ein paar Minuten gab er auf und warf die Decke auf den Boden. Es war viel zu hell im Wohnzimmer, außerdem stank seine Kleidung nach Rauch, und das konnte er überhaupt nicht leiden.

Nachdem er eine Flasche Saft aus dem Kühlschrank geholt und einen großen Schluck daraus genommen hatte, räumte er seine Sachen, die auf dem Boden lagen, zusammen, stellte seine Schuhe in den Schuhschrank und ging anschließend hinauf ins Bad. Irgendwie musste er seine Kleidung waschen.

Nick setzte sich vor die Waschmaschine und betrachtete die Knöpfe. Er erinnerte sich daran, wie er seiner Mutter als kleiner Junge immer geholfen hatte, die Wäsche zu waschen. Sie hatte immer geduldig gewartet, bis Nick alle Kleidungsstücke in die Waschmaschine gesteckt hatte.

Früher hatte seine Mutter bei jeder Gelegenheit mit ihm gespielt, alles war ein Spiel für Nick gewesen. Doch irgendwann war seine Mutter dann mit Henry schwanger geworden, und das Spielen hatte nachgelassen.

Als Henry dann auf die Welt gekommen war, hatte seine Mutter nur noch sehr selten mit Nick gespielt. Er erinnerte sich genau an die Situation vor fast sechs Jahren, als Henry auf die Welt gekommen war. Auch das war zunächst ein Spiel für ihn gewesen, und anfangs hatte er sich sehr darüber gefreut, einen neuen Spielkameraden zu haben. Doch dann hatte er sich immer mehr zurückgezogen und war immer trauriger geworden, wenn er gesehen hatte, wie seine Mutter mit Henry auf dem Arm Albernheiten machte. Nick war nicht mehr ihre Nummer eins gewesen.

Für einen kleinen Moment wurden Nicks Augen feucht, doch dann beendete er seine Erinnerung. Es brachte sowieso nichts, darüber nachzudenken. Die Situation war, wie sie nun einmal war. Jetzt war es wichtig, die Kleidung zu waschen. Doch obwohl er so oft an der Waschmaschine gewesen war und ebenso oft gesehen hatte, wie seine Mutter sie bediente, fiel ihm einfach nicht mehr ein, wie man sie anschaltete.

Er ging in sein Zimmer und kramte eine frische Hose und ein frisches T-Shirt aus den Schrankregalen hervor. Als er sich umgezogen hatte, lief er wieder hinunter und ging hinaus in den Garten.

Obwohl es erst kurz nach 8 Uhr morgens war, war es draußen bereits angenehm warm. Er liebte diese warmen Sommertage. Er liebte es, draußen im Garten zu liegen und einfach nichts anderes zu tun, als den Vögeln zuzuhören und sich zu entspannen.

Nick legte die Kleidung vom Vorabend auf die Terrasse und hoffte, dass der Geruch an der frischen Luft verschwinden würde, wenn er sie schon nicht waschen konnte.

Er ging in die Küche, bereitete sich dort ein Toastbrot zu und trank noch ein Glas Saft.

Dann beschloss er, wieder in den Park zu gehen. Jetzt, um diese Uhrzeit, würde wohl kaum jemand dort sein, und er könnte den ganzen Park fast für sich alleine haben und dabei einfach auf der Bank sitzen, Musik hören und sich entspannen. Obwohl Nick in keiner Weise eine Entspannung nötig hatte, hielt er das für eine gute Idee und verließ nach ein paar Minuten das Haus.

Es war wirklich ein herrlicher Tag, und es war eine gute Entscheidung gewesen, in den Park zu gehen. Jedes Mal, wenn er die Straße überquerte und den Park betrat, schien er ohnehin eine andere Welt zu betreten.

An diesem Morgen war niemand auf der Skateranlage, und auch auf dem Bouleplatz rechts neben ihm war keine Menschenseele zu sehen. Überall sah man nur Grün.

Vögel stolzierten auf der Suche nach Nahrung auf dem Rasen umher, obwohl sie sich das sonst, wenn viele Menschen im Park waren, nicht trauten.

Nick ging weiter, und die Neugier packte ihn. Noch ein paar Meter, und er würde von dem mit Blumen übersäten Hügel aus den Brunnen sehen können, der hinten im Park stand, und die vielen weißen Bänke, die harmonisch darum platziert waren.

Ob Jack wieder dasaß und die Sonne anlachte? Zu gerne hätte Nick gewusst, woher dieser merkwürdige Mann kam, dem er nun bereits zweimal begegnet war.

Etwas enttäuscht musste er feststellen, dass Jack nicht zu sehen war. Die Bänke waren leer. Niemand saß dort.

Nach ein paar Sekunden erreichte Nick den Brunnen und schaute sich um. Auf einer, nein, auf seiner Bank befand sich eine fein säuberlich zusammengefaltete Zeitung, und auf dem Boden lagen einige leere Coladosen.

Egal, dachte Nick und setzte sich. Er stellte seinen MP3-Player an, schloss die Augen und entspannte sich. Er konnte die warmen Sonnenstrahlen auf seinem Gesicht spüren, und durch die geschlossenen Augen sah er das orangefarbene Licht der Sonne.

Sicherlich fünf Minuten lang saß Nick dort, ohne sich zu bewegen. Die Sonne schien ihn aufzutanken. Ein sanfter Windhauch wehte über den Park, und Nick hörte die Coladosen über den Kies rollen. Er öffnete die Augen, weil er gerade beschlossen hatte, sie in den Mülleimer unweit der Bank zu werfen.

»Guten Morgen, Nick.«

Nick erschrak fürchterlich, und sein Herz pochte wild. Normalerweise war er nicht so schreckhaft, doch es war so ruhig um ihn herum gewesen, dass selbst das entfernte Bellen eines Hundes ihn erschreckt hätte.

Er drehte seinen Kopf, um nachzusehen, wer ihn da angesprochen hatte.

Das gab es doch gar nicht, dachte Nick, als er Jack vor sich stehen sah. Er sah genauso aus wie am vorherigen Tag: Er trug die gleiche Kleidung, hatte den gleichen Ausdruck in den Augen und das gleiche Grinsen, das Nick in diesem Moment etwas unheimlich vorkam.

»Die habe ich liegen lassen«, sagte Jack ruhig und freundlich und hob die Zeitung neben Nick auf.

»Guten Morgen«, grüßte dieser.

»Du bist aber ziemlich früh wach«, erkannte Jack, und Nick merkte, dass er eine Unterhaltung beginnen wollte.

»Ja«, antworte er. Er hatte keine rechte Ahnung, was er sagen sollte.

»Was machen Sie denn so früh morgens hier?«

»Wieso so förmlich?«, erkundigte sich Jack.

»Was meinen Sie?«

»Du kannst mich ruhig duzen und bei meinem Vornamen nennen. Ich bin Jack!«

Nick blickte auf. Die Situation glich einem Déjà-vu. Jack hatte gestern an genau der gleichen Stelle gestanden wie jetzt auch.

»Okay«, antworte Nick.

»Ich bin oft hier im Park«, sagte Jack. »Ich mag es, wenn es so ruhig ist und ich einfach entspannt hier sitzen kann, um die Zeitung zu lesen.«

»Ja, das geht mir auch so«, erwiderte Nick. »Nun, natürlich lese ich nicht«, stammelte er weiter. »Ich höre Musik.«

Jack lachte und warf die Zeitung in den Mülleimer. »Weißt du, das ist vielleicht auch gut so. Darin steht sowieso immer nur das Gleiche, Probleme hier, Probleme da. Es gibt so viele Dramen auf der Welt.«

Nick versuchte zu lächeln.

»Es ist gesünder, keine Zeitung zu lesen«, fuhr Jack fort. »Doch ab und zu findet man darin auch etwas Besonderes, besondere Menschen, besondere Situationen, besonderen Mut und besondere Liebe. Doch …«, Jack setzte sich neben Nick auf die Bank, »doch das ist mittlerweile selten geworden.«

Zum ersten Mal sah Nick, wie Jack so etwas wie traurig war. Seine Augen wirkten noch sanfter als sonst, und Nick konnte sehen, wie sehr Jack berührt war.

»Wie kommt es, dass ich dich hier noch nie gesehen habe, wenn du doch so oft in den Park kommst?«, horchte Nick seinen Sitznachbarn aus.

Obwohl Jack keinesfalls verdächtigt wirkte, war Nick doch immer noch nicht sicher, ob diese Begegnungen so zufällig waren. Man hätte leicht denken können, dass Jack ihn verfolgte, und gerade in diesem Moment schob sich ein solcher Gedanke in sein Bewusstsein. Irgendwie war das alles ein wenig unheimlich.

Jack lächelte ihn wieder an.

»Nun, eigentlich treffe ich mich öfter mit einem Freund hier.«

»Bist du alleine?«, fragte Nick, und Jack wusste genau, was Nick damit wissen wollte.

»Nein, Nick, ich bin niemals alleine, auch wenn es manchmal vielleicht so scheint.«

Nick zog seine Augenbrauen hoch. Er wollte doch nur wissen, ob Jack eine Familie hatte, denn das würde zumindest die Chance verringern, dass er ein Krimineller war. Mit dieser Antwort aber konnte Nick nichts anfangen. Doch bevor er noch weiter nachhaken konnte, erzählte Jack schon weiter.

»Ich habe lange gebraucht, um zu verstehen, dass ich niemals alleine bin, weißt du? Manchmal kam ich mir so einsam vor, obwohl meine Familie, meine Freunde und meine Kollegen um mich herum waren. Das kennst du bestimmt auch.«

Nick kannte dieses Gefühl zwar nur zu gut, doch wieso Jack ihm davon erzählte, war ihm nicht klar. Dieser Mann sprach mit Nick so, als würde er ihn schon seit langer Zeit kennen. Doch jetzt wusste Nick zumindest, dass Jack eine Familie hatte. Was machte er dann bloß im Park an einem Sonntagvormittag, an dem normale Familien am Frühstückstisch saßen, fragte sich Nick.

»Ich wünsche mir manchmal, ich hätte dies nicht so spät erkannt. Das hätte mir eine Menge trauriger Momente erspart«, sagte Jack.

Nick blickte auf den Boden vor der Bank und dachte nach.

»Wie ist das bei dir, Nick?«, fragte Jack erneut. »Hast du manchmal das Gefühl, alleine zu sein?«

Nick rutschte unruhig auf der Bank nach vorne und hielt sich gleichzeitig mit den Händen an der Bank fest. Er fühlte sich sichtlich unwohl.

»Du kennst das auch, hm?«

Nick spürte, wie Jack ihn anblickte.

»Ja, das kennt wohl jeder«, antwortete Nick mit einem Kloß im Hals. Er räusperte sich kurz und hoffte, nicht weiter auf diese Frage antworten zu müssen.

Auch Jack schien darüber nachzudenken, ob er weiterreden sollte, denn für ein paar Sekunden war es wieder still im Park. Doch gerade als Nick sich wunderte, dass Jack nichts mehr sagte, sprach dieser weiter.

»Nein, Nick, dieses Gefühl kennt nicht jeder. Dieses Gefühl kennen nur Menschen, die sich selbst suchen, und dies tut bisweilen nicht jeder.«

Wieder lachte Jack herzlich, doch auch dieses Mal lag in seinem Lachen nicht die geringste Spur von Bewertung.

Obwohl Nick kein Verlangen hatte, mit Jack eine Psychologiestunde zu führen, antwortete er. Was dieser Mann neben ihm sagte, hatte für Nick keine Logik.

»Wieso sollten Menschen, die sich selbst suchen, sich alleine fühlen? Das verstehe ich nicht. Die Menschen fühlen sich alleine, weil sie alleine sind.«

»Wenn du dich alleine fühlst und dann unter Menschen gehst, wenn deine Familie oder deine Freunde um dich herum sind, fühlst du dich dann nicht immer noch alleine und hast dieses flaue Gefühl in dir?«

Jack drehte seinen Kopf in Nicks Richtung und blickte ihn mit seinen blauen Augen an.

Nick musste zugeben, dass Jack recht hatte. Er suchte das Alleinsein ganz gezielt, und er liebte es, seine Ruhe zu haben. Doch dies hielt er nur eine Zeit lang aus, dann spürte er in sich dieses Gefühl der Einsamkeit. Doch selbst wenn er dann bei seiner Familie oder Freunden war, änderte sich dieses Gefühl in ihm nicht. Es blieb bei ihm.

»Ja, du hast recht. Es ist tatsächlich so.«

Etwas verunsichert kratzte Nick mit seinen Schuhen Striche in den Kies unter der Bank.

Jack lächelte wieder mit dieser unbeschreiblichen Sanftheit.

»Warum also, glaubst du, löst sich dieses Gefühl der Einsamkeit nicht auf?«

»Ja, es kann schon sein, dass du recht hast. Aber ich verstehe es trotzdem nicht richtig. Wann hört das denn auf?«

»Meinst du die Sehnsucht nach dir selbst?«

Nick grinste einen kleinen Augenblick lang. Das klang schon wirklich verrückt, was Jack da sagte: Sehnsucht nach sich selbst.

»Ja, klar, wenn es so etwas gibt. Wann hört die Sehnsucht auf, wann hört das Gefühl auf, alleine zu sein, obwohl man gar nicht alleine ist?«

Jack streckte sich, seine Hände schienen dabei den Himmel berühren zu wollen.

»Dieses Gefühl hört auf, wenn du deinen Platz im Leben gefunden hast, und wenn du dich als so vollkommen siehst, wie du es wirklich bist. Wenn du dich nicht mehr infrage stellst, dich nicht mehr verurteilst.«

Wieder schwieg Jack einen Moment lang, um dann den neuen Satz mit noch mehr Ruhe zu beginnen.

»Wenn du erkennst, dass du gut bist, so, wie du bist, und es nichts gibt, wofür du anders sein musst.«

Nick blickte zu Jack auf und sagte verwundert: »Ah, okay.«

So richtig verstand er jedoch nicht, wovon Jack gesprochen hatte. Wenn er schon ein solches Gespräch mit Jack anfing, und mit ihm zumindest ein klein wenig über seine Unzufriedenheit sprach, dann hätte er wenigstens gerne eine Lösung für sein Problem.

»Ich fühle mich oft so alleine. Eigentlich schon seit vielen Jahren. Als ich noch kleiner war, hatte ich immer meine Mutter, die bei mir war, doch seit vielen Jahren spiele ich in ihrem Leben keine Rolle mehr«, brach es aus Nick heraus.

Er schluckte und wunderte sich über das, was er gerade ausgesprochen hatte. Es war einfach so aus seinem Mund herausgekommen. Doch bevor er sich deswegen weitere Gedanken machen konnte, sprach Jack schon weiter.

»Das glaube ich kaum. Ich glaube, deine Mutter liebt dich genauso, wie sie dich geliebt hat, als du kleiner warst. Wie kommst du überhaupt auf solch eine Idee?«

Nick zögerte wieder einen Moment. Doch es war zu spät, er hatte schon so viel gesagt, den Rest konnte er nun auch noch aussprechen.

»Ich erinnere mich oft daran, dass wir früher alles gemeinsam gemacht haben. Doch dann wurde sie mit Henry schwanger … und dann hörte es eben auf. Manchmal fühle ich mich richtig schlecht dabei. Ich will nicht neidisch auf meinen Bruder sein, ich will nicht egoistisch sein. Aber es hat sich dadurch einfach alles verändert.«

Nick sprang auf, und einen Moment lang schien es, als ob er das Weite suchen würde. Und tatsächlich dachte er auch kurz darüber nach. Was erzählte er denn diesem fremden Mann da? Schnell blickte er zum Ausgang des Parks. Er wusste nicht, ob er mit Jack weiterreden oder lieber das Gelände verlassen sollte.

Es schien wieder, als würde Jack ihm die Entscheidung abnehmen. Als Jack wieder anfing zu sprechen, bückte Nick sich schnell, hob eine Coladose auf und warf sie in den Mülleimer. Er hoffte, dass Jack seine Unruhe so nicht bemerken würde.

»Weißt du, Nick, dies ist der Lauf des Lebens. Wenn Menschenkinder erwachsen sind, werden sie dazu ermutigt, ihren eigenen Weg zu gehen. Nun, die Tiere machen das manchmal etwas lieblos, so scheint es uns Menschen zumindest. Aber so dreht sich das Rad eben. Es gibt viele Kinder auf dieser Welt, die wesentlich weniger Liebe erhalten haben als du.«

Etwas betrübt und beschämt blickte Nick auf den Boden. Nervös kratzte er sich am Daumen, ihm war nach Weinen zumute. Jacks Worte waren sehr direkt, doch er hatte recht. Nick hatte immer weiter von seiner Mutter genau die Liebe und die Aufmerksamkeit gefordert, die er in seiner Kindheit bekommen hatte. Dies war eben nicht mehr möglich, doch das hatte er nie verstanden. Eine Wut auf die Welt und auf sich selbst stieg in ihm empor.

»Möchtest du wissen, ob deine Mutter dich wirklich weniger liebt als früher? Möchtest du wissen, was deine Mutter wirklich über dich denkt?«, fragte Jack eilig, wohl bemerkend, dass Nick dieses Gespräch schon bald abbrechen könnte.

Nick griff nach seinem Rucksack und wippte nervös mit einem Fuß auf dem Boden hin und her.

Er wollte Jack keinesfalls verletzen und seine Wut an ihm auslassen, aber es ging diesen Mann einfach überhaupt nichts an, was für Probleme Nick hatte, oder eben auch nicht hatte.

»Jack, ich möchte mit dir nicht darüber reden. Es ist wohl besser, wenn ich jetzt nach Hause gehe.«

»Das ist in Ordnung, Nick«, antwortete Jack liebevoll.

Ohne Jack noch eines Blickes zu würdigen, lief Nick davon. Er hatte einfach keine Lust, sich die Schuld für diesen Stress mit seinen Eltern zu geben. Wenn man schon Kinder in die Welt setzte, sollte man sich eben auch um sie kümmern und sie nicht einfach fallen lassen, sobald das nächste unterwegs war.

Nick hatte sich schon ein paar Meter entfernt, als er Jack noch rufen hörte: »Wenn du es wissen willst, dann weißt du, wo du mich findest!«

Im Laufen erhob Nick seine Hand, um dankend abzuwinken, dann lief er weiter in Richtung Ausgang des Parks.

Dieser Jack, wer immer er auch war, beleidigte Nick. Es war das erste Mal, dass Nick darüber gesprochen hatte, wie traurig er sich fühlte, und Jack hatte nichts Besseres zu tun, als Nick die Schuld dafür zu geben. Das hatte man davon, wenn man seine Gefühle zeigte.

»Es interessiert niemanden einen Dreck, wie ich mich fühle«, murmelte er in sich hinein. Dieses Du-bist-selbst-daran-Schuld-Gelaber kannte Nick nur zu gut von seinem Vater. Einen zweiten Vater konnte er definitiv nicht ertragen.

»Das braucht kein Mensch!«, rief Nick wütend und lief schnell über die Straße, einfach nur schnell weg von dem Park. Doch er hatte genauso wenig Lust, nach Hause zu gehen. Er hatte einfach nur in dem Park seine Ruhe haben wollen, doch stattdessen war dieser verrückte Jack wieder aufgetaucht und hatte ihm den Tag versaut. Und der Tag hatte gerade erst begonnen.

Nick versuchte, sich zu kontrollieren, denn ihm war wirklich nach Weinen zumute. Er hatte so ein gutes, verbundenes Gefühl mit Jack gehabt. Es war das erste Mal in Nicks Leben gewesen, dass er sich jemandem geöffnet hatte und bereit gewesen war, seine innere Welt zu offenbaren.

»Ach, der ist wie alle anderen auch«, beruhigte Nick sich selbst und versuchte so, die Enttäuschung aus seinem Kopf zu verbannen. Doch es gelang ihm nicht wirklich.

Er lief mindestens noch eine halbe Stunde lang ziellos umher. Zwar fand er auf den Straßen immer wieder eine Bank, auf die er sich hätte setzen können, doch seine Ruhe hätte er wegen der Passanten nicht gehabt.

Wohl oder übel musste er doch nach Hause gehen. Den Blick auf die Straße gerichtet, lief Nick zurück. Er hatte keine Lust, irgendjemanden anzusehen oder von jemandem angesprochen zu werden.

»Diese Scheißstadt …«, murmelte er. Er schaute auf sein Handy. Es war mittlerweile 10.34 Uhr, und es würde nicht mehr lange dauern, bis seine Familie wieder nach Hause käme.

Der Gedanke, Steve zu besuchen, stieg in Nick empor, schließlich war Steve ein Rebell und eine gute Anlaufstation, wenn Nick Frust ablassen wollte. Doch was sollte er ihm sagen? Dass er sich mit einem alten Kerl auf einer Parkbank traf und ihm von seiner Kindheit erzählte?

Wütend über sich selbst trat Nick mit dem rechten Fuß gegen den Bordstein, als er gerade eine Straße überquert hatte.

Zu Hause angekommen, ließ er sich auf die Couch fallen und legte ein Kissen auf sein Gesicht, ganz so, als ob er nicht mehr willig wäre, sein Umfeld zu sehen.

Nach wenigen Minuten stand er auf und ging in sein Zimmer hinauf. Er begann eilig, den Raum in Ordnung zu bringen, zumindest gemäß seiner Vorstellung von Ordnung. Auf dem Schreibtisch stapelten sich noch immer Blätter und Gläser, und nach wie vor lag seine Kleidung auf dem Boden verteilt. Er brachte den Großteil der herumliegenden Sachen an ihren Platz, faltete die Kleidungsstücke vom Boden wieder zusammen und legte sie in den Schrank.

Es schien, als könnte er sich etwas von selbst wieder beruhigen, und es war sicher keine schlechte Idee, die Unordnung zu beseitigen, bevor seine Eltern wieder zurückkamen. Auch unten im Wohnzimmer und in der Küche beseitigte er seine Spuren.

Nick war noch immer innerlich unruhig und verletzt, doch er hatte keine Lust, so seinen Eltern zu begegnen. Das würde nur zu noch mehr Ärger führen.

Irgendwie war er auch froh, dass der Rest seiner Familie wiederkam. Es war einfach ungewohnt für ihn, alleine zu Hause zu sein. Obwohl er alle paar Tage Streit mit seinen Eltern hatte und er oft am liebsten abgehauen wäre, füllten sie dennoch einen Teil der Leere in ihm. Einen kurzen Moment lang sehnte Nick sich danach, dass das Haus endlich wieder voll war. Er drehte sich um und blickte auf die Uhr, die über dem Treppenaufgang hing. Es war bereits kurz nach 12 Uhr, und seine Familie musste jeden Augenblick eintreffen.

Nick schielte durch das Küchenfenster auf die Einfahrt und den kleinen Vorgarten des Hauses, und schließlich hörte er, wie eine Autotür zuschlug. Sie waren also angekommen.

»Ach, Schatz, du weißt doch, wie sie ist«, hörte Nick seine Mutter noch, bevor die Tür sich öffnete.

Nick wusste nicht, wie seine Eltern auf ihn reagieren würden. Vielleicht waren sie noch wütend, weil er nicht ans Telefon gegangen war und sie deswegen früher nach Hause kommen mussten.

Doch dem war nicht so. Seine Mutter gab ihm vorsichtig einen Kuss auf die Wange und führte die Unterhaltung mit ihrem Mann fort.

»Wenn wir das machen würden, gäbe es einen Riesenärger. Aber bei ihr ist das egal …«

Nick verstand überhaupt nicht, worum es ging, und setzte sich schweigend an den Tisch.

Sein Vater lächelte ihn kurz an und blickte dann etwas verwirrt um sich. Dann lief er zurück zur Tür, streckte seinen Kopf hinaus und rief: »Henry, jetzt komm doch bitte rein. Das Gepäck können wir auch später noch holen.«

Ein paar Sekunden später kam Nicks Bruder Henry mit Schmollmund und vor der Brust verschränkten Armen ins Haus. Als er Nick sah, änderte sich seine Stimmung sofort, und er rannte eilig zu seinem Bruder, um ihn zu umarmen.

Nick erwiderte die Umarmung nicht wirklich, doch er unterbrach seinen Bruder auch nicht, sondern wartete, bis dieser seinen Gefühlsausbruch beendet hatte.

Ein »Hey, Henry« war dann auch alles, was er hervorbrachte.

Zwischenzeitlich waren seine Eltern fertig mit ihrer Diskussion und schauten Nick an.

»Und?«, fragte Nick vorsichtig. »Wie wars bei Oma?«

Seine Mutter winkte ab. »Tante Megan war auch da, es war also eine weise Entscheidung von dir hierzubleiben.«

Nick grinste vorsichtig.

»Du weißt ja, wie sie ist. Sie kann nicht damit aufhören, sich in den Vordergrund zu drängen und immer alles besser zu wissen«

»Ich habe jetzt aber Hunger«, wechselte Nicks Vater das Thema. »Lust auf Pizza?«

»Pizza! Pizza!«, rief Henry laut und trommelte dabei mit den Händen auf den Tisch.

Nick beobachtete die Situation und atmete innerlich auf. Es tat ihm gut, dass sie wieder vollständig waren, und er nahm sich vor, in den nächsten Tagen rücksichtsvoller zu sein.

Es waren viele Stunden vergangen, und es wurde schon langsam wieder Abend. Nick saß gerade mit seinem Bruder auf dem Boden und spielte Karten. Seine Mutter kochte, wie üblich pfeifend, in der Küche, und Nicks Vater las die Zeitung. Alle paar Minuten legte er sie auf den Tisch und schimpfte über die Politik oder erzählte von dem neusten Klatsch.

Nick hatte die letzten Stunden peinlich darauf geachtet, jeglicher Diskussion aus dem Weg zu gehen, immer das Richtige zu sagen und seinen Eltern höflich zu begegnen. Vielleicht hatte Jack ja recht und Nick dramatisierte alles viel zu sehr. Darüber nachzudenken, dass es so sein könnte, schmerzte ihn, doch gleichzeitig war der Wunsch in ihm groß, harmonisch mit seiner Familie zusammenzuleben. Er musste einfach einen Weg finden, mit seinen Eltern klarzukommen und neu anzufangen. Innerlich nickte er, denn er wusste, dass es an der Zeit war.

»Machst du weiter?«, unterbrach Henry seine Gedanken.

»Äh, ja, sorry«, murmelte Nick und wunderte sich, wie tief er wieder in seinen Gedanken versunken gewesen war.

Das Telefon läutete, und mit dem Klingeln wurde auch der Frieden des Abends wieder unterbrochen. Nicks Vater stand auf und nahm den Hörer ab.

»Hi, Bob«, sagte er, und Nick stieg die Röte ins Gesicht, als er den Namen hörte. Von Bob wollte er im Moment überhaupt nichts wissen.

»Hm, ja ... okay. Und wie lange?«

Wieder schwieg Nicks Vater für einen Moment.

»Ach, es ist einfach zum Kotzen! Das müsste alles gar nicht sein!«

Nick lauschte mit einem Ohr seinem Vater. Gleichzeitig spürte er eine starke Unruhe in sich. Das nagende Gefühl, das schwarze Schaf der Familie zu sein, war wieder da. Es schien, als würde er alles falsch machen.

»Ich weiß. Danke, dass du das alles so regeln konntest«, sagte Robert noch leise und legte auf.

»Was ist los?«, fragte Nicks Mutter neugierig.

Nicks Vater antworte seiner Frau nicht direkt, sondern blickte sofort zu Nick, der ganz genau wusste, worum es ging.

»Fünfzig Stunden, Nick! Fünfzig Sozialstunden!«

Nick hatte keine Ahnung, was das bedeutete, doch er merkte sofort, dass sein Vater jetzt irgendeine Reaktion von ihm erwartete.

»Ist das viel?«, fragte er und ärgerte sich im nächsten Augenblick über seine dumme Frage. Er wollte doch versuchen, die Harmonie aufrechtzuhalten.

»Viel, viel, natürlich ist das viel, Nick!«, antwortete der Vater in einem immer noch humanen Ton, aber dennoch merklich wütend. »Jede Stunde ist zu viel! Ich verstehe einfach nicht, was du dir dabei gedacht hast!«

Für einen Moment war Nick ruhig. Vielleicht wäre es das Beste, einfach nicht auf das, was sein Vater sagte, einzugehen. Doch da war dieser Blick, den er schon kannte, dieser Blick seines Vaters, der Nick zu verstehen gab, dass er einfach nichts wert war.

Nick stand auf und schmiss mit voller Wucht seine Karten auf den Boden.

»Wieso? Wieso?«, schrie Nick und starrte verwirrt und traurig auf den Boden. Er kämpfte mit den Tränen.

Sein Vater verschränkte die Arme und lehnte sich an die Küchenanrichte.

»Ja, das frage ich mich auch. Wieso, Nick? Aber gut, dass du dich das auch fragst ...«

»Ach ... Wieso muss dein toller Freund Bob gerade jetzt anrufen?«

»Bob? Was hat denn das mit Bob zu tun?«, erhob jetzt auch Nicks Vater die Stimme und fuchtelte wild mit den Armen in der Luft. »Du hast den Mist gemacht!. Bob hat damit gar nichts zu tun! Du kannst doch noch froh sein, dass ...« Er schüttelte den Kopf und winkte ab. »Warum erkläre ich dir das überhaupt? Du interessierst dich doch sowieso nur für deinen eigenen Mist!«

Robert verließ das Wohnzimmer, ging die Treppe hinauf und verschwand im Badezimmer.

»Ihr könnt mich alle mal«, flüsterte Nick und schnappte sich seinen Rucksack, der hinter der Couch lag.

Zu guter Letzt fing Henry an zu weinen, und als Nick aus der Haustür trat, um das Weite zu suchen, waren all seine guten Vorsätze verschwunden. Er konnte es seinen

Eltern einfach nicht recht machen. Es hatte nicht die geringste Chance.

Er ging zwar wütend, aber dennoch einigermaßen langsam durch den Vorgarten. Es regnete. Normalerweise lief seine Mutter ihm in solchen Situationen hinterher und bat ihn, wieder hereinzukommen.

Doch dieses Mal blieb die Haustür zu, denn selbst seine Mutter schien genug von ihm zu haben. Frustriert über den Verlauf des Abends, zog er die Kapuze seines Pullovers über den Kopf und überquerte die vom Regen nasse Straße. Es gab nur einen Ort, an dem er um diese Uhrzeit seine Ruhe haben konnte: den Stadtpark.

Als Nick dort ankam, füllte sich der Brunnen in der Mitte des Parks langsam mit Regenwasser. Die ausgetrocknete Erde konnte das viele Nass nicht aufnehmen. Überall im Park bildete sich Schlamm, und der Kies knirschte unter Nicks Füßen. Obwohl es warm war, ging er die Gefahr ein, sich zu erkälten. Doch das war ihm in diesem Moment egal.

Ich habe wieder alles falsch gemacht, dachte er und erinnerte sich an die letzte Stunde. Es war alles so gut gelaufen. Schon lange hatte er sich bei seiner Familie nicht mehr so wohlgefühlt. Und dennoch hielt dieses gute Gefühl nur wenige Stunden an. Und alles hatte wegen dieser bescheuerten Scheibe geendet, bei deren unfreiwilliger Zerstörung er noch nicht einmal Spaß oder irgendetwas anderes empfunden hatte, was den späteren Ärger zumindest etwas ausgeglichen hätte.

Enttäuscht setzte Nick sich auf die Parkbank und kämpfte mit den Tränen. Es war einfach alles so ungerecht, und am meisten enttäuschte es ihn, dass seine Eltern ihm nicht einmal zugehört hatten. Sie hatten ihm einfach nicht geglaubt, als er ihnen gesagt hatte, dass das mit der Scheibe ein Unfall gewesen war.

Nach einer Weile merkte Nick plötzlich, dass der Regen aufgehört hatte. Doch im Brunnen sah er immer noch die Kreise, die durch das Auftreffen von Regentropfen auf die Wasseroberfläche entstanden.

Verstört blickte Nick nach oben und sah einen Regenschirm über seinem Kopf. Die braun gebrannte Hand, die den Schirm hielt, versteckte sich teilweise in einer hellen Jacke, und Nick wusste sofort, wem sie gehörte.

Er sprang von der Bank auf und wollte weglaufen, doch er konnte nicht. Er sah, wie Jack völlig durchnässt hinter der Bank stand und lächelte. Als er Jack so sah, vergaß er für einen Moment sein eigenes Drama.

»Was …? Wieso …?« Nick drehte sich schnell um und suchte nach den richtigen Worten. »Jack, was machst du hier?«

»Nun, was machst du denn hier?«

Nick wusste, dass er so nicht weiterkommen würde.

Das Wasser tröpfelte weiterhin vom Himmel, und Jack hielt den Regenschirm über die Bank, als ob er Nick vor der Nässe bewahren wollte. Mit einer kleinen Handbewegung machte Nick Jack darauf aufmerksam, dass er den Regenschirm ruhig selbst benutzen dürfte.

»Oh, ja«, bemerkte Jack und hielt den Regenschirm schließlich über seinen eigenen Kopf.

»Nick, es tut mir leid, dass ich vorhin so unsanft zu dir war. Aber wir haben im Moment keine Zeit.«

Nick schüttelte verdutzt den Kopf. »Jack, wovon redest du? Und wieso tauchst du immer dann auf, wenn ich hier bin? Langsam kommt mir das unheimlich vor.«

Er trat einen Schritt zurück und blickte um den Busch hinter der Bank. Womöglich war Jack obdachlos und hatte es sich hier irgendwo im Park gemütlich gemacht. Nick schaute Jack wieder an. Nein, ein Obdachloser konnte er nicht sein. Selbst im Regen machte Jack diesen klaren und sanften Eindruck. Wie könnte jemand wie er kein Dach über dem Kopf haben?

Jack, der immer noch hinter der Bank im Regen stand, sprach weiter: »Nick, ich verstehe alle deine Fragen, das darfst du mir glauben, aber sie führen zu nichts. Viel wichtiger als deine Fragen sind deine Antworten, denn diese bestimmen dein Leben. Es sind nicht die Fragen über das Leben, sondern die Antworten, die du dem Leben gibst.«

»Oh, Jack«, seufzte Nick und setzte sich schließlich wieder auf die Bank. Was sollte er in dieser Situation auch anderes tun? Er war frustriert, es war mittlerweile dunkel, und es regnete. Doch immerhin ließt der Regen schließlich nach, und Jack klappte den Schirm zu und setzte sich neben seinen jungen Freund auf die nasse Bank.

Er schaute Nick durchdringend an und sprach weiter. »Du musst mir vertrauen, Nick. Du wirst schon noch alles verstehen. Aber im Moment sollte dir das Wissen reichen, dass unsere Zeit kostbar ist ...«

»Aber ...«, Nick wusste ausnahmsweise einmal nicht mehr, was er denken sollte.

Jack faltete seine Hände und legte sie auf seinen Schoß. »Die Frage, die im Jetzt wichtig ist, lautet: Bist du glücklich?«

Nick lachte künstlich. »Soll das ein Witz sein? Kein Mensch ist glücklich!«

»Ich verstehe, dass du heute etwas frustriert und wütend bist, aber ich mache keine Witze, Nick. Außerdem war die Frage nicht, ob andere Menschen glücklich sind, sondern ob du glücklich bist.«

Nick ließ sich auf das Spiel ein. Noch hatte es einen gewissen Unterhaltungswert und ging ihm nicht zu nahe.

»Nein, Jack, ich bin nicht glücklich.« Als er das aussprach, spürte er einen dicken Kloß im Hals.

»Und wieso nicht?«

»Keine Ahnung, Jack. Muss ich das denn wirklich alles wissen?«, antwortete Nick betrübt.

Ein Mann lief mit seinem Hund durch den Park, obwohl er sicherlich wusste, dass der Aufenthalt von Hunden dort nicht erwünscht war.

Für einen Moment schwiegen die beiden und warteten, bis der Mann, der sich scheinbar ertappt fühlte und schneller ging, nicht mehr in ihrer Nähe war.

»Aber, Nick, du denkst doch den ganzen Tag über dein Unglück nach. Weißt du denn immer noch nicht, was der Grund für dafür ist?«

»Ach!«, rief Nick überrascht. »Woher willst du denn wissen, was ich denke?«

»Das ist doch offensichtlich! Schau dich an. Schau, wie du deinen Tag verbringst, wie du dich anziehst, wie du hier auf der Bank sitzt, die Menschen um dich herum beobachtest und deine schreckliche Musik hörst. Mal nebenbei, mit dieser Art von Musik wäre ich auch unglücklich«, lachte er.

Nick schmunzelte. »Was schlägst du denn vor? Bach? Mozart?«, warf er zurück.

Jack nickte wild und warf die Arme triumphierend nach oben. »Ja, genau, probiere es doch mal damit. Das wäre auf jeden Fall entspannender als der Kram, den du hörst!«

Zwei Minuten lang lachte Jack einfach, und Nick konnte es sich nicht verkneifen, ebenfalls zu lächeln.

Dann legte Jack unerwartet eine Hand auf Nicks Schulter. Dieser hatte mittlerweile die Ellenbogen auf die Knie gestützt und saß nach vorne gebeugt da. Die Welt um ihn herum schien so sinnlos zu sein.

»Nick, glaube mir, du bist nicht hier, um zu leiden oder unglücklich zu sein. Das Leben ist auch nicht ungerecht zu dir, und auch deine Eltern sind es nicht.«

Nick blickte zu Boden. Er spürte, dass der Zeitpunkt gekommen war, seine Sicht über die Dinge zu ändern.

»Ich kann dir helfen, diese Sehnsucht in dir zu stillen, und ich kann dir dabei helfen, wieder glücklich zu sein. Ich … ich kann nicht zaubern, du musst den Weg schon selbst gehen, doch ich bin, wenn du das möchtest, an deiner Seite und begleite dich.«

Vorsichtig beobachtete Jack Nicks Reaktion. Dieser blickte noch immer auf den Boden und stützte die Arme auf den Knien ab. Irgendwie forderte Jacks Anwesenheit Ehrlichkeit von ihm. Auf eine komische Art und Weise fühlte er sich sicher und aufgehoben.

»Wieso willst du mir helfen, Jack? Und woher willst du wissen, dass du das kannst?«

Jack sprang von der Bank auf und stemmte die Hände in die Hüften. Gespielt aufgebracht rief er: »Na, hör mal! Zweifelst du etwa an meiner Lebenserfahrung?«

Nick lächelte. Nein, das tat er nicht.

Jack entspannte seine Arme wieder und blickte Nick ganz weich in die Augen. Dabei zog er ebenso sanft seine Mundwinkel nach oben.

»Okay, du hast zwar meine Fragen nicht beantwortet …«

»Ja, das habe ich clever umgangen, oder?«, kicherte Jack frech.

»Aber … ja,« Nick bekräftigte nickend seine Antwort, »ja, ich lasse mich darauf ein.«

»Das ist wunderbar, Nick, glaube mir, und ich bin mir sicher, du spürst es genauso: Die Zeit ist jetzt gekommen.«

Jack reichte Nick die Hand, und dieser nahm sie.

»Lass uns gehen«, sagte Jack und zog Nick mit sich.

Zwar hatte Nick keine Ahnung, wohin Jack gehen wollte, doch bereitwillig ließ er sich aufhelfen und ging mit.

Ein paar Meter spazierten sie zusammen den nassen Kiesweg entlang.

»Wo gehts hin?«

»Wo es hingeht, fragst du mich?«, entgegnete Jack wieder mit einem Grinsen. »Hast du mal auf die Uhr geschaut? Wir gehen nirgendwo hin. Ich begleite dich durch den Park zum Ausgang, und dann gehst du ins Bett!«

»Ach, so läuft das hier«, schmunzelte Nick.

Schweigend und dennoch von einer Magie umgeben, die ein Sprechen unnötig machte, erreichten sie den Ausgang.

Nick warf einen Blick über die Straßen. Die Stadt wirkte leer. Genau in dem Moment, in dem Nick über die Straßen blickte, sprangen die Laternen an und beleuchteten den Weg. Man konnte den Wasserdampf unter ihrem Licht ganz deutlich aufsteigen sehen.

»Nick!«

Jack blickte Nick an. »Ich bin froh, dass du heute in den Park gekommen bist.«

Nick lächelte etwas verlegen und suchte nach den passenden Worten. Doch er fand keine. Was sollte er auch sagen? Er war eigentlich schlecht drauf, und der Park war schließlich sein Rückzugsort. Eigentlich wollte Nick Jack danken, doch das sprach er nicht aus. Er konnte es noch nicht, denn noch ergab das alles keinen Sinn für ihn.

»Ich würde mich freuen, wenn du morgen wieder in den Park kämst. Ich möchte dir etwas zeigen.«

Nick stimmte zu.

»Und wann soll ich kommen?«

»Wann immer du möchtest!«, erwiderte Jack schnell.

»Soll ich dich anrufen, wenn ich losgehe?«, fragte Nick vorsichtig.

»Nein, Nick, das brauchst du nicht. Ich werde da sein, wenn du kommst.«

Nick zog seine Augenbrauen etwas hoch. Doch so absurd dies alles klang, er wusste, dass Jack wirklich da sein würde.

»Okay, Jack, wie auch immer das geht, ich komme einfach und du bist da. Richtig?«

Jack nickte lächelnd. »Ich wünsche dir eine gute Nacht. Bis morgen!«

Nick ging mit einem kleinen Schmunzeln auf den Lippen nach Hause. Eigentlich war er voller Zorn und Frust in den Park gegangen, und bewusst etwas daran geändert hatte er auch nicht. Er hatte lediglich ein paar Worte mit Jack gewechselt, und dennoch hatte dies seinen Abend völlig verändert. In der Regel würde sich Nick jetzt schämen oder ärgern, weil er am Morgen einfach aufgesprungen und gegangen war, doch selbst zu solchen Emotionen war er in dem Moment nicht fähig.

In Jacks Nähe schien alles so einfach zu gehen. Jacks friedliche Ausstrahlung färbte irgendwie ab.

»Schon merkwürdig«, dachte Nick. Irgendetwas in ihm hatte sich gewandelt, das spürte er sofort. Und mit diesem Gefühl schlief er schließlich auch ein.

Um kurz nach 7 Uhr wurde Nick wach. Dies war eine sehr ungewöhnliche Uhrzeit für ihn, denn er blieb in den Ferien meist bis um 11 Uhr im Bett liegen.

Trotz der verhältnismäßig kurzen Nacht fühlte er sich ausgeschlafen und frisch. Mit einem Schwung klappte er seine Bettdecke um und sprang aus dem Bett.

Dieses eigenartig friedvolle Gefühl vom gestrigen Abend begleitete ihn auch an diesem Morgen. Dieses Gefühl war zwar wirklich eigenartig, aber es fühlte sich gut an. Es war so, als hätte er einen Teil seines Ballastes im Park gelassen.

Nick schlüpfte in seine Jogginghose, strich sich kurz durch sein Haar und lief anschließend die Treppe hinunter.

Sein Vater war wahrscheinlich schon bei der Arbeit, und das passte ihm ganz gut. Seinem Vater jetzt zu begegnen und sich womöglich wieder den Tag verderben zu lassen, darauf hatte er keine Lust.

Unten im Wohnzimmer war niemand. Henry, der sonst immer relativ früh wach wurde, lag scheinbar noch im Bett und schlief. Nick erinnerte sich daran, dass seine Zimmertür geschlossen gewesen war und dass kein Licht durch den Türspalt geschienen hatte. Doch auch die Mutter war nicht da. Das Haus schien leer zu sein.

Es dauerte nur ein paar Sekunden, bis Nick seine Mutter hörte. Durch das Fenster sah er, wie sie auf den Knien im Vorgarten eine Pflanze in die Erde setzte und sich dabei angeregt mit einer Nachbarin unterhielt. Die Sonne schien auf ihr langes dunkelblondes Haar und hinterließ einen Schimmer auf ihrem Kopf.

In der Küche lag eine Tüte mit Brötchen, und so begann Nick zu frühstücken. Er nahm sich Orangensaft aus dem Kühlschrank und setzte sich dann mit seinen Brötchen an den Esstisch.

Wenig später hörte er den Schlüssel in der Tür, und seine Mutter kam herein. Eine Haarsträhne klebte in ihrem Gesicht, und an ihren Händen haftete Gartenerde. Mit dem Fuß versuchte sie sanft, die Tür zuzustoßen, und als sie sich umdrehte, um zum Wasserhahn zu laufen, sah sie Nick am Tisch sitzen. Dieser vergaß für einen Moment, weiterzukauen, und schaute seine Mutter an.

»Nick, wieso hast du nichts gesagt? Ich hätte dir dein Frühstück schon gemacht.«

»Hm«, Nick kaute schnell fertig und schluckte den Bissen hinunter. »Ist schon okay, Mum.«

»Aber hast du denn nicht gesehen, dass ich draußen war? Du hättest mich doch einfach rufen können!«

Nick versuchte, seiner Mutter ein Lächeln zu schenken, um ihr zu verstehen zu geben, dass alles in Ordnung war.

Sie winkte ebenfalls ab, murmelte, dass Nick ja groß genug sei,und drehte schließlich den Wasserhahn auf, um sich die Hände zu waschen. Sie trocknete sie mit einem Handtuch ab und machte dann ein paar Schritte in Nicks Richtung.

»Dein Vater hatte gestern keine Möglichkeit, dir das zu erzählen, aber …«

Hektisch legte sie das Handtuch auf den Tisch, nahm einen Stuhl und setzte sich. Es war offensichtlich, wie unangenehm ihr dieses Gespräch war, und Nick empfand so etwas wie Mitleid mit ihr. Da war wieder dieses nagendes Gedanken, dieses Schuldgefühl, etwas nicht richtig gemacht zu haben.

»Aber, wie du weißt, musst du Sozialstunden ableisten. Weißt du, was das heißt?«, fuhr sie aufgeregt fort.

Nick schüttelte betrübt den Kopf.

»Das bedeutet, dass du etwas Gutes für die Gemeinde tun musst. Du hilfst der Stadt bei bestimmten Aufgaben, und damit ist der Vorfall vergessen.«

»Und die Scheibe?«

»Wäre damit sozusagen bezahlt.«

Nick atmete tief ein. »Und was muss ich machen?«

»Das werden wir heute Abend von Bob erfahren. Und er wird uns auch sagen, wann du damit anfängst.«

»Okay, Mum«, antwortete Nick ruhig, und seine Mutter schien erleichtert. Erleichtert, weil sie das Gespräch von gestern fortgesetzt hatte, und erleichtert, dass Nick nicht wütend zur Tür hinaus gerannt war.

Sie stand genauso schnell wieder auf, wie sie sich zuvor gesetzt hatte, und ging zurück zur Tür. Dann drehte sie sich wieder um und öffnete die Tür zur Abstellkammer, um eine Gießkanne herauszuholen.

»Hatte ich doch recht, hier hast du dich versteckt«, sagte sie schließlich und füllte die Gießkanne mit Wasser.

Nick räumte sein Geschirr in die Spülmaschine. Er zögerte einen Moment, doch dann fragte er: »Soll ich dir helfen, Mum?«

»Wobei?«

»Im Garten?«

»Ach nein. Das brauchst du nicht!«

Nick zögerte erst einen Moment, doch dann sagte er: »Ich würde mich aber freuen, wenn ich dir helfen könnte!«

Nicks Mutter war sichtlich verwundert.

»Wirklich? Ich meine, wenn du wirklich willst, dann, ja … natürlich …«

»Ich muss mich nur schnell umziehen, dann komm ich raus.«

Nick ging eilig hinauf in sein Zimmer und kramte eine Jeans hervor. Er zog sie an, doch kurze Zeit später hatte er sie bereits wieder ausgezogen und in den Schrank zurückgelegt. Irgendwo hatte er eine Hose, die bereits mit Farbe bekleckert war und die er immer anzog, wenn er sich schmutzig machen würde. Unter der Winterbettgarnitur fand er sie schließlich, zog sie an und eilte wieder nach unten. Er überprüfte noch kurz, wie kühl es draußen war, und schloss dann die Tür hinter sich.

Nick stellte sich vor seine Mutter. »Was kann ich denn machen?«, fragte er unbeholfen.

Sie deutete mit dem Finger auf eine vertrocknete Pflanze im Beet und erklärte ihrem Sohn, dass sie jetzt, nach vier Jahren, nicht mehr blühen würde und daher ersetzt werden müsste. In der Garage hatte sie neue Pflanzen vom Gärtner stehen, und Nick sollte die alte Pflanze aus der Erde buddeln und eine neue einsetzen.

Nick folgte der Anweisung seiner Mutter.

»Achte aber darauf, dass du wirklich jede Wurzel erwischst, sonst kann es sein, dass die alte Pflanze wieder nach oben wächst und der neuen die Nährstoffe zum Wachsen klaut.«

»Ganz wie im richtigen Leben«, lächelte Nick und grub mit seiner Schaufel noch ein Stück tiefer, um auch wirklich jede Wurzel zu erwischen.

»Das machst du super, Nick! Wirf sie in die Tonne«, sagte Catherine, nachdem sie von der Seite aus gesehen hatte, dass Nick die Pflanze ausgegraben hatte. Sie ging in die Garage und holte den neuen Blumenstock.

Zusammen knieten sie dann vor dem Beet, und Nicks Mutter zeigte ihm, wie er die Pflanze in die Erde stellen musste.

»Erst musst du die Wurzeln etwas lockern, und dann stellst du den Blumenstock ganz gerade in die Erde hinein. Halt ihn mal kurz aufrecht, ich drück die Erde fest.«

Es dauerte noch eine halbe Stunde, bis Henry verschlafen die Haustür öffnete und nach seiner Mutter rief. Eine halbe Stunde hatten Nick und seine Mutter zusammen verbacht, und Nick hatte diese Zeit sehr genossen.

»Wenn du möchtest, können wir heute Nachmittag weitermachen. Aber jetzt muss ich erst einmal rein.«

Er nickte und beobachtete, wie seine Mutter Henry in den Arm nahm und mit ihm im Haus verschwand.

Nick war wieder alleine, und tief in seinem Herzen schmerzte es ihn, seine Mutter mit Henry zu sehen. Er musste seinen Platz für seinen jüngeren Bruder räumen.

Nachdenklich brachte Nick die Gartengeräte zurück in die Garage. Er wollte kein Egoist sein, und doch kam er nicht damit klar, dass sein Bruder all die Aufmerksamkeit bekam und nicht er. Er wünschte sich, dass seine Mutter genauso mit ihm umgehen würde wie mit Henry. Er atmete tief durch und ging dann ebenfalls ins Haus zurück.

Henry saß am Tisch und trank seinen Morgenkakao durch einen Strohhalm.

»Hallo, Nick!«, rief er freudig, als sein Bruder zur Haustür hereinkam.

»Guten Morgen, Henry!«, antwortete Nick freundlich.

Sein kleiner Bruder strahlte ihn an. Nach all den Jahren hatte er immer noch nicht gemerkt, dass Nick neidisch auf ihn war. Und nach all den Jahren hatte seine Liebe zu Nick nicht abgenommen.

Nick spürte eine Traurigkeit in sich aufkommen. Henry konnte überhaupt nichts dafür, dass seine Mutter ihm ihre ganze Aufmerksamkeit gab. Dennoch hielt er seinen kleinen Bruder immer etwas auf Abstand.

»Nick, alles okay?«, wunderte sich die Mutter. »Du stehst so da. Komm doch rein und mach die Tür zu!«

»Ja, das mach ich.«

Nick schüttelte den Kopf. Er war wieder so tief in Gedanken versunken gewesen und verstand selbst nicht, was seit dem Vortag in ihm vorging. Er war schon immer ein Träumer gewesen, doch es schien, dass er jetzt bereit war, hinter seine Gedanken zu blicken. Er wollte wissen, was wirklich mit ihm los war.

Jack hatte ihn ja am Tag zuvor im Park gefragt, ob er wissen wolle, wie stark die Liebe seiner Mutter war. Und Nick wusste, dass dies jetzt wirklich ein guter Zeitpunkt dafür war. Er beschloss, mit der Situation Frieden zu schließen. Zu viele Jahre schon fühlte er sich ausgegrenzt und ungeliebt. Irgendwann musste er damit klarkommen.

»Nick, ich muss gleich das Essen vorbereiten. Würdest du mit Henry in den Park gehen und ein bisschen mit ihm spielen?«

»Oh ja, oh ja!«, jubelte Henry und nahm seinem Bruder damit jegliche Möglichkeit, sich anders zu entscheiden.

Es war lange her, dass sie zusammen im Park gespielt hatten, und eigentlich war der Park ja Nicks familienfreie Zone. Doch er konnte jetzt unmöglich Nein sagen, und so stimmte er zu. Nach wenigen Minuten waren sie fertig, holten den roten Fußball aus der Garage und machten sich auf den Weg in den Park.

Nick hatte Mühe, Henry hinterherzukommen, und immer wieder foderte er seinen Bruder auf, neben ihm zu bleiben. Irgendwann schnappte er sich einfach Henrys Arm und hielt ihn von da ab an der Hand fest.

Auf dem Weg durch den Park hörte Nick seinem Bruder kaum zu. Immer wieder blickte er sich um, auf der Suche nach Jack. Er blickte über die Wiesen und hinters Gebüsch, doch egal, wohin Nick schaute, nirgendwo war eine Spur von Jack zu sehen.

»Jetzt komm, Nick!« rief Henry seinem Bruder zu, und endlich kickte Nick gegen den Ball. Henry rannte kichernd hinter dem Ball her, und Nick setzte sich auf die Wiese.

Es war wieder ein sonniger Tag, doch in der Ferne konnte Nick einige Wolken sehen, die sich zusammenzogen. Vielleicht würde es an dem Tag wieder regnen, doch bevor die Wolken in Winston ankämen, würden noch viele Stunden vergehen. Nick passte nicht auf, und der rote Fußball knallte gegen seine Seite.

»Zurück! Zurück!«

Endlich stand Nick wieder auf und tat, wozu er gekommen war: mit seinem Bruder Fußball zu spielen. Über eine Stunde lang tobten die beiden Brüder in dem Park herum, so, als ob nie etwas zwischen ihnen gestanden hätte. Es war komisch für Nick, so unbeschwert mit seinem Bruder Ball zu spielen. Andererseits fühlte es sich einfach richtig an.

Henry hatte kaum Lust, nach Hause zu gehen, doch als Nick ihn mit der Aussicht lockte, dass das Essen bei ihrer Ankunft bereits auf dem Tisch stehen würde, änderte der kleine Vielfraß seine Meinung.

Henrys und Nicks Mutter hatte Nudeln gekocht, und schon im Vorgarten konnte man die Soße und den Käse riechen. Nick nahm seinen Bruder mit ins Gästebad, und zusammen wuschen sie ihre Hände.

»Wo ist Dad? Ich dachte, er wollte zum Mittagessen hier sein?«, wollte Nick wissen, als er sich mit seinem Bruder an den Esstisch setzte.

»Er hat gerade angerufen, er kann nicht kommen.«

Das klang für Nick irgendwie erleichternd.

»Was haltet ihr davon, wenn wir heute nach dem Essen alle zusammen die Fahrräder schnappen und an den See fahren?«

Henry schaute erst einmal seinen Bruder an und jubelte nicht sofort los.

»Ich kann leider nicht«, entgegnete Nick schnell. »Ich bin heute Nachmittag mit einem Freund verabredet.«

»Hm … vielleicht hat Steve ja Lust, mitzukommen?«, erwiderte Nicks Mutter plötzlich.

Nick riss die Augen auf. Zwar hatte Nick gar nicht Steve gemeint, aber die Tatsache, dass seine Mutter bereit war, diesen zu sehen, schockierte ihn.

Mehr als einmal hatten Nicks Eltern ihn darauf hingewiesen, wie schlecht Steve für Nick sei, und dass er doch leicht auch andere Freunde finden könnte.

»Ähm … ich … ich treff mich nicht mit Steve, sondern mit einem anderen Freund.«

»Oh …«, staunte Nicks Mutter, die bisher davon ausgegangen war, dass Nick außer Steve keine Freunde hätte. Zumindest hatte sie noch nie von einem gehört.

Natürlich hatte Nick ab und zu Kontakte mit anderen Jungs in seinem Alter, alleine durch das Training mit der Footballmannschaft. Aber dass Nick sich wirklich mit jemandem traf und diese Person auch als Freund bezeichnete, kam eher selten vor.

Catherine sagte zu Henry: »Na, dann müssen wir beide wohl alleine fahren.«

Dieser zuckte mit den Schultern und kaute weiter.

»Aber die Ferien haben ja erst angefangen. Wir werden also noch viele Möglichkeiten haben, gemeinsam zu fahren«, fügte Nick noch schnell hinzu, sodass Henry wieder vergnügt lächelte.

Nach dem Essen legte Nick sich ins Bett und las in seinem Buch weiter, das er eine Woche zuvor zu lesen begonnen hatte. Es war die Autobiografie eines berühmten Footballspielers. Nick klappte das Buch jedoch bereits nach wenigen Zeilen wieder zu und legte es auf den Fußboden neben das Bett. Er wusste gar nicht mehr, ob er überhaupt jemals in seinem Leben wieder Football spielen würde. Zu erniedrigend war das letzte Training für ihn gewesen.

Nein, beschloss Nick, er würde nicht mehr dort hingehen. Vielleicht spielte er ja eines Tages in einer anderen Mannschaft, aber für seine Schulmannschaft würde er keinen Football mehr berühren.

Auf dem Schreibtisch lag sein MP3-Player, und so tat Nick das, was er am liebsten tat: im Bett seine Musik hören und abschalten.

Tatsächlich schlief Nick ein, und als er wieder wach wurde, waren seine Mutter und Henry bereits weggefahren. Er ging ins Wohnzimmer und setzte sich für einen Moment auf die Couch. Obwohl er gerade erst wach geworden war, fing es in seinem Kopf schon wieder an zu rattern.

Die kurze Zeit mit seiner Mutter am Vormittag hatte Nick sehr gutgetan, und so fragte er sich, ob es vielleicht seine Schuld war, dass sie sonst so wenig Zeit miteinander verbrachten. Schließlich hätte er ihr schon lange vorher seine Hilfe anbieten können. In den letzten Jahren hätte er oft genug die Gelegenheit dazu gehabt, doch er hatte sie nie ergriffen. Er war immer davon ausgegangen, dass seine Mutter keinen Kontakt zu ihm haben wollte. Doch vielleicht war es umgekehrt gewesen.

Nick beschloss, in den Park zu gehen und mit Jack darüber zu sprechen. Dieser mystische, hoch-komische Typ namens Jack. Er strahlte eine solche Einfachheit aus, und dennoch war jedes seiner Worte von Weisheit erfüllt.

Glücklich wie schon lange nicht mehr, sprang Nick die Treppe hinunter, blickte schnell in seinen Rucksack, schnappte sich ein Eis aus dem Tiefkühlfach und verließ das Haus.

Er wollte Jack sofort sehen, denn er wollte jetzt wirklich wissen, was die Ursache für die schlechte Beziehung zu seinen Eltern war. Er war sich sicher, bei Jack eine Antwort zu finden.

Die Vögel flogen ziemlich tief an diesem Montagnachmittag, und die Luft war feucht, sodass wieder Regen zu erwarten war.

Nick blickte kurz in den Himmel. An manchen Tagen störte ihn das Regenwetter, doch so war es eben in der Gegend, in der er wohnte: Es gab ein paar Wochen im Sommer, in denen es verstärkt regnete, doch dann stellte sich für eine lange Zeit die Sonne ein, und bis zum Herbst gab es anschließend keinen Niederschlag mehr.

Nick überlegte schnell, ob er zurückgehen und einen Regenschirm holen sollte, doch dann verwarf er diesen Gedanken wieder und ging rechts die Straße entlang in Richtung Stadtpark. Noch sah es nicht so aus, als würde es bald anfangen zu regnen.

Nach ein paar Minuten war er im Park und ging schneller. Es schien für ihn schon ein Ritual zu werden, von dem kleinen Hügel zu blicken und auf den Moment zu warten, in dem er einen Blick auf den Brunnen und die weißen Bänke werfen konnte.

Nick lächelte, doch dieses Lächeln verschwand sofort wieder. Erschrocken musste er feststellen, dass Jack nicht auf der Bank saß. Ein Pärchen hatte die Bank nebenan belegt und kuschelte miteinander, doch sonst gab es niemanden in seiner Nähe.

Sofort wurde Nick traurig. Seine gute Laune war wie weggeblasen. Schnell schaute er sich um, doch Jack schien nicht in der Nähe zu sein. Betrübt ging er wieder auf den Sandpfad zurück, als er in der Ferne einen Mann winken sah.

»Nick!«

Da war er tatsächlich. Jack hatte die Bank gewechselt und saß gemütlich an einem Teich, fünfzig Meter von den anderen Bänken entfernt.

Jack lachte wieder einmal wie ein Verrückter. »Du warst enttäuscht, mich nicht zu sehen!«

Schelmisch zeigte er auf Nick und freute sich.

Nick schmunzelte innerlich und setzte sich neben ihn auf die braune Holzbank.

»Siehst du, wie dein Verstand funktioniert?«, fragte Jack amüsiert. »Ich war da, doch du hast mich nicht gesehen und bist gleich in eine Schockstarre gefallen.«

Er imitierte Nicks erschrockenen Gesichtsausdruck.

Nick lachte ebenfalls. Wie konnte er es auch nicht tun, nachdem Jack ihm verdeutlicht hatte, wie eine Schockstarre so aussah.

»Wie schön, dass du gekommen bist.«

Er wollte es nicht sagen, doch insgeheim freute Nick sich, dass Jack wirklich hier im Park war.

»Welche Frage hast du in deinem Kopf, Nick?«

»Wegen gestern, Jack: Du hast mich gefragt, ob ich wissen will, ob sich die Liebe meiner Mutter verändert hat.«

Jack wippte mit den Füßen hin und her. »Richtig. Möchtest du es immer noch nicht wissen?«

»Genau!«, antwortete Nick und merkte erst nachdem er das Wort ausgesprochen hatte, dass Jack ihn wieder auf die Schippe nahm.

»Nein, ich möchte es jetzt wissen. Natürlich will ich das. Wie lange wirst du eigentlich noch Witze darüber machen, dass ich gestern Abend so sauer war?«

Jack schüttelte leicht den Kopf und lächelte.

Nick vertraute Jack auf einmal, das war spürbar.

»Ich werde sofort damit aufhören, wenn du das möchtest. Du musst es mir nur sagen.«

Nick winkte ab. »Nein, es ist halb so wild.«

»Wirklich?«, wollte Jack wissen.

Nick grinste noch mehr.

»Es ist okay, bei dir weiß ich irgendwie, dass du es niemals böse meinen könntest.«

Jack lächelte noch mehr als sonst, und Nick verstand, dass dies ein Dankeschön für ihn war.

»Ich habe heute mit meiner Mutter ein bisschen Zeit im Garten verbringen können. Und … es war … schön.«

»Oh, ja, die Mütter, wunderbare Wesen Gottes. Sprich weiter.«

Nick lächelte innerlich kurz. Wunderbare Wesen Gottes hatte Jack auch die Kinder genannt. Für ihn schien einfach alles wunderbar zu sein.

»Seit meine Mutter Henry bekommen hat, bin ich nicht mehr wichtig für sie. Also, zumindest empfinde ich das so, und das tut einfach weh«, sprach Nick weiter.

Jack nickte.

Dann sagte er schlagartig: »Nick, schließe deine Augen.« Er stand auf und stellte sich vor ihn.

»Wieso soll ich …?«, rief Nick und beschloss gleich danach, es einfach zu tun.

»Ich möchte, dass du das, was du mir gesagt hast, deiner Mutter sagst.«

Nick öffnete sofort entsetzt die Augen und schüttelte den Kopf. »Oh nein, Jack! Das kann ich nicht tun! Ich würde mich in Grund und Boden schämen!«

Jack legte seine Hand auf Nicks Schulter und schüttelte ebenfalls den Kopf.

»Nein, Nick, so meinte ich das nicht. Du sollst es ihr nicht real sagen. Sage es ihr in deinen Gedanken.«

»Wovon redest du?«

Jack zuckte mit den Schultern, als ob es völlig normal wäre, in Gedanken mit jemandem zu sprechen.

»Schließe deine Augen, und versuche, dir deine Mutter vorzustellen.«

Nick machte einfach, was ihm gesagt wurde. Ein Hinterfragen war bei Jack sowieso nicht möglich. Zwar kannte Nick Jack noch nicht wirklich lange, aber etwas hatte er bereits gelernt: Was Jack sagte, hatte einen Sinn, auch wenn man ihn erst später entdecken würde.

»Erinnere dich, was sie heute Morgen anhatte. Stelle dir vor, du würdest mit ihr im Garten stehen. Wenn du sie vor dir sehen kannst, gib mir ein Zeichen.«

Es dauerte zwei Minuten, bis Nick so weit war.

»Jetzt sage ihr: ›Mum, ich habe das Gefühl, dass du mich nicht mehr liebst, seit Henry auf der Welt ist‹.«

Nick räusperte sich. Es fiel im sichtlich schwer, das zu sagen, auch wenn es lediglich in Gedanken stattfand.

Nach ein paar Augenblicken bat Jack ihn noch einmal, die Worte auszusprechen, und betonte dabei, wie wichtig dies sei.

Einen kleinen Moment später konnte Jack sehen, wie sich Tränen in Nicks Augen bildeten.

Bevor die Tränen seine Wangen hinunterliefen, stand Nick auf und ging zu einer hohen Hecke in der Nähe, wo ihn niemand sehen konnte.

Jack blieb einfach auf der Bank zurück und wartete, bis Nick sich gefangen hatte.

Nach fünf Minuten kam Nick wieder zurück zur Bank und setzte sich neben Jack. Er hatte die ganze Zeit hinter der Hecke auf dem Boden gesessen und geweint. Eigentlich wusste er selbst nicht, wieso, doch als er seiner Mutter in seinen Gedanken von seiner Angst erzählt hatte, war das so, als ob er es ihr direkt ins Gesicht gesagt hätte.

»Es tut weh, das auszusprechen, was einem auf dem Herzen liegt, oder?«

Nick nickte, und wieder lief ihm eine Träne über die Wange.

»Jetzt, da du deiner Mutter von deiner Angst erzählt hast, muss der Gedanke nicht länger in deinem Verstand herumgeistern, und bald schon wirst du dich freier fühlen«, sagte Jack nüchtern und blickte in den Himmel.

Nick schwieg immer noch. Direkt neben ihm raschelten die Blätter eines Baumes durch den Wind, und zwei Enten auf dem Teich begannen aufgeregt zu schnattern. Doch Nick blickte weiter auf den Boden und bekam nicht mit, was um ihn herum geschah.

»Du musst wissen, Nick, dass viele deiner Probleme und auch die der anderen sich in Luft auflösen würden, wenn die Gedanken und Sorgen ausgesprochen würden. Es macht keinen Sinn, diese zermarternden Gedanken immer und immer wieder durchzuspielen.«

Nick atmete schließlich tief ein, und Jack verstand, dass der Junge wieder ganz klar war und er weitermachen konnte.

»Möchtest du einen Schritt weiter gehen?«

Nick verstand, wovon Jack redete, und bejahte seine Frage.

»Stelle dir deine Mutter noch einmal vor, hole sie dir wieder ins Bild. Gib mir ein Zeichen, wenn du sie wieder klar vor dir sehen kannst.«

»Ja, ich kann sie sehen«, sagte Nick nach einer Weile.

»Gut, und jetzt frage dich bitte, ob sie dich weniger liebt. Was glaubst du, wie sie deine Situation sieht?«

»Jack, ich komme mir dabei ziemlich verrückt vor«, erwiderte Nick und blinzelte kurz.

»Lasse deine Augen geschlossen, Nick!«, ermahnte Jack den jungen Mann auf der Bank bestimmend, aber sanft.

In seinen Gedanken näherte Nick sich seiner Mutter, und mit jedem Schritt, den er ihr näher kam, konnte er ihr Gesicht deutlicher sehen.

Sie schien irgendwie traurig zu sein, zumindest sah Nick das in ihren Augen.

Nick fragte sich, wie das sein konnte. Er sah sie in seinem inneren Bild direkt vor sich stehen, und er spürte ihre Traurigkeit.

Jack legte seine warme Hand auf Nicks Schulter.

»Jetzt, wo du sie sehen kannst, frage sie, ob sich an ihrer Liebe in den letzten Jahren irgendetwas geändert hat. Frage sie, ob sie dich wirklich nicht mehr liebt.«

Obwohl seine Mutter nicht in Wirklichkeit vor ihm stand und er sie nur in seiner Fantasie sah, traute Nick sich dennoch nicht, ihr diese Frage zu stellen.

Doch genau diese Frage brannte ihm schon seit so langer Zeit auf dem Herzen, und er sehnte sich nach einer Antwort.

»Okay«, sagte er dann auf einmal. »Ich habe sie gefragt.«

»Gut, Nick, und nun beobachte, was sie tut.«

Nick saß schweigend, ohne sich zu rühren, auf der Bank im Stadtpark Winstons. Mittlerweile waren er und Jack nicht mehr alleine, denn ab und zu gingen ein paar Menschen durch den Park, doch Nick bemerkte davon nichts. In diesem Moment war er in einer Welt, die nur er selbst sehen konnte.

Jack lächelte Nick an, seine Hand ruhte immer noch auf dessen Schulter. Für Nick war das in keinster Weise unangenehm. Eine unbeschreibliche Wärme strahlte aus Jacks Händen. Sie beruhigte Nick.

Dann bildeten sich langsam Tränen in Nicks geschlossenen Augen und liefen ihm die Wangen hinunter. Dabei sah es so aus, als ob in den Tränen die Strahlen der Sonne gespeichert wären, so sehr strahlten sie.

Behutsam nahm Jack die Hand von Nicks Schulter. Immer mehr Tränen liefen Nicks Gesicht herunter, und er zog die Nase hoch.

Jack griff in seine Westentasche und holte ein Taschentuch hervor.

»Hier, Nick«, sagte er und reichte es Nick.

Dieser öffnete schließlich seine Augen wieder. Ein Schauer durchfuhr ihn, und es schien, als ob alles Leid aus ihm herausbräche.

»Ist das wahr, was ich da gesehen habe?«, fragte Nick leise, und eine Gänsehaut breitete sich auf seinem gesamten Körper aus.

»Oh ja, Nick, ich glaube schon.«

»Aber wie ist das möglich? Sie ist doch gar nicht hier! Ich habe sie mir doch nur vorgestellt!«

Jack lächelte, und es schien ihm ein Bedürfnis, Nick in den Arm zu nehmen. Doch für den Moment hielt er dieses Bedürfnis noch zurück.

»Glaube mir, Nick, es macht für deine unterdrückten Gefühle keinen Unterschied, ob sie wirklich hier ist oder nicht. Aber magst du mir sagen, was du gesehen hast?«

Wieder lief eine Träne über Nicks Wange. Er schluckte noch einmal und atmete tief ein und aus, bevor er weitersprach.

»Ich habe sie vor mir gesehen und sie einfach gefragt, ob sie mich noch liebt. So, wie du es gesagt hast. Erst geschah nichts, aber dann …«, Nicks Stimme wurde leiser, »dann fing sie an, mit mir zu sprechen, und sie sagte, dass sich nichts geändert habe seit damals. Ihre Liebe habe sich nicht verändert, und sie sei für jeden Tag dankbar, den sie mit mir teilen könne. Dann sagte sie mir, dass sie darunter leide, dass ich mich so verschlossen habe. Sie sähe meine Traurigkeit und meine Angst. Sie würde mir so gerne diese Trauer nehmen, doch sie könne es nicht, weil ich nicht mehr der kleine Nick sei, der ich früher war. Ich solle lernen zu fliegen, denn ich hätte wunderschöne große Flügel, die mich weit tragen würden.«

Jack schien sentimental zu werden, und in seinen Augen konnte man die Bewunderung für Nick sehen. Auch seine Augen füllten sich mit Tränen, doch es schienen Tränen der Freude zu sein.

»Du bist ein wunderbarer Junge, Nick, und ich bin sehr überrascht, dass du die Botschaft so leicht verstanden hast.«

»Ich kann nicht glauben, dass das real war, Jack. Es fühlte sich so echt an, aber es war trotzdem nur in meinem Kopf.«

Er schüttelte verwirrt den Kopf. »Sie hat das in meinem Kopf so laut und deutlich gesagt, als ob sie vor mir gestanden hätte!«

Jack bewegte die Hand und deutete auf seine Umgebung.

»Diese Welt in dir ist nicht weniger real als die Welt hier draußen.«

Nick wurde schlagartig wieder bewusst, dass er im Park saß und beobachtet werden konnte. Er wischte sich schnell die Tränen vom Gesicht und setzte sich aufrecht auf die Bank.

»Sage mir noch eines, Nick. Was hast du gefühlt? Ihre Worte hast du verstanden, doch welches Gefühl ist bei dir angekommen?«

»Ich wusste irgendwie, dass sie mich wirklich liebt. Das habe ich gemerkt, als sie gesprochen hat. Das … ich kann das kaum glauben.«

Lachend setzte Jack sich neben Nick auf die Bank.

»Welch ein wunderbarer Augenblick, oder, Nick?«, fragte er voller Freude.

Nick war sich nicht ganz im Klaren darüber, was dieser Augenblick zu bedeuten hatte, doch auf eine seltsame Art fühlte er sich wohl. Er fühlte sich gut, obwohl er gerade vor einem fremden Mann geweint hatte, er fühlte sich gut dabei, über seine Mutter gesprochen und dabei seine tiefste Traurigkeit offenbart zu haben.

»Das war wirklich verrückt, Jack! So etwas habe ich noch nie erlebt.«

Jack nickte zustimmend und lehnte sich gemütlich mit dem Rücken an die Bank.

»Du hättest nie gedacht, dass sie das für dich empfindet, oder?«

Nick schloss für einen Moment die Augen und genoss das angenehme Gefühl, das er in sich trug.

»Und ich hatte vergessen, wie sehr ich meine Mutter liebe! Wie konnte das nur passieren?«

»Es sind die Gedanken. Wenn du einen Gedanken immer wieder hast, dann fängst du irgendwann an, wirklich daran zu glauben, du fängst an, ihn zu leben. Du hast gesehen, dass deine Mutter deinem Bruder die gleiche Liebe und Aufmerksamkeit gegeben hat, die sie vorher dir gegeben hatte. Und du hast angefangen zu glauben, dass sie dich nicht mehr lieben würde. Du glaubtest, im Recht zu sein. Für dich war dieser Gedanke real.«

Nick sagte nichts dazu, doch sein Schweigen gab Jack die Zustimmung für das, was er gesagt hatte. Für einen Moment schien Jack nachzudenken, doch dann stand er auf und entfernte sich ein paar Schritte von der Bank.

»Nick, ich möchte dir noch etwas zeigen.«

Gemeinsam gingen sie um den Teich herum, der sich direkt neben der Bank befand.

»Ich möchte dir etwas zeigen, eine Angewohnheit der Menschen, könnte man sagen. Eine Angewohnheit, die all das Gute, das auf der Welt und in einem selbst existiert, daran hindert zu fließen.«

Eine Holzbrücke führte über das Wasser, und Jack ging einige Schritte über das helle Holz.

»Sieh hin!«, forderte er Nick auf und zeigte auf den kleinen Teich unter ihm.

»Was meinst du?«

Jack sagte zunächst nichts und stellte sich neben Nick an das Brückengeländer.

»Sieh dir die Enten an!«

Nick blickte hinunter auf den Teich und sah einige Enten, die alle gleich aussahen, nur unterschiedlich groß waren. Eine Ente, die größer als die übrigen und somit vielleicht ein Elternteil war, schwamm vorneweg, und etwas kleinere Enten schwammen geradlinig hinter ihr her.

»Nun, keine Ahnung, sie schwimmen in einer Linie.« Nick wusste nicht, was Jack ihm mitteilen wollte.

Dieser lächelte wieder nur und meinte: »Gut beobachtet! Auch in der Art, wie sie schwimmen, steckt eine Weisheit. Aber das meine ich nicht.«

»Was meinst du denn dann?«, fragte Nick weiter geduldig nach.

»Wie fühlen sich die Enten? Was glaubst …«

»Du fragst mich, wie sich die Enten fühlen?«, unterbrach Nick den Mann überrascht. »Woher soll ich denn wissen, wie sich Enten fühlen?« Er musste laut lachen.

Doch Jack schien das überhaupt nicht lustig zu finden. Er meinte es tatsächlich ernst.

Nicks Lachen verstummte, und er zeigte auf die Enten. »Du … du meinst das ernst? Das war kein Witz?«

Jack schüttelte den Kopf. »Sie sind Lebewesen wie du und ich. Meinst du, du könntest nur die Gefühle deiner Mutter wahrnehmen?«

»Gut. Und wie soll ich das anstellen?«, fragte Nick weiter.

»Sieh ihnen in die Augen.«

»Du … okay, ich frage gar nicht, ich tue es einfach.«

Jack nickte zufrieden, und Nick ging über die Brücke, um näher an die Enten zu gelangen. In diesem Moment schien ihm selbst das Unmögliche möglich zu sein. Er kniete sich an den Rand des Teichs und versuchte, die Enten, die sich nur unweit von ihm entfernt das Gefieder putzten, genauer zu betrachten.

»Ich kann ihre Augen nicht sehen, sie sind zu weit weg. Doch, da …«

Die größere Ente beendete ihre Körperhygiene und neigte den Kopf zur Seite. Sie schien Nick direkt in die Augen zu blicken. Dieser stand schließlich ruckartig wieder auf, warf die Arme nach oben und verschloss sie hinter dem Kopf.

»Was mache ich hier, Jack? Ich sehe gar nichts. Ich habe keine Ahnung, was diese Enten fühlen!«

Er schlurfte wieder zurück zu Jack auf die kleine Holzbrücke.

Dieser war weiterhin ganz entspannt und sagte nur: »Nun gut, ich sage es dir.«

Nick blieb stehen und wartete auf den nächsten Satz.

»Sie haben keine niederen Emotionen wie wir. Sie haben keine Sorgen wie wir. Sie existieren einfach nur und tun das, wozu sie hier sind.«

»Und?«, entgegnete Nick, dem diese Erklärung reichlich unpoetisch erschien.

»Glaubst du, diese Enten sind depressiv? Launisch? Zornig? Verletzt? Oder vielleicht einsam?«, fragte Jack.

Jetzt musste Nick doch wieder lachen. Als ob er sich jemals darüber Gedanken gemacht hätte, ob Enten depressiv sein könnten.

»Nein, ich glaube nicht, dass sie depressiv sind.«

»Aber woran liegt es, dass es Lebewesen gibt, die depressiv sind, und welche, die es nicht sind? Was, glaubst du, macht den Unterschied?«

Nick zuckte kurz mit den Schultern. Diese Frage hatte er sich schon öfter gestellt.

»Hm, keine Ahnung. Wir Menschen sind eben intelligentere Wesen. Vielleicht haben Enten keinen Verstand oder so was.«

»Heiß!«, antwortete Jack. »Du hast es fast getroffen! Sie denken tatsächlich nicht. Zumindest nicht so wie wir.«

»Das ist gut für sie«, antwortete Nick lachend, aber nicht weniger ernst.

Jack kicherte. »Oh, Nick, ich finde dich einfach sympathisch! Eine Schande, dass wir uns erst jetzt begegnet sind!«

Für einen Augenblick schwieg Jack wieder. Er drehte sich zu Nick und sagte: »Aber weißt du, jetzt ist genau der richtige Zeitpunkt, dir zu begegnen.«

»Ja, vielleicht«, entgegnete Nick und staunte über seine Antwort.

»Doch zurück zu den Enten, mein Freund. Sie sind einfacher gestrickt, und dies ist wahrlich in mancherlei Hinsicht ein Vorteil. Sie leben einfach ihre Bestimmung, die sie instinktiv kennen. Sie hinterfragen nicht alles, was in ihr Leben tritt, und tragen auch nicht jahrelang unwahre Gedanken mit sich herum.«

Jack stieß seinen Ellenbogen sanft ins Nick Seite.

»Ja, ich gestehe«, antwortete dieser beschämt.

»Weißt du, die Menschen zerstören ihr Leben durch ihre eigenen Gedanken. Nicht, dass Gedanken etwas Schlechtes wären. Sie dienen uns, und unser Verstand dient uns. Er ist das perfekte Werkzeug, um Informationen zu filtern und zu überprüfen, doch wir haben dem Verstand eine Rolle gegeben, die ihm eigentlich nicht gehört.«

»Du meinst, wir sollten mehr fühlen?«

Jack nickte sanft. »Siehst du, du warst davon überzeugt, dass deine Mutter dich weniger liebt, oder?«

»Ja, das stimmt wirklich.«

»Und heute hast du erfahren, dass es nicht wahr ist, indem du dir erlaubt hast, zu fühlen. Du hattest all die Jahre einen falschen Gedanken. Du hast einen Irrtum gelebt, der dir viel Kummer bereitet hat!«

Wie recht er hatte. Doch Nick konnte das erst an diesem Tag verstehen.

»Deine Gedanken sind wie Brillen, die deine Sicht färben. Du hast in letzter Zeit in einer grauen Welt gelebt, Nick. Deine Brille hatte graue Gläser durch deine eigenen traurigen, grauen Gedanken. Der Himmel war nach wie vor blau und die Sonne goldgelb. Die Blumen hatten die gleichen bunten Farben, und das Gras war nach wie vor grün. Doch all das hast du durch deine Gedanken mit einem grauen Schleier belegt.«

Auch wenn Jack in Bildern sprach, verstand Nick die tiefere Bedeutung dessen, was er damit sagen wollte.

»Weißt du, wo deine Gedanken entstehen, Nick?«

»Keine Ahnung. In meinem Kopf?«

»Wer denkt sie denn? Wer erschafft deine Gedanken?«

»Ich! Wer denn sonst?« Nick musste lachen bei der Vorstellung, dass jemand anderes ihm Gedanken in den Kopf legte.

»Fast alle deine Gedanken kommen aus deinem Unterbewusstsein. Sie sind dir nicht bewusst. Fast alle deine Gedanken entstehen durch Erinnerungen, durch Glauben, durch Überzeugungen. Du warst so überzeugt davon, dass deine Mutter dich nicht mehr liebt, dass deine Gedanken nur noch darum kreisten. Du hattest kaum eine Chance.«

»Das ist wie eine Lawine, oder?«

Jack nickte stumm. »Der einzige Weg, sich von diesen Gedanken zu befreien, ist es, sie zu hinterfragen. Du musst dich fragen, ob dieser Gedanke, den du da hegst, wirklich wahr ist.«

Nick erinnerte sich daran, dass er vor wenigen Tagen im Bett gelegen hatte und an nichts anderes mehr denken konnte als an sein Leid und seine Traurigkeit.

»Du hast so recht, Jack! Eigentlich ist es einfach. Ich hoffe, dass ich in Zukunft besser aufpassen werde«, grinste er.

»Oh, das ist nicht immer einfach, aber Übung macht den Meister, Nick. Erinnere dich stets daran, deine Gedanken auf ihren Wahrheitsgehalt zu überprüfen, bevor du ihnen traust! Überprüfe, ob ein Gedanke wirklich stimmt oder nicht. Du hörst jemanden in deiner Umgebung etwas sagen, und gleich denkst du, es ginge um dich, und dementsprechend verhältst du dich. Du hattest irgendwann den Gedanken, dass deine Mutter dich weniger lieben könnte, und statt dem auf dem Grund zu gehen, hast du es einfach geglaubt. Und was dann kam, weißt du nun.«

»Meine Gedanken kreisen dann nur noch um das eine Thema, und ich sehe in allem die Abweisung meiner Mutter?«

»Du sagst es! Denke einmal darüber nach, wenn du abends im Bett liegst. Überprüfe noch einmal die Gedanken der letzten Zeit. Wie oft warst du sicher, dass ein Gedanke stimmte, und musstest später dann doch feststellen, dass er nicht wahr war?«

Nick hörte es krachen. Erschrocken blickte er in den Himmel, der voller dunkler Wolken war.

Jack stand schnell auf. »Wir sollten lieber nach Hause gehen, bevor wir uns noch erkälten.«

»Okay«, erwiderte Nick und wartete darauf, dass Jack noch irgendetwas sagen würde. Der Abschied schien ihm etwas zu abrupt.

Dann entschied er sich, selbst nachzufragen: »Jack, wollen wir uns morgen wieder treffen?«

»Gerne.«

»Gleiche Uhrzeit wie heute?«

»Ja.«

»Dann gehe ich jetzt lieber nach Hause. Es gibt sowieso bald Abendessen.«

»Denke an meine Worte, und beobachte dich. Du kannst das!«

»Ja«, entgegnete Nick ehrlich.

Jack drehte sich um und lief über den Rasen.

»Ich freue mich darauf!«, rief er Nick noch zu und sprang dann über das Blumenbeet in Richtung Straße.

Es regnete, und Nick rannte nach Osten in Richtung Parkausgang, doch nach wenigen Metern hielt er plötzlich inne. Er wollte unbedingt wissen, wo Jack wohnte, und daher entschloss er sich, unauffällig hinter ihm herzulaufen. Nicht, dass er sich bei ihm zu Hause einladen wollte. Nein, er wollte einfach sichergehen, dass Jack ein Dach über dem Kopf hatte.

Neugierig ging Nick schneller und rannte über die Straße. Jack war ungefähr fünfzig Meter vor ihm und bog schließlich, ohne etwas zu bemerken, nach rechts in eine andere Straße ab. Nach wenigen Sekunden erreichte auch Nick die Kreuzung und bog ebenfalls vorsichtig in die Seitenstraße ab.

Zu Nicks Überraschung war Jack allerdings nicht mehr vor ihm zu sehen. Ungläubig lief er auf die Straße und blickte umher. Eine Frau mit einem Regenschirm ging die Straße entlang, und Nick fragte sie im Vorbeigehen, ob sie einen Mann gesehen hätte.

»Wann soll ich denn diesen Mann gesehen haben?«, fragte sie.

»Gerade eben. Er ist gerade eben in diese Straße eingebogen. Er hat eine beigefarbene Hose und eine …«

»Hör zu, Junge, ich weiß nicht, was mit dir los ist, aber hier ist kein Mann. Wenn dieser Mann gerade eben hier entlanggelaufen wäre, hätte ich ihn ja sehen müssen.«

Kopfschüttelnd ging die Frau weiter und ließ Nick mit offenem Mund stehen.

Wie konnte das möglich sein? Nick lachte. Dieser Jack war einfach unglaublich. Womöglich hatte er bemerkt, dass Nick ihm gefolgt war, und hatte ihm einen Streich gespielt.

»Das war sowieso eine dumme Idee«, dachte er und rannte schnell durch den Regen nach Hause.

Jack hatte in dem Gespräch völlig recht gehabt. Das Übel in dieser Welt waren die Gedanken. Jack war sicherlich kein Obdachloser, und deswegen brachte es nichts Gutes, darüber nachzudenken, dass er es vielleicht sein könnte. Das würde ihn höchstens traurig machen, und das wollte Nick an diesem Abend am allerwenigsten. Jack war so ein besonderer Mensch für ihn geworden, und daran denken zu müssen, dass er einsam auf einer Straße läge, während der Regen über ihn hereinbräche, verursachte keine schönen Gefühle in Nick.

An diesem Abend wäre für Nick eher Feiern angesagt gewesen. Dieser Tag gehörte zu den schönsten und wichtigsten in den letzten Jahren. Heute hatte er mit seiner Mutter gesprochen, und auch wenn es nur in seinen Gedanken geschehen war, hatte es sich dennoch echt angefühlt, und er war befreit wie kaum vorher in seinem Leben.

Nick verlangsamte seinen Gang und schnaufte. Er war jetzt ein gutes Stück gerannt, und der Regen hatte endlich nachgelassen. Das war gut, denn noch weiter rennen wollte Nick nicht. Etwas Nieselregen fiel zwar noch vom Himmel, doch das störte ihn nicht mehr.

Er fragte sich, ob sich auch für seine Mutter etwas geändert hatte. Er hatte sich in seiner inneren Welt so stark mit ihr verbunden gefühlt, dass es ihn nicht gewundert hätte, wenn sie etwas mitbekommen hätte. Zu neugierig war Nick, ob sie irgendwie anders auf ihn reagieren würde.

Doch egal, ob sie etwas gemerkt hatte oder nicht, Nick würde seine Mutter nie wieder mit den gleichen Augen betrachten können. Jetzt wusste er, dass sie ihn nach wie vor liebte und dass er selbst es gewesen war, der sich zurückgezogen hatte und nicht sie. Ein klein wenig ärgerte er sich, dass er sie nicht einfach einmal darauf angesprochen hatte. War es so schwer für ihn, ihr seine Gefühle zu offenbaren?

Nick erreichte den Vorgarten und sah das Auto seines Vaters in der Einfahrt vor der Garage stehen. Für einen Moment wurde ihm etwas mulmig zumute. Hoffentlich war sein Vater nicht noch sauer auf ihn wegen des gestrigen Vorfalls. Er nahm sich vor, wirklich nicht wütend zu reagieren, selbst wenn es so wäre.

An der Hauswand lehnten die Fahrräder von Nicks Mutter und seinem Bruder, und Nick schob sie in die Garage, bevor er hineinging.

Er schloss die Tür auf und streifte sich währenddessen die Schuhe am Fußabtreter ab.

»Da bist du ja!«, rief ihm seine Mutter entgegen. Sie stellte gerade einen Topf auf den Tisch.

Der Rest der Familie hatte sich dort bereits zum Essen versammelt. Nicks Vater musterte seinen Sohn für einen kurzen Augenblick und begann schließlich zu essen, ohne ihn zu begrüßen.

»Wasch dir die Hände, und setz dich zu uns«, forderte seine Mutter ihn auf.

Während Nick auf der Gästetoilette verschwand, legte seine Mutter ihm Klöße auf einen Teller und goss eine Soße darüber.

»Und, wie war euer Ausflug?«, fragte Nick seinen Bruder interessiert, als er sich an den Tisch gesetzt hatte.

Henry grinste nur breit, und beinahe wäre ihm das Essen aus dem Mund gefallen.

»Toll! Kommst du das nächste Mal mit?«, bat Henry seinen Bruder.

»Bestimmt«, entgegnete Nick schnell. Für einen Augenblick dachte er nach. Das klang gar nicht danach, dass er wirklich mitkommen würde. »Das nächste Mal bin ich dabei!«, warf er schnell noch hinterher. »Ganz sicher!«

»Wo warst du denn heute?«, fragte Nicks Vater und legte dabei nicht einmal sein Besteck ab.

»Ich habe mich heute mit einem Freund im Park getroffen«, antwortete Nick.

»Aha. Was für ein Freund? So einer wie dieser Steve?«

Nicks Mutter zog ihren Gatten an Ärmel. »Bitte, Liebling!«

»Ich darf doch noch fragen!«, erwiderte er.

»Nein, Jack ist nicht wie Steve!« Kurz wurmte es Nick, dass er den Namen verraten hatte.

»Wie alt ist denn dieser Jack?«, fragte Nicks Vater weiter.

»Weißt du was? Das geht dich überhaupt nichts an!«, lachte Nicks Mutter etwas verlegen.

»Schatz, du musst nicht darauf antworten!«, sagte sie zu Nick.

»Okay, schon gut, ich frage nicht mehr weiter. Doch eines muss ich dir noch sagen, Nick!«

»Ja?«

»Bob ...« Bei diesem Namen zuckte Nick wieder innerlich zusammen. »Bob war beim Gericht und hat zwei soziale Einrichtungen genannt bekommen, bei denen du deine Sozialstunden ableisten kannst.«

Nick schluckte, auch wenn er gerade in diesem Moment kein Essen im Mund hatte.

»Die eine ist eine Klinik für Essgestörte, die andere ist das städtische Reinigungsamt. Du könntest bei beiden nächste Woche anfangen, du musst dich nur entscheiden.«

Nicks Vater sagte das mit einer Kälte, die Nick verletzte. Er sagte es einfach so, während des Essens. Und obwohl er mit Nick sprach, sah er ihn nicht an. Nick spürte, wie sein Puls stärker wurde. Wut und Enttäuschung stiegen in ihm auf. Er kaute einfach weiter und ging nicht auf seinen Vater ein.

»Und, weißt du, wo du hinwillst?«, fragte sein Vater weiter.

»Nein, Dad. Ich werde es mir überlegen und sage es dir dann morgen Abend, okay?«

Nicks Vater stimmte zu und wechselte das Thema. Doch obwohl das Thema Sozialstunden jetzt für einen Tag vom Tisch war, hatte es in Nick zu arbeiten begonnen. Er schämte sich, und gleichzeitig war er wütend. Wütend auf seinen Vater, wütend auf Bob, wütend auf das Gericht und wütend auf sich selbst, dass er nicht aufgepasst hatte. Wie hatte das bloß passieren können? Man sah es ihm sofort an, dass er keine Lust mehr auf sein Essen hatte.

Nick schob seinen Teller von sich und war gerade im Begriff aufzustehen, als seine Mutter ihn anschaute. Da war dieser Blick, dieser bittende Blick seiner Mutter. Doch in ihren Augen konnte Nick keinen Vorwurf sehen. Sie war voller Mitgefühl für ihn und bat ihn mit ihren Augen, am Tisch zu bleiben und sich von den Sozialstunden nicht die Laune verderben zu lassen.

Ein paar Sekunden lang war Nick hin- und hergerissen. Wegzulaufen war seine alltägliche Reaktion, und damit würde er seinem Vater die Schuld für den miesen Abend geben. Er würde ihm sogar die Schuld für seine Wut geben. Dabei war es ja Nick selbst, der die Wut empfand.

Einen Moment lang blickte Nick zu seiner Mutter und zog schließlich den Teller wieder an sich heran, um weiterzuessen. Mit der Gabel stach er in einen kleinen Kloß und steckte ihn in den Mund.

Es machte keinen Sinn, jetzt aufzustehen und im gleichen Trott wie immer auf sein Zimmer zu gehen. Sollte sein Vater ihn doch so viel piesacken, wie er wollte. Nick nahm noch einen Schluck aus seinem Glas.

»Wo wir doch gerade beim Essen sind«, warf Nick in die Runde. »Essen ist so etwas Schönes. Ich glaube, ich werde meine Sozialstunden in dieser Einrichtung für Essgestörte ableisten.«

Nicks Vater, der zuvor erwartet hatte, dass sein Sohn aufstehen und der Abend wie immer im Streit enden würde, war sichtlich erstaunt über diese Worte.

»Na, jetzt wollen wir mal nicht über die Sozialstunden reden«, murmelte Nicks Mutter und berührte ihn sanft am Arm.

Nick lächelte seine Mutter an und beobachtete, wie sie seinem Vater einen ermahnenden Blick zuwarf.

Ein paar Minuten lang lag Schweigen über dem Haus, und nur das Besteck, das immer wieder mit den Tellern in Berührung kam, unterbrach diese Stille.

Nick dachte nach. Er wunderte sich über seine Reaktion und seine Fähigkeit, sich doch nicht auf einen Streit einzulassen. Doch am Interessantesten war für ihn die Tatsache, dass er erkannt hatte, dass die Ursache für einen Streit in ihm selbst lag.

Klar war, dass sein Vater ihn provoziert hatte, und Nick wusste nicht, wieso er das immer wieder tat. Doch Nick hatte sich nicht auf eine Diskussion mit seinem Vater eingelassen. Zwar war er wie immer wütend geworden, und beinahe hätte der Abend so geendet, wie viele Abende zuvor auch, doch seine Mutter hatte ihm im richtigen Moment zu verstehen gegeben, was wirklich wichtig war.

Wahrscheinlich wusste Nicks Mutter nicht, was sie in Nick ausgelöst hatte, und vielleicht war es auch gar nicht ihre Absicht gewesen, doch Nick hatte einen Grund gefunden, sich nicht zu ärgern.

Catherine stand auf und räumte das Geschirr zusammen. Nick tat es ihr nach und sammelte das Besteck ein. Anschließend holte er kleine Glasschüsseln aus dem oberen Hängeschrank und setzte sich wieder an den Tisch. Dann aßen sie alle zusammen ihren Nachtisch.

Nicks Mutter unterbrach das Schweigen und erzählte einige lustige Geschichten über befreundete Familien und Nachbarn, und alle saßen am Tisch und lachten: Nicks Eltern, er selbst und sein kleiner Bruder Henry, dessen Mund fürchterlich mit Pudding verschmiert war.

Eine halbe Stunde später, nachdem Nicks Vater noch ein paar Formulare ausgefüllt hatte, saßen alle zusammen auf der Couch und schauten sich einen Film an.

Nicks Vater erwähnte die Sozialstunden und Nicks Missgeschick mit keinem weiteren Satz.

Obwohl eine deutliche Spannung zwischen den beiden herrschte und Nick auf der Couch seinen Platz so weit wie möglich von seinem Vater entfernt gesucht hatte, waren sie friedlich und hielten sich mit Vorwürfen zurück.

Dementsprechend legte Nick sich auch mit einem wohlwollenden Gefühl ins Bett. Er spürte eine feine, dennoch starke Veränderung im Umgang mit seinen Eltern. Und er spürte, dass er viel mehr Einfluss auf die Beziehung zu ihnen hatte, als er sich das je hatte vorstellen können. Mit diesem Gefühl im Bauch schlief er ein.

Am nächsten Morgen war Nick wieder früh wach. Schon um 7 Uhr stand er unten im Wohnzimmer und sah seine Mutter. Sie saß ganz alleine am Esstisch und trank ihren Kaffee. Nick musterte sie, wie sie gedankenverloren aus dem Fenster schaute.

Als sie merkte, dass Nick hinter ihr stand, drehte sie sich lächelnd um und berührte ihn am Arm.

»Guten Morgen, Nick. Du bist aber früh wach.«

Nick gähnte kurz und lächelte zurück. Wie immer war eine seiner ersten Taten am Morgen der Gang zum Kühlschrank, um einen Schluck Orangensaft zu trinken.

»Ist Dad schon weg?«, fragte Nick.

»Ja, er hat heute einen wichtigen Termin.«

»Hm«, antwortete Nick, »in letzter Zeit ist er ganz schön lange unterwegs.«

Seine Mutter grinste vorsichtig. »Du weißt, wir reden nicht gerne über Dinge, die noch nicht eingetreten sind, aber es kann sein, dass dein Vater zum Abteilungsleiter befördert wird.«

Nick bestätigte seiner Mutter mit einem Nicken, dass er ihr zuhörte, während er eine Schüssel und Müsli aus dem Schrank holte. Danach setzte er sich neben seine Mutter und fing an zu essen.

»Du musst nachsichtig mit deinem Vater sein, Nick. Er hat im Moment wirklich viel Stress.«

Catherine versuchte, den Stress, den ihr Sohn mit seinem Vater hatte, auf die Arbeit zu schieben.

Doch Nick wusste, dass sein Vater schon seit vielen Monaten so gereizt auf ihn reagierte.

»Sein Umgang mit mir hat nichts mit der Arbeit zu tun.«

Er staunte über die Worte, die aus seinem Mund gekommen waren. Er sprach einfach das aus, was in seinem Kopf vorging.

»Ich weiß auch nicht, wieso wir immer diese Streitereien haben, aber ich werde herausfinden, wieso das so ist und es ändern!«, fügte er noch hinzu und dachte sofort an Jack.

»Das wünsche ich mir sehr, mein Schatz«, flüsterte seine Mutter und versuchte mit aller Mühe zu verhindern, dass sie anfing zu weinen.

Nick wechselte schnell das Thema und ging dann in sein Zimmer, um sich umzuziehen. Er konnte es einfach nicht ertragen, seine Mutter weinen zu sehen. Schließlich weinte sie seinetwegen.

Als er seine Hose anzog und einen Blick auf sein Handy warf, stellte er fest, dass Steve angerufen hatte. Obwohl er Steve schon seit ein paar Tagen nicht gesehen hatte, spürte er dennoch kein Verlangen, das zu ändern. Diese Tatsache war schon merkwürdig, denn sie hatten sich vorgenommen, in den Sommerferien so viel Zeit wie möglich miteinander zu verbringen. Doch auf einmal schien das nicht mehr so wichtig zu sein.

Nick schloss seine Zimmertür und rief Steve zurück.

»Hey, Nick! Endlich rufst du mich an. Wir haben uns seit der Party nicht mehr gesehen. Hast du Lust, mit an den See zu kommen? Ich muss dir was richtig Krasses erzählen!«

Nick ließ sich mit seiner Antwort etwas Zeit. »Wann willst du denn gehen?«

»Nachher, nach dem Essen. Wann denn sonst? Jetzt bestimmt nicht!«

»Ich hab heute schon etwas vor.«

»Du hast was vor? Mit deinen Eltern, oder was?«

»Nein, nicht mit meinen Eltern.« Nick zögerte noch einen Moment.

»Jetzt lass dir doch nicht alles aus den Finger saugen! Hast du etwa noch so einen tollen Freund wie mich, von dem ich nichts weiß?«

Nick hatte keine Lust, Steve jetzt von Jack zu erzählen. »Nein.« Er lachte kurz.

»Du egal, dann vielleicht die nächsten Tage. Aber ich muss dir unbedingt vorher erzählen, was gestern passiert ist!«

»Schieß los!«

»Rate, wo ich gestern war?«

Nick wechselte seine Socken und klemmte sich das Handy zwischen Schulter und Ohr.

»Woher soll ich das wissen?« Beinahe fiel ihm das Handy auf den Boden, und gerade so fing er es rechtzeitig auf.

»... und sie hat mich ...«

»Warte. Wo warst du?«

»Bei Angie, gestern Abend. Sie hatte mich eingeladen, weil ihre Eltern wieder weg waren. Als ich bei ihr ankam, hat sie mich gleich mit auf ihr Zimmer genommen und mich geküsst.«

Nick war etwas genervt, vielleicht, weil er keine Lust auf Steves Mädchengeschichten hatte, vielleicht, weil er neidisch darauf war, wie einfach es für Steve war, eine Freundin zu finden. Nick hatte bisher ja noch nie eine Freundin gehabt.

»Und gerade, als es etwas wilder zuging, unglaublich, kam ihr Vater rein!«

Nick unterbrach seine eigenen Gedanken schnell. »Wie, er kam rein? War er nicht weg?«

»Frag mich nicht, wieso, aber ihre Eltern waren wieder da. Wahrscheinlich hatten sie sich gestritten und sind wieder nach Hause gefahren«, antwortete er dramatisierend.

»Und dann?«

»Na, was glaubst du denn? Er ist völlig ausgerastet und hat mich rausgeworfen!«

»Hat er dich geschlagen, oder so was?«

»Nein, das nicht. Er war einfach nur sauer. Ich muss sagen, Angie tut mir schon ein wenig leid. Ich will nicht wissen, was sie für einen Ärger bekommen hat.«

»Und was jetzt?«

»Keine Ahnung, Nick. Du stellst vielleicht Fragen! Ich glaube, das wars mit Angie. Noch einmal gehe ich da bestimmt nicht hin.«

»Schade, jetzt wo es gerade angefangen hat …«, bedauerte Nick.

»Ach, irgendwie hatte die sowieso eine komische Art. Schade ist es nur, weil sie wirklich heiß ist.«

Nick schüttelte den Kopf, was Steve glücklicherweise nicht sehen konnte.

»Findest du nicht auch?«, setze Steve noch hinterher.

»Nein, sie ist nicht mein Typ.«

»Hm«, war Steves einzige Antwort darauf.

»Du, ich muss dir noch was sagen. Ich werde ab nächste Woche eine Strafarbeit machen müssen, wegen der Scheibe.«

»Was? Hat uns jemand gesehen?«, fragte er Nick entsetzt.

»Scheinbar schon, und, na ja, jetzt mach ich das halt, und fertig.«

»Scheiße, Mann! Das ist echt doof! Und was machst du da?«

»Ich weiß noch nicht. Ich ruf dich später noch mal an. Ich muss wieder runter, ich war gerade dabei, mit meiner Mutter zu sprechen.«

»Seit wann redest du denn mit deiner Mutter?«

»Wieso nicht? Ach, egal … du, ich mach Schluss. Ich meld mich bei dir, ja?«

»Okay«, sagte Steve noch und legte auf.

»Nick!«, schallte es auf einmal aus dem Wohnzimmer.

»Ich komme, Mum!«

Nick ging die Treppe hinunter und sah schon Bobs Stiefel im Wohnzimmer. Mit jeder Stufe konnte er mehr von dem Freund seiner Eltern sehen. Ähnlich wie ein Cowboy stand er mit seinen blauen Jeans, seinen großen Stiefeln und seinem roten Holzfällerhemd im Zimmer und setzte sich gerade, als Nick unten ankam.

»Hallo, Nick!«, sagte Bob freundlich.

Nick grüßte zurück und zwang sich ein Lächeln auf.

Bob war eigentlich ein guter Kerl. Er war immer nett zu den Jungs, doch leider war er zu diesem Zeitpunkt der Überbringer schlechter Neuigkeiten und der beste Freund von Nicks Vater. All dies machte aus ihm einfach jemanden, mit dem man nicht allzu viel zu tun haben mochte.

»Ich habe mit Dr. Morton gesprochen. Er ist der Leiter der Klinik.«

Nick blieb vor Bob stehen und stütze sich an einem Stuhl ab. Er hatte nicht den Wunsch, sich ebenfalls an den Tisch zu setzen.

»Okay. Und?«, fragte Nick.

Nicks Mutter hatte Bob, wie üblich, eine Tasse Kaffee gemacht und eine Schüssel mit Keksen auf den Tisch gestellt.

»Du kannst gleich am Montag anfangen.«

Nick setzte sich doch hin und nahm sich einen Keks. Es wurde also ernst. Er schob sich den Keks gleich in den Mund und fing an zu kauen. Er hatte keine Lust, eine Strafarbeit zu machen, und wieder fühlte er sich schlecht und missverstanden. Der Keks, den er gerade hinunterschlucken wollte, blieb ihm fast im Hals stecken.

Er räusperte sich und fragte weiter: »Was heißt das? Was muss ich machen, und wann muss ich dort sein?«

»Du arbeitest in der Kantine. Beth, die Köchin, ist ganz alleine in der Küche und an der Essensausgabe, weil eine

Kollegin ausgefallen ist. Alle dort sind froh, dass sie die nächste Zeit ein bisschen Unterstützung haben.«

Bob nahm einen Schluck aus seiner Tasse und sagte laut: »Catherine, dein Kaffee ist einfach der beste!«

Nicks Mutter lächtelte sichtlich erfreut in der Küche.

»Du wirst dort jeden Tag von Montag bis Samstag arbeiten. Von 11 Uhr bis 16 Uhr. Natürlich hast du eine Mittagspause und kannst dort etwas essen.«

»Und wie lange muss ich dort hingehen?« fragte Nick gequält.

»Genau zehn Tage, Nick. Es tut mir leid.«

Nick blickte etwas verlegen und unsicher auf den Tisch. Es fiel ihm schwer, noch irgendeinen schönen Gedanken zu fassen oder etwas Gutes an der Situation zu sehen. Er wollte sich zwar die Laune nicht verderben lassen, doch wegen dieser doofen Scheibe diese Arbeit machen zu müssen, ärgerte ihn einfach. Es war nur ein Versehen gewesen, doch das glaubte ihm sowieso niemand.

»Die freuen sich auf jeden Fall schon auf dich und deine Hilfe.«

»Klar, so eine billige Arbeitskraft ist immer praktisch!«

Bob zog die Augenbrauen hoch. »Nick, du kannst von Glück reden, dass du dort untergekommen bist. Alle, die dort arbeiten, sind sehr nette Menschen. Und sie freuen sich wirklich. Ich habe denen gesagt, dass du wegen eines Missgeschicks die Sozialstunden machen musst und ein netter, zuverlässiger Mensch bist. Ich ging so weit, dass ich Dr. Morton gesagt habe, dass der Richter einen schlechten Tag hatte, als er entschied, dass du die Sozialstunden machen musst.«

Nick blickte verwundert auf.

»Und mit solchen Bemerkungen riskiere ich meinen Job, Nick!«

Nick biss sich auf die Unterlippe, als ob er seine vorherigen Worte lieber zurückgehalten hätte.

Bob stand wieder auf und nahm seine Jacke in die Hand.

»Es tut mir leid«, sagte Nick.

»Ich verstehe dich schon«, sagte er, ging an Nick vorbei und berührte dessen Kopf. »Ich weiß, dass du die Schreibe nicht mit Absicht eingeworfen hast. Wieso solltest du auch? Aber wir leben nun einmal in einem Rechtsstaat. Zumindest teilweise …«, lachte Bob. »Du musst jetzt dafür geradestehen, okay?«

Nick nickte.

»Also!«

Bob ging zu Nicks Mutter und gab ihr einen Kuss auf die Wange. Dann verließ er das Haus und war ebenso schnell wieder weg, wie er gekommen war.

Nick beobachtete durch ein Fenster, wie Bob in seinen Streifenwagen stieg und wegfuhr.

Nicks Mutter überlegte, was sie ihrem Sohn zur Beruhigung sagen konnte. Das spürte Nick irgendwie. Um sie nicht in Verlegenheit zu bringen, sagte er schnell: »Das ist gar nicht so schlimm. Jetzt mache ich wenigstens etwas Vernünftiges mit meiner Zeit.«

Catherine drehte sich zu ihrem Sohn um und lächelte ihn dankbar an.

Nachmittags, um kurz vor 16 Uhr, machte Nick sich wieder auf den Weg in den Park.

Es war jetzt schon das vierte Mal, dass er dort Jack begegnen würde, und immer noch wusste er nichts von ihm. Dieser Mann war wie ein Geist, wie ein Phantom. Er war fast immer da, wenn Nick in den Park kam, und dafür konnte es nur zwei Erklärungen geben: Entweder hatte Jack tatsächlich die Gabe, genau zu wissen, wann Nick auftauchen würde, oder er wohnte tatsächlich im Park oder zumindest in dessen unmittelbarer Umgebung. Irgendwo musste er leben, von wo aus er einen Blick auf die Parkbank werfen konnte.

Nick lachte bei der Vorstellung, wie Jack mit einem Fernglas an seinem Fenster stand und den ganzen Tag beobachtete, wer in den Park hinein- und wieder hinausging.

Zwar war Nick noch bei der letzten Begegnung ganz wild darauf gewesen, zu erfahren, woher Jack gekommen war, doch jetzt war es ihm irgendwie nicht mehr wichtig. Er würde Jack einfach fragen, wenn die Neugier ihn dazu treiben würde.

Doch für den Moment war Nick einfach nur glücklich, dass er Jack überhaupt begegnet war. Diese friedvolle Art, dieses Glück, das Jack ausstrahlte, hatte etwas in Nick berührt. Das wusste er genau. Und so grinste er, als er die Straße wieder überquerte, um in den Park zu gehen.

Vor dem Eingang stand ein Mann, der Luftballons an kleine Kinder verteilte. Sie hüpften zahlreich um ihn herum, redeten alle gleichzeitig und versuchten, frech wie sie waren, dem Mann die Luftballons wegzunehmen. Dieser hatte Mühe, den Arm so weit nach oben zu halten, dass die Kinder die Ballons nicht erreichen konnten. Eltern kamen und griffen lachend oder schimpfend ein.

In diesem Park war es meistens lebendig, und vielleicht war das auch der eigentliche Grund, aus dem Nick immer wieder hierherkam. Er selbst glaubte zwar, dass er anfangs dorthin gekommen war, weil er die Ruhe gesucht hatte, doch vielleicht wollte er einfach den Puls des Lebens spüren. Vielleicht wollte er die Freude und Leichtigkeit in den Augen jener sehen, die sich im Park aufhielten, eine Freude, die Nick bis vor Kurzem vergessen geglaubt hatte.

Er hatte schon den kleinen Hügel erreicht, von dem aus er den weißen Springbrunnen sehen konnte und die vielen ebenfalls weißen Bänke, die kreisförmig um ihn herum standen. Nick lachte sofort, als er sah, wie Jack ihm von einer Bank aus zuwinkte.

Er war also tatsächlich da, dachte Nick, obwohl er es schon gewusst hatte. Dennoch war es schön zu sehen, dass Jack sein Wort gehalten hatte.

»Hallo, Nick! Schön, dass du hier bist«, freute sich Jack und stand auf, um Nick entgegenzulaufen.

»Komm, Nick, lass uns ein Stück spazieren gehen. Es ist so ein wunderschöner Tag heute!«

Erst dann schaute Nick in den Himmel. Nur ein paar kleine, fast durchsichtige Wolken waren an dem blauen Himmel zu sehen, und die Sonne strahlte mit voller Kraft.

Nick bejahte und ging neben Jack her, der sich voller Freude im Park umblickte.

Jack schloss einen Moment lang die Augen und hörte dem Vogelgesang zu. Dann seufzte er: »Es ist wunderbar. Schade, dass mir das nie so bewusst war wie heute.«

»Was meinst du damit?«

»Ach, weißt du, ich war dir manchmal ähnlich. Du kannst in jeder Sekunde deines Lebens entscheiden, worauf du deine Aufmerksamkeit richten möchtest. Schau dich einmal um. Siehst du hier im Park irgendetwas, was du als schlecht bezeichnen würdest? Etwas, was dich stört?«

Die beiden gingen weiter im Park umher, und Nick blickte sich um.

»Nein, im Moment sehe ich nichts Schlechtes«, sagte er schließlich.

Einen Moment lang blieb Jack stehen und deutete auf den Boden neben sich.

»Du hast recht. Viele Beispiele gibt der Park heute nicht her. Aber schau dir die Tüte voller Müll an, die hier liegt.«

»Ja, das ist wahr. Der Park ist so schön, trotzdem gibt es Leute, die hier einfach ihren Müll abladen.«

»Nun stell dir vor, du wärst ein penibler Ordnungsfanatiker. Damit hätten wir ein kleines Beispiel. Du würdest dich fürchterlich darüber aufregen, dass hier überall Dreck herumliegt, und wenn du dann in deiner Wut durch den Park gingst, würdest du überall Müll sehen. Das ist das, worüber wir gestern gesprochen haben.«

»Die Brille!«

»Genau. Du siehst dann nur das, was du sehen willst. Und auch bei mir war das manchmal so. Es gab Dinge, die mich gestört haben, und statt diese Dinge einfach sein zu lassen und mich auf etwas Schönes zu konzentrieren, steigerte ich mich in diese Kleinigkeiten hinein.«

»Hm«, antwortete Nick nachdenklich.

»Genau in diesem Moment gibt es zwei entgegengesetzte Pole, auf die du deine Aufmerksamkeit richten könntest. Da ist der Müll, der dich vielleicht wütend macht und dir den Eindruck gibt, der Park wäre weniger wertvoll, und dann …«, Jack hielt inne und deutete auf den Himmel und die Bäume. »Dann sind da die Vögel, die die Sonne begrüßen und den Park in seine ganz eigene Magie hüllen. Sie scheinen für uns zu singen, und es gibt wohl kaum etwas Entspannenderes, als den Vögeln zuzuhören.«

»Man kann immer entscheiden, ob man sich auf das Schöne konzentrieren möchte oder nicht.«

»So ist es«, nickte Jack.

Die beiden gingen über den Rasen, der mit wunderschönen farbigen Blumen übersät war. Nick war noch nie dort entlanggelaufen. Er hatte es nie gewagt, weil er die Blumen nicht zertreten wollte.

»Ich glaube, du bist heute wieder mit einer Frage zu mir gekommen. Wie lautet sie denn?«

Nick konnte kaum antworten, so sehr war er darauf konzentriert, keine dieser wunderschönen Blumen zu zertreten. Einen Moment lang schaute er auf Jacks braune Lederschuhe, die mit keinem Schritt einer Blume auch nur zu nahe kamen. Doch als Nick in Jacks Gesicht schaute, merkte er, dass dieser nicht nach unten sah. Er richtete seine Augen auf das, was vor ihm lag, und dennoch ging er mit einer Leichtigkeit und Genauigkeit, dass Nick nur staunen konnte. Wie machte er das bloß?

Jack schien Nicks Gedanken wieder irgendwie zu bemerken, drehte seinen Kopf zur Seite und lächelte ihn an.

»Hm, ja, diese Frage habe ich tatsächlich, und ich frage jetzt nicht, woher du das weißt«, antwortete Nick lachend.

»Lass uns hier haltmachen«, sagte Jack und zeigte auf einen großen Laubbaum, der auf einer Wiese am Rand des Parks stand. Er nahm seine Stoffjacke, breitete sie unter sich auf dem Boden aus und setzte sich. Nick setzte sich ebenfalls.

»Also, was liegt dir auf dem Herzen?«

»Mein Vater.«

Jack nickte nachdenklich.

»Seit unserer letzten Begegnung ist mein Verhältnis zu meiner Mutter wirklich besser geworden. Ich meine, ich weiß nicht, wie, aber irgendwie hatte diese Übung, die du mit mir gemacht hast, eine Auswirkung. Mum ist auf einmal so lieb zu mir.«

Jack lächelte wieder sanft. »Weißt du, Nick, in Wahrheit bist du lieb zu ihr. Sie war die ganze Zeit lieb zu dir, oder, besser gesagt«, Jack erhob seinen Finger, um den Satz zu bekräftigen, »sie war immer lieb, konnte es dir aber nicht zeigen. Zwischen euch war eine Mauer, und die hast du nun eingerissen!«

Nick überlegte für einen Moment, ob Jack recht haben könnte.

»Aber sie ist auch wirklich lieber zu mir. Es kommt mir zumindest so vor.«

»Das war deine Brille.«

»Ja, natürlich. Wie konnte ich das vergessen.«

Nick lachte und rupfte einen Grashalm aus dem Boden.

»Es war dir aufgrund deiner Laune und deiner Gedanken nicht möglich, die lieben Seiten deiner Mutter zu sehen. Du warst geradezu fixiert auf das Negative. Wie willst du da irgendetwas Positives sehen?«

Nick stimmte zu. »Ja, vielleicht hast du recht. Das ist unglaublich!«

Jack nickte und sagte schließlich: »Mit deinem Vater klappt das nicht, oder?«

Nick schüttelte enttäuscht den Kopf. »Er ...«, Nick musste schlucken.

»Ach, egal«, sagte er plötzlich und winkte ab. »Ich habe keine Lust, darüber nachzudenken!«

Frustriert warf er den Grashalm von sich und legte sich auf den Boden. Er blickte durch die vom Wind raschelnden Blätter direkt in die Sonne.

»Ich weiß nicht, wie es so weit kommen konnte«, sagte er, immer noch gen Himmel schauend.

»Wie würdest du euer Verhältnis denn beschreiben?«

»Schwierig«, antwortete Nick kühl. »Ich … ich habe das Gefühl, dass er lieber einen anderen Sohn als mich hätte!«

Eine kleine Träne rollte Nicks Wange hinunter. Er setzte sich plötzlich aufrecht und lachte. »Wieso muss ich in deiner Nähe denn ständig weinen?«

Jack fing auch an zu lachen. »Keine Ahnung. Vielleicht wirke ich so mitleiderregend?«

Nick schüttelte den Kopf. »Nein.«

»Nick, ich möchte dir heute ein kleines Geheimnis erzählen.«

»Das klingt interessant.«

Jack legte seinen Kopf etwas zur Seite. »Normalerweise ist dieses Geheimnis nur Menschen ab achtzig Jahren zugänglich, und sie müssen mindestens vierzig Jahre lang in absoluter Enthaltsamkeit und Stille gelebt haben.«

»Aha.«

»Aber bei dir mache ich eine Ausnahme.«

Nick verbeugte sich grinsend und machte gleichzeitig die passende Armbewegung dazu.

»Wieso weißt du eigentlich von diesem Geheimnis, obwohl du selbst noch keine achtzig bist?«, fragte er, denn er wusste genau, dass Jack einen seiner Scherze machte.

Jack klopfte sich lachend mit beiden Händen auf den Bauch. »Nun, ich habe mich einfach gut gehalten!«

Nick legte sich wieder zurück und blickte in den Himmel.

»Jeder Mensch auf diesem Planeten trägt seine Last mit sich herum. Du kannst dir diese Last wie einen Rucksack vorstellen, den man auf dem Rücken trägt. Es gibt Menschen, die so voller Lebenskraft sind, dass sie diese Last während ihres Lebens kaum bemerken. Andere spüren diese Last nicht, weil der Rucksack kaum gefüllt ist. Wieder andere Menschen haben schwere Steine im Rucksack oder, noch schlimmer, gleich mehrere Rucksäcke auf den Schultern. Diese Menschen erkennst du sofort, wenn du ihnen begegnest. Es scheint, dass die tägliche Last sie zerdrückt. Und es gibt so etwas wie einen Familienrucksack, einen Familienproblemrucksack. Wenn du irgendwann Kinder hast, gibst du einen Teil der Last deinen Kindern weiter.«

»Das ist nicht schön.«

»Nein, aber es ist so. Man könnte es als eine Art der Vererbung darstellen. Die Kinder erben einen Teil dieser Last und tragen sie eben weiter. Und du hast einen großen, gefüllten Rucksack von deinem Vater übernommen.«

»Was ist da drin?«

»Nun, dort drin ist das Verlangen danach, was du von deinem Vater am meisten brauchst.«

Jack wartete einen Moment, um sicherzugehen, dass Nick ihn verstanden hatte. Erst dann sprach er weiter.

»Was wünschst du dir von deinem Vater? Drücke es in einem Wort aus, einem Wort, das all das trägt, was du so sehr von ihm brauchst.«

Eine kleine Wolke zog an der Sonne vorbei und warf einen kurzen Schatten auf Nicks Gesicht. Dieser setzte sich wieder aufrecht und lehnte sich an den Baum.

»Anerkennung?«

»Ja, Nick, das trifft es!«

»Und nun schaue dir die Beziehung zwischen deinem Vater und deinem Opa an.«

»Du meinst, der Rucksack kommt von meinem Opa?«

Jack nickte wieder, und Nick versuchte, sich an die letzten Besuche seines Opas zu erinnern.

»Sie haben ein gutes Verhältnis zueinander.« Nick schüttelte den Kopf. »Also, mein Dad wird bestimmt von seinem Vater anerkannt!«

Er sagte das fast mit Spott in der Stimme. Augenblicklich zogen sich seine Mundwinkel nach unten. »Nein, von meinem Opa kommt das sicher nicht!«

»Warte und schau einfach weiter. Wie redet dein Vater über seinen Vater?«

»Nur gut, er lobt ihn immer in den höchsten Tönen«, antwortete Nick.

»Was hat dein Opa gearbeitet?«

Nick lächelte. »Er hat irgendeine Firma geleitet, aber dort arbeitet er schon lange nicht mehr.«

»Also war er ein reicher, angesehener Mann.«

»Oh ja, reich ist er immer noch, und die Menschen haben auch Respekt vor ihm, das sieht man, aber mein Vater redet ganz normal mit meinem Opa. Mein Opa ist nicht irgendwie abfällig oder so etwas gegenüber meinem Dad.«

»Es geht auch nicht darum, dass er abfällig sein muss. Aber dennoch bitte ich dich, die beiden genauer zu beobachten, wenn du sie zusammen siehst. Vielleicht ist es dir es einfach noch nie aufgefallen, weil du nie deine Aufmerksamkeit darauf gerichtet hast. Solche Probleme sind nicht immer offensichtlich.«

Nick verzog das Gesicht. »Ich kann das schon bald beobachten. Meine Großeltern kommen am Wochenende zu uns.«

»Wieso machst du deswegen so ein Gesicht?«

Nick blickte etwas beschämt in eine andere Richtung. »Ich … ich habe Mist gebaut und keine Lust, mit meinem Opa darüber zu reden. Aber das erzähle ich dir später.«

Jack nickte. »Gut, aber wenn du die beiden siehst, dann beobachte sie. Und beobachte vor allem deinen Vater. Es würde mich nicht wundern, wenn er, genau wie du, versuchte, von seinem Vater Anerkennung zu bekommen.«

»Ich weiß es nicht«, sagte Nick.

»Okay, dann finden wir das jetzt anders heraus. Wenn dein Opa zu Besuch kommt, muss dann alles ordentlich, organisiert und pünktlich sein?«

»Ja!«, rief Nick auf einmal. »Das stimmt!«

»Und du sagst, dein Vater redet immer gut über ihn?«

»Ja!«

»Meinst du damit auch, dass er die Leistungen seines Vaters lobt, seine Rolle als Chef, seine Rolle als Mensch, seine Rolle als Vater oder seine Rolle als Ehemann?«

Nick kratzte sich verwundert am Kopf. »Das ist verrückt! Du kennst ihn doch gar nicht!«

»Das muss ich auch nicht. Das sind alles Muster, die du eines Tages verstehen wirst! Aber jetzt zähle eins und eins zusammen. Dein Vater hat sich nie im Schatten seines Vaters wohlgefühlt. Er hat nie die Aufmerksamkeit bekommen, die er gebraucht hätte. Sieh, die eigenen Eltern sind immer das größte Vorbild für ein Kind. Und wenn da ein Vater ist, der so viel in seinem Leben geleistet hat, dann passiert es schon einmal, dass das Kind sich klein fühlt. Dann liegt es an dem Vater, das zu spüren und dem Kind das Gefühl zu geben, dass es gut ist, wie es ist.«

Nick konnte Jack das erste Mal traurig sehen.

Jack drehte seinen Kopf zu ihm und sprach weiter. »Und genau das können viele Eltern nicht. Und so tragen die Kinder diese Last mit sich weiter.«

»Und geben sie irgendwann an ihre Kinder weiter.«

»Ja, so ist es.«

»Aber ich verstehe nicht, wie er mir diese Last gegeben haben soll. Ich meine, er hat mich nicht gefragt, ob ich diesen Rucksack will, und ich habe ihn auch nicht genommen!«

»So ist es auch nicht immer. Aber dadurch, dass dein Vater niemals die Anerkennung bekommen hat, nach der er sich gesehnt hat, kann er selbst diese Anerkennung auch nicht an andere geben. Ich möchte dir damit sagen, dass dein Vater dir nicht die Anerkennung geben kann, die du willst. Er kann es nicht, weil er die Anerkennung selbst nie bekommen hat. Wie soll er dir etwas geben, was er nicht kennt?«

»Das macht Sinn, ja.«

»Und statt Anerkennung gibt er dir eben dieses Gefühl weiter, dass du selbst nicht gut genug bist, denn er begegnet dir automatisch mit der gleichen Kühle, die er von seinem Vater erfahren hat. Und dann trittst du irgendwann in seine Fußstapfen und spürst, dass du irgendwie nicht gut genug bist. Und da er dir nicht sagen kann, dass es nicht so ist, hat er dir seinen Rucksack weitergereicht!«

»Funktioniert das wirklich so?«, fragte Nick, obwohl er die Antwort selbst schon kannte.

»Das Problem ist, dass auch du es deinen Kindern weitergeben würdest.«

»Kinder? Ich werde garantiert keine Kinder haben. Ich will nicht, dass wegen mir ein Kind leiden muss!«

Demonstrativ verschränkte Nick die Arme vor der Brust.

Jack kicherte. »Du wirst Kinder haben, wunderbare Kinder. Doch du solltest wissen, dass du den Rucksack vorher abgelegt hast. Du wirst deinen Kindern diese Last nicht weitergeben!«

»Werde ich nicht?« fragte Nick hoffnungsvoll.

»Nein, denn du und ich, wir sitzen heute, an diesem wunderschönen Tag, hier, und dir wird bewusst, dass dein Vater dir diese Anerkennung nicht geben kann, weil er sie selbst nie bekommen hat.«

»Und damit löst sich der Rucksack auf, oder was?«

»Hm, nein, nicht ganz«, lachte Jack. »Aber für einen großen Teil, ja. Dir bewusst zu sein, wieso du diesen Wunsch hast und wieso dein Vater ihn dir nicht erfüllen kann, lässt die Last schon viel leichter werden!«

»Und wie werde ich den Rucksack los?«

»Indem du, Nick, anders handelst. Deine Erkenntnisse und Gedanken sind kaum etwas wert, wenn du dennoch so handelst wie deine Vorgänger.«

»Aha. Also habe ich den Rucksack doch noch, wenn ich Kinder habe. Ich meine, wenn ich wirklich welche haben sollte.«

»Nein, du legst den Rucksack vorher ab. Ich meine nicht, dass du erst bei deinen Kindern anders handelst. Tue es vorher. Tue es jetzt, tue es später, tue es morgen!«

»Das verstehe ich wieder nicht. Ich soll anderen das Gefühl geben, dass sie gut sind?«

»Das wäre natürlich lobenswert, aber das muss es gar nicht sein. Es reicht, wenn du in deinem Inneren die anderen Menschen anerkennst und ehrst.«

»Ich ehre dich, Jack!«, sagte Nick schnell, mit ein bisschen Witz und dennoch ernst.

»Das war für den Anfang nicht schlecht, aber zu einfach!«

»Also?«

»Nimm deinen Vater oder auch deine Mutter. Wenn du sie siehst, wenn sie im Stress sind oder sogar gerade mit dir streiten, dann schau sie dir genau an, und ehre sie in deinem Inneren. Sieh das Gute in ihnen, auch wenn es in diesem Moment nichts sichtbar Gutes geben sollte.«

»Ich glaube, ich verstehe, was du meinst.«

»Das ist gut, denn das wirst du in deinem Leben noch öfter brauchen. Du brauchst Anerkennung? Dann gib Anerkennung. Achte darauf, dass sie in dir ist, denn dann unterbrichst du den Kreislauf.«

Nick schwieg ein paar Sekunden lang und stand dann auf. Das lange Gespräch mit Jack und die Sonne forderten ihren Tribut. »Ich gehe mir schnell etwas zu trinken holen. Möchtest du auch etwas?«

Jack schüttelte den Kopf.

»Ich komme gleich wieder.«

Nick ging über den Rasen auf den Sandweg zurück, um sich an einem Stand eine Limonade zu kaufen. Dabei ließ er Jack nicht aus den Augen. Dieser saß gemütlich am Baum und bewegte sich nicht.

Eilig ging Nick mit der Flasche wieder zurück zu Jack. Er wollte ihm nicht das Gefühl geben, dass ihm langweilig wäre oder er kein Interesse an einer Unterhaltung hätte. Er hatte einfach Durst bekommen und vielleicht auch den Drang, sich ein wenig zu bewegen.

Jack öffnete seine Augen und signalisierte Nick, dass er ihn gesehen hatte.

»Du hast meinen Vater richtig erkannt, aber kannst du das auch bei meiner Mutter tun? Was hat sie denn für ein Muster?«

»Nun, deine Großeltern mütterlicherseits haben sich getrennt, als deine Mutter noch ein Kind war, richtig?«

Beinahe hätte Nick sich verschluckt. In letzter Sekunde prustete er die Limonade aus seinem Mund.

»Verzeihung, ich habe nicht gesehen, dass du beim Trinken warst«, sagte Jack und zwinkerte.

Nick wurde für einen Moment kalt, und er bekam eine Gänsehaut. Vor wenigen Tagen noch hätte er gedacht, dass diese Aussage ein Indiz dafür sei, dass Jack ihn ausspionierte. Doch mittlerweile wusste Nick, dass Jack irgedeine Art Mensch war, der mehr wahrnehmen konnte als andere.

»Ich frage dich jetzt wieder nicht, woher du das weißt«, sagte Nick etwas ertappt.

»Woher ich meine Informationen habe, ist nicht wichtig. Wichtig ist nur, was du mit den Informationen machst, die ich dir gebe.«

Nick schloss seine Flasche und stellte sie neben sich auf den Boden. Sie fiel aufgrund der Unebenheit wieder um, und so war Nick eine Zeit lang mit der Flasche beschäftigt, während Jack weitersprach.

»Deine Mutter hat das starke Bedürfnis, Harmonie um sich zu haben, was ihr natürlich nicht ganz gelingen kann. Das Bild, das andere von ihrer Familie haben, ist für sie sehr wichtig. Deswegen leidet sie auch sehr unter den Problemen in eurer Familie.«

»Ja, das stimmt! Du bist unglaublich! Aber mit einem hast du unrecht!«

Jack blickte Nick fragend an.

»Ich habe dieses Muster nicht von meiner Mutter übernommen. Ich sorge schließlich nicht dafür, dass es Harmonie gibt.«

Was er ausgesprochen hatte, betrübte ihn etwas. Für einen Moment dachte er daran, dass es besser für ihn und seine Familie wäre, wenn er, eben wie seine Mutter, alles dafür täte, die Harmonie zu halten.

»Nick, ich weiß nicht, wie tief ich dich in deine Familienstrukturen einblicken lassen soll, und es ist auch nicht sehr einfach, dies alles zu verstehen. Doch es ist sehr wichtig, dass du sie verstehst, und deswegen höre jetzt aufmerksam zu!«

»Okay! Ich höre dir zu!«

»Du hast das Bedürfnis, dass alles um dich harmonisch ist, und wenn du dich ehrlich beobachtest, wirst du es auch bemerken. Du sehnst dich genauso nach der Harmonie, wie deine Mutter es tut. Doch in dir weißt du genau, dass du die Harmonie nicht halten kannst.«

Jack wartete einen Moment und dachte nach, wie er Nick all dies begreiflich machen könnte.

»Deine Mutter hat nur ein Problem mit dieser Disharmonie, weil sie die Harmonie in sich selbst noch nicht entdeckt hat. Und die Harmonie in sich selbst kennt sie nicht, weil sie sie in ihrer eigenen Kindheit nie erlebt hat. Du, Nick, möchtest ihren Rucksack zwar für sie tragen, unbewusst möchtest du, dass du ihr diese Last abnehmen und ihr dabei helfen kannst, euer Zusammenleben harmonisch zu gestalten. Aber du spürst auch gleichzeitig, dass dies eine Sackgasse ist. Du kannst nicht für Harmonie sorgen, weil sie in deiner Mutter entstehen muss.«

»Heißt das, wir haben nur diese Probleme in unserer Familie, weil meine Mutter mit sich selbst nicht in Harmonie ist? Das ist mir zu viel!«

»So ist es auch nicht. Da spielen wesentlich mehr Faktoren eine Rolle. Aber deine Mutter leidet nur so besonders stark unter dieser Disharmonie, weil sie in sich keine Harmonie trägt. Das ist richtig.«

Nick rieb sich mit der Hand die Stirn. »Das alles ist für mich schwer zu verstehen. Ich meine, bis vor drei Tagen wusste ich nicht einmal, dass meine Probleme etwas mit den Problemen anderer zu tun haben.«

Jack berührte Nick an der Schulter.

»Ich weiß, Nick, aber du lernst sehr schnell. Du bist ein cleverer Kerl und hast dein Herz am rechten Fleck. Eines Tages wirst du wirklich alles verstanden haben. Bis dahin ist es nur wichtig, dass du einen Einblick bekommen hast.«

Nick nahm noch einmal einen kleinen Schluck und legte die Flasche auf den Boden.

»In was soll ich einen Einblick bekommen?«

»In die Welt der anderen! Jeder Mensch wird von seinen Wünschen, Gedanken und Gefühlen getrieben. Deine Aufgabe ist es, hinter die Fassade eines Menschen zu blicken, die Maske abzunehmen und durch die Augen in seine Seele zu blicken. Dein Inneres will nicht urteilen.«

»Wieso? Wer entscheidet das?«

»Nun, auch wenn dir das etwas komisch vorkommen wird, es war auch deine Entscheidung. Diese Begegnung ist richtig und wichtig, und du wirst bald verstehen, wieso. Reicht dir das?«

Nick zuckte mit den Schultern, denn er wusste, dass er sowieso nicht viel mehr aus Jack herausbekommen würde. Außerdem wollte er Jack vertrauen, denn er wusste, dass er das konnte.

»Sieh, was du in den letzten Tagen gelernt hast. Du hast gelernt, dass deine Gedanken deine Realität verändern. Du hattest gedacht, deine Mutter würde dich nicht mehr lieben, und deine ganze Welt war darauf ausgerichtet. Doch jetzt weißt du, dass dies ein Irrglaube war, oder?«

Nick nickte und dachte an die Begegnung mit Jack am Vortag.

»Und du hattest die letzten zwei Jahre Schwierigkeiten mit deinem Vater und hast jetzt einen Einblick in die Ursachen erhalten. Du hast dich dafür geöffnet, dass dein Vater dir die Anerkennung, die du dir so sehr wünschst, nicht geben kann, weil er sie selbst nicht erfahren hat.«

Nick wirkte nachdenklich, doch er nickte schließlich.

»Glaube mir, schon durch diese Erkenntnis hat sich dein Verhältnis zu deinem Vater geändert, allein aus dem Grund, dass du ihn jetzt mit anderen Augen sehen kannst. Du wirst das vielleicht beobachten können, wenn deine Großeltern am Wochenende kommen. Beobachte deinen Vater, spüre in ihn hinein!«

»Das werde ich tun, Jack.«

»Bedenke immer, dass jeder Mensch in seiner eigenen Welt und in seinen eigenen Illusionen lebt. Um in Frieden mit anderen leben zu können, brauchst du Verständnis. Und das hast du jetzt, oder?«

»Ich hoffe es, ja.«

»Das ist gut, Nick. Doch genug für heute, genug von meinen Predigten«, lachte Jack.

»Was war denn das, was du mir noch erzählen wolltest?«

»Ach«, Nick kratzte sich verlegen am Bein, »ich habe die Scheibe des Blumenladens kaputt gemacht.«

»Ach, deswegen klebte dort weißes Papier«, lächelte Jack.

»Hm«, brummte Nick.

»Die Scheibe wurde gestern ausgetauscht. Alles halb so wild! Wie hat denn dein Vater darauf reagiert?«

Nick machte ein gequältes Gesicht, und Jack winkte ab. »In Ordnung, lass uns nicht darüber reden!«

»Das Ding ist, dass ich jetzt eine Strafarbeit machen muss.«

»Eine Strafarbeit?«

»Ja, der Richter meinte, ich sollte Sozialstunden machen.«

Jack runzelte verwundert die Stirn. »Du wurdest angezeigt und warst deswegen vor Gericht?«

Nick fuchtelte mit den Armen. »Nein. Lass mich es dir erklären. Der beste Freund meines Vaters ist Polizist und hat mit dem Richter gesprochen, damit ich eben nicht vor Gericht muss. Bob, so heißt er, hat das irgendwie alles abgekürzt. Ich habe gleich meine Strafe erhalten.«

Jack nickte, um Nick zu zeigen, dass er verstanden hatte. Dann lächelte er plötzlich ganz selig. »Und was musst du machen?«

»Wieso grinst du denn schon wieder?«, warf Nick schnell ein, bevor er weiterredete.

Jack antwortete nicht darauf und versuchte, sich das Lächeln zu verkneifen.

»Du nimmst mich nicht ernst!«, beschwerte sich Nick.

»Doch, doch, mein Freund. Rede weiter!«

»Also, ich sollte entweder dabei helfen, die Stadt sauber zu halten, oder in einer Klinik für Essgestörte mitarbeiten. Du weißt schon, da oben ist doch so eine Klinik.« Nick zeigte auf einen kleinen Berg etwas außerhalb der Stadt, dennoch mit dem Auge sichtbar.

»Oh ja, die kenne ich. Und wofür hast du dich entschieden?«

»Erst dachte ich, dass ich beim Kehren helfen könnte. Wer weiß, vielleicht hätte ich ja die Aufgabe bekommen, den Park sauber zu halten.« Nick grinste. »Aber dann war mir das nicht sicher genug, und außerdem hast du einmal gesagt, wenn es einem nicht gut ginge, solle man einfach anderen helfen. Dann würde es einem selbst bald besser gehen!«

Jack konnte sich zwar nicht daran erinnern, so etwas schon einmal gesagt zu haben, doch er beließ es dabei und nickte. »Das heißt, du wirst in der Klinik arbeiten?«

Nick bejahte und nahm noch einmal einen Schluck aus seiner Limoflasche.

»Nick, ich halte das für eine gute Idee!«

Nick schüttelte den Kopf. »Ich hoffe, dass es nicht die falsche Entscheidung war. Ich bin mir immer noch nicht sicher.«

Jack blickte einen Moment lang in den Himmel. Er war so wunderschön wolkenfrei, und langsam färbte er sich in einem orange-rosa Ton.

Jack und Nick waren schon seit einigen Stunden im Park. Die Zeit schien nur so zu verfliegen, wenn sie zusammen waren.

»Ach, Nick. Es gibt nur eine falsche Entscheidung im Leben, und das ist, wenn man sich nicht entscheidet. Du wirst schon sehen, dass wunderbare Dinge geschehen werden, wenn du dort oben mithilfst.«

Nick hoffte, dass Jack recht hatte, und dennoch hatte er dieses mulmige Gefühl. Sich vorzustellen, dass er dort in der Klinik Essen kochen und verteilen würde, machte ihm nicht wirklich Freude.

»Du weißt doch gar nicht, ob es wirklich so schlimm ist«, sagte Jack unerwartet, als ob er Nicks Gedanken gelesen hätte.

»Du hast recht. Wer weiß, vielleicht komme ich da heraus und bin der glücklichste Mensch des Lebens!«, erwiderte Nick etwas höhnisch.

Jack zwinkerte ihm zu. »Vielleicht ist da sogar etwas Wahres dran!«

Jack stand auf, wie Nick es erwartet hatte.

»Jack, wieso gehst du eigentlich immer, wenn die Sonne untergeht? Bist du ein Werwolf?«

Jack strahlte, so sehr freute er sich über Nicks lustigen Kommentar. Vor wenigen Tagen hatte es noch den Anschein erweckt, als ob Nick ihm nie vertrauen würde. Er war eher abweisend, wortkarg und frustriert gewesen. Jetzt schaute Jack Nick an und sah einen aufgeweckten jungen Mann, der ihm vertraute. Und diese Entwicklung würde an diesem Tag nicht enden.

»Ich muss dich enttäuschen. Ich weiß, dass es für dich richtig cool wäre, wenn du deinen Freunden erzählen könntest, du hättest einen Werwolf als Freund, aber leider hat dies andere Gründe.«

Nick dachte kurz nach, ob Jack wirklich ein Freund war. Ja, dieses Wort war das richtige. Anders konnte man diese Beziehung nicht bezeichnen.

»Verrätst du mir dann den Grund?«

Jack schüttelte sanft den Kopf. »Nein, aber bald wirst du es wissen.«

»Okay«, entgegnete Nick und schulterte seinen Rucksack. »Wieder einmal muss ich geduldig sein.«

»Geduld ist eine Tugend, mein Lieber. Alles kommt zu seiner Zeit, und wenn man dies erkannt hat, dann lässt es sich leichter leben.«

»Ich bin geduldig und warte! Sehen wir uns morgen wieder?«, fragte Nick.

»Ich muss leider woanders hin, aber am Sonntag können wir uns wiedersehen.«

Nick war etwas nervös. Für ein paar Sekunden sagte er nichts und trat dann zwei Schritte nach vorne, um Jack zaghaft zu umarmen.

Dieser lächelte und legte ebenfalls seine Arme um Nick. Sanft drückte er ihn an sich. Dann löste er sich wieder aus der Umarmung und legte seine Hand auf Nicks Schulter.

»Ich danke Gott, dass wir uns hier begegnen durften. Glaube mir, Nick, bald schon wirst du klarer im Geist und offener im Herzen durch das Leben wandeln! Noch weitaus mehr als jetzt schon.«

Nick trat schnell einen Schritt zurück und nickte. In ihm war doch noch ein kleiner Teil, dem das gerade peinlich war. »Also, wir sehen uns«, sagte er und hob die Hand zum Abschied.

»Ja«, antwortete Jack lächelnd und schaute Nick hinterher.

Am Samstagmorgen kamen Nicks Großeltern zu Besuch. Sie wohnten in einem anderen Bundesstaat und hatten jedes Mal vier Stunden Fahrt vor sich, um ihren Sohn, seine Frau und die Enkel zu besuchen. Sie kamen nicht oft zu Besuch, obwohl sie im Gegensatz zu Nicks anderer Oma keine gesundheitlichen Probleme hatten und noch fit waren. Es lag daran, dass Nicks Opa, trotz seines Rentnerdaseins, noch in verschiedene Geschäfte eingebunden war. Er war Ratsmitglied einer Firma und stellvertretender Geschäftsführer einer anderen. Zudem flogen oder fuhren die Großeltern alle paar Monate in ein anderes Land. Und jedes Mal, wenn sie dann doch die Enkel besuchten, erzählten sie von ihren spannenden Abenteuern und Besichtigungen.

Auch dieses Mal erzählte der Opa beim Mittagsessen von ihrer letzten Safaritour in Afrika, und Nicks Oma sagte immer wieder zu ihrem Mann: »Ach, jetzt übertreibe doch nicht!« Nicks Opa liebte es, theatralisch von seinen Abenteuern zu berichten.

Nach dem Essen spielten die Männer Fußball, während die Frauen drinnen redeten und das Geschirr abräumten.

Nick hoffte den ganzen Tag, dass sein Vater nichts von seiner Strafarbeit erzählen würde, und es schien auch so, als ob er Nick dieses Mal nicht wie einen Idioten darstellen würde.

Nicks Opa war sehr darauf fixiert, was man alles in seinem Leben erreichen sollte. Und oft sprach er auch mit Nick und seinem Vater darüber, nur Henry wurde davon verschont. Henry war ohnehin Opas ganzer Stolz, und Nick beobachtete auch dieses Mal, wie sehr Henry gluckste, während er mit seinem Opa herumtollte.

Nick setzte sich auf die Veranda und lehnte sich an das Haus. Normalerweise war er neidisch auf seinen Bruder, doch dieses Mal konnte er ihm beim Spielen zuschauen und sich für ihn freuen.

Eines Tages, wenn Henry älter wäre und erstmals in der Schule seine Leistung bringen müsste, würde Opa vielleicht auch anders mit ihm umgehen. Dann würde er wieder erzählen, wie andere Kinder nach der Schule spielen gewesen seien, während er am Schreibtisch gesessen habe, um mehr zu lernen als die anderen. Und dass es wichtig sei, dass man die Schule mit Bestnoten abschloss, um auf ein gutes College zu kommen.

Henry schoss den Ball in Nicks Richtung und forderte seinen Bruder damit auf, aufzustehen und mitzuspielen.

Nicks Mutter und seine Oma kamen ebenfalls heraus und setzten sich mit einer Tasse Tee an den weißen Gartentisch.

Erst als es Abend wurde und Nicks Mutter das Essen vorbereitet hatte, gingen alle wieder hinein.

Henry hatte einen Riesenhunger von dem vielen Spielen und fing sofort mit dem Essen an. Er schlang es richtig hinunter. Gerade als Nick den Löffel in die Hand genommen hatte und von der Suppe essen wollte, fing sein Vater an zu reden.

Für einen Moment erschrak Nick, weil er zunächst befürchtete, sein Vater könnte von seinem Missgeschick und dessen Folgen erzählen. Doch für die Rede des Vaters gab es einen feierlicheren Grund.

»Es ist jetzt offiziell: Ich wurde zum Abteilungsleiter befördert!«

Alle fingen an, durcheinanderzureden, und Nick beobachtete seine Mutter, die voller Freude strahlte und mit ihrer Schwiegermutter tuschelte.

Henry kümmerte das ziemlich wenig, er aß einfach weiter. Er hatte schließlich keine Ahnung, was ein Abteilungsleiter sein könnte.

Nicks Oma stieß ihren Gatten an und sagte: »Ist das nicht fantastisch?«

Dieser schlürfte seine Suppe und antwortete, ohne seinen Löffel abzulegen: »Ja, natürlich. Endlich strengt der Junge sich mal an. Mit seinem mickrigen Gehalt kann er ja kaum sein Haus abbezahlen.«

Nick hielt einen Moment inne und erinnerte sich wieder an sein letztes Gespräch mit Jack. Er hatte wirklich recht gehabt, doch irgendwie war Nick das die ganze Zeit nicht aufgefallen. Er blickte seinen Vater an und sah, wie die Freude aus seinen Augen verschwand. Robert schaute auf den Tisch und sagte etwas nüchtern: »Es ist nun einmal nicht jeder so perfekt wie du, Dad!«

Nicks Opa wischte sich mit der Serviette den Mund ab. »Ich bin nicht perfekt, aber in deinem Alter hatte ich schon meine erste Firma!«

Nick konnte förmlich spüren, wie sein Vater innerlich klein wurde. Er wusste nicht, ob er sich das einbildete, doch er konnte es irgendwie fühlen. Diese Enttäuschung und dieses Gefühl, nach wie vor dieser kleine Junge zu sein, der die Anerkennung seines Vaters suchte. Das traf es genau, dachte Nick. Schließlich hatte sein Opa Robert auch »Junge« genannt.

Nick merkte, dass seine Augen feucht wurden, und schnell schluckte er, damit niemand das bemerken konnte. Jack hatte so recht. Nick stand eilig auf und ging auf die Toilette. Dort fing er an zu schluchzen, und die Tränen flossen über sein Gesicht.

Endlich wurde ihm alles klar, ergab alles einen Sinn. Sein Vater konnte ihm wirklich keine Aufmerksamkeit und Liebe geben, weil er sie tatsächlich nicht kannte. Er war selbst ein Opfer seiner Kindheit und tat nun genau das mit Nick, was sein eigener Vater mit ihm getan hatte. Nicks

Vater war nicht etwa böse auf Nick oder konnte ihn nicht leiden, nein, er war einfach nicht fähig, ihm seine Liebe so zu zeigen, wie Nick es gebraucht hätte. Zum ersten Mal in Nicks Leben war sein Mitgefühl für seinen Vater größer als die Wut und Trauer.

Er wischte sich das Gesicht ab und atmete tief ein. Er blickte in den Spiegel und vergewisserte sich, dass keine Spuren seiner Tränen mehr zu sehen waren. Dann ging er zurück und setzte sich wieder an den Tisch, an dem alle schweigend weiteraßen.

Auch Nick aß zunächst weiter und sagte dann schließlich: »Ich glaube, Opa, dass du zwar richtig erfolgreich in deinem Beruf warst, aber davon hatten deine Frau und deine Kinder nichts.«

Nicks Mutter ließ vor Schreck den Löffel auf den Teller fallen, und Nick sah, wie sein Vater staunend den Kopf erhob und seinen Sohn anschaute.

»Was verstehst du denn von Kindern?«, fragte sein Opa gehässig. »Ich war arbeiten, damit es meiner Frau und meinen beiden Söhnen gut ging. Sie hatten immer alles, was sie brauchten.«

Nick blickte weiter seinem Vater in die Augen und antwortete: »Manchmal brauchen Kinder etwas anderes als Essen, Geld und schönes Spielzeug! Manchmal brauchen sie Beachtung von ihren Eltern!«

Nick sah, wie die Gesichtszüge seines Vaters vor Verwunderung entgleisten. Er hatte die Augen weit aufgerissen und versuchte, den Kloß in seinem Hals abwärts zu bewegen. Er konnte einfach nicht glauben, was er da gerade von seinem Sohn gehört hatte.

Nicks Opa reagierte zunächst gar nicht, denn er hatte noch nie Widerworte von seinem Enkel gehört. Einen Moment lang dachte er darüber nach, was er ihm antworten könnte.

Doch bevor er dazu kam, etwas zu sagen, stand Nicks Vater auf, ging zu seinen beiden Söhnen und kniete sich auf den Boden. Er umarmte sie und sagte: »Es tut mir leid, dass ich in letzter Zeit so selten zu Hause sein konnte und so gestresst war! Das hat jetzt ein Ende!«

Nick schloss seine Augen und genoss diese Umarmung. Es war die erste richtige Umarmung seit vielen Monaten. Sie war kurz, aber herzlich.

Nicks Vater setzte sich wieder gestärkt an seinen Platz. »Ich werde so schnell wie möglich Urlaub einreichen und dann fahren wir, ach nein, wir fliegen gemeinsam weg!«

»Das ist eine tolle Idee!«, freute sich Nicks Mutter.

»Jetzt wollen wir mal nicht so sentimental werden!«, warf Opa schnell in die Runde.

Catherine versuchte natürlich, die Spannung abzubauen, und rief eilig: »Wer hat Lust auf Nachtisch?«

Als sie aufgestanden war, ging sie noch zwei Schritte um den Tisch herum und gab Nick einen Kuss auf den Kopf. Nick lächelte. Er hatte seinem Vater Anerkennung gegeben, so, wie Jack es ihm beschrieben hatte. Und es fühlte sich einfach wunderbar für ihn an.

Nur eine Stunde später standen alle vor der Tür und winkten den Großeltern zum Abschied. Nicks Vater umarmte dabei seine beiden Kinder. Es schien so, als hätte er durch diesen Tag gelernt, wie wichtig sie ihm waren.

Den ganzen Abend verbrachte er mit ihnen auf dem Boden beim Spielen, und immer wieder lächelte er erleichtert. Selbst für Nick hatte er immer wieder ein Lächeln übrig.

Nick ging früh ins Bett. Er rief noch schnell Steve an, um ihm zu erzählen, was Bob ihm gesagt hatte, doch er hatte keine Lust auf ein langes Gespräch und sagte Steve, dass er sehr müde sei und ins Bett wolle. Das stimmte eigentlich nur halb. Natürlich war er von dem Tag zwar wirklich müde, doch irgendwie wollte er den Moment einfach nur genießen und nicht mit Steve über alte Probleme quatschen. Was Steve davon hielt, war ihm auch egal. Es gab einen neuen Nick, und daran musste Steve sich eben gewöhnen.

Nach dem Gespräch legte er sich wirklich ins Bett, und bevor er einschlief, lächelte er wie schon lange nicht mehr. Er bekam das Grinsen einfach nicht mehr weg. Er konnte spüren, wie eine große Last von ihm abfiel. In nur wenigen Tagen hatte er das Unmögliche erreicht und das Verhältnis zu seinen Eltern ins Positive gewandelt.

»Danke, Jack«, flüsterte Nick leise und schlief sein.

Am nächsten Tag war sofort spürbar, dass Nicks Vater wesentlich erleichterter war. Und auch Nicks Gedanken und Sorgen schienen wie weggeblasen.

Robert verhielt sich zwar noch etwas distanziert, und es schien seine Zeit zu dauern, bis er offen auf seinen Sohn zugehen konnte, aber dennoch hatte sich ihre Beziehung gewandelt.

Nick hoffte so sehr, dass zwischen ihm und seinen Eltern für immer alles wieder in Ordnung sein würde oder dass er zumindest Streitereien so gut wie möglich würde vermeiden können. Doch für den Moment gab es für diese Gedanken keinen Anlass. Die ganze Familie war gut gelaunt und glücklich.

Selbst als nach dem Frühstück das Telefon klingelte und Dr. Morton Nick sprechen wollte, kippte die Stimmung nicht um. Nicks Mutter legte ein Blatt und einen Stift neben Nick und machte weiter ihre Scherze.

»Hallo, Nick!«

»Hallo, Dr. Morton«, antwortete Nick etwas schüchtern.

»Ich wollte dich nur bitten, gleich in mein Büro zu kommen, wenn du morgen früh ankommst. Dann zeige ich dir erst einmal unsere Klinik. Bist du aufgeregt?«

»Ja, ein bisschen schon«, zögerte Nick mit seiner Antwort.

»Das ist völlig normal, aber du wirst sehen, dass du dich schnell eingewöhnen wirst. Beth, bei der du dann arbeitest, ist wirklich eine tolle Person. Ihr werdet sicher euren Spaß haben.«

Dr. Morton wartete einen kurzen Augenblick. »Also, du meldest dich morgen bei mir?«

»Okay, mach ich«, sagte Nick wieder ein Stück mutiger, denn Dr. Morton hatte eine warme, angenehme Stimme.

»Wir freuen uns hier sehr auf dich!«

»Okay«, sagte Nick wieder und verabschiedete sich.

Nicks Vater kam und wuschelte seinem Sohn in den Haaren. »Du machst das schon! Keine Angst!«

»Bob hat mir gesagt, dass Dr. Morton ein ziemlich netter Kerl sein muss«, fügte seine Mutter noch hinzu.

»Und das, obwohl er so viel Verantwortung hat.«

Nick antwortete mit einem Lächeln. Weniger, weil Dr. Morton nett zu ihm gewesen war, sondern weil er kaum glauben konnte, wie sehr sich seine Eltern gewandelt hatten. Aber vielleicht war auch nur er es, der sich gewandelt hatte. Doch das war Nick eigentlich ziemlich egal. Er hätte nie im Traum daran gedacht, dass es mit seinen Eltern noch einmal so harmonisch sein könnte.

Sonst hatte Nick stets von seiner Familie weggewollt und sich nach der Möglichkeit gesehnt, endlich auszuziehen. Doch in diesem Moment genoss er es voll und ganz, bei ihnen zu sein. Er setzte sich noch einmal an den Tisch und trank seinen Kakao aus.

Sein Vater nahm seine Tasche und verschwand aus dem Haus. Es war zwar Sonntag, und da hatte er normalerweise frei, aber dennoch musste er etwas Schreibkram erledigen. Doch er versprach, zum Essen wieder zurück zu sein, und sagte, dass sie nachmittags alle zusammen einen Ausflug machen würden.

Nick hatte gar keine Möglichkeit, etwas zu sagen, so schnell war sein Vater wieder weg. Mittags würde er aber die Gelegenheit nutzen und seiner Familie von Jack erzählen. Schließlich war seinen Eltern bestimmt schon aufgefallen, dass er nachmittags immer für ein paar Stunden verschwand. Und welcher Freund das war, zu dem er immer ging, war sicherlich auch nicht ganz uninteressant.

So war es dann auch, als alle am Esstisch saßen und auch Nicks Vater von der Arbeit nach Hause gekommen war. Robert wollte gerade vorschlagen, am Felsen endlich mal wieder ein Picknick zu machen, als Nick einen Einspruch wagte.

»Ich freue mich, dass wir alle zusammen was unternehmen wollen, aber ich treffe mich wieder mit Jack. Ich habe ihn gestern nicht gesehen und bin schon mit ihm verabredet!«

Nick erwartete einen Moment lang Gemecker, zumindest von seinem Vater, aber es kam nichts. »Ja, okay«, sagte er dann nur.

Nervös wippte Nick mit seinen Füßen hin und her. Interessierte es seine Eltern denn gar nicht, was er nachmittags immer tat? Wie konnte das sein?

Dann schließlich fragte seine Mutter: »Du hast uns das letzte Mal nichts über diesen Jack erzählen wollen, aber wir sind doch etwas neugierig. Versteh das nicht falsch, aber dieser Jack scheint einen guten Einfluss auf dich zu haben. So glücklich hab ich dich schon seit vielen Jahren nicht gesehen.«

Nick lächelte.

»Aber dennoch bist du sehr häufig bei ihm, und uns würde interessieren, wie … hm …« Nicks Mutter dachte für einen Moment nach, wie sie ihre Gedanken aussprechen sollte. »… nun, wie eure Freundschaft so ist …«

Nick zog seine linke Augenbraue nach oben. »Was meinst du damit? Wir sind eben Freunde.«

»Ist er nur dein Freund, oder hast du mehr Gefühle für ihn?«

Nicks Vater verschluckte sich fast an seinem Getränk, und Henry schüttelte nur verwirrt den Kopf. »Aber Mum, das ist doch ein Mann!«, sagte er in seiner kindlichen Unschuld.

»Du, Schatz«, antwortete Nicks Mutter, während sie sanft Henrys Arm streichelte, »manchmal lieben auch Männer sich untereinander.«

»Das ist ja komisch! Küssen die sich dann auch, so wie du und Dad?«

»Stopp!«, rief Nick entsetzt. »Mum, bitte! Nein! Was denkst du denn?«

Nicks Eltern seufzten leise.

»Du, Nick, wir haben uns eben unsere Gedanken gemacht. Du hattest auch noch nie eine Freundin, wir dachten, na ja, vielleicht … und außerdem bist du so anders«, äußerte sich sein Vater schnell.

Nick musste lachen. »Ich kann nicht glauben, dass ihr das gedacht habt. Aber um euch aufzuklären, Jack ist wirklich nur ein Freund. Und ich gehe auch gar nicht zu ihm, sondern wir treffen uns im Park. Und außerdem ist Jack alt, also bestimmt so alt wie ihr!«

Nicks Mutter runzelte die Stirn. »Also das macht mir jetzt schon etwas Angst! Was machst du denn mit einem Mann mittleren Alters jeden Tag im Park?«

»Wir reden.«

»Ihr redet?«

»Ja, wir sitzen da und reden.«

»Ihr sitzt da und redet.«

»Ja«, lachte Nick verlegen. »Ist das denn schlimm?«

Keiner der Eltern sagte jetzt noch irgendetwas. Sie waren zwar erleichtert, aber so richtig einordnen konnten sie die Beziehung zwischen Nick und Jack trotzdem nicht.

»Ich weiß selbst nicht, aber das ist irgendwie … es ist irgendwie komisch. Er ist wie ein Lehrer«, sagte Nick und wunderte sich selbst über seine Worte. Dann nickte er und sprach weiter: »Ja, er ist so etwas wie ein Lehrer für mich. Ich glaube, das trifft es wirklich.«

»Okay«, sagte Nicks Vater und schnitt ein Stück Fleisch auseinander. »Das ist gut.«

Nick wusste genau, dass sein Vater einfach nicht mehr wusste, was er sagen sollte. Aber irgendwie war diese Situation auch erheiternd für ihn.

»Auf jeden Fall gehe ich heute um vier wieder in den Park.«

»Dürfen wir diesen Jack mal kennenlernen?«, fragte Nicks Vater immer noch verunsichert.

»Dad! Bitte vertrau mir.«

»Ja, du hast recht. Also, wir gehen heute nach dem Mittagsschlaf einfach zu dritt weg, okay?«, wollte er dann von seiner Frau und Henry wissen.

»In Ordnung«, antwortete Henry.

Nach dem Essen verschwand Nick wieder in seinem Zimmer, um Musik zu hören. Bei der Gelegenheit warf er auch einen Blick in seinen Kleiderschrank, um nach geeigneter Kleidung für die Klinik zu suchen. Nur, was zog man in einer Klinik an?

Plötzlich klopfte es an der Tür.

»Ja?«, fragte Nick und wartete, bis die Tür sich öffnete.

Seine Mutter kam herein, und Nick merkte, dass sie etwas sagen wollte, aber sich nicht richtig traute. Nick hielt noch ein Hemd in der Hand und bewegte sich einige Momente lang überhaupt nicht, während seine Mutter sich nervös die Hände rieb.

»Ich wollte dir nur sagen, dass ich froh bin, dass es so gut mit uns läuft!«

Nick legte das Hemd auf seinen Stuhl.

»Ja, Mum, das bin ich auch. Ich glaube, das war alles meine Schuld.«

»Oh nein, mein Schatz. Wir machen auch vieles falsch und hätten achtsamer sein müssen. Dir fehlt irgendetwas, das weiß ich, aber ich weiß nicht, was.«

Nick lief auf seine Mutter zu und nahm sie in den Arm. »Ihr habt das Beste gemacht, was ihr machen konntet. Das weiß ich jetzt. Lass uns einfach neu anfangen.«

Seine Mutter nickte. »Ja, genau das machen wir!«, sagte sie und lächelte Nick an.

Dann drehte sie sich um und ging wieder aus dem Zimmer hinaus. Sie wollte gerade die Tür schließen, steckte jedoch noch einmal schnell den Kopf in Nicks Zimmer und bat: »Und sag diesem Jack bitte Danke von mir!«

Nick lächelte. »Das mach ich!«

Nachdem Henry von seinem Mittagsschlaf aufgewacht war, machte sich der Rest von Nicks Familie auf den Weg. Zwar hätte Nick große Lust gehabt, mit seiner Familie zu picknicken, allein schon deshalb, weil es schon viele Monate zurücklag, dass sie gemeinsam etwas unternommen hatten, und der letzte Familienausflug alles andere als harmonisch gewesen war. Doch Nick hatte keine Möglichkeit, Jack abzusagen und wollte ihn auch unbedingt wiedersehen.

So verabschiedete Nick sich etwas wehmütig von seiner Familie und wollte sich dann schnell auf den Weg in den Park machen. Es war zwar erst Viertel nach drei, doch Nick wollte sehen, ob Jack dennoch bereits da war. Wenn nicht, dann würde er einfach auf der Bank auf ihn warten.

Also zog Nick seine Schuhe an, packte sich noch einen Schokoriegel und eine Flasche Wasser in den Rucksack und ging los.

Die Stadt war voller als sonst, und immer wieder kreuzten Touristen seinen Weg. Jedes Jahr ab Ende Juni kamen die Touristen, meistens mit dem Wohnmobil. Am anderen Ende der Stadt gab es einen ziemlich großen und bekannten Campingplatz, und im Sommer parkten dort die Wohnmobile Reihe an Reihe.

Nick hatte das nie verstanden. Urlaub machte man doch normalerweise am Meer, doch in Winston war weit und breit kein Meer in Sicht. Ob es überhaupt eine Stadt gab, die weiter entfernt vom Meer lag als Winston?

Nicks Mutter hatte einmal, als Nick noch kleiner war, erklärt, dass die Touristen wegen der Naturlandschaften und des Felsens kämen. Sie kämen mit Zelten oder dem Camper und gingen tagelang wandern oder führen hinaus in die Prärie. Es gäbe sonst nicht viele Möglichkeiten, ein steiniges Trockengebiet und eine üppige, grüne Naturlandschaft gleichzeitig zu sehen.

Die Einwohner der Stadt fluchten und freuten sich gleichermaßen über den Tourismus. Die Geschäfte liefen gut, und alle Cafés waren voll, doch gerade die ältere Gesellschaft von Winston, und diese war groß, hatte keinen Gefallen an den vielen Menschen. Die Senioren wollten in

Ruhe im Park spazieren gehen und am Winstoner See ungestört ihre Füße im Wasser kühlen.

Der Park war an dem Tag also dementsprechend voller als sonst. Jedoch hielt es sich in Grenzen, denn schließlich kamen die Touristen nicht wegen des Parks. Viele wussten nicht einmal dass, es ihn gab.

Nick beschloss spontan, sich ein Eis zu kaufen. Der alte Eisverkäufer war wieder mit seinem metallenen Rollwagen unterwegs, um Eis und Getränke zu verkaufen. Im Sommer war er jeden Tag da.

Jack war, wie Nick bereits erwartet hatte, noch nicht im Park anzutreffen. Einerseits erleichterte Nick das. Es wirkte ja beinahe unheimlich, mit welcher Präzision Jack stets vorzufinden war. Er war bisher immer da gewesen, wenn Nick in den Park gekommen war.

Nick ging zu seinem gewohnten Platz auf der weißen Bank am Brunnen. Doch dieses Mal steckte er sich keinen Knopf ins Ohr, sondern beobachtete die Menschen um sich herum.

Minuten vergingen, und Nick schaute sich jeden einzelnen Menschen an, den er sah. Jedes Mal fragte er sich, wie die Person wohl lebte, wie sie sich fühlte und was sie machte, wenn sie nicht gerade im Park war. Er betrachtete außerdem ganz genau Gesichter, Münder und Augen. Da waren Kinder, die überwiegend lachten und umherrannten, Paare, die verliebt miteinander kuschelten, Paare, die sich stritten, und gut gekleidete Menschen, die nervös auf und ab gingen, mit einem Handy am Ohr, und immer wieder fluchend mit den Armen gestikulierten.

Dann fühlte Nick plötzlich die vertraute Hand auf seiner Schulter und schmunzelte.

»Sie leben alle in ihrer eigenen Welt, nicht wahr?«, sagte Jack leise.

»Das tun sie alle, ja«, antwortete Nick und drehte sich zu Jack um. Dieser leuchtete wie immer, seine braune Haut glänzte sanft im Sonnenschein, und seine Augen strahlten blau wie das Meer.

»Hallo, mein Freund«, sagte er und lächelte. »Dreh dich wieder um und lass uns zusammen die Menschen beobachten. Das war eine meiner Lieblingsbeschäftigungen in der letzten Zeit.«

»Hattest du denn nichts Besseres zu tun?«, fragte Nick lachend.

»Ach, weißt du, eigentlich nicht. Muss ich auch nicht. Sie waren mir große Lehrmeister, und vieles habe ich durch das Beobachten verstanden.«

»Ja, man verliert sich und seine Probleme irgendwie.«

»Das ist wahr, Nick.«

»Schau dir das Mädchen an«, sagte Jack und zeigte auf die Wiese. »Was glaubst du, was sie fühlt?«

Nick ließ sich voll und ganz auf das Spiel ein und konzentrierte sich auf das kleine Mädchen unweit von ihm.

»Sie fühlt sich gut. Sie ist glücklich, dass ihre Eltern zusammen mit ihr im Park sind.«

»Du bist gut, Nick! Ja, die Erwachsenen machen es sich und ihren Kindern oft schwer und sind sich dessen nicht bewusst.«

»Meine Mutter hat heute Mittag etwas Ähnliches gesagt, und sie hat sich bei mir entschuldigt, Jack.«

»Das ist toll. Was hast du ihr darauf geantwortet?«

Nick drehte seinen Kopf zu Jack. »Ich habe ihr gesagt, dass ich weiß, dass sie ihr Bestes gegeben hat und dass alles gut ist, wie es ist. Ich war genauso blind wie sie!«

»Du bist ein toller Kerl!«

»Ach, Quatsch!«, antwortete Nick schnell und drehte den Kopf wieder zur Seite. Er zögerte etwas, doch dann sagte er: »Ich soll dir übrigens von meiner Mutter Danke sagen.«

»Wofür?«

»Sie hat gesagt, du tust mir gut.«

»Du hast ihr von mir erzählt?«, wollte Jack wissen.

»Ja, meine Eltern haben gefragt, was ich jeden Nachmittag mache.«

Jack lachte herzhaft. »Ja, da haben sie recht. Aber mal ernsthaft: Ich danke dir, Nick. Ich bin glücklich, dass du so große Schritte machst. All das Gute hast du selbst erschaffen. Du tust dir selbst gut.« Er lächelte wieder.

»Ich verstehe immer noch nicht, wieso du mir hilfst und dir die Zeit nimmst.«

»Eines Tages wirst du es verstehen, glaube mir. Du hilfst mir ebenfalls und bist wahrhaftig ein Segen für mich!«

Nick bekam eine Gänsehaut. So etwas hatte noch nie jemand zu ihm gesagt.

»Lass uns weitermachen!«, sagte Jack schnell und deutete auf einen Mann, der auf dem Rasen umherging.

»Der Mann, der die ganze Zeit um seine Aktentasche herumläuft und telefoniert!«, forderte Jack ihn auf.

»Hm«, überlegte Nick. »Er streitet sich mit einem Kollegen, oder nein, warte, er streitet sich mit einem Mann, der etwas für ihn erledigen sollte. Er schimpft mit ihm, glaube ich.«

»Mach einfach weiter! Was denkst du, was er fühlt?«

»Ich glaube, dass er sich jetzt im Moment stark fühlt, weil er den anderen Mann am Telefon anschnauzt.«

»Wieso sollte er sich deswegen stark fühlen?«

»Keine Ahnung, Jack, aber vielleicht fühlt er sich klein oder ist normalerweise selbst die Person, die immer Ärger hat. Ich glaube, dass ihm das Kraft gibt!«

»Was, glaubst du, braucht dieser Mann, damit er wieder harmonisch leben kann und wirklich glücklich ist?«

»Vielleicht, dass ihm jemand sagt, dass er gut ist, wie er ist.«

»Fantastisch!«, freute sich Jack.

»Was ist mit der jungen Mutter da, die den Kinderwagen schaukelt?«

»Sie fühlt sich schlecht!«

»Wieso?«

»Ich glaube, sie hat sich von ihrem Freund getrennt. Ja, sie haben sich gestritten, und jetzt ist sie alleine und fühlt sich schlecht.«

Jack nickte und sagte leise: »Sie hat ihren Freund angeschrien, und dieser ist aus der gemeinsamen Wohnung gerannt und hat sich den ganzen Tag nicht bei ihr gemeldet.«

»Ja, das könnte sein. Ich glaube, sie fühlt sich schuldig, weil sie ihn so angeschrien hat.«

Nick beobachtete die Frau weiter. »Jetzt wird ihr vielleicht klar, dass sie überreagiert hat.«

»Das kann gut sein.«

Nick drehte sich wieder zu Jack um. »Wieso sind wir Menschen bloß so?«

»Ach, Nick, in jedem Menschen steckt einfach ein kleines verletztes Kind. Jeder Mensch ist verunsichert, auf die eine oder andere Weise. Doch die Menschen geben diese Verletzung niemals zu, sie erkennen sie nicht einmal. Ihr Drama wiederholt sich immer und immer wieder.«

Nick blickte wieder zu der Frau, und in seinem Herzen wurde es ganz warm.

»Was braucht sie?«, fragte Jack.

»Ich glaube, sie streitet sich gar nicht richtig mit ihrem Freund. Sie sieht ihn nicht wirklich.«

»Das ist gut.«

»Kann das alles wirklich sein, Jack?«

»Wieso nicht?«

»Es kann doch nicht sein, dass ich weiß, wie die Menschen denken und fühlen! Du hast irgendeinen Voodoozauber mit mir veranstaltet.«

Jack lachte. »Nein, Nick, du musst dich nur für andere öffnen, dann kannst du sie auch fühlen. Ihr seid alle miteinander verbunden.«

»Das verstehe ich nicht.« Nick schüttelte den Kopf.

»Ich weiß, das ist merkwürdig für dich. Du musst es auch überhaupt gar nicht verstehen. Das geht alles sehr schnell für dich. Es ist nur wichtig, dass du eines verstehst: Jeder Mensch lebt in seiner eigenen Welt, in seinen eigenen Vorstellungen. Das habe ich dir bereits vor ein paar Tagen gesagt. Aber jetzt siehst du es!«

»Ja!«

»Jeder Mensch lebt nach seinen Mustern und versucht, seine eigenen Verletzungen zu schützen. Egal, wie dich ein Mensch anschaut, wie er dich anspricht, wie er mit dir umgeht oder nicht umgeht, er macht es nicht unbedingt, weil du so bist, wie du bist, sondern weil er selbst in seiner eigenen Welt gefangen ist.«

Nick erinnerte sich an den vorherigen Tag, und Jack fragte fast gleichzeitig mit seinem Gedanken: »Was ist eigentlich aus dem Besuch geworden?«

»Du hattest natürlich recht. Mein Vater hat selbst einen Vater, der ihn nicht sieht.«

»Was hat sich verändert, seitdem du das weißt?«

»Alles, Jack, einfach alles!«

»Ist das nicht wunderbar?«

Nick nickte und senkte dann den Kopf.

»Ich fühle mich so schlecht dabei. Ich habe die ganze Zeit nicht verstanden, was wirklich das Problem war.«

»Ärgere dich nicht«, beruhigte Jack seinen Schützling. »Wie hättest du das erkennen können?«

»Ganz einfach, wenn ich einmal aufgehört hätte, nur an mich zu denken!«

»Du denkst nicht nur an dich. Du wärst überhaupt nicht fähig, dich in andere Menschen so einzufühlen, wenn du nur an dich denken würdest. Ein Egoist kann so etwas nicht!«

»Keine Ahnung.«

»Meinst du, ein wirklicher Egoist würde sich darüber Gedanken machen, dass er etwas falsch gemacht haben könnte?«

»Du hast recht, das würde er wahrscheinlich nicht tun.«

Jack nickte zustimmend. »Natürlich würde ein Egoist das nicht tun!«

Mit seinem Finger schob er Nicks Kopf wieder nach oben. »Es ist nicht schlimm, wenn man Fehler macht, Nick. Schlimm ist es nur, wenn man aus seinen Fehlern nicht lernt und sie nicht korrigiert. Du hast deinen Fehler erkannt, oder? Andere leben ihr ganzes Leben und erkennen ihre Fehler nicht!«

»Ja, du hast wieder einmal recht, Jack«, sagte Nick und setzte sich wieder aufrecht hin.

»Du hast jeden Morgen die Chance, deine Fehler wiedergutzumachen. Und das hast du erkannt. Jetzt mach dir keine Schuldgefühle deswegen, denn es gibt nichts Schlimmeres als diese Schuldgefühle, die du gerade hast. Sei nicht so streng mit dir, Nick. Du bist ein toller Junge und hast so vieles erkannt und gelernt in den letzten Tagen. Du hast die Möglichkeit, dein Leben zu wandeln.«

»Okay.«

»Komm, lass uns ein Stück gehen«, sagte Jack und stand auf.

»Ich möchte dir noch etwas Wichtiges zeigen. Vielleicht ist es sogar das Bedeutendste, das ich dir beibringen kann, denn mit dieser Übung kannst du nicht nur dich, sondern auch dein Umfeld wandeln.«

Aufrechten Gangs folgte Nick seinem Freund ein paar Meter durch den Park. So viele verschiedene Menschen waren an diesem Tag da und genossen die Schönheit des Parks und die Sonnenstrahlen.

Jack flüsterte Nick leise zu: »Ich möchte dir zeigen, wie du die Menschen aus ihren Gedanken und Gefühlen herausholen kannst, wie du ihnen helfen kannst, bewusster und glücklicher zu werden.«

»Wie kann ich das tun?«

»Durch dein Lächeln, Nick. Gib den Menschen dein Lächeln, wenn sie verlernt haben, selbst zu lachen.«

»Ich soll lachen? Ich glaube, das ist das, was sie am wenigsten brauchen.«

»Nein, du sollst nicht lachen, du sollst lächeln. Du erinnerst sie mit deinem Lächeln an ihre eigenen Fähigkeiten, Probleme zu überwinden. Wenn es dir selbst schlecht geht und du dann einfach zu lächeln beginnst, was glaubst du, passiert dann?«

»Ich lache doch nicht, wenn es mir schlecht geht, Jack. Wer hat denn dann Lust zu lächeln?«

Jack schmunzelte. »Genau darum geht es doch! Wenn du lächeln würdest, würden deine Sorgen sofort verfliegen, und es ginge dir besser. Doch wenn du schlecht drauf, traurig oder wütend bist, kannst du es einfach nicht. Deswegen ist es so wichtig, dass du jenen Menschen deine Freude gibst, wenn sie selbst gerade keine empfinden können.«

»Und das funktioniert?«

»Ja, probiere es doch aus!«

»Was, jetzt?«

»Ja, natürlich!«, antwortete Jack etwas laut.

»Ich kann das nicht«, flüsterte Nick Jack ins Ohr.

»Doch! Lass uns zurückgehen und nachsehen, ob die Frau mit dem Kinderwagen noch auf der Bank sitzt. Und wenn sie dort sitzt, lass uns an ihr vorbeigehen.«

»Nein, doch nicht bei der Frau! Hast du gesehen, wie traurig sie war?«

»Das macht das Ganze doch erst lohnenswert!«

»Ich weiß nicht. Ich soll an ihr vorbeigehen und währenddessen grinsen?«

»Nein, Nick, du sollst lächeln. Du weißt, dass sie in diesem Moment in ihren eigenen schlechten Gedanken gefangen ist. Zeig ihr das mit einem Lächeln. Erinnere sie daran, dass auch hinter dunklen Wolken immer die Sonne scheint. Die Sonne war, ist und wird immer da sein. Nur die Menschen erkennen sie dann nicht, weil sie nicht fähig sind, hinter die Wolken zu schauen. Mit deinem Lächeln erinnerst du sie daran.«

»Okay«, sagte Nick und ballte seine Faust zusammen.

Die beiden gingen ein paar Meter wieder zurück, doch als Nick die Frau sehen konnte, packte er Jack am Arm und blieb stehen. »Was mache ich denn, wenn sie mich nicht anschaut?«

Wie ein unruhiger kleiner Junge zappelte Nick mit seinen Beinen und ging aufgeregt im Kreis. Dann drehte er sich um, damit die Frau mit dem Kinderwagen ihn nicht sehen konnte. Er biss sich in die Hand und flüsterte: »Ich schaffe das schon.«

Dann gab er Jack ein Signal, und sie gingen langsam wieder los. Jack murmelte zwar noch, dass Nick sich auf die Sonne konzentrieren sollte, doch dieser war schon so fokussiert, dass er nichts mehr wahrnehmen konnte.

Mit jedem Schritt, den er der jungen Mutter näher kam, erinnerte er sich mehr und mehr an das gute Gefühl, das er in den letzten Tagen gehabt hatte. Er rief das Gefühl noch einmal ab, das er verspürt hatte, als seine Mutter in seinem Zimmer gewesen war und mit ihm gesprochen hatte. Und er erinnerte sich an die Szene, als sein Vater ihn umarmt hatte. Nick dachte an den Segen, den er in den letzten Tagen erfahren hatte und daran, wie sich sein Leben in Kürze geändert hatte. Er steigerte sich so sehr in seine Gedanken, dass es ihn im Herzen berührte. Und dann lächelte er. Seine Lippen spiegelten genau das wider, was er in diesem Moment fühlte. Alles würde gut werden, das wusste er genau.

Mit langsamen Schritten gingen sie an der Frau vorbei, die immer noch gedankenversunken auf der Bank saß und ihr Kind im Kinderwagen schaukelte. Nick blickte sie jetzt an, und einen Moment lang hatte er den gleichen Ausdruck in seinen Augen, wie er ihn selbst immer bei Jack bemerkte.

Die Frau fühlte sich von Nick angezogen, das war deutlich erkennbar. Ganz automatisch hob sie den Kopf und schaute direkt in Nicks Gesicht. Der Blickkontakt hielt nicht einmal eine Sekunde, dennoch schien der Blick eine Ewigkeit in sich zu tragen. Die Frau hatte diese traurigen Augen, doch in dem Moment, in dem Nick sie anlächelte, lächelte sie auch. Erst wollte sie das Lächeln einfach nur erwidern, um freundlich zu sein, doch dann lächelte sie wirklich innerlich, und für einen Moment konnte sie spüren, was Nick empfand.

Als Nick und Jack an der Frau vorbeigegangen waren, war Nick immer noch voller Freude. Er wusste, dass sich irgendetwas auf die Frau übertragen hatte. Was es war und wie das möglich war, wusste er nicht. Aber wie Jack stets gesagt hatte, musste er nicht alles wissen und verstehen. Die Frau drehte ihren Kopf und schaute Nick hinterher.

»Und?«, fragte Jack, während sie weitergingen. »Hast du das gespürt?«

Nick nickte »Oh ja, das habe ich! Das war einfach unglaublich!«

»Du benutzt das Wort in den letzten Tagen ziemlich häufig«, lachte Jack.

»Lass uns zurück auf die Bank gehen, ganz unauffällig, und dann schauen wir, ob sich etwas ändert«, flüsterte Nick neugierig.

»Ja, das machen wir«, antwortete Jack.

Nick legte an Geschwindigkeit zu, um die Bank zu erreichen, die noch ungefähr dreißig Meter vor ihnen lag.

Doch nur einen kurzen Moment später fasste Jack ihn an der Schulter: »Schau, Nick!«

Nick blieb stehen und drehte sich um. Die junge Frau stand jetzt vor der Bank und hängte ihre Tasche über die Schulter. Sie stand aufrecht, und ihr Kopf war erhoben. Dann beugte sie sich hinunter, küsste ihr Baby und flüsterte ein paar Worte, die Nick aus der Entfernung nicht hören konnte. Nur wenige Sekunden später ging sie los und fuhr mit dem Kinderwagen auf dem Sandweg in Richtung Ausgang.

»Was macht sie jetzt?«, fragte Nick, wohl wissend, dass Jack eine Antwort darauf hatte.

»Sie wird nach Hause gehen, um das Durcheinander, das sie in der Wut hinterlassen hat, wieder zu beseitigen. Außerdem hat sie ein Gefühl dafür, wo ihr Freund sich aufhält, und dort wird sie gleich anrufen. Die beiden werden sich wieder vertragen.«

»Und der Grund dafür war mein Lächeln?«

»Hm«, antwortete Jack nachdenklich. »Nein. Dein Lächeln kann sie nur an etwas erinnern, was sie bereits in sich trägt. Du kannst sie ja nicht manipulieren. Wenn sie ihren Freund verlassen oder weiterhin wütend bleiben will, dann tut sie es auch. Aber du gibst ihr durch dein Lächeln die Möglichkeit, sich daran zu erinnern, dass sie einen Ausweg finden kann. Du zeigst ihr, dass es angenehmer ist, auf die positiven Dinge des Lebens zu achten und nicht auf das, worum sie sich so sorgt.«

Nick und Jack erreichten wieder die Bank und setzten sich. Jack legte freundschaftlich einen Arm um Nick, und gemeinsam blickten sie einen Moment lang in die Sonne und ließen sich von den Sonnenstrahlen einhüllen. Nick fühlte sich wohl und genoss den Moment.

»Aber eines verstehe ich nicht: Ist es denn nicht gut, wenn man über seine Probleme nachdenkt? Wie soll man denn eine Lösung finden, wenn man sich von seinen Problemen ablenkt?«

»Das ist eine gute Frage, Nick, und sie verdient eine gute Antwort. Die Menschen erlauben sich gar nicht richtig, eine Lösung für ein Problem zu finden. Statt die Lösung zu erkennen, die in einem Problem steckt, tauchen sie nur tiefer in das Problem ein. Sie identifizieren sich mit ihm, sie steigern sich in die Gefühle hinein, die das Problem in ihnen verursacht. Ein Problem anzunehmen und mit etwas Abstand zu betrachten, ist die sicherste Methode, um eine Lösung zu finden. Doch glaube mir, das macht kaum jemand.«

Sofort erkannte Nick wieder einmal Parallelen zu seinem eigenen Verhalten. Auch er neigte dazu, so tief in seine Sorgen einzutauchen, dass er keinen klaren Gedanken mehr fassen konnte.

»Du glaubst, selbst das Problem zu sein, Nick. Doch es ist nur ein Problem, das sich in dir zeigt.«

Nick sah nachdenklich in den Park, und Jack folgte seinem Blick.

»Nimm den Mann als Beispiel, der vorhin am Telefon noch so geflucht hat. Seine Aktentasche war sein Problem, doch statt die Aktentasche einfach nur als Aktentasche zu sehen, so, wie ein Problem einfach nur ein Problem ist, das sich kurz zeigt, krallte er sich an ihr fest und konnte nur noch sie sehen. Seine Gedanken kreisten nur noch um diese Tasche, die so schwer an seiner Hand hing. Vielleicht waren Rechnungen darin oder nicht erledigte Aufgaben, die ihn unter Druck setzten. Seine ganze Welt bestand nur noch aus diesem Ding aus Leder, das er mit Leichtigkeit einfach hätte loslassen oder abstellen können. Doch er hat sie einfach weiter mit sich herumgetragen.«

Nick lächelte ganz sanft und drehte sich zu Jack. »Wenn ich bei dir bin, dann sind mir alle Dinge so klar. Es fällt mir wie Schuppen von den Augen. Das ist einfach toll!«

Jack sagte: »Du glaubst, das läge alles an mir, aber ich bin nur dazu da, die Weisheit, die zweifelsohne in dir ist, zum Vorschein zu bringen.«

Nach wenigen Momenten stand Jack auf. »Mein Freund, es ist Zeit, sich wieder zu verabschieden.«

Nick blickte verwundert auf. »Du gehst schon?«

»Ich kann nicht so lange bleiben, wie ich gerne möchte.«

»Tja, das nennt man Mensch sein und arbeiten. Da kommst auch du nicht drum herum.«

Jack schmunzelte ein wenig. So gerne hätte er Nick alles erzählt, doch er konnte nicht, so viel war ihm klar.

»So ist es!«

»Oh, Jack. Fast habe ich vergessen, dir zu sagen, dass ich morgen in der Klinik anfange.«

»Das ist doch gut. Bist du aufgeregt?«

Nick winkte ab.

»Ja, ein bisschen, aber das ist nicht so wild. Aber …« Er wartete einen kurzen Moment. »Ich werde bis 16 Uhr dort arbeiten, und kann dann nicht hier sein. Bitte, Jack, können wir uns später treffen?«

Nick blickte seinen Freund an, und einen Moment lang hatte er etwas Angst, dass die Bekanntschaft mit ihm schon ein Ende finden könnte.

»Aber natürlich.«

Nick atmete erleichtert auf. »Ich werde sofort nach der Klinik in den Park kommen. Ich brauche etwa eine Viertelstunde dafür. Ist halb fünf für dich in Ordnung?«

»Ich werde da sein.« Jack erhob seine Hand und verabschiedete sich.

Nick schaute Jack so lange hinterher, bis er ihn nicht mehr sehen konnte. Er kostete jeden Moment aus, in dem er etwas von ihm lernen konnte

Als Jack gegangen war, lehnte Nick sich an die Bank, schloss die Augen und ließ die letzten Sonnenstrahlen auf sich wirken. Um ihn herum wurde es stiller, denn der größte Teil der Parkbesucher war bereits wieder auf dem Weg nach Hause oder schon längst dort angekommen.

Wie öfter im Sommer, wehte ein leichter Wind, der die Wärme wenigstens etwas erträglicher machte. Immer wieder, wenn Nick seinen Blick nach oben richtete, sah er die zahlreichen Blätter des Laubbaumes im Wind tanzen. In diesem Moment schien die ganze Welt stillzustehen. Es gab nur noch Nick, den alten Laubbaum hinter der weißen Bank und den Wind, der allem Leben einhauchte.

Nick saß noch lange auf der Bank. Dabei bewegte er sich kaum. Mit einem Lächeln auf den Lippen dachte er an den Tag zurück. Das hatte er sich in letzter Zeit irgendwie so angewöhnt.

So oft hatte er früher die Abende damit verbracht, wütend und frustriert zu sein. Immer wieder hatte er sich an

Situationen aus dem Tag erinnert und noch einmal die gleichen Emotionen durchlitten, die er schon Stunden zuvor gehabt hatte. So viele Abende lang hatte er gegrübelt und nur das sehen können, was ihm nicht gepasst hatte.

Nick hielt es nun für angebracht, dieses Verhalten zu ändern und nur noch die schönen Momente des Tages Revue passieren zu lassen. Das klappte nicht immer, schließlich machte er das erst seit wenigen Tagen. Doch es gab einfach Tage wie diesen, an denen es nichts zu bemängeln gab. Nicht einmal ein kleiner Moment bereitete ihm Unbehagen. Alles war perfekt an diesem Tag.

Nick gab einen leisen Seufzer von sich und stieß sich mit den Händen von der Bank ab. Entspannt ging er nach Hause, und glücklich wie er war, grüßte er jede Person, die ihm begegnete. Egal, wer es war und egal, ob die Menschen seinen Gruß erwiderten, Nick schenkte einfach jedem sein Lächeln.

Es war kurz nach 9 Uhr, als der Wecker klingelte. Nick wollte genug Zeit haben, um zu duschen und rechtzeitig in der Klinik sein. Obwohl er am Tag zuvor noch entspannt gewesen war, war er an diesem Montagmorgen doch wesentlich nervöser. Was würden die Mitarbeiter in der Klinik denken? Was hatte der Chef ihnen erzählt? Wie würden sie ihn aufnehmen? Was sollte er tun, wenn er sich schlecht anstellte? Was würde passieren, wenn sie ihn dort hinauswerfen würden?

Nick riss die Augen auf und lenkte sich schnell ab. Das waren einfach zu viele Gedanken an dem Morgen. Er wusste genau, dass seine Mutter ihn immer beruhigen konnte, wenn er aufgeregt war. Noch im Schlafanzug lief Nick die Treppe hinunter, und glücklicherweise war seine Mutter wirklich da. Sie war gerade dabei, den Inhalt dreier großer Einkaufstüten in die Schränke zu räumen. Fast erschrak sie, als sie Nick sah.

»Guten Morgen, Nick!«

Sie merkte recht schnell, dass Nick besorgt war, denn die Fröhlichkeit der letzten Tagen schien wie weggeblasen. Sie breitete lächelnd ihre Arme aus, denn sie wusste genau, was mit ihrem Sohn los war.

»Du machst dir Sorgen, oder?«, fragte sie ihn.

Nick verzog das Gesicht.

»Ja, mein Großer, das sehe ich in deinen Augen.« Liebevoll umarmte sie ihn und gab ihm schließlich einen Kuss auf die Stirn. »Hab keine Angst. Ich bin mir sicher, dass sie dich mögen werden und dass du dort viele tolle Erfahrungen machen wirst.«

»Der Grund, aus dem ich dort bin, nervt mich.«

Nicks Mutter schüttelte den Kopf. »Es ist jetzt, wie es ist. Bob hat mir erzählt, dass er Dr. Morton gesagt habe, dass das mit der Scheibe ein Unfall gewesen und der Richter sehr streng gewesen sei.«

»Ja, das hat er mir auch gesagt.«

»Na also, das klingt doch gar nicht so schlimm. Außerdem war Dr. Morton doch recht freundlich am Telefon, oder?«

»Ja, du hast recht. Aber ich hab trotzdem Angst.«

»Das weiß ich auch. Dennoch weißt du, es macht keinen Sinn, dir jetzt Gedanken darüber zu machen, was schieflaufen könnte. Das ist nur vergeudete Energie. Wenn du die Gedanken nutzt, um dir etwas Schönes vorzustellen, betrittst du die Klinik ganz anders, und vielleicht treten die Mitarbeiter dir dann anders gegenüber.«

Nick holte sich eine Tasse aus dem Schrank und wunderte sich über die Worte seiner Mutter. Wenn da nicht ihre weibliche Stimme gewesen wäre, hätte er wirklich gedacht, dass Jack das gerade gesagt hatte. Nick drehte sich um und blickte seiner Mutter in die Augen. So etwas hatte er noch nie von ihr gehört.

»Ist etwas?«, fragte sie.

Nick schüttelte den Kopf und drehte sich noch einmal zum Schrank, um sich eine Schüssel zu holen.

»Danke, Mum!«, sagte er anschließend und setzte sich an den Tisch. Er beschloss, keine Gedanken mehr an die Klinik zu verschwenden. Wahrscheinlich war es sowieso wie immer: Er machte sich Sorgen und hatte Angst, doch am Ende gab es keinen Anlass dafür.

»Du warst gestern spät zu Hause und bist dann gleich ins Bett gegangen. Wir haben gar nicht darüber gesprochen, ob ich dich in die Klinik begleiten soll«, murmelte Nicks Mutter, die, loyal wie sie war, mit ihm am Tisch saß und ein paar Kekse in ihren Kaffee tauchte.

Nick lachte. »Wie sieht das denn aus, wenn du da mit hineinkommst? Nein, das muss ich alleine durchstehen.«

»Soll ich dich denn wenigstens hinfahren?«

Nick aß sein Müsli und blickte anschließend seine Mutter an. Ihm tat es ja schon ein wenig leid, dass sie sich solche Mühe gab, ihn zu unterstützen.

»Danke, Mum, du bist wirklich lieb. Aber ich fahre mit dem Fahrrad hin. Ich treffe mich danach wieder mit Jack im Park.«

»Ach, stimmt«, murmelte seine Mutter nachdenklich. Dann sagte sie wieder mit heller Stimme: »Okay.«

Um 10 Uhr packte Nick noch ein paar Sachen in seinen Rucksack, begutachtete sich und seine Kleidung im Spiegel und trat dann anschließend vor die Tür. Die

Anspannung stand ihm ins Gesicht geschrieben, dennoch wollte er seinem Vorsatz auch folgen und versuchte, sich dementsprechend abzulenken.

»Es wird schon gut werden«, sagte er immer wieder leise vor sich hin. So ein bisschen Aufregung gehörte schließlich auch dazu.

Nick ging in die Garage, holte sein Fahrrad und fuhr los. Er brauchte ungefähr zwanzig Minuten von zu Hause bis zur Klinik. So dachte Nick zumindest an diesem Morgen, doch in Wirklichkeit brauchte er zehn Minuten länger.

Die Klinik war wunderschön an einem Berghang gelegen, umgeben von einem prächtigen grünen Wald. Eine asphaltierte Straße schlängelte sich den Berg hinauf. Dies war die einzige Straße, die zu der Klinik führte. Meter um Meter radelte Nick den Berg hinauf. Ab und an stand am Straßenrand ein Haus, das wohl einem Besitzer gehörte, der die Ruhe genoss. Die Häuser waren unglaublich groß und die Gärten voller wunderschöner Pflanzen, großer Bäume und fein geschnittener Hecken. All dies deutete darauf hin, dass hier die Reichen von Winston wohnten.

Es war ziemlich schwül an diesem Montagmorgen, und je weiter Nick der Straße folgte, desto feuchter wurde die Luft. Die Bäume um ihn herum hatten ein so sattes Grün, wie Nick es selten gesehen hatte. Er schien in einen Dschungel zu fahren, der sein ganz eigenes Biotop hatte, seine eigene Pflanzenwelt.

Nach einer halben Stunde hatte Nick endlich die Klinik erreicht. Nach einer Linkskurve war es plötzlich direkt vor ihm - ein riesiges weißes Gebäude. Von der Stadt unten hatte Nick schon so manches Mal einen Blick auf die Klinik geworfen, und selbst von dort aus sah sie imposant und schön aus und nicht so, wie man sich eine Klinik vorstellte. Das Gebäude, vor dem er jetzt stand, hatte kaum Ecken, es wirkte eher rund und weich. Die Klinik war von Blumen umgeben und stand mitten auf einem riesigen Grundstück.

Zu Nicks Erstaunen war allerdings niemand vor dem Gebäude zu sehen. Doch er fand das praktisch, weil er durch die Temperaturen und das Fahren ziemlich ins Schwitzen geraten war. Er freute sich, dass er so früh losgefahren war und jetzt noch genug Zeit hatte, sich etwas abzukühlen.

Er lehnte sein Fahrrad gegen einen Baum und ging zu dem weißen Geländer, das das ganze Areal eingrenzte. Von dort aus hatte er einen unglaublichen Ausblick auf die ganze Stadt. Jedes Haus konnte er sehen, und auch ein Teil des Stadtparks ließ sich von dort oben erblicken. Alles war irgendwie ruhig und friedlich. Eine leichte Brise zog durch die Luft, und Nick genoss die Frische, die ihm etwas seine Hitze nahm.

Nach ein paar Minuten nahm er schließlich sein Fahrrad und ging über den schmalen Sandweg durch den Vorgarten. Neben der weißen Steintreppe, die ins Gebäude führte, standen metallene Fahrradständer. Sein Fahrrad war das einzige, das dort stand, als er seinen Rucksack in die linke Hand nahm, sich aufrichtete und schließlich hinaufging. Durch eine große Tür gelangte er hinein, und der Eindruck, den das Äußere vermittelt hatte, wiederholte sich auch im Inneren.

Alles wirkte groß, und der größte Teil dessen, was Nick sehen konnte, war in der gleichen weißen Farbe und dem steinernen Material gehalten. Er ging ein paar Schritte auf die Wand zu, um sie zu berühren. Sie war angenehm kühl und schien tatsächlich aus Stein zu sein.

»Toll, oder?«

Erschrocken drehte Nick sich um. Am Empfang saß eine Frau, die er vorher nicht bemerkt hatte.

»Ähm …« Nick drehte sich um.

Die Frau lachte. »Mach dir keinen Kopf, Junge. Du bist nicht der Einzige, der hier hereinkommt und erst einmal unsere imposante Wand begrüßt.«

Nick ging nervös auf den Empfang zu. Die Frau, die dort saß, hatte kurzes schwarzes Haar und war noch relativ jung.

»Das ist Kalksandstein. Dadurch wirkt das ganze Gebäude natürlicher, und es bleibt außerdem recht kühl oder warm, so, wie man es braucht.« Nahtlos redete sie weiter. »Du bist Nick, richtig?«

»Ja«, antwortete Nick, weiterhin etwas überrumpelt.

»Ich bin Steph«, antwortete die junge Frau und reichte Nick die Hand.

»Angenehm.«

Die Frau lachte wieder. »Ich rufe mal Dr. Morton an, damit er dich hier abholt.«

Steph drehte sich zum Telefon, ergriff den Hörer und drückte auf eine der zahlreichen Tasten.

»Hallo! Nick ist da. Könnt ihr ihn abholen?« Steph nickte kurz darauf und sagte: »Alles klar, bis gleich!«

Dann drehte sie sich wieder zu Nick um. »Constantine, einer unserer Pfleger, kommt gleich und bringt dich erst einmal ins Büro. Dr. Morton hat eine wichtige Besprechung und kann dir leider die Klinik nicht zeigen. Aber den siehst du sowieso später«, sagte sie.

»Okay.«

»Bist du aufgeregt?«

»Ja, ein bisschen schon«, entgegnete Nick etwas verlegen.

Steph winkte ab und sagte schnell: »Das ging mir auch so, als ich neu war, aber die Leute hier sind wirklich freundlich. Hier gibt es normalerweise keine Probleme.«

»Was meinst mit ›normalerweise‹?«, fragte Nick neugierig.

»Gut aufgepasst!«, lachte Steph und hob ihre Tasse, um einen Schluck Kaffee zu trinken.

»Eltern!«, sagte sie dann mit einem ernsten Gesicht. »Wir müssen hier immer wieder erleben, wie sich die Eltern der Patienten unnötig in die Behandlung einmischen und ihren Kindern ständig Druck machen. Viele haben leider kein Verständnis für ihre Kinder. Aber das wirst du noch früh genug merken!«

Bevor Nick etwas sagen konnte, öffnete sich links vom Eingang eine Tür, und ein gut genährter junger Mann mit rundem Gesicht und krausem Haar trat hervor.

»Ich bin Constantine«, sagte er und reichte Nick die Hand. Dann klopfte er ihm kameradschaftlich auf die Schulter und nahm ihn an seine Seite.

»Lass uns hier entlanggehen«, sagte er und zeigte Nick den Speisesaal, der hinter dem Empfangsbereich lag. Über den Raum verteilt standen mindestens zwanzig Tische mit jeweils zwei Stühlen. Am Ende des Saals lag ein Bereich, in dem wahrscheinlich das Essen verteilt wurde. Es waren zahlreiche Edelstahlbehältnisse sowie Plastikbehälter mit Besteck zu sehen. Dahinter befand sich eine blaue Schwingtür, die in die Küche führte.

»Hier ist dein Arbeitsbereich, aber in die Küche gehe ich jetzt nicht mit dir. Sonst kriege ich Ärger von Beth. Das machst du später mit ihr selbst. Sie kommt sowieso gleich«, grinste Constantine schelmisch.

Sie verließen den Speisesaal und gingen durch die Tür, aus der Constantine gekommen war.

»Das hier sind die Ärzte- und Besprechungszimmer. Am Ende des Ganges befinden sich auch die Büros von Dr. Morton und den anderen beiden Ärzten sowie die der Psychologen.«

»Aha«, antwortete Nick.

»Ach, hier gibts nichts zu sehen. Aber falls du mal einen Arzt suchen solltest, findest du ihn eben hier. Die Namen stehen an den Türen.«

Die beiden verließen den Bereich mit den Büros und gingen wieder zurück ins Foyer.

»Auf der anderen Seite befinden sich die Behandlungszimmer. Wir haben auch viele ambulante Patienten, die nach einem Klinikaufenthalt hier weiterbetreut werden, oder auch Patienten, bei denen ein stationärer Aufenthalt nicht notwendig ist. Die Behandlungszimmer wird dir vielleicht Dr. Morton zeigen. Komm mal mit, ich zeig dir jetzt das Schönste!«

Rechts neben dem Speisesaal gab es einen weiteren Gang, an dessen Ende Nick eine große Doppelglastür sehen konnte. Dahinter schien ein Garten zu liegen, zumindest meinte Nick aus der Entfernung grüne Bäume erkennen zu können.

»Hat die Klinik auch einen Garten?«, fragte Nick seinen Begleiter, während sie mit jedem Schritt hörbar den Gang entlanggingen.

Constantine schmunzelte und antwortete: »Garten ist ein wenig untertrieben. Hinter der Klinik befindet sich eine eigene Welt. Kennst du den Stadtpark unten?«

»Ja, dort bin ich oft«, sagte Nick und dachte kurz an Jack.

»Unser Garten ist fast so groß wie der Park unten, nur noch viel schöner!«

»Echt?«

»Ja, und er grenzt direkt an den Wald. Es ist einfach herrlich. Die Klinik hat ein riesiges Grundstück.«

Constantine hielt Nick die Tür auf, und Nick trat dankend hindurch. Vor ihm befand sich ein großer Platz mit Bänken und einem Spielplatz. Von einem Garten war hier keine Spur. Allerdings umsäumten große Nadelbäume diesen Platz, und Nick vermutete, dass hinter ihnen das Areal erst wirklich sichtbar werden würde.

»Wollen wir ein paar Meter gehen?«

»Ja, gerne.«

Nick folgte Constantine auf einem Weg, der um die Nadelbäume herumführte. Schließlich offenbarte sich vor Nick eine schier unendlich große Anlage voller Blumen und Bäume.

»Das ist ja unglaublich!«

»Ja, das ist wahr. Hier wohnte früher irgendein Herzog. Die Klinik war einst die Residenz dieses Herzogs, und der Park hier gehörte ebenfalls zum Grundstück.«

»Es ist wirklich unglaublich schön hier.«

Sie kamen zu einer Biegung, und zu seiner rechten Seite konnte Nick einen großen marmornen Springbrunnen sehen, aus dem eine Wasserfontäne etwa drei Meter in die Höhe schoss.

»Dürfen denn die Patienten hier hinaus?«

»Aber natürlich. Morgens finden jedoch meistens Betreuungstermine, Gespräche und Untersuchungen statt. Da wirst du selten jemanden hier draußen treffen.«

Constantine erhob seine Hand und zeigte auf eine Abzweigung, die sich nur wenige Meter vor ihnen auftat. »Wenn du dort weiterläufst, kommt bald eine kleine Kapelle, und hier rechts siehst du ja die große Wiese. Hier spielen die Mädchen oft. Und dort links geht es auf einem Wanderweg um den Berg herum.«

Constantine griff in seine Hosentasche und zog ein piepsendes Gerät heraus. »Wir müssen wieder zurück. Komm!«

Eilig liefen die beiden zurück in die Klinik.

»Jetzt habe ich dir gar nicht die Zimmer der Patienten zeigen können. Die liegen hier oben«, sagte Constantine und deutete auf eine Treppe, die in den ersten Stock führte.

»Aber jetzt gehen wir erst einmal zu Dr. Morton. Die Zimmer können wir dir später noch zeigen.«

Nick ging durch die Glastür in Richtung Ärztezimmer und sah ein paar weitere Ärzte, die aus Dr. Mortons Zimmer kamen.

Jeder einzelne begrüßte Nick freundlich, und dieser hatte Mühe, die Namen, die innerhalb weniger Sekunden auf ihn niederprasselten, irgendwie zu behalten. Constantine sagte zu Nick, dass er sie sich auch gar nicht merken müsse, einen Teil der Leute dort sähe er ohnehin nicht noch einmal. Drei der Ärzte kamen aus Praxen außerhalb der Klinik und erschienen daher nur gelegentlich zu Einzeltherapien.

Zuletzt kam der Klinikleiter selbst aus der Tür, und genauso wie die Klinik selbst und der große Park um sie herum, machte auch Dr. Morton einen imposanten Eindruck auf Nick. Der Arzt war etwa Mitte fünfzig, aber so richtig einschätzen konnte Nick das nicht. Er hatte kurzes, dichtes grau meliertes Haar und ein freundliches Gesicht. Groß war Dr. Morton auch, sicherlich zwei Meter.

»Du musst Nick sein«, sagte er lächelnd und streckte ihm seine großen Hände entgegen.

»Ja, genau«, sagte Nick und blickte hinauf. Er war auch recht groß, doch Dr. Morton überragte ihn um zwei Köpfe.

»Constantine hat dir sicher gesagt, dass ich kurzfristig in eine Besprechung musste. Hat er dir die Klinik gezeigt?«

»Ähm, ja, das hat er«, sagte Nick etwas nervös.

Dr. Morton merkte das scheinbar und lächelte Nick an.

»Lass uns kurz in den Speisesaal gehen und etwas trinken. Dann kann ich dir ein bisschen von uns erzählen.«

Zusammen gingen sie in den Speisesaal, und der Arzt setzte sich an einen Tisch. Eine Pflegerin brachte ihm einen Tee und stellte sich bei Nick vor.

»Diese Klinik gibt es seit den 1950er-Jahren, und sie wurde erst vor wenigen Jahren restauriert. Die alte Dame hat nämlich schon ein paar Jährchen auf dem Buckel.«

Nick blickte in die Richtung, in die Dr. Morton schaute.

»Nein«, lachte Dr. Morton, »ich meine das Gebäude.«

»Ach so«, lachte Nick erleichtert.

»Hier ist Platz für fünfundzwanzig Patientinnen. Zwei Patientinnen teilen sich normalerweise ein Zimmer. Es gibt zwar auch Einzelzimmer, aber diese verteilen wir nur an Patientinnen, bei denen ein Gemeinschaftszimmer aufgrund gesundheitlicher oder psychischer Probleme nicht bewohnt werden kann.«

Nick versuchte, Dr. Morton irgendwie Interesse zu zeigen. »Was für Probleme können das denn sein?«

Dr. Morton nahm einen Schluck aus seiner Tasse und machte ein trauriges Gesicht. »Nun Nick, wir sind eine Klinik. Die Patientinnenen hier haben Essstörungen, und einzelne verweigern auch komplett die Nahrung. Bei manchen ist der Körper durch den Mangel an Vitalstoffen und Kalorien bereits so geschwächt, dass wichtige Funktionen des Körpers nicht mehr gewährleistet sind. Diese Patientinnen kann man an einer Hand abzählen, aber dennoch fordern sie unsere ganze Aufmerksamkeit und Energie. Sie brauchen eine Rund-um-die-Uhr-Betreuung. Deswegen bekommen sie ein Einzelzimmer. Aber wir tun hier alles, dass es eben nicht so weit kommt, und in der Regel schaffen wir das auch.«

Nick schluckte. Er hatte all die letzten Tage gar nicht daran gedacht, dass eine Klinik eben auch immer Krankheit bedeutete.

»Ja, das ist nicht schön«, sprach der Arzt weiter, nachdem er Nicks Gesichtsausdruck gesehen hatte. »Aber viele, die hier stationär aufgenommen worden sind, haben ihren Glauben und ihre Freude am Leben verloren. Das solltest du wissen, und darauf solltest du gefasst sein, wenn du Beth in der Küche hilfst.«

Nick nickte. »Wie kann so etwas passieren?«

Dr. Morton schlug ein Bein über das andere und sprach weiter: »Nun Essstörungen wie Bulimie oder Anorexia nervosa sind psychosomatische Erkrankungen.« Er blickte Nick durchdringend an. Er schien überprüfen zu wollen, was er Nick erzählen konnte.

»Es gibt auf diesem Planeten einfach sehr viel Gewalt, Nick. Menschen, die eine Essstörung entwickeln, haben manchmal vorher in irgendeiner Art ein Trauma erfahren. Manchmal steckt dahinter Gewalt oder sexueller Missbrauch, und ein manches Mal reichen fehlende Aufmerksamkeit und Liebe oder eine Art Schock aus, um diese psychische Krankheit zu verursachen. Es wird viel in dem Bereich geforscht, und es gibt eine sichtbare Verbindung zwischen einem Trauma und einer Essstörung, aber dennoch ist eine Essstörung immer individuell, und die Suche nach der Ursache gestaltet sich meist als sehr schwierig. Teilweise können wir keine Auslöser für diese Krankheit finden. Sag mal, möchtest du denn auch etwas trinken?«

Nick schüttelte nachdenklich den Kopf. »Nein, danke«, antwortete er höflich.

Dr. Morton stand auf einmal rasch auf. »Da ist ja schon unsere Beth!« Er ging einer sehr kräftigen Dame entgegen. »Hallo, meine Liebe!«

Nick öffnete für einen Moment den Mund. Beth ging sofort auf ihn zu und drückte ihn an sich. »Endlich bekomme ich hier wieder Verstärkung!«

Nick lächelte etwas schüchtern, denn so viel Offenheit war er nicht gewohnt.

Beth wollte Nick schon in die Küche mitnehmen, als sie bemerkte, dass dieser noch seinen Rucksack in der Hand hielt. Also drehte sie sich wieder um und sagte: »Jetzt gehen wir erst mal zu Steph und holen dir einen Spindschlüssel!«

Dr. Morton hob seine Hand und sagte noch: »Wir sprechen ein anderes Mal weiter. Ich möchte euch nicht vom Kochen abhalten, und auf meinem Schreibtisch stapeln sich noch ein paar Dinge, die ich erledigen muss.«

»Okay, das machen wir«, konnte Nick sich noch äußern, bevor er mit Beth den Speisesaal verließ.

Beth ging mit Nick eilig an den Empfang und schlug mit der Faust auf den Tresen. Steph erschrak für einen Moment und drehte sich hastig um.

»Ach, Beth«, lachte sie. »Ich hätte es wissen müssen.«

Beth zwinkerte. »Gib unserem Neuzugang mal einen Schlüssel, damit er seine Sachen ablegen kann. Jetzt wird gearbeitet und nicht mit Dr. Morton gequasselt!«, sagte sie laut, aber nicht wirklich ernst.

»Sie macht nur Witze«, sagte Steph schnell und wandte sich Nick zu.

»Ich weiß«, lächelte dieser.

Neben den Besprechungszimmern gab es einen Ruheraum für das Personal, und darin befanden sich die Spinde für die Mitarbeiter.

»Hier, du bekommst den deiner Vorgängerin.« Steph steckte den Schlüssel ins Schlüsselloch und öffnete die Metalltür mit einem Ruck. »Die sind schon etwas älter und brauchen eine besondere Behandlung«, lächelte sie.

»Und jetzt lass uns den Kids hier etwas Anständiges kochen!«, rief Beth.

»Sind hier denn nur Kinder?«, fragte Nick interessiert.

»Ja, wir haben hier nur Kinder und Jugendliche.«

Zusammen gingen Nick und Beth zurück ins Foyer und anschließend in den Speisesaal.

»Na, dann zeig ich dir mal unsere Küche«, sagte Beth und führte Nick durch die blaue Schwingtür in die Küche hinein. Sie war nicht besonders groß, vielleicht fünfzehn Quadratmeter, und dennoch war alles ordentlich aufgeräumt und strukturiert.

Es gab zwei weitere Türen in der Küche, eine davon führte in die Speisekammer und die andere, die sich neben den beiden Kühlschränken befand, hinaus in den Hof. Die Arbeitsflächen waren aus Edelstahl, und auch die zahlreichen Schränke an der Wand waren aus diesem Material.

Beth zeigte ihm jeden Winkel der Küche und sagte immer wieder: »Wenn du etwas nicht findest, dann frag mich einfach.«

Beth gab Nick sogleich die Anweisung, Salate zu waschen und kleinzuschneiden, und sie beobachtete amüsiert, wie Nick zu den großen Schüsseln unter der Arbeitsplatte griff.

»Ab 11 Uhr bereiten wir das Mittagsessen vor, und um 12.30 Uhr kommen die Mädchen dann auch runter zum Essen. Dann müssen wir …«

»Gibt es hier getrenntes Essen?«, fragte Nick und schämte sich sofort dafür, dass er Beth unterbrochen hatte.

»Was meinst du?«, fragte sie.

»Na, für Jungs und Mädchen.«

»Nein«, sagte sie. »Ich sage ›Mädchen‹, weil wir hier nur Mädchen haben. Es ist nicht so, dass wir hier keine Jungs aufnehmen würden, aber 90 % der Patienten sind normalerweise Mädchen. Im Moment ist sogar kein einziger Junge hier. Darf ich jetzt weitererzählen?«, fragte sie, und Nick versuchte, sein Erröten zu verbergen.

»Hm, ja. Entschuldigung.«

»Also, bis 13.30 Uhr sind alle mit dem Essen fertig, und dann räumen wir hier ab. Die Ärzte versuchen zwar, das Essen so zwanglos und entspannt wie möglich zu gestalten, aber dennoch geben sie diesen Zeitrahmen vor, in dem gegessen wird. Einer der Psychologen hat mir den Hintergrund einmal erklärt.« Sie zuckte mit den Schultern. »Aber ich habe ihn wieder vergessen. Egal. Wir räumen dann die Tische ab und machen alles sauber. Um 16 Uhr gibt es dann Kaffee und Kuchen. Wobei das eher für die Belegschaft und die Besucher ist. Zwar gibt es hier vereinzelt Mädchen, die wirklich Kuchen essen, doch das ist eher die Ausnahme. Für unsere Patientinnen gibt es aber auch Obst oder Joghurt.«

»Aber um 16 Uhr gehe ich doch nach Hause! Brauchst du denn dann keine Hilfe?«

Beth schüttelte den Kopf. »Ach, das schaffe ich schon alleine! Aber mittags schaffe ich das nicht ohne Hilfe.« Sie lächelte und holte drei Paprika aus einem der übergroßen Kühlschränke.

»Deswegen bin ich wirklich froh, dass du hier bist. Ich hoffe, dass wir bald dauerhaften Ersatz für unsere Küchenhilfe finden. Alleine kann ich das hier nicht stemmen.«

»Bist du denn jeden Tag hier?«, fragte Nick.

»Im Moment schon, ja. Vorher hatte ich zwei freie Tage in der Woche.«

»Das ist aber ganz schön viel!«

Beth lachte, und ihre weißen Zähne blitzten hervor.

»Aber nein, ich bin doch hier nur von 11 bis 19 Uhr. Das ist doch nicht viel!«

»Stimmt auch wieder. Mein Vater ist auch morgens immer schon früh weg und kommt erst spätabends wieder nach Hause.«

Nick erschrak für einen Moment, denn hinter ihm klingelte es. Hastig drehte er sich um und sah ein Telefon, das neben der Tür hing.

»Jawohl!«, antwortete Beth laut, nachdem sie den Hörer gegriffen hatte. »Ja, ist okay.«

Nick schnitt weiter den Salat, doch Beth spürte genau, dass er neugierig war.

»Das war Dr. Morton. Ein Mädchen wird gleich kommen, um etwas Obst zu holen.«

Für Beth war das vielleicht verständlich, doch Nick verstand kein Wort. Er wusste nicht genau, ob er weiterfragen sollte, doch er tat es dann einfach. »Was hat das mit dem Telefon zu tun?«

»Ich darf nur Essen rausgeben, wenn ein Arzt es vorher erlaubt hat.«

»Echt?«, fragte Nick erstaunt. Er fand die Vorstellung schrecklich, jedes Mal darum bitten zu müssen, wenn er etwas essen wollte.

»Das klingt vielleicht etwas hart, und so empfand ich das am Anfang auch. Aber diese Mädchen haben kein normales Essensgefühl wie wir.« Während sie sprach, stand ihr die Traurigkeit ins Gesicht geschrieben.

»Viele der Mädchen essen tagelang gar nichts und stopfen anschließend alles, was sie finden, in sich hinein. Danach schämen sie sich sehr, und die Psychologen haben Mühe, sie aus diesem Zustand wieder herauszuholen. Und ein anderer Teil unserer Patientinnen hat Bulimie. Sie essen und erbrechen dann einfach alles wieder. Glaub mir, die Ärzte wissen genau, was sie tun, wenn sie mir die Essensausgabe verbieten. Sie sind wirklich sehr bemüht, dass es den Patientinnen gut geht.«

»Aber wieso machen Menschen so etwas? Wieso haben sie alle diese Probleme mit dem Essen?«

Beth zuckte nachdenklich mit den Schultern, holte eine riesige Form aus dem Ofen und schloss die Tür mit einem Schubser ihrer Hüfte.

»Ich weiß es nicht, Nick. Ich bin nur die Köchin. Ich koche hier. Außerdem unterliegen die Ärzte ja auch einer Schweigepflicht. Sie dürfen mir nicht alles erzählen, genauso, wie ich dir eigentlich nicht alles erzählen darf«, sagte sie und schürzte nachdenklich die Lippen.

Ein Klopfen unterbrach ihre Unterhaltung.

»Komm herein, Melanie!«, rief Beth, und schüchtern trat ein Mädchen ein.

Nick wurde von oben bis unten gemustert, und schließlich lächelte das Mädchen. Es bekam von Beth eine Schale mit einem Apfel und einer Banane darin und verschwand dann wieder.

Nick beließ es dabei, stellte keine weiteren Fragen und folgte Beths Anweisungen. Nach einer halben Stunde war das Essen für die Patientinnen fertig. Nick lächelte stolz und wischte sich den Schweiß von der Stirn. Er hatte das erste Mal in seinem Leben etwas gekocht und dann gleich so viel, dass er und seine Familie eine Woche davon hätten essen können.

Beth öffnete die Tür, die in die Speisekammer führte, und tauchte mit einem Rollwagen und Tabletts wieder auf.

»Füll bitte sieben Tabletts mit Essen, und bring sie mit dem Aufzug draußen nach oben. Dann siehst du gleich einmal, wie die Zimmer der Mädchen aussehen. Ein Zimmer links gegenüber des Aufzugs ist für die Pfleger und Ärzte. Dort findest du Constantine und Michael. Kriegst du das hin?«

Nick schob die Tabletts mit dem Essen in den Rollwagen und ging wieder ins Foyer, in dem sich der Fahrstuhl befand. Der Fahrstuhl war ziemlich groß, und Nick hätte mit seinem Rollwagen mehrmals hineingepasst. Aufgeregt fuhr er in den ersten Stock. Bis auf Melanie hatte er noch keines der Mädchen gesehen. Außerdem war er neugierig darauf, zu sehen, wie die Mädchen in der Klinik wohnten.

Gegenüber des Fahrstuhls befanden sich Toiletten für die Besucher und das Personal. Daneben befand sich das Zimmer, in dem Constantine mit einem Kollegen, den Nick vorher aus Dr. Mortons Zimmer hatte kommen sehen, an einem Tisch saß und einen Kaffee trank. Darauf lagen einige Blätter, und die beiden schienen irgendetwas zu besprechen, denn sie sahen Nick zunächst nicht.

Als sie ihn schließlich bemerkten, stellte Constantine Michael und Nick einander vor und nahm anschließend den Rollwagen entgegen.

Er nahm sich noch einen kurzen Augenblick Zeit, um Nick die Stationen zu zeigen. Es gab zwei Gänge mit einigen Zimmern. Zwar konnte man erkennen, dass es sich um eine Klinik handelte, und dennoch sah es freundlich und gemütlich aus. Überall hingen schöne Landschaftsposter, und einige Wände waren bunt bemalt.

Constantine führte Nick durch den ersten Gang, und immer wieder einmal schlenderte ihnen ein Mädchen über den Weg. Constantine stellte Nick jedem Mädchen vor, das ihnen begegnete, was Nick etwas peinlich war. Erstens konnte er sich unmöglich die ganzen Namen merken, und zweitens wusste er einfach nicht, wie er in dieser Situation handeln sollte. Er wusste nicht, was er zu sagen hatte. Constantine hatte zwar gesagt, dass er als Unterstützung da sei, Nick hatte jedoch trotzdem Angst, dass ein Mädchen weiterfragen würde und er irgendwann zugeben müsste, dass er zur Strafe in der Klinik aushalf. Dies wollte er so gut wie möglich vermeiden.

Viele der Mädchen saßen auf den zwei riesigen Sofas im Fernsehzimmer. Auf einem Sofa alleine hätten sicherlich schon zehn Kinder Platz gehabt, und zusätzlich standen hinter der Tür noch einige Stühle. In dem Raum gab es auch einen großen Holztisch mit weiteren Stühlen. Überall waren Regale, und Bücher und Spiele lagen herum. In einer Ecke des Zimmers saß die Pflegerin, die Nick schon im Speisesaal getroffen hatte.

»Gehen wir wieder«, flüsterte Constantine und schloss die Tür. »Du wirst die Mädchen sowieso bald beim Essen kennenlernen.«

Dann gingen sie zu einem Zimmer, das erst am Tag zuvor geräumt worden war, weil eine Patientin entlassen worden war.

»So sieht es in den Zimmern aus«, sagte Constantine und öffnete die Tür.

Nick trat ein und blickte sich um. Das Zimmer war größer, als er es von Krankenhäusern kannte, und auch hier sah alles freundlich aus. Ein großer cremefarbener Vorhang vor dem Fenster dunkelte den Raum etwas ab.

»Die Zimmer haben teilweise auch Balkone, allerdings ist die Tür leider meistens geschlossen.«

»Habt ihr Angst, dass die Mädchen …« Nick wagte es kaum, weiterzusprechen.

»Nun, erstens könnten die Mädchen irgendwie versuchen abzuhauen, auch das gab es schon, und zweitens besteht leider die Gefahr von Suizid.«

Nick sagte nichts und schaute nachdenklich zum Fenster hinaus. Der Ausblick war bezaubernd, weil der Park direkt vor dem Fenster lag.

In dem Zimmer gab es noch ein Bad, das zwar klein ausfiel, aber dennoch genug Platz bot, dass auch zwei Menschen sich dort aufhalten konnten.

Sie verließen das Zimmer wieder, und Nick fuhr mit dem Aufzug hinunter.

»Da bist du ja. Komm, wir müssen die Tische decken!«

Nick grübelte etwas, als er mit Beth die Tischdecken über die Tische legte.

»Sag mal, wieso isst ein Teil der Mädchen hier und ein Teil des Essens wird hinaufgebracht? Können sie nicht herunterkommen?«

»Nein, Nick. Vier Mädchen essen auf den Zimmern. Sie verlassen kaum ihr Bett, weil ihnen dazu die Kraft fehlt.«

Nick musste wieder mit sich kämpfen. Dass er so sensibel auf das Gehörte reagierte, war wirklich neu für ihn. Normalerweise war er nicht so sensibel, doch irgendwie ging es ihm nah, was er da hörte. Er hoffte, dass er nie in diese Zimmer gehen müsste.

»Die anderen drei Essen sind für Constantine, Peggy und Michael, die oben bleiben und aufpassen.«

Nick sah durch die Küchentür, dass Dr. Morton mit einem weiteren Arzt in den Speisesaal kam. Neben Dr. Morton wirkte der andere Arzt wie ein Winzling.

»Das ist Dr. Simont, einer der drei Psychologen hier in der Klinik«, erklärte ihm Beth.

Nach wenigen Minuten waren Beth und Nick mit dem Decken der Tische fertig. Kurze Zeit später kamen schon die ersten Mädchen in den Saal und setzten sich. Es schien so etwas wie eine Sitzordnung zu geben, denn jedes Mädchen ging direkt auf einen bestimmten Tisch zu. Einige der Mädchen lächelten, als sie Nick sahen, und kicherten untereinander. Dieser stand vor der Küche und beobachtete einfach, wie Mädchen um Mädchen sich setzte.

Beth flüsterte Nick ins Ohr: »Wir warten immer alle darauf, dass ein Arzt ein Gebet spricht.«

»Die Mädchen beten?«, flüsterte Nick zurück.

Beth nickte, und Nick kam das mehr als merkwürdig vor. Wie sollten diese Mädchen auch noch an einen Gott glauben, wenn es ihnen so schlecht ging?

Als die Mädchen alle an ihren Tischen waren, stand Dr. Simont auf und zählte alle durch. Dann rief er einen Namen: »Emily?«

Die Mädchen drehten sich alle um und blickten umher.

»Hat jemand Emily gesehen?«, fragte der Psychologe noch einmal.

Ein Mädchen mit zwei Zöpfen stand auf. »Im Zimmer war sie vorhin noch.«

Der Psychologe gab einer rothaarigen Pflegerin, die sich Nick als Monica vorgestellt hatte, ein Zeichen, und sie verließ den Saal.

Dr. Morton stand ebenfalls auf und fing an, zu beten. Ein Großteil der Mädchen faltete die Hände und schloss die Augen.

Nick schüttelte innerlich den Kopf. Er hatte bisher nie darüber nachgedacht, ob es wirklich einen Gott gab. Doch angesichts des Leides, das zweifelsohne in dieser Klinik zu finden war, fiel es ihm schwer, an einen Gott zu glauben.

Dr. Morton gab ein Zeichen, und etwa zwanzig Mädchen standen gleichzeitig auf, um nach vorne zu gehen. Sie nahmen sich ein Tablett und bekamen von Nick und Beth das Essen zugeteilt. Es gab Nudeln mit Fleischsoße, einen vegetarischen Reisauflauf und Salat.

Während Nick die Mädchen fragte, was sie essen wollten, betrachtete er jedes von ihnen ganz genau. Einige schauten verlegen zur Seite, als Nick ihnen den Teller reichte. Vor ihm standen Mädchen unterschiedlichsten Alters. Der überwiegende Teil hatte wahrscheinlich Nicks Alter oder war etwas jünger, doch manchmal sah er auch

Mädchen, die noch wesentlich jünger waren als er. Einigen konnte man auch ansehen, dass sie wirklich krank waren. Ihre Haut war blass, und unter den Augen zeichneten sich schon schwarze Schatten ab. Sie lächelten zwar, doch sie konnten ihre körperlichen Leiden nicht verbergen.

Drei der Mädchen waren so dünn, dass Nick völlig entsetzt war. Ihre Gesichter waren eingefallen, sodass man die Wangenknochen sehen konnte. Es war keinerlei Fett mehr an ihnen. Die dünnen Unterärmchen ließen schnell auf den Zustand des restlichen Körpers schließen. Diese Mädchen bestanden nur noch aus Knochen. Nick gab sich Mühe, stark zu sein, und dachte an die letzte Begegnung mit Jack. Er blendete alles aus und versuchte, ihnen so viel Ruhe und Glück mit seinem Lächeln mitzugeben, wie er konnte. Es schien unglaublich, dass diese Mädchen überhaupt etwas aßen, so dünn, wie sie waren.

Die Doppeltür öffnete sich, und die Pflegerin kam herein. Sie hielt die Tür auf, und nach wenigen Sekunden trat ein weiteres Mädchen ein. Sie hatte langes braunes Haar, was zerzaust zusammengebunden war, und blickte unaufhörlich auf den Boden.

»Setz dich wenigstens zu uns, Emily«, sagte Dr. Morton freundlich.

Nick beobachtete das Ganze und bekam auf einmal eine Gänsehaut, die sich von den Armen über den ganzen Körper hinweg ausbreitete. Er wusste nicht, woher diese Gänsehaut kam, aber irgendwie schien er magisch von diesem Mädchen angezogen zu sein. Für einen Moment vergaß er fast, dass ein anderes Mädchen vor ihm stand und er gerade das Essen verteilte. Die Nudeln auf dem Tablett rutschten an den Rand, und gerade rechtzeitig hob Nick seinen Arm wieder und verhinderte so ein Desaster.

»Sorry«, lächelte Nick beschämt.

Er ließ Emily keinen Augenblick aus den Augen. Er wusste nicht, was in ihm vorging, doch er hoffte sehr, dass sie nach oben schauen würde, damit er ihr Gesicht sehen könnte.

Plötzlich schoss Nick der Traum wieder in den Kopf, den er nur wenige Tage zuvor gehabt hatte. Das gleiche Gefühl der Sehnsucht, das er in dem Traum gehabt hatte, tauchte auf einmal wieder auf. »Das Mädchen!«, dachte er. »Das ist das Mädchen aus dem Traum!«

Er schüttelte den Kopf und versuchte, den Gedanken irgendwie zu verdrängen. Es war jedoch unmöglich. Ihm wurde auf einmal ganz kalt, und die Gänsehaut bedeckte weiterhin jeden Zentimeter seines Körpers.

Beth stieß Nick an. »Was ist los Junge? Mach weiter!«

Eilig verteilte Nick noch die restlichen Teller und setzte sich dann an einen Tisch und trank ein Glas Wasser. Er hörte nicht auf, Emily anzuschauen. Wie magnetisch blickte er immer wieder zu ihr hinüber.

Emily schaute immer noch auf den Boden, und auch, als der Psychologe mit einem Teller zu ihr kam, änderte sich daran nichts.

»Das ist Emily«, flüsterte Beth und setzte sich mit an den Tisch.

Ohne sich von dem Mädchen abzuwenden, fragte Nick: »Was ist mit ihr?«

»Sie ist erst seit ein paar Tagen hier, aber sie hat seitdem noch nichts gegessen, rein gar nichts. Ich habe mitbekommen, dass sie schon seit ein paar Wochen phasenweise die Nahrung verweigert.«

Diesmal konnte Nick die Tränen nicht zurückhalten. Ein Tropfen kullerte seine Wange hinunter, und unauffällig rieb er ihn weg. Er wusste nicht, wieso, aber irgendwie schien er mit diesem Mädchen verbunden zu sein. Er hatte das gleiche sehnsüchtige Gefühl, das er schon im Traum gehabt hatte. Nick schluckte kurz. Er wäre am liebsten sofort zu Emily gegangen und hätte ihr irgendwie geholfen. Er hatte das starke Gefühl, für sie verantwortlich zu sein.

Rasch wischte er eine weitere Träne weg. Dann endlich hob Emily den Kopf und schaute Nick direkt in die Augen. Ihm wurde schwindelig, und für einen Moment vergaß er zu atmen. Das war wirklich das Mädchen aus dem Traum. Nick spürte es, und wieder kam diese Traurigkeit in ihm auf.

Der Traum war real gewesen. Dieses Mädchen gab es wirklich. Wie konnte das möglich sein?

»Kann ich kurz hinausgehen, Beth? Mir geht es gerade nicht so gut«, sagte Nick rasch und stand auf.

Beth, die gerade wieder in der Küche verschwinden wollte, um den Abwasch vorzubereiten, blieb stehen. Sie berührte Nick an der Schulter. »Ist alles okay?«

Nick nickte schweigend.

»Geh, ich warte hier auf dich.«

Nick bewegte sich eilig auf die Wand zu. Er wollte einfach so schnell wie möglich den Raum verlassen. Emily blickte ihn währenddessen die ganze Zeit an. So unauffällig wie möglich verließ er den Speisesaal und ging, ohne ein Wort zu sagen und mit raschem Schritt, den Gang hinunter in Richtung Parkanlage.

Mit voller Kraft stieß er die Tür auf und betrat den Garten. Er bewegte seine Füße noch schneller und rannte beinahe in den Park hinein. Hinter den Tannen fühlte er sich sicher und setzte sich dort auf den Boden.

Er fühlte sich in dem Moment genauso wie an jenem Morgen, als er erwacht war und diese tiefe Trauer und Sehnsucht in sich gespürt hatte. Doch dieses Mal waren die Gefühle real.

Nick schluchzte, denn er fühlte sich schwach und wehrlos gegenüber der Situation. Immer wieder blickte er um sich, ob irgendjemand im Park war, und ließ dann die Trauer wieder zu.

»Oh, Jack, was passiert mit mir?«, rief er leise aus, und in diesem Moment wünschte er sich nichts sehnlicher, als dass sein neuer Freund neben ihm auftauchen würde.

»Du hättest sicherlich eine Antwort«, flüsterte Nick weiter, und das Selbstgespräch wirkte irgendwie beruhigend auf ihn.

Nick hörte auf zu weinen und atmete tief ein. Er betrachtete das satte Grün, das ihn umgab, und versuchte, sich von dem Frieden, den dieser Park ausstrahlte, berühren zu lassen.

»Wie ist das bloß möglich?«, fragte er sich immer und immer wieder. Doch egal, wie sehr er auch darüber nachdachte, er konnte keine logische Erklärung finden.

Jedes Mal, wenn er daran dachte, dass er sich vielleicht nur einbildete, dass das Mädchen aus dem Traum wirklich real sein könnte, wurde die Sehnsucht in ihm stärker. Er wusste, nein, er fühlte, dass es keine Zweifel daran gab, dass er von diesem Mädchen geträumt hatte. Dass er Emily vorher schon einmal gesehen hatte, konnte er ausschließen. Nein, er kannte sie aus seinem Traum.

Das war eine vollkommen mystische Situation, etwas Magisches, wie er es manchmal in Filmen gesehen hatte. Doch dass es diese Magie wirklich gab, hätte er nie gedacht.

Nick blieb noch viele Minuten auf dem Gras sitzen. Er hatte zu viel Angst davor, Emily wiederzusehen und sich erneut hilflos zu fühlen. Dieses Gefühl war einfach zu stark. Es war, als ob man einem Menschen, den man über alles liebte, nach vielen Jahren wieder begegnete, und einem all der Kummer und die Sehnsucht mit einem Schlag wieder ins Bewusstsein kämen.

Nick stand auf und wollte zurück zur Klinik, doch dann drehte er sich wieder um und ging ein paar Meter in den Park hinein. Er wusste einfach nicht, wie er reagieren und was er tun sollte. Er riss sich zusammen, schließlich würde Beth nicht ewig auf ihn warten können. Nick flehte darum, dass Emily bereits gegangen wäre. Seitdem er den Speisesaal verlassen hatte, waren sicherlich zwanzig Minuten vergangen. Die Wahrscheinlichkeit bestand also.

Mit jedem Schritt, den er sich der Klinik näherte, überlegte er, wie er reagieren sollte, wenn sie noch an dem Tisch säße. Er stellte sich genau vor, wie er völlig gefasst und entspannt zurückkäme, sodass niemand den Verdacht schöpfen könnte, dass er geweint hatte. Es war fraglich, was Beth jetzt überhaupt denken würde, schließlich hatte er selbst gesagt, dass es ihm nicht gut ging.

Nick schlug sich sanft mit der Faust auf die Stirn. »Du Idiot!«, beschimpfte er sich selbst. Wie so oft, wenn er nervös war, drehte er sich erst noch einmal um, um dann doch wieder zurückzulaufen.

Bevor er die Tür erreichte, wurde sie bereits von ein paar Mädchen geöffnet. Sie liefen nach draußen. Nick blieb abrupt stehen und tat so, als ob er noch etwas vor dem Fenster auf dem Boden suchte. Die Mädchen schienen alle mit dem Essen fertig zu sein, denn wieder kamen einige von ihnen zur Tür heraus und liefen an Nick vorbei.

Nick atmete erleichtert auf. Wenn das Essen beendet war, war Emily sicher auch nicht mehr im Speisesaal. Er hoffte, dass sie nicht auch auf dem Weg nach draußen war.

Als sich die Tür eine Zeit lang nicht mehr öffnete, warf Nick einen Blick ins Türglas, um sein Abbild nach Spuren von Tränen zu untersuchen, und ging schließlich hinein. Langsam bewegte er sich zum Speisesaal zurück, und tatsächlich war Emily nicht mehr zu sehen. Alle Mädchen waren schon wieder verschwunden, und Beth räumte gerade die letzten Teller von den Tischen

»Da bist du ja. Ist alles okay?«, fragte sie etwas besorgt.

Nick winkte cool ab. »Ja, mir war kurz etwas übel. Vielleicht habe ich heute Morgen etwas gegessen, was nicht mehr gut war.«

Beth zog etwas ungläubig eine Augenbraue nach oben, widmete sich dann aber wieder ihrer Arbeit. Nick machte sich sofort daran, ihr zu helfen. Die nächste halbe Stunde war er damit beschäftigt, die Teller kurz abzuspülen, bevor er sie in die Spülmaschine stellte.

Als sie fertig waren, holte Beth noch zwei Tabletts aus einem Metallschrank, stellte je einen Teller mit Auflauf darauf und winkte Nick zu sich. Die beiden gingen hinaus und aßen ebenfalls zu Mittag.

»Jetzt hast du einen Einblick bekommen, wie die Arbeit hier abläuft«, sagte Beth kauend.

Nick hörte kaum zu. Er konnte seine Gedanken einfach nicht kontrollieren und musste immerzu an Emily denken. Allerdings war zumindest das starke Gefühl verschwunden, und Nicks Augen blieben trocken.

»War halb so wild«, antwortete er schnell.

»Fällt es dir schwer, die Mädchen so zu sehen?«, fragte sie fürsorglich.

Nick nickte. »Es ist nicht schön.«

»Ja, ich erinnere mich, dass es mir genauso ging, als ich angefangen habe. Mittlerweile habe ich mich daran gewöhnt. Vor allem sehen die Mädchen oft schlimmer aus, als es ihnen wirklich geht. Viele von ihnen lächeln noch, obwohl ihr Körper so aussieht, als ob er bald aufhören würde zu funktionieren.«

Das machte es für Nick nicht leichter, jedoch musste er irgendwie einen Weg finden, dieses Elend auszublenden.

Er half Beth noch, zu putzen und die Backwaren für den nächsten Tag, die von einem Bäcker angeliefert wurden, in die Speisekammer zu räumen. Nachdem er noch ein paar Tische draußen gedeckt und mit Beth etwas Obst zusammengestellt hatte, verabschiedete er sich pünktlich um 16 Uhr.

Seine Angst, Emily wieder zu begegnen, war so groß, dass er sich zweimal im Foyer umsah, bevor er zum Personalraum ging, um seinen Rucksack aus dem Spind zu holen.

Als er wieder ins Foyer trat, lief er eilig zu Steph und fragte sie, was er mit dem Schlüssel tun sollte.

»Er gehört jetzt dir, also nimm ihn mit. Pass aber bitte gut auf ihn auf, denn wir haben leider keinen Ersatzschlüssel.«

»Okay«, nickte er. »Ich gehe jetzt nach Hause.«

»Ist alles in Ordnung mit dir? Hat denn alles gut geklappt?«

»Ja, ich bin nur müde, und, ähm, es fällt mir schwer, die Mädchen hier so leiden zu sehen.«

Nick war froh, als er wieder auf seinem Fahrrad saß und den Berg hinunterrollte. Er genoss den Fahrtwind, der ihm ins Gesicht blies. Auf der Straße ins Tal konnte er immer wieder einen Blick auf die Stadt werfen.

Bald würde er mit Jack unten im Park sein. Es fühlte sich so gut für ihn an, dass er mit Jack über seine Erlebnisse reden konnte. Er wusste genau, dass Jack ihn niemals verurteilen würde, und er wusste auch, dass er genau verstehen würde, was Nick fühlte.

Obwohl Nick durch das Gefälle schnell genug war, trat er fest in die Pedale. Er wechselte auf den höchsten Gang und trat so schnell er nur konnte. Je schneller er Jack würde sehen können, desto besser.

Als der Berg endlich hinter ihm lag, musste er nur noch nach links abbiegen und der langen Straße folgen, bis auf der rechten Seite der Park lag.

Es war wie so oft in den letzten Tagen sehr heiß, und feiner Sand lag auf der Straße und wurde immer wieder aufgewirbelt. Nick hielt unterwegs an einem Kiosk an und kaufte sich eine Flasche Limonade.

Er dachte darüber nach, wie er Jack seine Begegnung mit Emily erklären sollte. Er selbst wusste nicht einmal, wie er sie einordnen sollte. Auf der einen Seite war er froh, weil er ein solch starkes Gefühl noch nie für einen Menschen empfunden hatte. Auf der anderen Seite konnte er dieses Gefühl nicht identifizieren. Was war es? War es Verliebtsein? Liebe? Ziemlich verwirrt erreichte Nick schließlich den Park.

Die letzten Tage war Nick so positiv und optimistisch gestimmt gewesen. Er hatte keine Gefühlsausbrüche mehr gehabt und war nicht mehr schlecht gelaunt gewesen. Sein ganzes Leben hatte sich in den letzten Tagen verbessert, doch seit er Emily begegnet war, wusste er einfach nicht mehr, wie ihm geschah.

Er stellte sein Fahrrad an den Ständer und schloss es ab. Dann ging er eiligen Schrittes in den Park hinein. Der Park war ziemlich voll an diesem Tag, und es waren hauptsächlich Eltern mit ihren Kindern da. Von Jack war allerdings nichts zu sehen. Nick ging weiter auf die Bänke und den Brunnen zu, und weil er nicht aufpasste, rammte er jemanden an der Schulter.

»Entschuldigung«, murmelte Nick, ohne die Person zu beachten, und ging weiter.

»Nick!«

Er drehte sich um. Vor ihm stand Jack und winkte. Der Passant, den er gerade fast umgestoßen hätte, war Jack.

»Was ist denn mit dir los, dass du den alten Jack nicht mehr erkennst?«

»Setzen wir uns irgendwo, dann erzähle ich es dir.«

Jack lächelte, und wieder hatte er diesen Ausdruck von Zufriedenheit in den Augen.

Sie gingen über den Rasen und suchten sich ein Plätzchen, an dem sie ungestört waren. Das war in dem vollen Park nicht besonders leicht, doch Nick wollte allein sein, und so dauerte es einige Minuten, bis sie sich niederlassen konnten. Jack ging geduldig hinter Nick her und wartete darauf, dass er sich setzte.

»Also? Wie war dein erster Tag?«, erkundigte Jack sich neugierig.

»Gut!«, antwortete Nick entschlossen. »Also, es war schon gut, aber es war trotzdem schlimm. Als ich die Mädchen sah, dachte ich … aber was ich dir eigentlich …«

»Langsam«, lachte Jack. »Lege dich erst einmal hin, und lasse die Sonne auf dich scheinen.«

»Okay«, sagte Nick etwas widerwillig und legte sich aufs Gras.

»Schließe deine Augen, und lasse die Sonne direkt auf deine Augen strahlen. Siehst du eine Farbe?«

»Ja, Orangerot.«

»Siehst du die Strahlen, die von der Sonne ausgehen?«

»Ja, sie sind wie Wellen, die auf mich zukommen.«

»Dann liege einfach nur für eine Minute da. Du bist jetzt hier in einem wunderschönen Park, liegst auf dem Rasen und lässt dich von der Sonne bescheinen. Lasse deine Aufregung sich erst einmal legen.«

Nach wenigen Augenblicken zog Nick entspannt seine Mundwinkel nach oben, und sein gesamter Gesichtsausdruck änderte sich. Dann atmete er tief ein und aus.

»Ja«, sagte Jack. »Die Sonne ist pure Lebenskraft.«

Nick lächelte jetzt noch stärker, und seine Anspannung löste sich weiter.

»Gut. Das genügt«, sagte Jack und stupste Nick in die Seite.

»Hey!«, beschwerte dieser sich.

»Genug entspannt. Jetzt erzähle weiter!«

Nick lächelte und verstand genau, welche versteckte Botschaft diese Übung hatte. Wenn er aufgeregt war, konnte er seine Gefühle und Gedanken nicht ordnen. Jetzt, nachdem er sich für einen Moment entspannt und sich auf die Sonnenstrahlen konzentriert hatte, war sein Kopf wieder wesentlich klarer.

»Jetzt lässt es sich doch gleich besser reden«, lachte Jack, als ob er Nicks Gedanken lesen könnte.

»Die Klinik ist toll, und auch die Mitarbeiter dort sind sehr freundlich. Es ist sehr schön dort oben, eine tolle Atmosphäre. Was ich dir vorhin erst sagen wollte, ist, dass die Mädchen dort oben teilweise richtig abgemagert sind und man ihnen ansieht, dass sie krank sind. Doch was viel wichtiger ist …«

Jack zog eine Augenbraue nach oben und blickte Nick bittend an.

Nick war schon wieder ins Wanken geraten. »Ich bin Emily begegnet!«

Jack schloss für einen Moment seine Augen.

»Was ist?«, fragte Nick.

»Nichts! Sprich weiter!«

»Das ist eine Patientin dort, ein ganz normales Mädchen, doch als sie in den Speisesaal kam, konnte ich nicht mehr von ihr wegschauen. Ich hatte so ein starkes Gefühl der Verbundenheit und Sehnsucht. Ich wollte sofort zu ihr rennen und sie umarmen. Ich wollte sie irgendwie retten, ich …«

Nick schüttelte verzweifelt den Kopf.

Jack legte seine Hände an Nicks Kopf und hielt ihn sanft fest. »Erzähle mir alles!«

»Als ich dir das erste Mal begegnet war, hatte ich in der Nacht einen Traum. Ich war in einem heruntergekommenen Gefängnis, das wirklich übel aussah. Da waren keine Menschen mehr, alles war alt und kaputt, teilweise waren die Wände und Dächer offen. In dem Traum tauchte dann ein Mädchen vor mir auf. Es rannte vor mir her. Ich konnte es aber nicht richtig sehen, es war wie ein Geist. Doch ich hatte das Verlangen, dem Mädchen irgendwie hinterherzurennen. Ich wusste, dass es ihm nicht gut ging, und in dem Traum wollte ich ihm einfach helfen. Ich hatte mich verloren, es gab nur noch das Mädchen. Irgendwann blieb es stehen, weil es mich vielleicht gehört hatte. Ich hatte die ganze Zeit nach ihm gerufen, weil ich es nicht einholen konnte. Als es stehen blieb und ich näher kam, knallte auf einmal eine Stahltür zu und schnitt mir den Weg ab.«

Jack hörte interessiert zu und nickte ab und an.

Nick lächelte, als er Jacks Bemühungen sah, ihm zu zeigen, dass er bei ihm war und ihm zuhörte.

»Ich bin dann vor der Tür irgendwie zusammengebrochen. Ich habe geweint, und das fühlte sich so echt an. Ich saß vor der Tür und weinte einfach, weil das Mädchen weg war. Dann schien das Gefängnis zu verschwinden. Etwas Dunkles kam immer näher, und das Gefängnis verschwand darin. Ich bekam Angst, doch dann öffnete sich auf einmal die Tür, und jemand streckte eine Hand heraus. Als ich sie packte, erkannte ich dich und wachte auf.«

Einen Moment lang lag Schweigen in der Luft, und Nick erwartete, dass Jack diesen Traum deuten würde. Doch Jack ging irgendwie nicht darauf ein.

»Und dieses Gefühl aus dem Traum hatte ich heute wieder, als ich Emily sah.«

»Du glaubst, dass sie das Mädchen aus dem Traum ist?«, fragte Jack nachdenklich.

»Ja. Nein. Ja, ich weiß, das klingt verrückt, aber ich bin mir sicher. Irgendwie weiß ich es.«

»Du fühlst, dass es wahr ist, richtig?«

»Ja!«, antwortete Nick. »Ist das verrückt? Kann das sein? Bin ich verrückt geworden?«

Jack lachte einige Sekunden lang und hielt sich dabei den Bauch.

»Mein lieber Nick«, sagte er und schaute ihn an. »Du bist so wunderbar«, seufzte er.

»Also?«, fragte Nick. »Was denkst du?«

»Nun, es ist nicht unbedingt üblich, dass man von Menschen träumt und sie dann im echten Leben auch trifft, aber es geschieht. Und es geschieht meistens dann, wenn es sich um eine tiefe Verbindung handelt.«

»Wie ist das möglich?«

Nick hielt inne, denn er wusste genau, was Jack antworten würde.

»Nein, jetzt komm mir nicht wieder damit, dass ich eines Tages alles verstehen werde!«

Jack lachte wieder laut, sodass sich eine Frau in unmittelbarer Nähe umdrehte. Er hielt sich kichernd den Mund zu.

»Typisch Erwachsene, Jack! Sie meinen immer, die Jüngeren wären zu dumm, um etwas zu verstehen!«

Jack winkte ab. »Oh nein, Nick. Du verstehst das falsch. Es bringt dir nichts, wenn ich dir erzähle, was hinter bestimmten Situationen steckt, welche Ursachen Dinge haben, wo ihr Ursprung liegt. Erstens würdest du mir nicht glauben, und zweitens würde es dir dann später an der nötigen Weisheit fehlen.«

»Jack, wovon redest du?«

»Es macht einen Unterschied, wie du etwas erfährst. Wenn ich dir etwas sage, dann erzähle ich dir etwas von meiner Weisheit. Aber bei dir kommt nur Wissen an. Weisheit ist aber, wenn du etwas erlebst, mit deinen eigenen Augen siehst und mit deinen eigenen Ohren hörst. Wenn du etwas selbst berührst oder selbst schmeckst und nicht einfach nur erzählt bekommst.«

»Das hilft mir jetzt nicht«, meckerte Nick.

»Was bringt es dir, wenn ich dir erzähle, wie sich eine Schlange anfühlt? Wie sich ihre Haut anfühlt, welche Temperatur sie hat, wie ihre Schuppen aussehen? Dann hast du zwar meine Wahrnehmungen von einer Schlange erfahren, aber hast keine eigenen. Wenn du irgendwann in deinem Leben einer Schlange begegnen würdest, hättest du automatisch meine Wahrheit im Kopf, und diese würde deine Empfindungen trüben. Ich hätte dich also mit meiner Weisheit manipuliert, sodass du deine eigene nicht erfahren könntest.«

»Was hat die Schlange jetzt mit Emily zu tun?«, fragte Nick verwirrt. Er konnte Jack nicht richtig folgen.

Jack lächelte. »Glaubst du an Gott, Nick?«

»An Gott?«, fragte er etwas sarkastisch. »Nachdem ich heute in der Klinik war, fällt mir das schwer!«

»Weißt du, manchmal gibt es im Leben Situationen, die außerhalb der eigenen Kontrolle geschehen. Dann redet man davon, dass Gott seine Finger im Spiel hatte. Und manchmal begegnet man Menschen, und man denkt, man kenne sie schon das ganze Leben lang. Dann reden die Menschen von Schicksal.«

»Keine Ahnung.«

»Nun, Nick, es gibt tatsächlich eine Kraft, die man Gott nennen könnte. Und diese Kraft leitet dich, sie führt dich tatsächlich zu Situationen und zu Menschen. Es gibt Dinge im Leben, die tatsächlich vorbestimmt sind, Nick. Und wenn man dann in so einer Situation steckt, spürt man das. Dann ist da dieses überwältigende Gefühl, diese Trauer und diese Sehnsucht. Dann fühlt man sich verbunden mit jemandem, genau so, wie du es heute erfahren hast.«

»Du willst damit sagen, dass es vorherbestimmt war, dass ich Emily treffen würde?«

»Ja, das war es tatsächlich, Nick. Auch wenn du das jetzt unmöglich verstehen kannst, wurdet ihr zusammengeführt.«

Nick schwieg. Irgendwie hatte er sich eine bessere Erklärung von Jack erhofft. Mit dem, was Jack gesagt hatte, konnte er wenig anfangen. Er wusste, dass Jack immer recht hatte mit dem, was er sagte, und so gerne lernte er von ihm. Doch was er ihm in diesen Moment zu vermitteln versuchte, klang für Nick wirklich abgehoben.

Jack lächelte wieder. »Ich glaube, wir lassen heute einmal deine Lebenslektionen aus, sonst verwirre ich dich zu sehr.« Vorsichtig schielte Jack zu Nick und fing dann wieder an zu lachen.

Nick schüttelte lediglich den Kopf. »Ich finde das irgendwie nicht lustig. Mein Weltbild stürzt zusammen.«

Jack nickte. »Ich glaube dir, dass sich das komisch für dich anfühlt.«

»Ist das Liebe?«

»Was du fühlst, wenn du sie siehst? Die Erinnerungen an sie, die ständig in deinem Kopf sind?«, fragte Jack.

»Ja.«

Jack nickte wieder. »Ja, so etwas in der Art ist das.«

Nick lachte. »Was meinst du mit ›in der Art‹? So fühlt sich Liebe an? Das ist ja schrecklich!«

»Weil du keine Kontrolle mehr hast?«

»Ja, genau.«

»Tja, mein Freund, du wirst dich noch sehr wundern über die Liebe.«

»Aber ich fühle mich irgendwie nicht …« Nick wurde rot.

»Körperlich angezogen?«

Als Jack das aussprach, wurde Nick noch röter.

Jack lachte wieder, er amüsierte sich prächtig. Er beugte sich nach unten und schien mit den Grashalmen zu reden. »Habt ihr das gehört? Er fühlt sich nicht angezogen von ihr«, flüsterte er.

Nick schlug seinem alten Freund, der sich so köstlich über ihn amüsierte, auf den Rücken. »Was machst du da?«

»Nichts, ich wollte dir nur zeigen, dass du dich nicht schämen musst, denn niemand hat dich gehört.«

»Ich meinte ja nur, dass ich sie nicht küssen will oder so.«

»Das musst du ja auch nicht. Glaubst du denn, dass Liebe sich nur in einer Form ausdrückt?«, fragte Jack etwas ernsthafter.

Nick schwieg wieder.

»Glaube mir, mein Freund, die Liebe lässt sich nicht beschränken. Liebe existiert einfach, sie ist ein Gefühl, ein Zustand. Du kannst alles und alle lieben, ohne Einschränkungen.«

Nick bedeckte sein Gesicht, und Jack winkte ab. »Okay, okay, ich sage das nicht mehr. Du wirst noch erkennen, in welcher Form sich die Liebe für euch offenbart.«

»Im Moment möchte ich ihr einfach nur helfen, Jack. Das ist das, was ich will. Ich möchte, dass sie wieder essen kann, dass sie lachen kann. Sie sieht so traurig aus, Jack.«

Nicks Augen wurden wieder feucht bei dem Gedanken an Emily, und auch Jack schien für einen Augenblick lang traurig zu sein.

Nick öffnete seinen Rucksack und holte seine Flasche heraus. Er nahm einen kräftigen Schluck, bevor er weitersprach. »Es muss irgendetwas in ihrer Vergangenheit passiert sein, etwas ganz Schlimmes, dass es ihr so geht.«

»Ja, Nick, es ist meistens die Vergangenheit, die es uns schwer macht, die Gegenwart zu genießen.«

»Es ist schade, dass man die Vergangenheit nicht ändern kann.«

»Du irrst dich, Nick. Man kann die Vergangenheit ändern.«

Nick seufzte nur kopfschüttelnd.

»Doch, es ist wahr. Deine Einstellung, deine Gedanken und deine Gefühle in diesem Moment bestimmen deine Zukunft und deine Vergangenheit. Schau, du bist jetzt traurig, weil du Emily leiden gesehen hast. Deine Mundwinkel hängen nach unten, genauso deine Schultern. Du weinst, und es ist kein Ende deiner Trauer in Sicht. Du fühlst dich schwach und hilflos. Du bist mit der Erinnerung an die Vergangenheit infiziert.

Doch dann beschließt du vielleicht, dass du genug getrauert hast, und stellst dich aufrecht hin. Du denkst an etwas, was dich zum Lachen bringt, und ziehst deine Mundwinkel nach oben.

Jedes Mal, wenn jetzt der Gedanke an das Vergangene auftaucht, sagst du innerlich: ›Es ist, wie es ist. Es ist etwas Schlimmes passiert, doch die Sonne wird wieder scheinen.‹ Du weißt, dass es auch wieder einen Grund zur Freude geben wird. Wie, glaubst du, sieht deine Situation dann aus?«

Nick nahm einen tiefen Atemzug. »Ja, klar geht es mir dann besser. Aber damit habe ich die Vergangenheit trotzdem nicht geändert. Mir geht es für den Moment besser, aber das war es auch!«, demonstrierte er.

»Wieder falsch!«, triumphierte Jack lachend. »Wenn du aus diesem positiven Nick heraus die Vergangenheit betrachtest, sieht sie dann nicht anders aus als von dem trauernden Nick aus?«

»Jetzt weiß ich, was du meinst!«

Jack lächelte. »Wenn du den jetzigen Moment änderst, änderst du auch deine Einstellung, die du über die vergangene Situation hast.«

»Du meinst, es ist alles gar nicht so schlimm?«

»Oh doch, mein Freund. Es ist schlimm«, sagte Jack betrübt.

»Ja, das ist es«, murmelte Nick und nickte.

»Aber umso wichtiger ist es jetzt, dass du das Mädchen daran erinnerst, dass es eine Emily jenseits der Trauer und des Schmerzes gibt.«

»Oh, Jack, ich habe keine Ahnung, wie ich das machen soll, und ich habe keine Ahnung, wieso sie in dieser Situation ist.«

»Das musst du doch auch nicht. In dem Moment, in dem Emily erlaubt, die Sonne wieder in ihr Leben zu lassen, wird auch die Ursache ihrer Trauer in den Hintergrund treten. Deine Aufgabe, Nick, ist es, sie an die Sonne zu erinnern.«

»Und du glaubst, ich könnte das?«, fragte Nick vorsichtig.

Jack legte seinen Arm um Nick. »Ich habe keine Zweifel daran.«

»Aber die Ärzte versuchen doch auch, ihr zu helfen, und die haben das gelernt. Was soll ich schon ausrichten?«

»Ich weiß, das alles klingt sehr eigenartig für dich. Aber vertraue mir, du bist genau die richtige Person, zur richtigen Zeit am richtigen Ort. Du kannst ihr etwas geben, was ihr die Psychologen nicht geben können.«

»Und was ist das?«

»Das wirst du bald herausfinden, mein Freund«, lächelte Jack.

»Das reicht mir nicht.«

»Ich weiß, aber vertraue dir doch einmal. Schau sie dir an und beobachte deine Gefühle. Achte darauf, was dein Gefühl dir rät. Lass dich darauf ein, das Richtige zu sagen und das Richtige zu tun. Es ist alles in dir.«

»Ich weiß nicht, Jack. Sie scheint ziemlich am Ende zu sein. Aber ich schaue, ob ich irgendetwas tun kann.«

»Das ist gut. Bedenke eines: Wer am Ende ist, kann auch immer noch wieder von vorne anfangen. Es gibt immer einen Weg.«

»Ich hoffe, du hast recht!«

»Achte einfach darauf, und schaue, wie der morgige Tag verläuft. Wirst du morgen wieder herkommen?«

Nick bejahte. Wenn er Emily wirklich helfen sollte, und so fühlte sich das an, würde er das nur mit Jacks Hilfe schaffen.

Er hatte zwar noch etwas Angst vor der nächsten Begegnung mit Emily, aber dennoch wollte er wissen, was das war, was er da fühlte. Was war das, was ihn so nervös machte? Was war der Grund dafür, dass ihm bei ihrem Anblick schwindelig wurde?

»Komm, mein Freund, lass uns wieder auf die Bank gehen. Ich bekomme schon Sehnsucht.«

Nick stand als Erster vom Rasen auf und streckte Jack seine Hand zu, um ihm aufzuhelfen.

Sie gingen nur wenige Sekunden, dann unterbrach Jack die Stille wieder. »Bist du dir sicher, dass du nicht, also, du-weißt-schon-wie von ihr angezogen bist?«

»Jack!«, rief Nick laut, und sein Freund kicherte los.

Wie ein kleiner Junge freute sich Jack und machte seine Witze mit Nick. Und Nick lachte einfach mit.

Noch zwei Stunden blieb Nick im Park bei Jack, und dieser erzählte ihm von seiner eigenen Kindheit und von den Dramen und Problemen, die er in seiner Jugend gehabt hatte. Er hielt sein Versprechen und ließ Nicks Weltbild erst einmal wieder zur Ruhe kommen, bevor er es weiter einriss.

Jack sprach mit Nick sogar darüber, wie es für ihn gewesen war, als er sich verliebt hatte. Endlich gab es für Nick auch einmal einen Jack mit Hintergrund. Zwar hatte Nicks Vater manchmal über die 1960er-Jahre gesprochen, doch diese Zeit mit Jacks Augen zu sehen, machte sie wesentlich interessanter und bunter.

Es war schön, mit Jack einfach einmal zu plaudern, und obwohl jedes seiner Worte weiterhin von seinem eigenen Charme und seiner eigenen Weisheit umhüllt war, war es dennoch eine leichte und lustige Unterhaltung, die nicht zum Nachdenken zwang.

»Es ist schön, dich einmal besser kennenzulernen«, grinste Nick schließlich. »Ich meine, ich kenne dich ja gar nicht!«, fuhr er fort. »Du bist so ein komischer Kerl, und ich hätte nie gedacht, dass ich mich jeden Tag mit einem alten Mann auf einer Parkbank treffen würde.« Er lachte laut los, als er Jacks Reaktion sah.

»Und ich hätte es nie für möglich gehalten, mit so einem frechen Jungen wie dir Zeit zu verbringen. Diese Jugend hat einfach keinen Respekt vor dem Alter!«

»Ach, diese alte Leier«, lachte Nick weiter. »Über etwas anderes könnt ihr nicht mehr reden, oder?«

Jack schmunzelte sanft.

»Du bist anders, Jack. Die Gespräche mit dir tun mir wirklich gut. Ich möchte dir dafür danken.«

Jack stand auf und legte wie immer seine Hand auf Nicks Schulter. »Mir tut es auch gut, mein Freund.«

»Abschied?«

Jack nickte seinem Freund zu. »Siehst du, der alte Graham kommt schon wieder und sorgt für Recht und Ordnung. Jetzt werde ich nicht mehr gebraucht.«

»Na, dann geh mal heim, du Parkwächter. Wir sehen uns morgen.«

Jack winkte zum Abschied und machte sich von dannen.

Als Nick den Park kurze Zeit später ebenfalls verließ, spürte er wieder diese Ruhe und Kraft in sich, als ob der Park ihn auf irgendeine Weise wieder aufgeladen hätte. Er setzte sich auf sein Rad und trat zufrieden in die Pedale.

Zu Hause wartete seine Familie bereits auf ihn, und auch sein Vater war zum Abendessen wieder da, um zu hören, was sein Sohn von seinem ersten Arbeitstag zu berichten hatte. Zwar erwähnte Nick seine Begegnung mit Emily nicht, obwohl sie immer wieder in seinen Gedanken auftauchte, doch ansonsten erzählte er alles bis in kleinste Detail. Alle schauten auf Nicks Mund und folgten jedem seiner Worte. Selbst Henry hörte aufmerksam zu, obwohl er das sonst nur für wenige Sekunden schaffte.

Nick fühlte sich wohl dabei, für einen Moment der Mittelpunkt der Familie zu sein und die volle Beachtung zu bekommen. Er erzählte von dem schönen Park, der die Klinik umgab, und von den Zimmern, die so anders eingerichtet waren als die in normalen Kliniken.

Immer wieder tauchte vor seinem inneren Auge Emilys Gesicht auf. Der Moment, in dem sie ihren Kopf erhoben und ihn angeschaut hatte, war fest in seine Gedanken eingebrannt. Doch dies war Nicks kleines Geheimnis. Zumindest für eine Zeit, die er selbst bestimmen konnte.

Nick ging nach dem Essen duschen und ließ das warme Wasser alle Schreckensmomente, die er an dem Tag erlebt hatte, einfach wegspülen. Am folgenden Tag würde er sich Emily noch ein Stück nähern, und vielleicht würde er es schaffen, ein Gespräch mit ihr zu beginnen. Er wusste nicht, was er sagen würde, doch er wusste, dass ihm schon das Richtige einfallen würde, wenn er sich darauf konzentrierte, dass in ihm Frieden war.

Für eine Sekunde grinste Nick, so sehr freute er sich innerlich darauf, sie wiederzusehen. Die Angst war wie weggeblasen. Irgendetwas verband die beiden, und Nick wollte herausfinden, was das war. Er hatte schließlich nichts zu verlieren, sondern nur zu gewinnen.

Nick trocknete sich ab und schlüpfte in seinen Bademantel. Als er aus dem Badezimmer heraustrat, traf er auf seine Mutter. Sie lehnte am Treppengeländer und blickte leicht erschrocken auf, als sich die Tür öffnete.

»Mum, was machst du hier?«

»Ach«, sagte sie etwas zaghaft. »Ich wollte dir nur noch etwas sagen und habe auf dich gewartet.« Sie wippte nervös von einem Bein auf das andere.

»Mum!«, lachte Nick und rieb sich mit der Hand über den Kopf. Als er sie nochmals anblickte, sah er, dass sie Tränen in den Augen hatte.

»Mum?«, fragte Nick besorgt. »Was ist passiert?«

»Nein, nichts!«, antwortete sie und wischte sich die Tränen aus den Augen.

»Ich wollte dir nur sagen, dass ich so stolz auf dich bin!«

Seine Mutter weinen zu sehen, berührte ihn sehr. »Wieso? Was ist?«

»Du bist so ein toller Junge, und ich glaube, ich habe dir das lange Zeit nicht gesagt.«

Nick fiel seiner Mutter in die Arme.

»Danke, Mum! Du hast keine Ahnung, wie glücklich mich das macht!«

Nicks Mutter streichelte ihrem Sohn durchs Haar und gab ihm einen Kuss auf die Stirn. »Du machst das so toll in letzter Zeit. Du bist so ruhig, so ausgeglichen, so liebevoll. Du bist wirklich erwachsen geworden.«

Sie gab ihm wieder einen Kuss und nahm sein Gesicht in beide Hände. Dann schaute sie ihn an und sagte: »Ich liebe dich, Nick!«

Wieder trieb es Nick die Tränen in die Augen. »Ich dich auch, Mum!«

»Ich finde es toll, dass du in der Klinik hilfst und dass es dir gefällt. Du wirst sicherlich deine Aufgabe finden.«

»Danke, Mum!«, flüsterte Nick.

Sie löste sich sanft und ging die Treppe hinunter. Dann schaute sie ihn abermals an und lächelte.

Nick ging völlig überwältigt in sein Zimmer und ließ sich auf sein Bett fallen. So viele Male hatte er sich voller Frust auf sein Bett geworfen, wütend und missverstanden. An diesem Tag ließ er sich fallen, und das Alte fiel endgültig von ihm ab.

Am nächsten Tag saß Nick früher auf seinem Fahrrad. Solange er noch nicht die Kondition hatte, den Berg ohne Schweißausbrüche zu erklimmen, wollte er zumindest genug Zeit haben, sich von der Strapaze zu erholen, bevor er mit der Arbeit begann.

An diesem Dienstagmorgen schien die Welt stehengeblieben zu sein. Seine Eltern hatte Nick an diesem Morgen überhaupt nicht gesehen. Seine Mutter war bereits frühmorgens mit Henry zum Arzt gefahren, und Nicks Vater war zur Arbeit gegangen, und so hatte Nick nur einen kleinen Zettel vorgefunden auf der Kommode, auf der das Telefon stand.

Es hatte nachts offenbar geregnet, denn durch die Sonnenstrahlen dampfte der nasse Boden, und die Luft war ziemlich feucht. Es waren kaum Menschen auf der Straße unterwegs, ganz so, als ob es irgendeine wichtige Veranstaltung gäbe oder der Superbowl im Fernsehen liefe. Alles war friedlich und ruhig, als Nick sich auf den Weg in die Klinik machte.

Als er den Berg erreichte, schaltete er in einen niedrigeren Gang und trat locker in die Pedale. Mit jedem Meter wurde er von Vogelgesang begleitet. Nach ungefähr zwanzig Minuten war Nick oben an der Klinik angekommen. Er stellte sein Fahrrad ab und ging kurz vor dem Gebäude auf und ab. Zwar lag noch etwas Anspannung auf ihm, aber von der gestrigen Unruhe war nichts mehr zu spüren. An diesem Tag nahm sich Nick vor, ganz gelassen zu bleiben, egal, was käme.

Als die Kliniktür sich öffnete, hörte Nick schon lauter Stimmen durcheinanderreden. Ein Großteil der Mädchen stand oder saß im Foyer. Alle hatten Wanderschuhe an und trugen einen gelben Rucksack auf dem Rücken.

Constantine versuchte, die Meute irgendwie in den Griff zu bekommen, und auch die Pflegerin Monica hatte ihre Mühe, für Ordnung zu sorgen. Immer wieder nahm sie die Brille von ihrer kleinen Nase und rieb sich erschöpft die Stirn mit der Hand.

Nick blickte sich um, denn für den Moment konnte er Emily in dem Gerangel nicht sehen. Das beruhigte ihn ein wenig.

Dr. Morton stand etwas abseits und sah Nick als Erster. Er hob grinsend die Hand und deutete auf die Mädchen.

Eine Frau mittleren Alters und ein kleiner älterer Herr standen ebenfalls im Foyer. Nick hatte sie allerdings nie zuvor gesehen. Bevor er überhaupt dazu kam, darüber nachzudenken, was in der Klinik los war, kam Steph auf ihn zu.

»Die Mädchen haben heute Unternehmungstag. Dienstags und freitags machen sie immer alle etwas zusammen. Heute vormittags und am Freitag meistens nachmittags.«

»Das ist doch schön. Was machen sie denn an diesen Tagen?«, erkundigte sich Nick.

Steph beugte sich zu ihm herüber, um nicht so laut sprechen zu müssen. »Ach, das, was Jugendliche eben machen. Sie fahren zum Spielen oder Schwimmen. Sie machen Picknick oder besuchen einen Zoo. Und heute gehen sie im Wald Tiere suchen. Heute Nacht hat es ja hier oben richtig ordentlich geregnet, und dann findet man so allerlei Kleinvieh im Wald.«

»Ih!«, sagte Nick und verzog das Gesicht.

»Ja, finde ich auch. Hat aber irgendwie einen psychologisch wertvollen Hintergrund, wurde mir einmal gesagt.«

Nick blickte erstaunt drein, und es wollte ihm partout nicht einfallen, was daran psychologisch wertvoll sein könnte.

»Und wer sind die beiden dort?«, fragte er und deutete auf die zwei Fremden im Foyer.

»Das sind ehrenamtliche Mitglieder der Klinik. Sie gehen mit den Mädchen hinaus.«

»Ganz alleine?«, wunderte sich Nick.

»Nein, ein Arzt und ein Pfleger kommen immer mit, mindestens. Kommt ganz auf die Unternehmung an. Aber die beiden sind Psychologen, und Dr. Morton betont immer wieder, wie gut man sich auf sie verlassen könne.«

»Ich hatte mich für einen Moment schon gewundert. Ich glaube, ich sage Dr. Morton Hallo«, unterbrach Nick das Gespräch und schlich sich um die Gruppe herum. Dann begrüßte er den Arzt, der an diesem Morgen einen sehr glücklichen Eindruck machte.

»Schau sie dir an, meine Mädchen!«, sagte er lächelnd. »Sie schaffen es nicht einmal, alle ins Foyer zu kommen und sich in Ruhe in eine Reihe zu stellen.«

Nick wollte gerade etwas sagen, da schweifte sein Blick von Dr. Morton ab und landete ein paar Meter hinter ihm. Sofort lief ihm ein Schauer über den Rücken, und wieder bildete sich eine Gänsehaut auf seinen Armen. Emily saß nur wenige Meter vor ihm auf dem Boden. Ihre Arme umklammerten ihre Knie, und ohne Interesse blickte sie traurig in die Menge von Mädchen.

Nick schloss für einen Moment die Augen und atmete tief durch.

Obwohl sie sehr unglücklich wirkte und sie scheinbar keinen Wert auf ihr Äußeres legte, hatte sie dennoch eine unglaubliche Ausstrahlung. Sie wirkte wie eine Fee, ein zartes, zerbrechliches Wesen, das man nur mögen konnte.

Nick bemerkte, dass Dr. Morton seit ein paar Sekunden auf eine Reaktion seinerseits wartete, und sagte schnell: »Ja, wenn so viele Mädchen auf einem Haufen sind, sind Chaos und Lautstärke immer vorprogrammiert.«

Dr. Morton lachte und gab Nick einen Klaps auf den Rücken. »Na, du hast ja schon ganz schön Ahnung für dein Alter!«

Er ging zur Eingangstür des Foyers und rief laut: »Abmarsch, Mädchen!«

Nach wenigen Sekunden sagte er laut: »Halt! Nicht so! Kommt schon, ihr kennt das Spiel! Ihr kommt nicht alle gleichzeitig durch die Tür!«

Auch Emily stand auf. Sie war etwa fünfzehn Zentimeter kleiner als Nick. An diesem Tag trug sie eine kurze Hose und eine Bluse. Nick betrachtete sie ganz genau. Ihre Lippen waren zart und wirkten eher rosa als rot. Ihre großen Augen hatten trotz ihres traurigen Blicks nicht an Glanz verloren. Körperlich sah sie relativ normal aus. Sie war zwar sehr dünn, aber keinesfalls dürr oder knochig. Langsam setzte auch sie sich in Bewegung, aber sie sah nicht wirklich motiviert aus.

Das Mädchen mit den Zöpfen, das sich am Tag zuvor gemeldet hatte, stand neben ihr und versuchte, ihr gute Laune zu bereiten. Sie strahlte im Gegensatz zu Emily und hörte nicht auf, mit ihr zu reden. Emily nickte nur ab und an und ging langsam hinter den anderen Mädchen her.

Als ob sie merken würde, dass Nick sie anstarrte, drehte sie ihren Kopf und blickte in seine Richtung. Ihre Blicke trafen sich, und Nick lächelte sie an. »Ich werde alles tun, damit du wieder glücklich bist«, sagte Nick in Gedanken zu ihr. Dann wandte Emily sich wieder ab und verließ mit den anderen die Klinik.

Dr. Morton stellte sich neben Nick und legte den Arm um seine Schulter.

»Ich dachte, Sie gingen mit?«, fragte dieser.

»Oh nein, ich habe zu viel Arbeit, um jetzt in den Wald gehen zu können. Dr. Fisher wartet draußen auf die Mädchen. Du hast sie, glaube ich, noch nicht kennengelernt.«

Nick schüttelte den Kopf. An eine Ärztin, die Fisher hieß, konnte er sich nicht erinnern.

»Möchtest du mit mir noch einen Kaffee trinken, bevor wir uns an die Arbeit machen?«, fragte Dr. Morton, und Nick bejahte schnell.

Er wollte zu gerne mehr über Emily und ihre Krankheit erfahren, und vielleicht konnte er den Moment nutzen, um Dr. Morton auszufragen.

Beth war an diesem Morgen bereits da. Nick konnte durch die geschlossene Küchentür hören, wie sie mit einem Lieferanten diskutierte.

Dr. Morton nahm sich eine Kanne, die auf einer Theke stand, und füllte etwas Kaffee in eine Tasse.

»Wie war dein gestriger Tag?«, fragte er Nick.

»Ganz gut. Es ist schön hier«, antwortete Nick freundlich.

»Ja, das ist wahr«, murmelte Dr. Morton und nickte zustimmend.

»Darf ich Sie etwas fragen?«, fragte Nick zögerlich.

»Natürlich!«

»Diese Magersucht, so nennt man das, glaube ich, wie ist das für die Mädchen? Wie fühlt sich das an?«

»Oh, Nick. Ich kann dir, Gott sei Dank, nicht sagen, wie sich das anfühlt. Ich kann dir nur sagen, was ich durch Gespräche, die Lehrbücher und Studien über diese Krankheit weiß. Wenn dir das genügt, dann teile ich es dir gerne mit.«

Nick antwortete nicht, sondern gab dem Arzt zu verstehen, dass er weiterreden sollte.

»Mädchen, die Anorexia nervosa haben, so wird die Krankheit genannt, fühlen sich nicht mit ihrem Körper verbunden. Er ist zu etwas Fremdem für sie geworden. Sie haben kein Körper-Ich, sondern fühlen sich in ihrem Körper gefangen. Sie verabscheuen ihren Körper.«

Nick seufzte. »Versuchen sie dann, ihren Körper zu zerstören, indem sie nichts mehr essen?«

»Nun, ich denke, viele der Mädchen sind sich nicht bewusst, dass ihre Krankheit zum Tod führen kann …«

»Die Mädchen sterben daran?«, unterbrach Nick schockiert.

»Nun, bei uns in der Klinik ist seit der Gründung keine Patientin gestorben. Bei der Gefahr dürfen wir die Mädchen auch gar nicht mehr hierbehalten, sondern müssen sie in das städtische Krankenhaus verlegen. Aber im allgemeinen Durchschnitt sterben bis zu 10 % der Magersüchtigen an ihrer Erkrankung, ja.«

»Wie … wie lange dauert das?«

»Der menschliche Körper ist ein Wunderwerk und hält vieles aus. Doch wenn ein Mädchen nach Jahren der Essstörung so weit abgemagert ist, dass die Organe ihrer normalen Funktion nicht mehr nachkommen können, kann es schon sein, dass das Mädchen ohne einen massiven Eingriff stirbt.«

»Wie? Oder, warten Sie, ich glaube, ich will das gar nicht wissen …«, stotterte Nick.

»Es ist ein grausamer Tod und eine traurige Sache. In den meisten Fällen werden die Magersüchtigen ja in ein Krankenhaus oder in eine Spezialklinik wie hier eingewiesen. Wenn die Mädchen von sich aus keine Nahrung mehr zu sich nehmen, werden sie in den Kliniken zwangsernährt.«

»Das klingt schrecklich.«

»Das ist es, Nick, aber wir als Ärzte haben den Eid geschworen, das menschliche Leben zu schützen und zu erhalten. Die Zwangsernährung ist die letzte Konsequenz, das Leben zu erhalten. Sie ändert nichts an der Ursache der Erkrankung, sorgt aber dafür, dass die Mädchen weiterleben können. Nichtsdestotrotz kann es erst zu einer Heilung kommen, wenn die Ursachen aufgedeckt worden sind und die Patientin lernt, mit ihren Gefühlen oder traumatischen Erinnerungen umzugehen.«

Beth kam aus der Küche heraus. »Habe ich also doch richtig gehört«, lachte sie. »Du drückst dich wohl vor der Arbeit.«

Nick grinste, weil er genau wusste, dass Beth nur wieder einmal scherzte.

»Gehts dir gut, mein Kleiner?«, fragte Beth.

»Ja, alles paletti.«

»Ich will euch nicht stören, bei euren wichtigen Gesprächen hier«, sagte sie und zeigte auf Nick und Dr. Morton.

»Wenn du dann fertig bist, kommst du einfach nach hinten. Heute wird es sowieso später Essen geben. Also hast du Zeit.«

Nick wandte sich wieder dem Arzt zu.

»Ich muss aber auch wieder an die Arbeit gehen«, sagte dieser.

»Darf ich Ihnen noch eine kurze Frage stellen?«

»Ja, klar.«

»Wie kann man solch einer Patientin helfen? Wie geht man mit so einer Krankheit um?«

»In welcher Funktion?«, murmelte der Klinikleiter in seine Tasse hinein.

»Wie meinen Sie das?«, fragte Nick unsicher.

»Nun, eine Mutter hilft anders als ein Freund oder Lebenspartner.«

»Nun, als Freund vielleicht. Nehmen wir an, eine Freundin von mir hätte Magersucht.«

»Zunächst sollte dir klar sein, dass ein Mensch, der Magersucht hat, sich immer wieder in die Isolation begeben wird. Deine Freundin wird den Kontakt zu dir abbrechen, Ausreden finden, um dich nicht mehr sehen zu müssen. Gleichzeitig wird es bei fortgeschrittener Erkrankung oft zu starken emotionalen Ausbrüchen kommen, wie Wutanfällen und Weinkrämpfen, oder überwiegend auch zu Depressionen, die dazu führen, dass die Erkrankte keinen Lebensmut mehr zeigt. Du als Freund einer Betroffenen musst dies erst einmal verdauen können. Es ist wichtig, dass eine Magersüchtige Hilfe von außen erhält, und das Schlimmste wäre, wenn du dich ebenfalls von ihr zurückziehen würdest. Freunde sind für Magersüchtige oft die letzte Stütze im Leben. Wenn diese wegfällt, hält sie nichts mehr.«

»Das klingt nicht einfach«, seufzte Nick.

Dr. Morton stand auf und rückte seinen Stuhl wieder an den Tisch. »Das ist es auch nicht. Aber jeder Versuch, jede Anstrengung ist es wert. Schau dir die Mädchen an, jedes ist auf seine Art einzigartig und wunderbar! Wir sehen uns später.«

Dr. Morton nahm noch einen Schluck aus seiner Tasse, stellte sie auf der Theke ab und verließ anschließend den Speisesaal.

Nick hätte gerne noch mehr mit dem Arzt gesprochen. Vor allem hätte er gerne gewusst, weshalb Emily in der Klinik war, aber für den Moment schien er an diese Information nicht heranzukommen. Er war froh, dass Dr. Morton sich überhaupt die Zeit genommen hatte, mit ihm zu reden.

Beth war gerade dabei, Lebensmittel in der kleinen Kammer hinter der Küche zu verstauen und Fleisch aus der Tiefkühltruhe zu holen.

»Da bist du ja, mein Lieber!«, sagte sie. »Komm mal her, und geh mir zur Hand!«

Sie summte etwas vor sich hin und kramte weiter in der Tiefkühltruhe herum. »Da seid ihr ja!«, sagte sie schließlich und reichte Nick zwei Tüten.

Nick dachte für einen Moment darüber nach, ob er den gestrigen Mittag ansprechen sollte. Als er jedoch Beth betrachtete, die summend ihrer Arbeit nachging, entschied er sich dafür, so lange nichts zu sagen, bis sie selbst die Initiative ergriff. Aber etwas anderes wollte Nick zur Sprache bringen: Vielleicht wusste Beth über die Patienten Bescheid, und er könnte von ihr mehr über Emily erfahren.

»Sag mal, Beth«, sagte er und wartete kurz auf ein Zeichen. Beth drehte sich um und blickte Nick an.

»Weißt du, wieso bestimmte Patientinnen hier in der Klinik sind?«

»Was meinst du damit?«, fragte sie.

»Na ja, wieso sie magersüchtig sind.«

Beth schüttelte den Kopf und unterstrich ihre Verneinung noch zusätzlich mit ihrem Zeigefinger, der ebenfalls schnell von links nach rechts und zurück wanderte. »Nein, das dürfen mir die Ärzte nicht sagen.«

Nick lächelte. »Stimmt, aber es hätte ja sein können, dass sie dir trotzdem einmal etwas gesagt haben.«

Beth holte einige Edelstahlschüsseln aus dem Schrank. »Nein, nein. Ich weiß nichts und will auch nichts wissen.«

Sie machte mit ihrer Arbeit weiter, und Nick half ihr dabei.

Die ganze Zeit fragte er sich, wie er Emily begegnen und sie ansprechen könnte. Doch all das Kopfzerbrechen führte zu nichts. Er hatte keine Ahnung, wie er mit ihr ein Gespräch beginnen könnte. Einfach zu ihr zu gehen und sich an den Tisch zu setzen, wäre vielleicht keine gute Idee. ›Hallo, ich bin Nick, und wer bist du? Ich habe von dir geträumt, du vielleicht auch von mir?‹ Nick lachte kurz, obwohl er die Situation bisher nicht wirklich lustig gefunden hatte. Nach dem Lachen fühlte er sich wesentlich besser und entspannter.

In den folgenden beiden Stunden bereitete Nick mit Beth das Essen zu und achtete darauf, wirklich nur das

Essen zuzubereiten und sich nicht, wie am vorherigen Tag, in seinen Gedanken und Gefühlen zu verlieren. Abzuwarten, was passieren und wie das Leben spielen würde, war für Nick zwar etwas verunsichernd, aber dennoch spannend.

Um kurz vor 13 Uhr waren Beth und Nick mit der Essensvorbereitung fertig, und um Viertel nach eins konnte man hören, wie die Gruppe wieder in der Klinik eintraf.

Nick holte noch einmal tief Luft. Die Mädchen schienen erst einmal auf ihre Zimmer zu gehen, denn ihre Stimmen verstummten, statt immer lauter zu werden.

»Wo bleiben sie denn?«, fragte Beth und starrte nervös auf das dampfende Essen. Sie hatte vor zwei Jahren bei der Geschäftsleitung schon einmal einen Warmhalteschrank beantragt, doch dieser war aufgrund mangelnder Notwendigkeit abgelehnt worden. Jetzt, in diesem Moment, hätte sie ihn wieder einmal gebraucht.

»Ich geh noch schnell auf die Toilette, bevor der große Andrang kommt!«, sagte Nick und verließ die Küche.

Einige Mädchen kamen bereits die Treppe herunter, und Nick beeilte sich. Er ging schnell in die Sanitärräume und stieß die Schwingtür zu den Toiletten auf. Bevor die Tür sich richtig öffnen konnte, gab es einen dumpfen Knall, und sie fiel wieder zurück.

»Oh Gott, Entschuldigung!«, sagte Nick laut.

Was für ein Pech, dass genau in dem Moment, in dem er hineinwollte, jemand auf der anderen Seite hinauswollte. Womöglich hatte Nick einem Arzt die Tür ins Gesicht geschlagen! Er wagte kaum, die Tür zu öffnen, doch als sie sich nicht mehr bewegte, schob er sie vorsichtig von sich weg.

Er wollte sich gerade noch einmal entschuldigen, als es ihm plötzlich die Sprache verschlug. Vor ihm stand weder

Dr. Morton noch ein Pfleger oder sonst irgendein Mann. Vor ihm stand Emily!

Nicks Herzschlag schien astronomisch in die Höhe zu steigen. Deutlich konnte er seinen Puls in jedem Winkel seines Körpers spüren.

»Entschuldigung, ich ähm …« Nick wusste nicht, was er sagen sollte. Vielleicht hatte er sich in der Tür geirrt und war versehentlich auf der Damentoilette gelandet. Ein Blick auf das Pissoir allerdings offenbarte ihm, dass nicht er es war, der sich in der Tür geirrt hatte.

»Ähm …«, stotterte Nick wieder und schwieg dann für ein paar Sekunden. Er war viel zu aufgeregt, als dass er irgendetwas Sinnvolles hätte sagen können.

»Ich gehe immer auf die Herrentoilette, denn sonst ist hier nie jemand«, sagte Emily.

Nick sagte gar nichts. Er wollte nichts Falsches sagen und blieb deswegen ruhig. Er war ohnehin viel zu nervös, denn er war Emily noch nie so nah gewesen.

»Auf der anderen Toilette bin ich meistens nicht alleine. Und ich …«, Emily seufzte. »Ich … ich bin lieber alleine. Ich möchte mich nicht ständig unterhalten müssen.«

»Oh«, sagte Nick verlegen.

»Nein«, sagte Emily und bewegte entschuldigend die Hand. »Ich meine, ich habe keine Lust, mich mit anderen Mädchen zu unterhalten …«

Eigentlich hatte Nick ja gehofft, Emily auf neutralem Boden zu treffen, um sie kennenzulernen, doch jetzt, auf der Toilette, war er etwas überfordert. Im Geiste ermunterte er sich selbst.

»Ich bin Nick. Ich, hm, ich mache hier so etwas wie ein Praktikum, also, so in der Art. Du wirst mich noch öfter auf der Toilette vorfinden.«

Überrascht über seine Coolness lächelte er.

»Ich bin Emily«, sagte Emily schüchtern.

Dann ging sie an Nick vorbei nach draußen, wie üblich mit gesenktem Blick.

»Wir sehen uns«, sagte sie noch, dann war sie weg.

»Wow!«, dachte Nick und vergaß dabei fast, wieso er eigentlich zu den Toiletten gegangen war.

Schnell erinnerte er sich daran, tat, was er hatte tun wollen, wusch sich die Hände und ging dann wieder zurück in den Speisesaal, um Beth beim Verteilen des Essens zu helfen.

Der Großteil der Mädchen saß bereits an den Tischen, ebenso Emily, die auf demselben Stuhl saß wie am Tag zuvor. Nick ging an ihr vorbei und riskierte einen Blick. Doch, ebenfalls wie beim letzten Mal, saß Emily teilnahmslos am Tisch und blickte nach unten.

Nach weiteren Augenblicken waren schließlich alle Mädchen versammelt, und Dr. Morton gab ihnen das Zeichen, aufzustehen und sich Essen zu holen. Nick gab wieder das Essen aus, doch er hatte nach wie vor nur Augen für Emily.

Aber Emily stand nicht auf, um sich etwas zu holen. Selbst als alle Mädchen ihre Mahlzeit bereits hatten, blieb sie sitzen. Es schien so, als ob sie die Nahrung verschmähen würde.

Nick verschwand mit Beth in der Küche. »Wieso ist Emily denn hier, wenn sie nichts essen will?«, fragte er Beth.

Diese war sichtlich erstaunt: »Woher weißt du, wie sie heißt?«

Nick wurde etwas nervös. »Der Arzt hat doch gestern nach ihr gerufen.«

»Ach, stimmt ja«, winkte Beth ab. »Nun, die Ärzte wollen, dass die Mädchen bei den Mahlzeiten anwesend sind, auch wenn sie nichts essen. Das ist sehr wichtig.«

»Hm«, antwortete Nick kurz. Er öffnete die Tür einen Spalt breit, blickte zu Emily und dachte darüber nach, ob er einfach zu ihr hinübergehen sollte oder ob es einen anderen Weg gäbe, wieder mit ihr ins Gespräch zu kommen.

»Komm, Nick«, sagte Beth. »Wir essen auch, und dann bereiten wir den Abwasch vor.«

Anstatt sich, wie am vorherigen Tag, draußen an einen Tisch zu setzen, holte Beth zwei Klappstühle, und sie aßen in der Küche.

»So, Nick, jetzt erzähl mal was von dir! Wir hatten bisher kaum die Möglichkeit, uns richtig kennenzulernen.«

Oh je, dachte Nick. Eigentlich hatte er gehofft, mit Emily sprechen zu können, aber vielleicht war auch einfach nicht der richtige Moment dafür.

Während die beiden aßen, erzählte Nick ein paar Einzelheiten aus seinem Leben, wo er wohnte, was seine Eltern machten. Und er erzählte freiwillig, wieso er wirklich in der Klinik war und arbeitete. Schließlich, so dachte er zumindest, wusste das Beth ohnehin schon.

Als Nick mit dem Essen fertig war, sah er, dass ein Teil der Mädchen, darunter auch Emily, den Speisesaal bereits verlassen hatte.

Er war etwas enttäuscht darüber, dass er an den ersten Kontakt nicht anknüpfen konnte. Auf der Toilette war er viel zu nervös gewesen, um einen klaren Gedanken fassen zu können, und daher hatte er natürlich völlig vergessen, auf sein Gefühl zu hören. Eilig räumte er die Teller zusammen und warf das Besteck in die dafür vorgesehene Box. Was sie jetzt wohl von ihm dachte, fragte er sich.

Immer wieder kreisten seine Gedanken um sie. Er ließ sie ständig vor seinem inneren Auge erscheinen und betrachtete sie. Er versuchte, sich an jede Einzelheit zu erinnern: an das krause Haar, das wahrscheinlich schon seit

Längerem ungekämmt war, ihre kleine Stupsnase und ihre großen Augen, dann auch an den kurzen Moment, in dem sie ein wenig gelächelt hatte, zumindest aus Verlegenheit. Zunächst hatte sie beschämt auf den Boden geblickt, ihre Arme waren hinter ihrem Rücken verschränkt gewesen. Und dann hatte sie Nick direkt in die Augen geschaut. Nick wiederholte in seiner Vorstellung den Moment, in dem er auf sie getroffen war, immer wieder. Es war einfach unglaublich, dass er ihr auf der Herrentoilette begegnet war.

Er kicherte leise und blickte sich dann schnell um, ob Beth ihn gehört hatte. Da diese immer noch singend ihrer Arbeit nachging, hatte sie wahrscheinlich nichts mitbekommen. Nick hielt sich den Mund zu und kicherte noch einmal kurz. Dann plötzlich hielt er inne und stellte den Teller, den er zum Abtrocknen in der Hand hielt, auf die Anrichte. Er erinnerte sich daran, dass er in der Schule am Spind einmal ein Gespräch zwischen zwei Mädchen mitbekommen hatte. Das eine hatte von einem Jungen erzählt, den es auf einer Feier getroffen hatte. Nick kicherte genauso wie das Mädchen damals.

Er fragte sich, ob er verliebt war, führte er sich doch so auf wie dieses Mädchen. Damals in der Schule hatte er das Grinsen und Kichern des Mädchens einfach nur lachhaft und überhaupt das Theater, das Jungs und Mädchen in seinem Alter machten, sonderbar gefunden.

Auf Befehl von Beth ging Nick den Essenswagen holen und räumte noch das letzte Geschirr ab, das einige Mädchen auf den Tischen stehen gelassen hatten. Beth hatte sich schon darüber beschwert, dass einige der Mädchen ihr Tablett einfach nicht zurück in den Wagen räumten. Dr. Morton unternahm jedoch nichts dagegen. Er war wahrscheinlich einfach froh, dass die Mädchen überhaupt etwas aßen.

Als Nick wieder in der Küche war und gerade das Geschirr in die Spülmaschine räumte, klopfte es an der Tür, und Dr. Morton trat ein.

»Nick, stillgestanden! Hier ist hoher Besuch!«, sagte Beth scherzhaft und blickte den Arzt dabei durchdringend an. Dieser lächelte und ließ sich keineswegs aus der Ruhe bringen. Beths Scherze kannte er schon zur Genüge, und genau das machte sie ihm auch so sympathisch.

»Ich weiß, Beth, Sie möchten immer rechtzeitig informiert werden, damit Sie bei Planänderungen genug Zeit haben alles vorzubereiten, aber es gibt Tage, an denen …«

»Mein lieber Morton, was ist los?«

»Wäre es möglich, dass Sie uns etwas zusammenpacken, damit wir später im Park ein kleines Picknick veranstalten können? Das Wetter ist einfach wunderbar, und in letzter Zeit missfällt mir das Essverhalten der Mädchen ziemlich.«

Nick blickte Beth an, um zu überprüfen, ob wenigstens sie verstand, was er gesagt hatte.

»Na klar, machen wir fertig, ich habe ja Hilfe hier. Was möchten Sie haben, und wann brauchen Sie es?«, seufzte sie.

Beth diskutierte noch ein paar Minuten lang mit dem Arzt. Nick hätte sich das nicht getraut, aber Beth erklärte ihm später, dass es wichtig sei, stets seine eigene Position zu vertreten, weil einem ansonsten jeder auf der Nase herumtanzen würde. Am Ende tat Beth natürlich, was der Chef wollte, doch sie tat es nicht, ohne vorher einmal richtig Dampf abgelassen zu haben.

»Nick, ich muss in die Stadt fahren und ein paar Besorgungen machen, damit der liebe Dr. Morton sein Picknick veranstalten kann. Du weißt, was es hier noch zu tun gibt. Ich lass dich alleine«, sagte sie und eilte aus der Küche.

Nick spülte weiter das Geschirr vor und entsorgte den Müll, den die Patientinnen hinterlassen hatten. Er hatte zwar etwas Mühe, die richtigen Schubladen und Schranktüren zu finden, um Ordnung zu machen, aber nach einer Weile fand er immer, wonach er suchte. Anschließend schaltete er die Spülmaschine ein und ging in den Speisesaal, um die Tische zu putzen.

Nach etwa einer Stunde kam Beth mit großen Einkaufstüten zurück und bat Nick, ihr dabei zu helfen, den Rest aus dem Transporter zu holen.

Einmal in der Woche erledigte Beth ihre Einkäufe, doch immer wieder kam es vor, dass sie wegen der Ärzte doch noch ein zweites Mal losmusste. Da Beth ziemlich gut organisiert war, störte sie das natürlich ein wenig, doch ein schmeichelndes Lächeln von Dr. Morton, und Beth war wieder die Alte. Gerade als die beiden die Einkäufe wegräumten, klopfte es wieder an der Tür.

»Was ist denn jetzt schon wieder?«, rief Beth.

Es war Constantine. »Hallo, Beth! Wie geht es dir?«, fragte er.

Sie drehte sich um und legte den Kopf schräg.

»Okay, okay!«, lachte der Pfleger.

»Ich dachte mir, du willst hier bestimmt niemanden in der Küche sehen, wenn du wegen uns schon wieder eine Extratour machen musstest. Ist doch toll, wenn ich mich dann erst einmal erkundige, wie es dir geht.«

Beth nahm ein Handtuch und warf es nach Constantine.

»Also, was willst du?«, fragte sie lachend.

»Wir versuchen, ein Mädchen von der 3 mitzunehmen. Würdest du eine Portion Liquid einpacken?«

»Ja, ja, mach ich.«

Auf Station 3 waren die Mädchen, die eine bestimmte Gewichtsgrenze unterschritten hatten und daher hochkalorische Flüssignahrung erhielten. Sie nannten es, nach Beths Aussage, Liquid oder Gold, wobei Nick der Zusammenhang zwischen Flüssignahrung und Gold nicht ganz klar wurde.

Beth bereitete noch schnell ein paar Kannen Eistee zu, und um halb vier gingen Nick, Beth und zwei der Pfleger in den Park, um das Picknick vorzubereiten. Aus einem Schuppen im Hof der Klinik holte Nick zwei Bollerwagen, die ihnen als Transporthilfe dienen sollten. Nick war sich zwar nicht sicher, ob die Wagen überhaupt noch irgendetwas transportieren konnten, doch sie hielten tatsächlich stand und erleichterten ihm die Arbeit. Beth baute einen Tisch auf, um die Snacks und Getränke abzustellen, und dann trudelten bereits die Mädchen ein.

Aufgeregt prüfte Nick, ob er Emily sehen konnte. Der Arzt wollte scheinbar keine Ausnahmen dulden, denn sie kam etwas abseits der Truppe ebenfalls in den Park.

Eine Pflegerin, die Nick noch nicht kannte, stützte ein Mädchen, das deutlich Schwierigkeiten hatte zu laufen. Das Mädchen lächelte, doch sein Gesicht war so eingefallen, dass man das Lächeln kaum als solches erkennen konnte. Es trug eine lilafarbene Kopfbedeckung, und Nick konnte erkennen, dass es keine Haare mehr hatte. Am Haaransatz war lediglich ein Flaum zu erahnen. An den Armen und Beinen war nicht einmal mehr ein Muskel zu sehen. Das Mädchen schien wirklich nur aus Knochen zu bestehen. Seine Knie- und Ellenbogengelenke waren völlig ohne Fleisch, und ihr T-Shirt hing an ihrem mageren Körper herab.

»Starr sie nicht so an!«, sagte Beth, und Nick drehte sich zum Tisch um.

»Das ist schlimm! Sie sieht aus, als ob sie Krebs oder so etwas hätte!«

»Ja, das ist wahr. Es ist eine Schande!«

Nick blickte wieder zu den Mädchen, die nun alle auf der Wiese saßen. Emily hatte sich wieder etwas abseits gesetzt, und auch die Pflegerin mit dem dünnen Mädchen saß nicht direkt neben den anderen. Dieses eine Mädchen war so schrecklich dünn, dass Nick sich zwingen musste, wegzuschauen. Ihm sah man wirklich an, dass es Probleme mit dem Essen hatte. Die anderen Mädchen waren zwar alle dünn, aber auf den ersten Blick sah man ihnen keine Probleme an. Dr. Morton hatte Nick erklärt, dass eine Essstörung nicht automatisch bedeutete, dass man extrem mager sein musste. Der Großteil der Mädchen hatte ein gestörtes Essverhalten – die Mädchen aßen ganz normale Mengen, erbrachen die Nahrung dann aber, oder sie schlangen gleich Unmengen davon in sich hinein. Sie hatten zwar, rein körperlich gesehen, keine Probleme mit der Nahrungsaufnahme, doch ihre psychischen Probleme waren Grund genug, in der Klinik behandelt zu werden.

»Nick, geh noch einmal hinein, wir haben die Becher vergessen.«

»Mach ich. Was für Becher meinst du denn?«

»Die Plastikbecher in der Speisekammer. Und bring noch einen Müllsack mit. Der liegt auf einem Regal ebenfalls in der Kammer.«

Nick machte sich auf den Weg zurück in die Klinik. Er war froh über diese Gelegenheit, denn so konnte er sich für einen Moment auf etwas anderes konzentrieren. Die Vorstellung, dass Emily eines Tages wie das Mädchen von Station 3 aussehen könnte, trieb ihm die Tränen in die Augen. Was ihn ebenfalls schockierte, war, dass das Mädchen, obwohl sein Körper sichtbar keine Kraft mehr hatte, offensichtlich mehr Ausdruck und Lebensfreude in seinen Augen hatte als Emily. Emily schien schon aufgegeben zu haben, doch ihr Körper zeigte dies noch nicht. In diesem Moment fühlte Nick sich so hilflos wie lange nicht mehr. Wie würde er Emily nur helfen können?

Als er zurückkam, aß ein Teil der Mädchen schon.

Nach dem Essen forderte Dr. Morton die Mädchen zum Spielen auf, und wie Wilde verteilten sie sich auf der Wiese und im Park. Emily blieb weiterhin sitzen. Das Mädchen mit den Zöpfen versuchte abermals, sie zu motivieren, doch es hatte keinen Erfolg. Es bemerkte, dass Nick die Situation beobachtete und zuckte mit den Schultern, um ihm zu zeigen, dass es es wenigstens versucht hatte. Emily schien irgendwie noch trauriger zu sein als sonst. Sie hatte die Beine angezogen und versteckte ihr Gesicht dahinter. Wie ein zusammengeknülltes Etwas saß sie dort auf der Wiese und gab kein Geräusch von sich.

Nick fasste all seinen Mut zusammen, goss etwas von Beths Eistee in einen Plastikbecher und ging zu Emily hinüber. Keiner nahm Kenntnis davon, weil die Pfleger und die beide Ärzte mit den anderen Mädchen vollauf beschäftigt waren. Nick setzte sich rechts neben Emily, und diese drehte ihr Gesicht in die andere Richtung. Nick konnte Spuren von Tränen sehen.

»Möchtest du etwas trinken?«, fragte Nick vorsichtig.

Mindestens eine Minute lang sagte Emily gar nichts. Nick wusste irgendwie, dass sie erwartete, dass er ginge, so wie alle gingen, wenn sie kein Interesse zeigte. Nick wusste, dass er bleiben müsste. Er wollte ihr nicht zu nahe treten, aber er wollte ihr zeigen, dass er Interesse daran hatte, mit ihr zu reden. Er blieb also einfach neben Emily sitzen und stellte den Becher zur Seite.

Nick ließ die Sonne auf sich scheinen und schloss für einen Moment die Augen. Sein Herz schlug heftig, und er hatte Mühe, seine Unruhe zu verbergen. So nah war er Emily noch nie gewesen. Er atmete so tief wie möglich ein, ohne dass Emily ihn hören konnte. Dann lächelte er kurz und vertraute darauf, dass einfach die richtigen Worte aus ihm herauskommen würden.

»Ich habe den Becher neben dich gestellt, für den Fall, dass du etwas trinken möchtest!«

Wieder antwortete Emily nicht, und Nick stand auf, um sich am Tisch ebenfalls einen Becher zu holen. Er hoffte, dass Emily die Zeit nutzen würde, um etwas zu trinken, doch sie veränderte ihre Position nicht.

»Nick, du hast schon Feierabend.«

»Echt?«, fragte Nick, und tatsächlich war es bereits zehn Minuten nach 16 Uhr. Er blickte auf seinen Rucksack und dann wieder auf Emily. Jack würde im Park auf ihn warten, das war sicher, und keineswegs wollte Nick seine Verabredung platzen lassen. Er goss Wasser in seinen Becher, trank ihn eilig leer und stellte ihn dann in die Plastikbox, in der das schmutzige Geschirr lag.

Sein Blick streifte Emily nochmals, und er war unsicher. Vielleicht würde er es schaffen, mit ihr zu sprechen. Da war das Gefühl in ihm, dass Emily sich so schrecklich alleine fühlte und niemanden hatte, der ihr zuhörte. Einerseits schien sie das auch gar nicht zu wollen, denn sie zeigte deutlich, dass sie einfach nur ihre Ruhe haben wollte, doch andererseits spürte Nick irgendwie, dass da ein Teil in ihr war, der von ihrer Trauer erzählen wollte. Was sollte er bloß tun? Er wollte gerne noch länger bleiben, doch er wollte auch Jack nicht warten lassen. In dem Moment, in dem er das dachte, schob sich ein anderer Gedanke in den Vordergrund. Nick verstand auf einmal, dass es für Jack kein Problem wäre, wenn er nicht käme. Dann würde er ihn eben erst am nächsten Tag sehen. Jack würde das verstehen, dass wusste er. Er wollte also zumindest versuchen, mit Emily ins Gespräch zu kommen.

»Ich bleibe noch ein bisschen. Es ist gerade so schön!«, rief er schließlich Beth zu.

»Na, umso besser, dann kannst du mir nachher helfen, wieder alles in die Klinik zu schaffen«, lächelte sie und nahm einen Schluck aus ihrer Kaffeetasse.

Nick blickte nochmals in die Sonne, und eine angenehme Ruhe breitete sich in ihm aus. Es würde schon alles gut werden, dachte er, und in diesem Moment glaubte er ganz fest daran.

Er ging wieder zu Emily hinüber und setzte sich auf genau dieselbe Stelle, auf der er vorher gesessen hatte. Und dann wartete er einfach. Er würde so lange warten, wie es eben dauern würde. Und wenn sie nicht sprechen würde, wäre ihm das auch egal. Er würde einfach an ihrer Seite bleiben, damit sie wüsste, dass jemand da wäre, wenn sie bereit dafür wäre. Das fühlte sich für Nick gut an. Er legte sich auf den Rasen und verschränkte seine Arme hinter dem Kopf.

Die Sonne schien ziemlich stark an diesem Nachmittag. Nach einigen Minuten drehte Emily sich um. Nick behielt weiterhin die Augen geschlossen, doch er merkte, dass Emily nach dem Becher neben sich griff. Dann hörte er, wie sie einen Schluck daraus nahm.

Die Sonne verschwand für einen Moment, und Nick erschrak zunächst. Vielleicht stand Dr. Morton vor ihm oder Emily war weggelaufen und hatte kurz die Sonne verdeckt. Er öffnete die Augen. Es war nur eine mittelgroße Wolke, die zumindest einen Teil des Sonnenlichts verdeckte.

Emily versteckte ihr Gesicht nicht mehr, und nun endlich schaute sie mit offenem Blick in den Park. Sie war dabei dicht bei Nick. Für einen Moment stützte sie sich mit der linken Hand ab, um noch einen Schluck zu nehmen. Nick setzte sich auch, und seine Hand lag nur etwa zwanzig Zentimeter neben ihrer. Er schielte schnell auf ihre Hand, und es wurde ihm ganz warm ums Herz. Hoffentlich dachte sie jetzt nichts Schlechtes über ihn, weil er ihr so nah war, dachte er nervös. So gerne hätte er einfach ihre Hand genommen und gehalten, um ihr das Gefühl zu geben, dass er für sie da war.

Nick blickte wieder in den Himmel. Die Wolke war fast vorbeigezogen. Dann plötzlich kam ihm das Gespräch mit Jack in den Sinn.

»Ich habe einen Freund, der mir erst vor Kurzem etwas gesagt hat, was mich sehr berührt hat. Es hat mir geholfen, mein Leben mit anderen Augen zu sehen.«

Nick wartete einen Moment ab, bevor er weitersprach. Es schien nicht so, als ob Emily ihm zuhören würde, aber das sollte ihn nicht davon abhalten, weiterzusprechen.

»Er sagte mir, dass wir Menschen so stark mit unseren Problemen verbunden seien, dass wir vergäßen, dass hinter den Wolken unseres Lebens immer die Sonne scheine. Wir glauben, dass alles dunkel und grau ist. Vielleicht glauben wir sogar, das wäre für immer so. Doch im nächsten Augenblick schon kann die Kraft der Sonne Lücken in die Wolke reißen und sie auflösen. Schon im nächsten Augenblick kann die Wolke vorbeiziehen, weil der Wind sie zur Bewegung zwingt.«

Irgendetwas berührte Emily in dem, was Nick sagte, und eine einsame kleine Träne rollte langsam ihre Wange hinunter. Sie schloss die Augen, und immer mehr Tränen liefen.

»So etwas Ähnliches hat zu mir auch schon einmal jemand gesagt«, antwortete sie schließlich.

Wieder schwiegen beide.

»Ich weiß nicht, warum du hier bist, Emily. Doch ich weiß, dass ich erst vor Kurzem noch dachte, mein Leben hätte keinen Sinn. Und jetzt hat es wieder einen Sinn. Es hatte die ganze Zeit einen Sinn, ich hatte ihn nur nicht gesehen, weil ich davon überzeugt gewesen war, dass mein Leben anders sein müsste.«

Wehmütig blickte Emily Nick an. Was er sagte, berührte sie sehr. Für ein paar Momente schaute sie ihm direkt in die Augen. Nick wandte seinen Blick nicht ab. Ihre Augen waren so tief, dass man sich darin hätte verlieren können.

»Ich wünschte, ich könnte das so sehen wie du«, antwortete sie betrübt.

»Das kannst du. Es ist deine Entscheidung.«

Emily drehte wieder den Kopf zur Seite. Sie schien ihre Tränen verbergen zu wollen. Nick war froh, dass sie nicht aufstand und weglief. Aus irgendeinem Grund blieb sie dort bei ihm sitzen. Erschaute auf ihren Hals und sah ihren Puls schlagen. Ihre Haut schien durch den Puls in Bewegung zu sein. Sie war so schön und so zart. Er wünschte sich nichts sehnlicher, als sie berühren zu können. Er war wirklich verliebt in sie. Langsam stand er auf, und Emily wandte sich ihm wieder zu.

»Ich gehe jetzt nach Hause, Emily«, sagte er bestimmt.

Sie blickte ihn an und nickte lächelnd. »Okay«, flüsterte sie.

»Bis morgen«, sagte Nick noch und ging hinüber zu Beth, um sich zu verabschieden.

Freudig lief er durch die Klinik, holte seinen Rucksack und verabschiedete sich auch von Steph, die gerade mit zwei Elternpaaren über die Regeln der Klinik sprach.

Dann war er auch schon zur Tür hinaus und schwang sich zufrieden auf sein Fahrrad. Er lächelte. Er hatte eine solche Angst davor gehabt, mit Emily zu reden. Er hatte sich die schrecklichsten Szenarien ausgemalt, wie es hätte enden können. Doch dann hatte er sich einfach entspannt und beobachtet, was geschehen war. Und es hatte wunderbar geklappt. Er hatte eine Ruhe in sich gespürt und Emily einfach angesprochen.

Obwohl Nick daran dachte, dass Jack wahrscheinlich bereits gegangen war, fuhr er schnell in den Park und suchte ihn. Doch weder auf der Bank noch auf der Wiese oder am Teich war Jack aufzufinden. Zu gerne hätte Nick ihm davon erzählt, wie er mit Emily geredet hatte. Und vielleicht hätte er Jack auch gefragt, wie es sich anfühlte, verliebt zu sein. Es wäre sicherlich ein lustiges Gespräch geworden.

Nick verließ den Park wieder und fuhr nach Hause. Seine Familie hatte sich an dem Abend vorgenommen, essen zu gehen. Es gab allen Grund, zu feiern: Nicks Vater hatte endlich seine Beförderung erhalten, Nick war in der Klinik toll aufgenommen worden und arbeitete zum ersten Mal in seinem Leben, und die Familie war nach vielen Jahren endlich wieder harmonisch vereint. Dementsprechend trank Nicks Vater an diesem Abend mal wieder ein Glas Wein zu viel, obwohl alle wussten, dass er es nicht vertrug. Nick sah seine Mutter an diesem Abend so glücklich wie lange nicht mehr. Völlig losgelöst lachte sie den ganzen Abend lang.

Obwohl Nick sich mit seinen Eltern unterhielt, dachte er doch immer wieder an Emily und an den Moment, in dem sie endlich mit ihm gesprochen hatte. Er stellte sich vor, wie schön es wäre, wenn Emily neben ihm und seinen kleinen Bruder säße und er seinen Arm um ihre Schulter legte. Er wünschte sich so sehr, sie einmal bei einem Abendessen dabei zu haben.

Nick wusste, dass seine Mutter sich schon lange wünschte, dass er mit einem Mädchen zusammen wäre.

Voller Vorfreude fuhr Nick am nächsten Tag in die Klinik. Am vorherigen Tag war er mit Gedanken an Emily eingeschlafen, und an diesem Morgen war er mit ihnen aufgewacht.

In seiner Vorstellung sah er sich immer mit Emily zusammen. Er sah sie und sich im Park spazieren gehen, den Felsen besuchen und kuschelnd auf der Couch einen Film ansehen. Alles andere war im Moment uninteressant für ihn. Selbst als Steve am Abend zuvor auf dem Handy angerufen hatte, hatte Nick nicht abgenommen. Für ihn gab es nur Emily und sich. Das Einzige, was ihn noch interessierte, war, mit ihr ins Gespräch zu kommen und das Eis zwischen ihnen zu brechen.

Die Realität sah allerdings anders aus, und am Mittag musste Nick sich das auch eingestehen.

Er dachte, er könnte Emily genauso begrüßen, wie er sich am Tag zuvor von ihr verabschiedet hatte. Als Emily also mit den anderen Mädchen zum Essen herunterkam, beschloss er, sich an ihren Tisch zu begeben. Er war vorsichtig, denn er wollte auf keinen Fall auf irgendeine Art und Weise mit einem der Ärzte zusammenstoßen. Emily war schließlich eine Patientin, und er war die Küchenhilfe.

Beth hatte noch einmal ihren Eistee gemacht, weil er den Mädchen so gut geschmeckt hatte. Also nahm Nick eine Kanne und ging zu ein paar Tischen, um den Mädchen etwas zu trinken anzubieten. Er ging von Tisch zu Tisch, und hier und da wechselte er auch ein paar Worte mit einem der Mädchen, doch sein Blick war dabei stets auf Emilys Tisch gerichtet.

Als er sich diesem näherte, war er noch friedlich und glücklich in seinen Gedanken. Er hoffte, dass Emily sich ein Stück weiter öffnen könnte als beim Picknick auf der Wiese. Er erwartete irgendwie, dass sie ihn mit dem gleichen sanften Lächeln empfangen würde, das sie ihm am Tag zuvor im Park zum Abschied geschenkt hatte.

Nick stellte die grüne Plastikkanne auf den Tisch und fragte: »Hallo, Emily, möchtest du etwas von dem Eistee, den du von gestern kennst?«

Er lächelte dabei und freute sich auf die Gelegenheit, sich an ihren Tisch setzen und wieder mit ihr sprechen zu können. Emilys Reaktion allerdings schockierte ihn zutiefst. Sie stand auf, ohne etwas zu sagen, ohne ihn auch nur eines Blickes zu würdigen, und verließ den Raum. Eine Frau im Kittel, die wohl Dr. Fisher sein musste, lief noch hinterher, doch Emily hatte in Windeseile den Speisesaal verlassen.

Nick blieb wie angewurzelt stehen. Innerlich fing er an zu zittern. Er hatte die Situation wohl völlig falsch eingeschätzt. Dr. Morton stand auf und blickte fragend zu ihm herüber, während er und auch die andere Ärztin sich ihm näherten.

»Ich …«, sagte Nick verwirrt. Er schluckte und spürte, wie er kurz davor war, zu weinen. »Ich … ich wollte ihr nur etwas zu trinken geben.«

»Lass das in Zukunft bitte, Nick!«

Nick wurde rot im Gesicht, nickte den Ärzten zu und verschwand mit seiner Kanne augenblicklich in der Küche. Seine Welt schien einzustürzen. Seit Langem hatte er sich nicht mehr so verletzt gefühlt.

Beth war in der Küche und putzte. Er gesellte sich, ohne etwas zu sagen, zu ihr und versuchte krampfhaft, seine Tränen zu unterdrücken.

Dann klopfte es an der Tür, und Dr. Morton kam herein. »Nick, ich weiß, du wolltest den Mädchen nur etwas Gutes tun. Aber du musst wissen, dass diese Mädchen kein normales Verhältnis zu Lebensmitteln haben. Sie trinken nicht einfach, wenn sie durstig sind, und sie essen auch nichts, wenn sie hungrig sind. Für sie ist es teilweise eine Qual, ihren Magen mit nur irgendetwas zu füllen.«

»Ja«, antwortete Nick.

»Alles okay?«, fragte Dr. Morton und legte eine Hand auf Nicks Rücken.

Nick tat so, als wollte er die Arbeitsfläche putzen. »Ja, ja«, sagte er eilig.

»Okay, ich gehe dann wieder.«

Als die Tür zuschwang, fragte Beth leise: »Was ist passiert?«

Nick fing an zu schluchzen: »Ich wollte Emily nur etwas zu trinken geben.«

Beth stützte ihre Arme in die Seiten.

»Oh, mein Kleiner ... ich habe gestern schon gesehen, dass du sie magst. Das ist nicht gut.«

»Wieso nicht?«, fragte er unter Tränen.

»Weil sie ... Nick, sie ist krank!«

»Das ist mir egal!«

»Ich weiß«, sagte Beth und tröstete ihn.

»Ich verstehe das nicht«, sagte er leise.

»Ich weiß. Das kann man auch nicht«, sagte Beth. »Ich war auch einmal jung. Ich weiß, wie das ist, wenn man verliebt ist. Du wirst dir das nicht aus dem Kopf schlagen, deswegen sage ich es dir gleich: Nick, sie ist psychisch krank, das solltest du wissen. Sie ist hier, weil sie krank ist.«

Nick reagierte nicht auf das, was Beth sagte, und erledigte einfach weiter seine Arbeit. Für einen kurzen Moment war er sogar sauer auf Beth. Emily als krank zu bezeichnen, fand er reichlich unpassend. Doch genauso unpassend war Emilys Reaktion auf ihn gewesen.

Für die nächste Stunde verließ er die Küche nicht mehr. Das alles war so beschämend für ihn, dass er sich einfach nicht mehr traute, hinauszugehen. Er sagte auch nichts mehr, außer wenn Beth ihn etwas fragte. Er schwieg einfach und hoffte, so schnell wie möglich fertig zu werden.

Erst als es 16 Uhr war, ging er aus der Küche. In kürzester Zeit packte er seine Sachen zusammen und verließ, ohne sich von irgendjemandem zu verabschieden, die Klinik. Er stieg auf sein Fahrrad und ließ den Berg so schnell wie möglich hinter sich.

Obwohl Nick immer noch nach Weinen zumute war, weinte er nicht. Er verdrängte einfach jeden Gedanken und jedes Gefühl in sich und fuhr den Berg hinunter in die Stadt. Er bog zunächst auch nicht, wie gewohnt, nach links ab, um in den Park zu fahren. Er trat einfach weiter mechanisch in die Pedale und fuhr die Straßen entlang, bis sie endeten und er nur noch nach links oder rechts abbiegen konnte. Minutenlang trat er in die Pedale und starrte einfach vor sich auf die Straße, unfähig, irgendetwas um sich herum wahrzunehmen.

Er war schließlich am Stadtrand angelangt, und nur wenige Häuser waren neben ihm zu sehen. Auch hier dachte Nick kaum nach, bog einfach nach links ab und fuhr immer weiter. Er schien wohl einfach nur vor diesem Tag flüchten zu wollen.

Irgendwann hielt er an einer Bushaltestelle an. Es war niemand zu sehen, also stellte er sein Fahrrad ab und setzte sich dort auf die Gitterbank. Dann weinte er. Und immer wieder fragte er sich, wieso sie so reagiert hatte. Was hatte er bloß falsch gemacht? Vielleicht war das von Anfang an die falsche Herangehensweise gewesen. Welch ein irrsinniger Gedanke, einem Mädchen aus einer Klinik für Essgestörte näherkommen zu wollen. Wie leichtsinnig, zu glauben, dass man sie von etwas befreien könnte, wozu selbst manchmal die besten Ärzte nicht in der Lage waren.

Nick schämte sich und war wütend auf sich selbst. Was hatte er sich bloß dabei gedacht? Er atmete schwer. Wie sollte er jetzt bloß wieder in die Klinik gehen und dort weitermachen, als ob nichts geschehen wäre?

Eine Zeit lang schien Nick in seinen Gedanken gefangen zu sein. Er war so wütend auf sich selbst, dass er am liebsten gegen einen Pfosten des Wartehäuschens getreten hätte. Die Bushaltestelle sah ohnehin schon heruntergekommen aus. Der Mülleimer war so voll, dass er bereits überquoll, die Poster an den Glaswänden waren zerrissen, und der Lack blätterte bereits von der Bank ab. Selbst wenn er etwas zerstören würde, würde es kaum auffallen.

Nach ein paar Minuten allerdings landete eine Taube vor Nick und lief ein paar Meter vor ihm auf und ab, in der Hoffnung, etwas Essbares zu bekommen. Sie gurrte kurz, reckte ihren Hals, blickte Nick an und stieß dann immer wieder mit ihrem Schnabel auf den Boden, auf der Suche nach irgendeinem Krümel, den jemand dort vielleicht verloren hatte. Die Bewegung, das ständige Mit-dem-Schnabel-auf-den-Boden-Hacken, riss Nick für einen Moment aus seinen Gedanken. Er dachte zwar noch an den Vorfall mit Emily, doch mit den Augen sah er dem Vogel zu, wie er immer wieder gurrte, auf und ab lief und dann mit dem Schnabel auf dem Boden herumhackte.

Dann stand Nick auf - und ließ sich doch wieder auf die Bank fallen. Was machte er hier bloß, fragte er sich. Ihm wurde klar, dass seine Gedanken an der Situation nichts änderten. Er konnte so viel darüber nachdenken, wie er wollte. Er konnte sich schlechtmachen und sich Vorwürfe machen, ändern würde all das nichts.

Wie an jeder Bushaltestelle in der Stadt, wurde auch an dieser die Uhrzeit angezeigt. Es war bereits 16.42 Uhr, und anstatt im Park mit Jack über den Vorfall zu sprechen, hatte er die Zeit damit verbracht, sich selbst schlechtzumachen.

Nick stieg wieder auf sein Fahrrad und trat in die Pedale. Er beschloss, zum Park zu fahren, egal, ob Jack noch da wäre oder nicht. Auf jeden Fall war dies besser, als auf der Bank zu sitzen und sich den Kopf zu zerbrechen.

Nick stellte nicht wie gewöhnlich sein Fahrrad vor dem Park ab, sondern fuhr damit in den Park hinein. Er würde so lange auf dem Fahrrad sitzen bleiben, bis ihn jemand darauf aufmerksam machen würde, dass das Fahren im Park verboten war. Ihm war in diesem Moment alles egal. Erst als er sah, dass Jack immer noch am Brunnen auf ihn wartete, stieg er vom Fahrrad ab und ging die letzten Meter auf ihn zu. Etwas verschwitzt und außer Atem entschuldigte er sich.

»Es tut mir so leid, Jack, aber ich …«, er stockte und überlegte, wie er Jack die Situation erklären sollte.

Jack sagte gar nichts und wartete ab.

»Ich habs vermasselt, Jack!«, sagte Nick und ließ den Kopf hängen.

Jack stand auf, ging zwei Schritte auf Nick zu und nahm ihn in den Arm. »Wie kommst du bloß darauf?«, fragte er, als ob nichts gewesen wäre.

»Es tut mir leid, dass ich gestern nicht gekommen bin. Und es tut mir leid, dass ich heute zu spät bin. Ich bin so froh, dass du hier …«

Jack legte einen Finger auf seine Lippen und signalisierte Nick, dass er erst einmal tief durchatmen sollte.

»Ja, du hast recht«, sagte Nick und nahm einen tiefen Atemzug.

»Glaubst du, es macht mir etwas aus, wenn du beschließt, nicht in den Park zu kommen, oder wenn du später kommst als sonst?«, fragte er freundlich und liebevoll. Dann strich er Nick übers Haar und lachte.

»Wahrscheinlich nicht«, antwortete Nick und lächelte für einen Moment.

»Setz dich«, sagte Jack.

Nick setzte sich neben Jack und schüttelte den Kopf. »Weißt du, wenn ich hier bei dir bin, dann ist mir immer alles so klar.«

»Erzähl mir, was los ist!«

»Die Klinik hat gestern ein Picknick im Park veranstaltet. Also nicht hier, sondern oben im Park«, sagte er und zeigte auf die Klinik. Man konnte sie von dort, wo er gerade saß, optimal sehen. Er seufzte kurz, als er sie anschaute.

»Ich bin gestern zu Emily gegangen, und nach einer Weile hat sie auch angefangen, mit mir zu reden. Keine Ahnung, ich habe einfach in mir gespürt, dass es richtig war, mit ihr zu sprechen.«

»Warte, Nick. Wo hast du das gespürt?«

Nick deutete mit dem Finger auf seine Brust. »Dort habe ich es gespürt. Es war irgendwie warm, und ich hatte einfach den Drang, aufzustehen und zu ihr zu gehen.«

Jack nickte, und Nick sprach weiter: »Heute wollte ich wieder mit ihr reden, doch als ich an ihren Tisch kam, ist sie aufgestanden und weggegangen.«

Jack lachte auf einmal los. Er lachte so lange, bis es ihm Tränen in die Augen trieb.

»Wieso lachst du?«, fragte Nick verletzt. Für ihn war das überhaupt nicht lustig. Für ihn war der heutige Tag vielleicht der schlimmste seines ganzen Lebens gewesen.

Jack merkte, dass Nick sich nicht ernst genommen fühlte, und sagte: »Das war sicherlich schlimm für dich.«

»Hm«, antwortete Nick verstört.

Er wartete, ob Jack noch weiterlachen würde, und fuhr dann erst fort. »Es war schrecklich, Jack! Es fühlte sich so an, als ob jemand mein Herz aus meinem Körper herausgeholt und gegen die Wand geworfen hätte!«

»Oh, ich weiß, Nick! Dieses Gefühl ist grauenvoll!«

Nick faltete seine Hände und stütze sich mit den Ellenbogen auf seinen Knien ab. Ein Windstoß blies ihm ins Gesicht. »Sie hat mir wirklich das Herz herausgerissen, Jack!«, sagte er leise, und dann, nach ein paar Momenten, drehte er sich zu Jack und fragte ihn: »Glaubst du, ich bin verliebt?«

Jack streckte seine Beine aus. »Hast du da noch Zweifel?«, fragte er und zwickte Nick in die Seite.

»Das ist auch grauenvoll!«, sagte Nick, und Jack lachte wieder laut los. Er lachte so lange, bis Nick sich von seinem Lachen anstecken ließ. Für einen Moment beobachtete er, wie Jack sich den Bauch hielt und sich dann die Tränen von den Wangen rieb, so sehr lachte er.

Kurz überlegte Nick, ob er beleidigt sein sollte. Doch dann konnte er einfach nicht anders. Auch ihm schossen die Tränen in die Augen, und er lachte mit. Am Anfang war es ein zögerndes Lachen, und immer wieder kontrollierte er sich, doch schon bald endete sein Kontrollversuch in lautem Gelächter. Er konnte einfach nicht anders, als mitzulachen. Jeder Außenstehende hätte wohl den Kopf geschüttelt, doch die zwei Freunde saßen einfach auf der Bank und lachten.

»Das tut gut«, sagte Nick irgendwann und gähnte dann laut.

»Ist es jetzt besser?«, fragte Jack lächelnd.

Nick antwortete mit einem Nicken.

»Du hast heute etwas Interessantes beobachten können«, sagte Jack. »Hinter deinem Glück und hinter deinem

Leid steckte die Angst vor Zurückweisung. Gestern hast du diese Angst überwunden, und sie hat dich beflügelt. Heute hast du dich von ihr wieder ärgern lassen, und sie hat dir fast deinen Tag versaut.«

»Wovon redest du jetzt schon wieder?«

»Nun, das ist deine größte Angst, Nick.«

Nick schwieg und sagte nichts.

»Es ist nicht schlimm, Nick. Jeder von uns hat eine Angst, eine Art Urangst. Und deine ist die vor Zurückweisung. Als du gestern auf Emily zugegangen bist, hast du dieser Angst für einen Moment in die Augen geschaut. Du hast sie überwunden, und so konnte sie sich in Stärke verwandeln. Deswegen hast du dich so toll gefühlt. Als Emily heute aufgestanden ist und dich am Tisch zurückgelassen hat, kam die Angst wieder zurück und hat die Oberhand gewonnen. Dann hast du sicherlich gedacht, dass alles einfach nur eine dumme Idee war, richtig?«

Nick kratzte sich am Kopf. »Ja, das ist wahr.«

Die Blätter des großen alten Laubbaums hinter der Bank raschelten, als der Wind hindurchwehte.

Der Ausdruck in Nicks Augen wurde traurig. »Sie hat mich wirklich verletzt.«

Jack legte seine Hand auf Nicks Schulter. »Nein, Nick, du hast dich verletzt.«

Nick blickte Jack in die Augen.

»Versuche, dich zu erinnern, ob du dieses Gefühl schon einmal hattest.«

»Jack, ich verstehe nicht, was du meinst«, antwortete Nick und schüttelte den Kopf.

»Wir hatten das schon einmal«, antwortete Jack sanft. »Du bist für deine Gefühle und Gedanken verantwortlich, Nick. Die Art und Weise, wie du reagierst, wird von deinen Gefühlen und Gedanken anderer Tage bestimmt. Dass du so verletzt auf Emilys Abgang reagiert hast, war deine Entscheidung. Wenn du ein Junge voller Selbstbewusstsein wärst, hätte dir das sicher nichts ausgemacht. Du fühlst dich genauso angegriffen wie damals, als dein Trainer dich so doof von der Seite angemacht hat. Erinnerst du dich noch daran?«

Nick stand auf und bejahte Jacks Frage.

»Wenn du selbstbewusster wärst, dann hättest du anders auf deinen Trainer reagiert und anders auf Emilys Verschwinden. Du hättest deinen Mut nicht verloren.«

»Ja, vielleicht, aber das bin ich nicht!«, antwortete Nick etwas empört.

Er ging ein paar Meter zum Brunnen und stellte sich in den Wind. Er schloss die Augen und spürte, wie sein Gesicht für einen Moment ganz kühl wurde.

»Dafür kann sie aber nichts«, sagte Jack wiederum, und er schien noch leiser zu werden.

Nick schwieg einen Moment lang und sagte dann: »Ich weiß, was du meinst, Jack.«

Jack nickte.

»Ich würde bei jedem Menschen, der mich abblitzen lässt, so reagieren, aber nicht, weil ich abblitze, sondern weil ich mir gleich so wertlos vorkomme.«

Jack stand ebenfalls auf und legte seine Hand auf Nicks Schulter.

Nick drehte sich um und lehnte sich an den Rand des Brunnens, mit beiden Händen in seinen Hosentaschen. Er senkte den Kopf. »Und das alles nur wegen meines blöden Selbstbewusstseins! Hätte ich vielleicht mehr Aufmerksamkeit bekommen, wäre ich auch selbstbewusster.«

Jack zog wieder einmal seine Augenbrauen nach oben und deutete so an, dass Nick diese Worte lieber überprüfen sollte.

»Ja, du hast recht, das bringt auch nichts«, entgegnete Nick schnell, als er Jacks Gesicht sah.

»Es gibt immer eine Ursache für ein Problem, und ja, vielleicht war an deinem Problem auch eine andere Person beteiligt. Aber das ist unwichtig. Wichtig ist, dass du jetzt für dieses Problem verantwortlich bist. Du leidest darunter, du trägst es mit dir herum und trägst es vor allem in deinem Herzen. Nur du kannst es lösen, niemand anderes kann das für dich tun. Wenn du glaubst, dass du wegen einer anderen Person keinen Selbstwert hast, gibst du deine Verantwortung ab. Doch du bist kein Opfer deiner Gefühle, du kannst sie wandeln, nur du ganz alleine!«

Jack kam seinem Freund noch ein Stück näher. »Du bist ein wunderbarer Junge, und du begreifst sehr schnell. Du bist auf dem richtigen Weg.«

»Das bringt mir auch nichts. Ich glaube wirklich, dass ich mich in sie verliebt habe. Aber was bringt mir das, wenn sie meine Gefühle nicht erwidert?«

»Das kann sie im Moment nicht«, entgegnete Jack.

»Ich weiß«, sagte Nick und fühlte sich schlecht dabei. Er war vielleicht viel zu schnell gewesen und hätte ihr mehr Zeit geben sollen.

»Was, glaubst du, würde die Liebe jetzt tun?«, fragte Jack plötzlich und lehnte sich ebenfalls neben Nick an den Brunnen.

»Was meinst du damit?«

»Wieso muss sie unbedingt eine Antwort auf dein Verliebtsein geben? Wieso muss sie deine Gefühle erwidern?«

»Das muss sie nicht!«, antwortete Nick eilig.

»Oh, doch, das muss sie! Würdest du weiterhin deine Gefühle zulassen, auch wenn sie sie nicht erwidern würde?«

»Aber was macht denn Liebe für einen Sinn, wenn sie nur von einer Person ausgeht? Dann ist es doch keine Liebe«, sagte Nick traurig.

»Die Liebe liebt der Liebe wegen und erwartet nicht, erwidert zu werden.« Jack blickte zu Nick, der seinen Kopf noch tiefer hängen ließ. »Nimm deine Gefühle an, Nick. Sie sind wunderbar. Verliebt zu sein ist eines der schönsten Gefühle auf Erden. Erinnere dich an das Gefühl, das du mir beschrieben hast. Dein Ziel war es, Emily zu helfen, komme, was wolle. Du hast gespürt, dass dies der Sinn eurer Begegnung ist. Du wolltest sie an die Liebe erinnern, an die Sonne, die in ihr strahlt. Jetzt lasse dich davon nicht abbringen, nur weil du Angst davor hast, von ihr zurückgewiesen zu werden. Begegne dieser Angst immer wieder, nur so kannst du sie wandeln.«

»Hm, das ist leicht gesagt.«

Jack legte ein Bein über das andere. »Ich weiß, mein Freund«, seufzte er. »Die Liebe ist kein einfaches Unterfangen. Sie wäre es, wenn die Menschen nicht Menschen wären«, sagte er und lachte.

»Aber sage mir eines, Nick. Spüre einmal in dein Herz hinein, und sage mir, was es dir in Bezug auf Emily rät. Was rät dir denn deine innere Stimme in diesem Fall?«

»Weitermachen!«, antwortete Nick sofort. »Ja, weitermachen! Ich will ihr helfen, Jack. Ich weiß, dass es richtig ist.«

Jack setzte sich wieder auf die Bank und gab Nick ein Zeichen, sich doch neben ihn zu setzen.

Nick dachte noch einmal an den Moment, in dem Emily aufgestanden war und den Speisesaal verlassen hatte. Doch dieses Mal dachte er nicht daran, wie verletzt er gewesen war, sondern er dachte daran, was Emily in dem Moment empfunden haben könnte.

»Ich hätte ihr mehr Zeit geben müssen«, murmelte Nick, und Jack, der dies unmöglich gehört haben konnte, sagte: »Du musst Geduld haben, mein Freund. Alles zu seiner Zeit. Alles braucht seine Zeit.«

»Ja, das ist wohl so«, sagte Nick und setzte sich neben Jack auf die Bank.

»Emily ist etwas Besonderes, aber sie ist ebenfalls verletzt. Sie hat vielleicht das Leben ein Stück weit aufgegeben. Bei den Begegnungen mit ihr musst du in ihre Welt eintauchen, so, wie wir das im Park geübt haben. Du erinnerst dich doch an die Frau mit dem Kinderwagen?«, sagte Jack.

»Ja«, nickte Nick wieder. »Und ja, ich war so sehr … tja, wie soll ich das nennen?«

»Verliebt?«, stichelte Jack wieder.

»Ich war nicht mehr Herr meiner Gefühle. Ja, das trifft es wohl am ehesten.«

Jack lächelte. Nick schüttelte den Kopf und lächelte ebenfalls. »Ich kann nicht glauben, was da in mir vorging. Das war unglaublich. Ich konnte nicht aufhören, Emily anzusehen, und ich hatte solche Angst vor der Begegnung mit ihr.«

Wieder kicherte Jack, und dann hatte er wieder einen Ausdruck in den Augen, als würde er in Erinnerungen schwelgen.

»Wow«, sagte Nick auf einmal. »Es ist schon spät.«

»Ja, das ist es.«

»Ich … es tut mir leid, dass ich so spät gekommen bin. Ich bin vorher wie ein Irrer durch die Stadt gefahren und wusste überhaupt nicht, wo ich hinsollte.«

Jack winkte ab: »Du bist da. Das ist das, was zählt. Und morgen, wenn du kommst, sehe ich in ein freudiges Gesicht.«

Nick empfand das mehr als eine Frage. »Ja, ich versuche es.«

Jack gab Nick einen Klaps auf den Rücken. »Dann gehe, und berichte mir morgen. Und Nick, lasse sie auf dich zukommen. Für sie ist vielleicht das Gefühl wichtig, dass sie die Kontrolle hat.«

Als Jack das sagte, schien Nick ein Licht aufzugehen, und er spürte, dass Jack mit seiner Aussage den Kern getroffen hatte. Emily musste irgendetwas passiert sein, das sie Angst vor Dingen haben ließ, die sie nicht kontrollieren konnte, auf die sie keinen Einfluss hatte. Darauf zu warten, dass Emily auf ihn zukäme, war die einzig richtige Verhaltensweise.

»Danke«, flüsterte Nick und verabschiedete sich.

Jack hatte seine Augen schon geschlossen und genoss die Sonnenstrahlen.

Zwei Tage lang ging Nick wie gewohnt zur Klinik und beobachtete Emily von der Küche aus. Er ging an diesen Tagen nicht auf sie zu und setzte sich auch nicht an ihren Tisch. Jedes Mal, wenn Emily zum Essen herunterkam, schloss Nick für einen Moment die Augen und stellte sich vor, wie er an Emilys Tisch ging, sich zu ihr setzte oder auch einfach nur an ihr vorbeiging und sie begrüßte. Doch jedes Mal, wenn er sich das vorstellte, zuckte ein Teil in ihm zusammen. Er spürte einfach, dass es noch nicht an der Zeit war, mit Emily Kontakt aufzunehmen.

Nick beobachtete sie zwar in den beiden Tagen, und sie liefen sich auch einmal morgens über den Weg, als Emily auf dem Weg zur Therapie war, doch Nick sagte rein gar nichts zu ihr. Er zeigte immer ein sanftes Lächeln, wenn er sie sah, aber er öffnete seinen Mund nicht. Die Sehnsucht, mit ihr zu sprechen, war groß, doch er hielt sich zurück.

Auch Jack riet ihm, geduldig zu bleiben. Er erklärte Nick anhand einiger Beispiele, dass alles seinen Zeitpunkt hatte. Mit einem Apfel in der Hand saß Jack kauend auf der Bank und sprach davon, dass der Apfel auch erst dann vom Baum fiele, wenn er reif sei, und nicht vorher. Das machte Nick zwar auch nicht glücklicher, aber zumindest blieb er geduldig.

Am zweiten Tag, es war Freitagmorgen, als die beiden Betreuer wiederkamen und mit den Mädchen einen Ausflug machen wollten, änderte sich die Situation ein wenig.

Dr. Morton kam, kurz nachdem Beth und Nick sich an die Vorbereitungen gemacht hatten, in die Küche herein und fragte Nick, ob er Lust hätte, mit auf den Ausflug zu gehen.

»Wo gehts denn hin?«, fragte Nick, erstaunt über das Angebot.

»Wir fahren endlich wieder einmal in den Cooster Freizeitpark. Den kennst du bestimmt, oder?«

»Ja, da bin ich früher öfter mit meiner Familie gewesen. Also früher, als ich noch kleiner war.«

Dr. Morton grinste. »Ich liebe solche Parks und bin froh, wenn ich im Rahmen der Klinikausflüge dort hinkomme. Also, hast du Lust mitzukommen? Du könntest uns helfen, ein Auge auf die Mädchen zu haben, und auch ein bisschen Spaß haben«, sagte er noch einmal und blickte dabei auch auf Beth. Schließlich war sie für die Küche verantwortlich, und sie entschied, ob Nick weggehen konnte oder nicht. Natürlich hatte die Klinikleitung das letzte Wort, aber Dr. Morton wusste sowieso, dass Beth Ja sagen würde, und Beth freute sich immer wieder, wenn sie in Entscheidungsfragen eingebunden wurde.

»Ja, klar, natürlich kann er gehen. Ich habe ja auch vorher ohne ihn alles regeln können. Wenn auch nicht so gut!«, war ihre Antwort, und dabei lächelte sie Nick an.

Dieser freute sich, denn dies war ein Kompliment an seine Arbeit.

»Übrigens, wann bekomme ich eigentlich meine versprochene Hilfe?«, fragte Beth schnell hinterher und stemmte dabei die Hände in die Hüften.

»Nächste Woche gibt es die ersten Bewerbungsgespräche. Also bitte ich noch um ein paar Tage Geduld.«

Nick blickte etwas verwirrt drein, vermutete aber, dass es um eine dauerhafte Küchenkraft ging.

»Also, kommst du mit?«, fragte Dr. Morton dann nochmals.

»Ich komme gerne mit.«

Und so ging Nick eine halbe Stunde später an den Spind und holte seinen Rucksack heraus. Er ging in den Flur, wo Steph und Peggy wieder alle Mühe hatten, die Horde Mädchen zusammenzuhalten.

Von draußen hörte man ein Geräusch, als ob sich die Tür eines Busses öffnete. Tatsächlich kam in diesem Moment Constantine grinsend aus einem Schulbus heraus. »Einsteigen, Kinder, los gehts!«, rief er laut.

»Moment, Moment!«, entgegnete Dr. Morton und bat die Mädchen, sich in Zweiergruppen aufzustellen, damit er besser durchzählen konnte.

Nick stand mit der ehrenamtlichen Betreuerin, die sich ihm als Ann vorgestellt hatte, am Ende der Schlange. Ein paar Reihen weiter vorne stand Emily, und Nick reckte seinen Kopf, um sie genau sehen zu können. Sie war also auf jeden Fall dabei. In dem Moment, in dem Nick sich auf die Zehenspitzen stellte und Emily entdeckte, drehte auch sie ihren Kopf und schien ebenfalls jemanden zu suchen. Schnell blickte Nick in eine andere Richtung und unterhielt sich dann mit Ann. Während er einfach danach fragte, ob die Mädchen öfter in den Freizeitpark gingen, spürte er, wie er von Emily angeschaut wurde. Es war wie ein leichtes Kribbeln, das seinen Körper durchzog.

Als alle Mädchen, Dr. Morton, Ann und der andere Betreuer sowie Constantine und Peggy im Bus waren, schloss sich die Tür, und das Fahrzeug rollte langsam los.

Es herrschte eine tolle Stimmung. Constantine, der am Steuer saß, nahm ein Mikrofon in die Hand, und durch den Lautsprecher ertönte seine Stimme: »Liebe Fahrgäste, Sie befinden sich im Bus nach …« Dr. Morton riss ihm lachend das Mikrofon aus der Hand und gab ihm zu verstehen, dass dies nun sein Spielzeug war. Ann, die neben Nick saß, stieß Nick in die Seite und deutete grinsend auf die beiden großen Kinder vorne im Bus.

»Meine verehrten Fahrgäste – so heißt das nämlich, Constantine –, wie jedes Jahr gehen wir heute hinaus, um wieder einmal richtig Spaß zu haben. Wir vergessen einmal für drei bis vier Stunden die Klinik und lassen so richtig die Sau raus. Also, das gilt für uns Ärzte und Pfleger, ihr Kinder seid schön brav!« Dr. Morton lachte frech, und aus dem Bus kamen leise Buhrufe.

Ann schüttelte grinsend den Kopf. »Ist er nicht ein toller Arzt?«, flüsterte sie Nick leise zu.

Nick konnte kaum antworten, da dröhnte Dr. Mortons Stimme wieder durch den Bus.

»Jetzt im Ernst, wie immer bilden wir Gruppen, und ihr bleibt bitte in der Gruppe, in die ich euch einteile. Ohne Absprache mit der Gruppe macht ihr bei keiner Attraktion mit. Es muss immer ein Betreuer bei euch sein. Da gibt es keine Ausnahmen. Verstanden?«

»Ja, verstanden!«, ertönte es laut von allen Sitzreihen.

»Jeder Betreuer hat für den Notfall sein Handy parat. Sobald jemand aus der Gruppe fehlt, wird die Aktion abgebrochen, und wir treffen uns am Eingang wieder. Klar?«

»Klar!«

»Gut, gut. Mal schauen, ob ihr euch später noch daran erinnert.« Dr. Morton setzte sich wieder und schwieg für den Rest der Busfahrt. Erst als sie im Freizeitpark angekommen waren, sagte er wieder etwas.

Die Mädchen stellten sich alle in einer Reihe vor den Bus, und ihnen gegenüber stand Nick mit dem Arzt, den Pflegern Constantine und Peggy sowie den beiden Betreuern.

»So, wie ihr dort steht, werden die Gruppen eingeteilt. Die erste Person in der Reihe kommt in die Gruppe Ann und Nick, die zweite Person kommt zu Constantine und Pete, und die nächste Person kommt zu mir und der lieben Peggy.«

Ein Mädchen nach dem anderen trat aus der Reihe hervor und ging zu den jeweiligen Betreuern. Als Emily dabei war, die Reihe zu verlassen, dachte Nick gerade an Jack. Als er wieder nach vorne blickte und sah, dass Emily auf ihn zukam, blieb ihm fast das Herz stehen. Emily blickte ihm auch direkt in die Augen, und zu Nicks Freude lächelte sie dabei. Nick atmete erleichtert aus und lächelte Emily ebenfalls kurz an. Dann wandte er seinen Blick von ihr ab und schaute wieder auf die Reihe. Noch ein weiteres Mädchen kam in seine Gruppe. Insgesamt gab es sechs Mädchen in jeder Gruppe.

»Also, los gehts, ihr wisst Bescheid!«, rief Dr. Morton plötzlich und gab den Mädchen ein Zeichen, loszugehen.

Auch Nicks und Anns Gruppe machte sich auf den Weg und ging über den sandigen Boden in Richtung Eingang.

Ein Mann, der an einer der vielen Kassen saß, stand auf und öffnete das Gittertor. »Hallo, Dr. Morton«, begrüßte er den Arzt und winkte die Kinder zu sich. »Hereinspaziert!«, posaunte er und ließ alle durch das Tor passieren.

Dr. Morton war schnell mit seiner Gruppe verschwunden. Nicks Gruppe ging als letzte in den Park hinein.

Noch nie hatte Nick die Mädchen und auch die Betreuer so glücklich gesehen wie an diesem Tag. Für ein paar Stunden waren die Mädchen keine Patientinnen einer Klinik, sondern normale Jugendliche, die ihren Spaß hatten.

Immer wieder liefen sich die Gruppen über den Weg, und Dr. Morton ließ es sich nicht nehmen, immer wieder einen Witz zu machen. Er gab zwar auch Anweisungen und sorgte für Ordnung, doch er zeigte ganz deutlich, dass ihm jede einzelne Patientin wichtig war.

Emily ging die ganze Zeit in der Gruppe mit und blieb die meiste Zeit in Anns unmittelbarer Nähe. Doch irgendwie wirkten die freudigen Gesichter der anderen Mädchen ansteckend auf sie. Nach einer Weile fing selbst sie an, zu lachen, und ließ sich überreden, mit den anderen die Attraktionen mitzufahren.

Nick beobachtete sie die ganze Zeit und wünschte sich nichts sehnlicher, als dass Emily jeden Tag ihres Lebens so verbringen könnte. Es war wunderschön, ihr zuzuschauen. Wenn sie lachte, lachte ihr ganzer Körper mit. Für den Moment reichte es Nick, sie so zu sehen.

Doch gerade als er darüber nachdachte, dass es für ihn nur wichtig war, dass es ihr gut ging, kam sie zu ihm und sprach ihn vorsichtig an. Nick kaufte gerade an einem Stand vor dem Ausgang Süßigkeiten, und plötzlich, als er bezahlt hatte und sich wieder umdrehte, stand sie zwei

Meter von ihm entfernt und strich sich verlegen durchs Haar. Sie dachte wohl darüber nach, wie sie das Gespräch anfangen konnte. Um es ihr so einfach wie möglich zu machen, sagte Nick: »Hallo!« Schüchtern knabberte Emily auf ihrer Unterlippe herum. »Was du über die Sonne gesagt hast, war sehr schön, Nick. Ich …«

Emily hatte für einen Moment mit den Tränen zu kämpfen, und kurz drehte sie sich um, um ihren Mut zusammenzunehmen und sich zusammenzureißen.

Nick grinste, als er sah, dass sie die gleiche Angewohnheit hatte wie er.

»Es tut mir leid, dass ich dich … Du weißt schon.«

»Alles okay«, antwortete Nick sicher.

Ann forderte die Mädchen auf, weiterzugehen, und Nick und Emily machten sich ebenfalls wieder auf den Weg.

Emily lief weiterhin vorne bei Ann, und Nick bildete das Schlusslicht der Achtergruppe, doch ab und an blickte Emily unauffällig in seine Richtung.

Um halb drei waren die Mädchen alle wieder im Bus versammelt. Nick saß als einer der Ersten darin, und als Emily an ihm vorbeiging, flüsterte sie leise: »Danke!«

Um kurz nach 15 Uhr waren alle wieder zurück in der Klinik, wo Dr. Simont schon im Foyer auf die heitere Truppe wartete.

Nick eilte sofort in die Küche, um Beth zu helfen, doch diese schickte ihn sogleich wieder nach Hause, weil sie bereits alles aufgeräumt hatte und Nick sich seinen ›Spaßtag‹ nicht mit Arbeit verderben sollte. Das nächste Mal, betonte sie, würde sie aber mit den Mädchen in den Freizeitpark fahren, und Nick würde sich um die Küchenarbeit kümmern. Nick und Beth wussten, dass es dieses nächste Mal gar nicht geben würde, aber dennoch klang die Abmachung richtig, und er bejahte sofort.

Schnell wie der Wind fuhr Nick in die Stadt hinunter. Er konnte es sich nicht verkneifen zu jubeln, als er mit vollem Tempo den Berg hinabfuhr. Es war ihm egal, was irgendjemand denken könnte, er wollte seiner Freude einfach Ausdruck verleihen. Als er im Park ankam und Jack auf der Bank sah, wollte er ihm am liebsten um den Hals fallen.

»Mein Gott, du blendest ja!«, sagte Jack lächelnd, und Nick warf seinen Rucksack auf die Bank. Er stellte sich vor Jack und faltete die Hände hinter dem Kopf. »Sie hat mich heute angesprochen!«, lachte er und lief freudig im Kreis umher.

»Toll! Setze dich zu mir, und erzähle mir, was geschehen ist!«

Nick beschrieb ihm, wie Dr. Morton zu ihm gekommen war und ihn eingeladen hatte, mit in den Freizeitpark zu fahren, und wie Emily in seiner Gruppe gelandet war. Er schilderte Jack, wie er die ganze Zeit versucht hatte, ruhig zu bleiben, und wie schließlich Emily zu ihm gekommen war und ihn angesprochen hatte.

»Das ist wunderbar!«, entgegnete Jack und applaudierte.

Nachdem Nick voller Freude über seine Gefühle und die vergangenen Stunden gesprochen hatte, wurde er schließlich doch still und nachdenklich. »So ein bisschen Bammel habe ich ja vor unserer nächsten Begegnung. Ich will es nicht wieder versauen.«

Jack beruhigte seinen Freund: »Habe keine Angst! Vertraue einfach weiter deinem Gefühl, so, wie du es die letzten Tage auch getan hast.«

»Ich weiß nicht, sie ist so wunderbar, so liebenswert und zart. Aber ich habe einfach Angst, dass sie sich wieder umdreht und weggeht. Irgendwie wirkt sie auch unberechenbar.«

Jack lachte ein wenig. »Du musst etwas trennen, mein Freund. Das eine ist Emily, und das andere ist Emily, die mit ihren Gefühlen nicht mehr klarkommt. Und die Emily, die im Moment nur das Dunkle um sich herum sieht, wird vielleicht auch weiterhin unberechenbar sein.«

»Hm«, war Nicks Antwort.

Jack schien für einen Moment nachzudenken.

»Nick, gehe einen Schritt weiter. Schließe deine Augen und stelle sie dir vor. Hole sie direkt vor dein inneres Auge, und spüre nach, wie es ihr geht und was in ihr vorgeht.«

»Das geht auch ohne dass sie da ist?«

»Ja, klar! Nichts anderes hast du bei deiner Mutter gemacht!«

»Das ist aber etwas anderes«, protestierte er. »Emily ist so, ach, ich weiß nicht.«

Jack fing an zu schmunzeln. »Du hast Angst, dass sie dir abweisend begegnen könnte, nicht wahr?«

Nick machte wieder einmal den gequälten Gesichtsausdruck, den er öfter aufsetzte, wenn Jack mit einer Behauptung richtig lag.

»Nun, es ist deine Entscheidung, mein Freund. Doch um ihr wahrhaftig helfen zu können, musst du in ihre Welt eintreten.«

Nick stand auf und ging einige Schritte auf den Brunnen zu. Dann drehte er sich um und lehnte sich mit seinem Rücken an den Rand.

»Wenn ich außerhalb der Klinik bin, dann wünsche ich mir, jede Sekunde mit ihr verbringen zu können. Wenn ich meine Augen schließe, denke ich automatisch an sie. Ich sehe ihre Augen vor mir, ihr zartes Lächeln. Aber gleichzeitig weiß ich, dass es anstrengend ist und es sicher nicht das letzte Mal war, dass sie mich abweisen wird. Sie ist ja nicht einmal sie selbst. Sie ist traurig und voller …«

Nick schluckte für einen Moment, und ein Kribbeln durchzog seinen ganzen Körper.

»Siehst du, schon hast du sie wirklich gespürt. Es sind Schuldgefühle, die du spürst, richtig?«, fragte Jack.

»Ja, ich kann es spüren.«

Jack nickte. »Ich weiß, mein Freund, dass das Verhältnis, das du zu Emily hast, nicht klar ist. Und ich kann dir auch nicht sagen, was in Zukunft sein wird.«

Nick hob die Hände und unterbrach Jack auf diese Weise. »Oh, Jack, ich bin so blind. Es geht hier doch gar nicht um mich. Es geht hier um sie.«

»Ist es dir jetzt wieder klar?«, fragte Jack neugierig.

Nick bejahte mit einem Nicken und sagte: »Ich spüre sie so deutlich. Das muss eine Bedeutung haben, oder?«

»Es wäre dir nicht möglich, wenn du sie nicht lieben würdest.«

»Oh, Jack«, sagte Nick und ließ sich wieder auf die Bank fallen. »Hilf mir! Wie soll ich das denn machen?«

Jack legte die Beine übereinander und lehnte sich zurück. »Ich bin immer wieder erstaunt, wie deutlich du die Dinge wahrnimmst«, bemerkte er.

»Ich auch, Jack, ich auch. Aber ich brauche trotzdem deine Hilfe!«

»Ich gebe dir ein Bild. Erinnerst du dich an unsere erste Begegnung hier im Park? Du hast enttäuscht und frustriert auf der Bank gesessen, ein Kind ist auf den Brunnen zugerannt, und für einen Moment dachtest du darüber nach, aufzuspringen und das Kind vor dem Hinfallen zu bewahren. Es rannte einfach nach vorne, aber der Gang war unsicher, und die Kleine schwankte so sehr, dass sie beinahe unkontrolliert umgefallen wäre.«

»Das hast du gesehen?«, fragte Nick erstaunt.

Mit einem Grinsen schaute Jack seinen Schützling an.

»Ja, ja«, winkte Nick ab. »Ich habe mich daran gewöhnt, dass du ein komischer Kerl bist.«

Jack verbeugte sich, um sich zu bedanken.

»Du bist dieses kleine Kind, Nick. Am Anfang hast du eine Hand gebraucht, weil du selbst nicht fähig warst, auf beiden Beinen zu stehen. Dann hast du eine Führung gebraucht, die Schritt für Schritt an deiner Seite war und dich davor bewahrte, umzufallen. Und jetzt, mein Freund, jetzt gehst du deinen Weg alleine, und ab und an werde ich dir zurufen, dass du aufpassen musst, diesen Weg nicht zu verlassen, weil du wieder ziemlich nahe an den Rand gekommen bist. Ab und an werde ich dir vielleicht noch raten, dich auf den Abschnitt vor dir zu konzentrieren und aufzupassen, aber mehr Hilfe brauchst du nicht.«

Nick sagte dazu nichts. Jack sprach immer so merkwürdig. Für ihn schienen die Begegnungen immer eine Art Unterricht zu sein. Aber Nick verstand immer noch nicht ganz, wozu dieser Unterricht dienen sollte.

»Ich kann dir nur einen Ratschlag geben, Nick. Höre auf dein Gefühl. Lasse dein Herz sprechen. Lasse dein Herz entscheiden, was du tust. Du hast jetzt dieses Gefühl in dir gespürt, das dir den entscheidenden Weg weist, oder?«

»Du sagst das immer so einfach, Jack, aber das ist nicht einfach! Wenn ich vor ihr stehe, fühle ich mich wie ein hilfloses kleines Kind!«

»Meinst du denn, ihr ginge es anders?«

Nick erinnerte sich daran, wie Emily auf der Toilette reagiert hatte, als er hereingekommen war, und wie schwer es ihr gefallen war, ihn im Freizeitpark anzusprechen. Ein Lächeln zeigte sich auf Nicks Lippen.

»Siehst du?«, sagte Jack. »Es fällt ihr mindestens genauso schwer wie dir. So ist das nun einmal. Glaube mir, das wird nicht leichter!«

Jack lachte wieder laut. »Du weißt nun, was ihr Problem ist. Es ist der Selbsthass, der sie auffrisst. Die Gedanken der Schuld, die sie zermartern, und ihre Gefühle der Verachtung, die sie gegen sich selbst richtet.«

Nick antwortete wieder nichts. Er fühlte sich nicht stark genug, sich ohne Jacks Hilfe auf Emily einzulassen.

Jack stand auf. »Ich weiß, dass du hin- und hergerissen bist, Nick. Aber diesen Weg musst du jetzt alleine gehen. Ich weiß, dass er dir noch lang vorkommt und es so aussieht, als lauerten überall Gefahren. Aber vertraue mir, du bist kurz vor deinem Ziel. Du kannst es nur noch nicht sehen. Es ist nur noch ein kleiner Schritt, den du gehen musst.«

Nick erhob seinen Kopf und blickte in Jacks Richtung. Dieser stand wieder direkt vor der Sonne, und sein ganzer Körper schien zu leuchten.

»Vertraue mir, Nick. Gehe jetzt nach Hause, und denke nicht mehr nach. Wenn wir uns das nächste Mal wieder hier treffen, wird unsere Welt wieder ein Stück anders aussehen.«

Nick blickte hinauf zu Jack, und seine Augen wurden ganz traurig. Vor wenigen Sekunden noch hatte er ihn um seine Hilfe gebeten. Nick wusste einfach nicht, wie er Emily näherkommen konnte.

Ganz sanft blickte Jack seinen Freund an und ging einen Schritt auf ihn zu. »Ich weiß, wie du dich jetzt fühlst, aber du musst mir vertrauen. Bitte. Die Antworten, die du suchst, sind in dir selbst«, erklärte er und deutete auf Nicks Brust.

Jack verabschiedete sich und ließ Nick auf der Bank zurück. So schnell, wie Jack immer auftauchte, verschwand er meistens auch wieder.

Nick fühlte sich alleine gelassen. Er fühlte sich so alleine wie lange nicht mehr in seinem Leben. Es wusste, dass er

Jack Glauben schenken konnte. Bisher war jeder Satz, jedes Wort, selbst jeder Buchstabe, den Jack ausgesprochen hatte, voller Sinn gewesen. Aber an diesem Tag hatte Nick wenig verstanden. Er wollte doch einfach nur, dass Jack ihm helfen würde, den nächsten Schritt zu machen.

Schwermütig stand Nick auf, packte seinen Rucksack, holte sein Fahrrad und machte sich auf den Weg nach Hause.

Seine Mutter begrüßte ihn beschwingt, doch Nick reagierte kaum darauf. Er ging schnell hinauf in sein Zimmer und blieb dort für lange Zeit.

Er dachte nach, über sich selbst und Emily. Ein Teil von ihm hatte Angst davor, sich wirklich auf sie einzulassen, das merkte er genau. Doch wieso das so war, war ihm weniger klar. In seinen Gedanken spielte er immer wieder die Situation durch und überlegte sich, wie er sich verhalten sollte, wenn er sie am nächsten Tag sähe. Würde er auf sie zugehen? Spräche er sie beim Essen an, könnte Dr. Morton es sehen, und diesem würde das eventuell nicht gefallen. Nick stellte sich sowieso die Frage, was die Ärzte in der Klinik denken könnten, wenn er mit Emily spräche und Zeit mit ihr verbrächte. Womöglich würde er die Klinik verlassen müssen. Und überhaupt, was sollte er sagen, wenn er sie sah?

Nick versuchte, sich noch einmal die Situation in Erinnerung zu rufen, als er auf der Wiese zu ihr gegangen war. Er wusste, dass er sich einfach gut gefühlt hatte; es hatte sich richtig angefühlt. Aber an das genaue Gefühl konnte er sich in dem Moment trotzdem nicht richtig erinnern. Mit aller Konzentration versuchte er, dieses Gefühl noch einmal in sich abzurufen. Er war so beschwingt gewesen, so leicht, und er hatte einfach gewusst, was er zu tun hatte. Er versuchte, sich daran zu erinnern, wo in seinem Brustraum er die Wärme gespürt hatte. Sie war mitten in seiner Brust gewesen, aber in dem Moment, jetzt, als Nick nachspürte, war nichts mehr da. Es war einfach weg. Nick wurde traurig. Wie sollte er den folgenden Tag überhaupt meistern, wenn er sich nicht mehr auf dieses Gefühl in sich selbst verlassen konnte?

Er dachte kurz daran, am Morgen in der Klinik anzurufen und zu behaupten, dass er krank wäre. Aber dann käme er sich wie ein Versager vor. Er schlug mit der Faust auf das Bett, um seine Gefühle unter Kontrolle zu bringen. Das Krankmachen würde zu nichts führen, dachte er frustriert und erhob sich vom Bett, um sich etwas aus der Küche zu holen. Der Rest der Familie hatte ohne ihn zu Abend gegessen. Nicks Vater hatte ihn zwar gerufen, aber Nick hatte ihm geantwortet, dass er nicht dazukäme.

Als Nick schließlich die Treppe hinunterging, saßen seine Mutter und sein Vater kichernd am Tisch und tranken Tee. Henry lag bereits im Bett, und das einzige Licht, das noch etwas Helligkeit in den Raum brachte, war eine kleine Tischlampe. Nick hatte drei Stunden in seinem Zimmer verbracht. Draußen war es bereits dunkel geworden.

Catherine unterbrach ihr Kichern abrupt und stand sofort auf, als sie Nick sah. Sie ging auf ihn zu und wollte die Hand auf seine Wange legen, doch Nick wehrte freundlich ab: »Nein, Mum, bitte nicht. Ich hole mir nur schnell etwas zu essen, dann gehe ich wieder.«

»Was ist denn pa…«

Robert gab seiner Frau ein Zeichen, dass sie besser nicht fragen sollte. Diese wirkte etwas zermürbt und setzte sich wieder an den Tisch. Sie beobachtete, wie Nick an den Kühlschrank ging, Nudelauflauf auf einen Teller häufte, die Schublade öffnete, um eine Gabel zu holen und anschließend mit den Sachen wieder hinaufging.

»Gute Nacht!«, sagte Nick noch, dann verschwand er.

Nicks Mutter war traurig über diese Abweisung. »Was hat er bloß?«, fragte sie ihren Mann.

»Das weiß ich doch auch nicht«, antwortete dieser. »Er wird es uns schon erzählen, wenn er will.«

»Ja, aber es war so schön in letzter Zeit mit ihm! Ich will … ich will einfach nicht, dass es schon wieder vorbei ist«, sagte sie leise und senkte den Kopf.

»Nein, das ist es bestimmt nicht«, tröstete Robert sie.

Nick bekam von alledem nichts mit. Er hatte einen Tiefpunkt erreicht. Freudlos stopfte er die Nudeln in sich hinein und legte sich anschließend sofort ins Bett, um zu schlafen. Er hatte sich schon längst wieder in seiner Angst verloren.

Am nächsten Morgen wurde Nick von seiner Mutter geweckt. Sie rüttelte sanft an seinem Arm, und Nick wachte auf. Sofort überkam ihn Panik, und ihm fiel ein, dass er am Abend zuvor seinen Wecker nicht gestellt hatte.

»Wie viel Uhr ist es?«, fragte er seine Mutter schnell.

»Es ist kurz nach zehn. Gehst du heute nicht in die Klinik?«

»Doch, doch«, sagte er, verließ das Bett und verschwand im Bad, ohne seiner Mutter weitere Beachtung zu schenken.

Er drehte den Wasserhahn auf, wartete einen Moment und ließ dann das kalte Wasser in seine Hände laufen, um damit sein Gesicht nasszumachen. So wirklich half das aber auch nicht, dachte er und blickte in den Spiegel. Er hatte es am Abend vorher einfach nicht geschafft abzuschalten, und bis in die Nacht hinein hatten ihn seine

Vorstellungen und Ideen gequält. Er war wütend auf sich, und alles, was er in der letzten Zeit unternommen hatte, kam ihm einfach nur noch idiotisch vor. Die Freude des vorigen Tages war wie weggeblasen.

Schnell schlüpfte Nick in die Kleidung vom Vortag und wollte eilig Geldbeutel, Handy und ein paar andere Dinge in seinen Rucksack packen. Die Hälfte davon fiel ihm in der Hektik erst einmal auf den Boden. Obwohl die Müdigkeit noch in seinen Knochen steckte und er an diesem Morgen überhaupt keine Lust hatte, sich irgendwie zu bewegen, rannte er dennoch die Treppe hinunter.

Nicks Mutter hatte ihm schnell etwas zu essen zubereitet und es auf den Tisch gestellt. »Ich habe dir Frühstück gemacht«, sagte sie, als Nick das Wohnzimmer betrat.

Nick setzte sich an den Tisch und fing an, sein Frühstück zu essen. Erst dann murmelte er: »Danke.«

Seine Mutter hatte nach wie vor ihren Kopf abgewandt und putzte die Küche, doch nach ein paar Minuten, kurz bevor Nick mit dem Essen fertig war, drehte sie sich doch um und sprach aus, was ihr auf dem Herzen lag: »Nick, du bist seit gestern irgendwie anders. Kann ich dir helfen?«

Dieser erwiderte gleich: »Nein, Mum, es ist nichts. Mach dir doch nicht wegen jeder Kleinigkeit immer gleich Sorgen!« Er nahm seinen Rucksack, der neben den Tisch lag, packte noch eine Flasche Wasser ein und verließ das Haus. »Ich muss los, Mum«, war das Letzte, was seine Mutter noch von ihm hörte.

Nick öffnete das Garagentor und schnappte sich sein Fahrrad, das an die Wand gelehnt war. Dabei stieß er das Fahrrad seines kleinen Bruders um. Nick schluckte und ließ laut die Luft aus seinen Lungen. Er merkte, dass er so nicht weiterkam. Es würde alles schiefgehen, wenn er eine solche Hektik machte.

Nachdem er Henrys Fahrrad aufgehoben hatte, tat er nochmals einen tiefen Atemzug, und erst dann setzte er sich auf sein Rad und fuhr los.

Als er schon auf der Straße war, blickte er noch einmal zurück und dachte daran, dass die ganze Aufregung nur Probleme bereitete.

Nick nahm sich vor, den Tag noch einmal von vorne zu beginnen. Als er durch die Stadt fuhr, versuchte er, sich auf etwas Positives zu konzentrieren, ganz so, wie Jack es ihm beigebracht hatte. Nach einer Weile konnte er tatsächlich wieder dieses angenehm warme Gefühl in sich spüren. Doch sobald er dem Berg näher kam und die Straße zur Klinik hinauffuhr, waren seine positiven Absichten wieder von bedrückenden Gedanken verdrängt.

Die Hilflosigkeit und Ohnmacht, die Nick schon in den vielen Stunden zuvor geplagt hatten, waren wieder da. Was sollte er bloß mit Emily machen? Es schien aussichtslos. Da hatte er das erste Mal im Leben eine solch wundersame Begegnung mit einem Mädchen gehabt - und er hatte sich mit Emily so verbunden wie nie mit jemandem gefühlt - und dann musste dieses Mädchen psychisch krank sein. Und Nick war bisher ja nicht einmal mit seinem eigenen Leben klargekommen. Wie sollte er denn jemals diesem Mädchen helfen können?

Nick spürte die Wut in sich brodeln. Wie konnte er glauben, dass Emily sich ihm öffnen würde? Er hielt an. Es machte keinen Sinn, er wollte Emily nicht sehen. Sie selbst war so abweisend zu ihm gewesen und hatte ihn verletzt. Klar, Jack hatte recht - wenn Nick genug Selbstbewusstsein gehabt hätte, dann hätte ihn das weniger gestört. Aber er hatte es schließlich nicht, und sollte er sich denn ernsthaft so abweisen lassen von einer Person, der er helfen wollte? Emily wollte keine Hilfe, und er war keine Hilfe.

Das war von Anfang an eine dumme Idee, dachte er sich und blickte frustriert den Weg hinunter, den er bereits hochgeradelt war. Am liebsten wäre er wieder nach Hause gefahren, aber er konnte Beth auch nicht einfach alleinlassen. Außerdem wusste er nicht, was passieren würde, wenn er bei den Sozialstunden, die er leisten musste, nicht erschiene. Denkbar wäre, dass eine noch schlimmere Strafe folgen würde.

»Und alles nur wegen einer beschissenen Scheibe«, murmelte Nick bedrückt. Er lehnte sein Fahrrad gegen einen Baum und setzte sich auf den Bürgersteig. Dann nahm er seinen Rucksack und kramte darin nach seinem Handy. Er würde jetzt doch in der Klinik anrufen und absagen. Mit der Laune, die er gerade hatte, könnte er niemandem unter die Augen treten, außerdem bräuchte er einfach genug Zeit, um sich überlegen zu können, wie das mit Emily weitergehen sollte. Er konnte ihr nicht helfen, so dachte er zumindest in dem Moment.

Auf einem Zettel stand die Nummer der Klinik, und etwas zittrig tippte Nick sie in sein Handy ein. Er hatte Angst davor, abzusagen, schließlich musste er lügen, und das wollte er eigentlich nicht. Aber er konnte auch nicht einfach die Wahrheit sagen.

Nick hielt das Handy ans Ohr, doch er hörte gar nichts. Ein Blick auf das Display verriet ihm, dass er dort, wo er sich befand, keinen Empfang hatte. Zwar suchte Nick nach einer geeigneteren Stelle, um telefonieren zu können, doch egal, ob er die Straße auf- oder ablief, der Empfang war nicht ausreichend. »Und was mache ich jetzt?«, fragte Nick sich weinerlich.

Kurzerhand stieg er wieder aufs Fahrrad und radelte weiter den Berg hinauf. Nach zehn Minuten hatte er die Klinik erreicht und hechtete ins Foyer.

Er war bereits einige Minuten zu spät, und ohne ein Wort zu sagen, ging er an Steph vorbei in den Aufenthaltsraum, um seinen Rucksack in den Spind zu bringen. Dann ging er sofort in die Küche, wo Beth schon beim Kochen war.

»Ah, da bist du ja. Ist alles okay?«

Nick schnappte sich eine Schürze, die neben Tür hing, und entschuldigte sich kurz.

»Da hinten ist Salat zum Waschen«, erklärte ihm Beth, die mitbekommen hatte, dass Nick nicht nach Sprechen zumute war. Immer wieder blickte sie neben sich und betrachtete er. Es war nicht schwer zu erkennen, dass Nick eine fürchterliche Laune hatte.

Wenn Nick daran dachte, dass er Emily mittags sehen würde, wurde er richtig wütend. Wütend auf sich selbst, wütend auf die Klinik und irgendwie wütend auf die Welt. Er hatte sich so sehr gefreut, als Emily ihm im Freizeitpark nähergekommen war und sich ihm geöffnet hatte, doch als Jack von der Bank aufgestanden war und ihm gesagt hatte, er müsste jetzt den Weg alleine gehen, war seine Zuversicht sofort verschwunden, und die alten Gedanken und Gefühle hatten wieder die Oberhand gewonnen. Und jetzt stand Nick in der Küche und war seinem Schicksal ausgeliefert.

»Ich gehe kurz auf die Toilette«, sagte Nick und legte seine Schürze auf die Arbeitsplatte.

Bevor Beth etwas erwidern konnte, hatte er schon die Küche verlassen. Vorsichtig blickte er ins Foyer, denn er hatte weder Lust, einem Arzt, noch einer Patientin und vor allem nicht Emily zu begegnen. Ein paar Mädchen kamen gerade aus dem Park und liefen die Treppe hinauf. Nick wartete so lange, bis sie verschwunden waren, und als die Luft rein war, rannte er die restlichen drei Meter zur Toilette.

Als er die Toilettentür hinter sich abgeschlossen hatte, atmete er erleichtert auf. »Wenn dieses blöde Handy bloß funktioniert hätte!«, beschwerte er sich.

Er schlug kurz mit der Faust gegen die Tür. Dann schloss er sie wieder auf und ging zum Waschbecken, um etwas zu trinken. Als Nächstes sah er in den Spiegel und wendete seinen Blick dann doch wieder ab. Er drehte sich um und lehnte sich ans Waschbecken.

Ihm kam die Erinnerung, wie er vor wenigen Tagen genau hier, auf der Herrentoilette, Emily begegnet war. Er war so aufgeregt gewesen, und sein Herz hatte so stark gepocht, als ob er einen Marathon hinter sich gebracht hätte.

Für einen kurzen Moment schien Nick zu lächeln, doch dann verwarf er seine Erinnerung sofort wieder. Wenn er Emily hier nicht begegnete wäre, befände er sich jetzt nicht in dieser Situation. Innerlich verfluchte er jenen Tag. Nicht weil das Gefühl, das er empfand, etwas Schlechtes gewesen wäre, doch als Emily ihn am Tisch hatte abblitzen lassen, hatte sie, nach Nicks Meinung, recht gehabt. Er konnte unmöglich einem anderen Menschen helfen. Er war viel zu sehr mit sich selbst beschäftigt, dachte er und sagte dann zu sich selbst: »Ich komm ja nicht einmal mit dem kleinsten Problem klar!«

Nick verließ die Toilette und ging wieder zurück in die Küche. Er zog seine Schürze wieder an und machte dort weiter, wo er aufgehört hatte. Eine ganze Stunde lang erledigte er seine Arbeit, und die einzigen Worte, die in der Küche gesprochen wurden, waren Beths Anweisungen.

Dann endlich brach Beth sein Schweigen. Nick war gerade dabei die Suppe umzurühren, als er spürte, dass Beth hinter ihm stand. »Nick, du vergiftest ja noch die ganze Suppe! Was ist denn passiert, dass du so eine schlechte Laune hast? So kenne ich dich gar nicht.«

Nick hielt kurz inne und überlegte, was er darauf antworten sollte.

»Es ist nichts, Beth. Ich habe einfach nur schlimme Kopfschmerzen.«

»Hm«, hörte er es hinter sich brummen. »Möchtest du nach Hause gehen?«

»Nein, nein. Das geht schon«, entgegnete er sofort. Obwohl er sehr gerne nach Hause gegangen wäre, hielt er es für den Moment für angebracht, sich selbst zu bestrafen. Und weiter in der Klinik zu arbeiten, war schließlich eine Art der Bestrafung. Wenn Emily ihn hier sah, verstand sie vielleicht auch, dass er nicht so toll war, wie er tat, philosophierte er innerlich.

»Nick, du kannst gerne gehen. Wir sind jetzt sowieso gleich mit den Vorbereitungen fertig, und den Rest schaffe ich schon alleine.« Sie sagte das so sanft, dass Nick den Kochlöffel losließ und nickte.

Was machte es denn eigentlich für einen Sinn, in der Klinik zu bleiben? Er hatte solche Angst davor, Emily zu begegnen, und sie brauchte jemanden, der sie stützte, und nicht jemanden, der ihre Trauer noch schlimmer machte. Emily hatte sich Nick geöffnet, doch jetzt war Nick nicht mehr in der Lage, ihr zu helfen.

»Du hast recht, Beth. Es tut mir leid.«

Beth ging einen Schritt auf Nick zu, wischte sich die Hände an ihrer Schürze ab und umarmte ihn spontan. Dann legte sie die Hände auf seine Schultern und schaute ihn voller Mitgefühl an.

»Geh nur, mein Freund. Morgen sieht die Welt schon besser aus.«

Nick erschrak für einen Moment. Sie sprach gerade in dem gleichen Tonfall, in dem Jack sonst sprach, und sie hatte auch noch nie »Freund« zu ihm gesagt.

Verwirrt bedankte er sich bei Beth und ließ dann seinen Kopf hängen. »Ich geh dann zu Dr. Morton und …«

»Ach«, unterbrach Beth ihn, »der muss das nicht wissen. Er hat heute sowieso seinen freien Tag. Und wenn ein anderer Arzt hier auftaucht und mich fragen sollte, wo du bist, dann sag ich, dass ich dich heimgeschickt habe, weil du vor Fieber geglüht hast.«

Für einen Moment war Nick ganz still. »Das tust du für mich?«

»Aber natürlich, geh nur nach Hause.«

Nick lächelte und bedankte sich noch einmal. Dann verließ er die Küche, ging in den Aufenthaltsraum, nahm seinen Rucksack aus dem Spind und ging eilig durchs Foyer. Steph war nicht an ihrem Platz, also bemerkte niemand, dass er die Klinik verließ.

Als sich die Eingangstür der Klinik hinter Nick geschlossen hatte und er mit dem Fahrrad losfuhr, liefen ihm ein paar Tränen über das Gesicht. Weinend zog er die Nase hoch und radelte so schnell er konnte. Er schämte sich so sehr, und er fühlte sich wie ein kleiner Junge, der nicht mehr wusste, was er tun sollte.

Je näher er der Stadt kam, desto mehr schluchzte er. Er fühlte sich so elend, so ohnmächtig, so klein. Er fühlte sich wie ein Versager, der die Chance gehabt hatte, etwas Gutes in seinem Leben zu vollbringen und einem anderen Menschen dabei zu helfen, aus seinem Elend wieder herauszukommen. Doch stattdessen war Nick selbst im Elend gelandet.

Den ganzen Tag schon hatte er schlechte Laune. Ihm fiel ein, wie er seine Mutter ignoriert hatte. Er hatte ihre sorgenvollen Augen gesehen, doch er hatte ihr nichts gesagt, was sie beruhigt hätte. Sie säße sicherlich zu Hause und würde sich fürchterliche Sorgen machen.

Die Tränen füllten Nicks Augen so sehr, dass er kaum noch geradeaus blicken konnte. Dennoch fuhr er weiter. So fest er konnte, trat er in die Pedale. Auch Beth hatte er kaum eines Blickes gewürdigt, und auf ihre lieben Versuche, ihn zu erheitern, hatte er auch nicht reagiert.

Was für ein Idiot er doch war, dachte er und legte noch einmal an Geschwindigkeit zu. Es schien, als ob er vor sich selbst davonfahren wollte.

»Jack!«, schrie Nick. Er kam kaum dazu, überhaupt Luft zu holen, doch wieder krächzte er laut: »Jack!«

Ein Schwall Tränen quoll aus seinen Augen. Fast hätte er auf dem Fahrrad sein Gleichgewicht verloren, doch er fuhr einfach weiter. Er wollte so schnell er konnte in den Park.

»Bitte sei da«, schluchzte er verzweifelt. »Bitte, Jack, sei da! Ich weiß, du wolltest dich erst morgen mit mir treffen, aber bitte sei da!« Er rief es so laut, als ob er hoffen würde, dass Jack ihn hören könnte.

Als Nick den Park erreicht hatte, ließ er sein Fahrrad einfach gegen die Parkmauer fallen und rannte hinein. Er konnte immer noch nicht aufhören zu weinen. Sein ganzer Körper zitterte. Er fühlte sich so schwach und verloren wie nie zuvor in seinem Leben.

Die anderen Passanten schauten ihn fragend an, doch Nick rannte einfach weiter auf die Bänke zu.

»Bitte, Jack, bitte sei hier!«, rief er leise, und schließlich erreichte er japsend den Platz am Brunnen.

Doch Jack war nicht da, und völlig verzweifelt ließ Nick sich auf eine Bank fallen. Er vergrub den Kopf in den Armen und weinte bitterlich.

Eine Mutter saß mit ihren beiden Kindern auf einer der zahlreichen Bänke und forderte die Kleinen eilig auf, mit ihr wegzugehen.

Dann war Nick alleine. Es war niemand mehr in seiner Nähe. Und so fühlte sich Nick auch: vollkommen verlassen. Jack war nicht da, jetzt, wo Nick ihn am meisten brauchte.

»Ich kann es nicht alleine«, flüsterte Nick. »Ich kann es nicht.« Verzweifelt weinte er weiter. Es schien kein Ende seiner Tränen zu geben, doch dann spürte er auf einmal eine Hand auf seinem Kopf liegen. Erst jagte ihm dies einen Schrecken ein, doch als er den Kopf hob, sah er direkt in Jacks Augen.

»Komm her!«, sagte dieser und breitete seine Arme aus.

Nick ließ sich erleichtert in Jacks Arme fallen.

»Mein Freund, es ist gut. Lass es raus«, sagte Jack beruhigend und streichelte Nick über den Kopf, wie ein Vater, der sein Kind tröstete.

»Ich kann das nicht!«, schluchzte Nick. »Ich kann das einfach nicht!« Er schluchzte laut, und es schien, als ob das Leid der vergangenen Jahre aus ihm herausbräche.

Jack sagte nichts und hielt Nick so lange fest, bis ein tiefer Atemzug das Ende seiner Tränen erahnen ließ.

»Komm!«, sagte Jack und setzte sich hin.

»Ich habe versagt, Jack«, flüsterte Nick leise.

Jack schüttelte den Kopf. »Nein, mein Freund, das hast du nicht.«

»Aber ich kann ihr nicht helfen!«

»Doch, das kannst du, und das hast du heute bewiesen.«

»Ich verstehe dich nicht, Jack! Wie kannst du so etwas sagen?«, erwiderte Nick frustriert.

Jack holte ein frisches Taschentuch aus seiner Hosentasche. Er reichte es Nick, und dieser trocknete damit sein Gesicht von den Tränen.

»Nick, du hast heute etwas ganz Wichtiges gelernt und etwas noch Wichtigeres gezeigt. Ich erkläre dir auch gleich, was ich damit meine. Doch vorher beantworte mir bitte eine Frage«, forderte er den Jungen sanft auf.

Nick zog seine Achseln nach oben und nickte dann.

»Was hast du heute den ganzen Tag gefühlt?«

»Was meinst du? Ich habe mich schlecht gefühlt! Ich habe mich gefühlt, als ob ich ein Vollidiot wäre, ein Versager!«

»Es ist schade, dass du so von dir denkst, aber der Gedanke zählt heute nicht. Was war das Gefühl hinter diesen Gedanken?«

Nick erinnerte sich an den bisherigen Tag und ließ alle Gefühle noch einmal zu. Er wusste genau, dass Jacks Frage eine tiefe Bedeutung hatte, und daher spürte er ganz intensiv in sich hinein.

»Es war Angst, Jack. Das habe ich den ganzen Tag gefühlt.«

Jack nickte. »Ja, Nick. Es war die Angst, abgewiesen zu werden, die Angst, nicht geliebt zu werden.«

Als Jack dies sagte, weinte Nick wieder. Jack hatte wie immer recht mit dem, was er sagte, und die Wahrheit berührte Nick.

»Du hast aus Angst davor, selbst zurückgewiesen zu werden, andere zurückgewiesen.«

Nick dachte an seine Mutter und an Beth. Zu beiden war er abweisend gewesen. Dann dachte er an Emily und atmete erleichtert auf. Glücklicherweise hatte Beth ihn nach Hause geschickt. Nicht auszumalen, wenn Nick in diesem Zustand auf Emily getroffen wäre. »Siehst du!«, sagte er noch unter Tränen. »Ich habe es verbockt!«

»Das hast du nicht, Nick, ganz im Gegenteil. Du hättest dich noch viel weiter in deiner Angst verlieren können, doch die Liebe in dir war stärker. Sie hat dich entscheiden lassen, die Klinik zu verlassen, sie hat dich dazu veranlasst, nach mir zu rufen. Es war der Wunsch, deine Angst zu überwinden, der dich hierher in den Park gebracht hat. Vielleicht siehst du das im Moment noch nicht, aber glaube mir, ich sage die Wahrheit.«

»Es ist schwer zu glauben. Im Moment fühle ich keine Liebe in mir«, erwiderte Nick leise.

»Doch, sie ist da, und eines hat dich der heutige Tag gelehrt, wenn auch auf eine schmerzhafte Tour: Es hat nur eines der beiden Gefühle Platz in deinem Herzen, die Angst oder die Liebe. Und du musst dich entscheiden, welche Kraft in dir stärker sein soll. Jede Sekunde, jede Minute und jeden Tag gilt es, diese Entscheidung neu zu treffen.«

Nick bekam eine Gänsehaut, die sich über seinen ganzen Körper ausbreitete. Auf einmal war es ganz ruhig in ihm, und die Klarheit kehrte in seine Gedanken zurück.

»Das, worauf ich mich die ganze Zeit konzentrieren sollte, dieses warme Gefühl in mir, das mich lenkt, ist die Liebe, oder?«

Jack nickte. »Ja das ist sie. Es ist die Liebe, die zu dir spricht, und mit dem heutigen Tag hast du dich ihr verschrieben«, lächelte Jack. »Ich bin stolz auf dich, Nick. Du hast die letzte Lektion gemeistert.«

»Ich konnte sie heute nicht fühlen, weil ich so viel Angst hatte.«

Jack nickte wieder und stand dann von der Bank auf.

»Dies war der letzte Kampf, den du mit dir selbst geführt hast, Nick. Gehe jetzt nach Hause, und ruhe dich aus. Morgen sieht deine Welt wieder anders aus.«

Alles Schwere schien von Nick abzufallen, und er konnte Jack mehr verstehen als je zuvor. Was Jack sagte, drang tiefer denn je in sein Herz. Er wollte zwar noch widersprechen, weil es noch so viel gab, was er Jack fragen wollte, doch das Gefühl in seinem Herzen ließ ihn verstehen, dass er alle seine Fragen selbst beantworten könnte.

»Wir sehen uns morgen, wieder«, sagte Jack und lächelte Nick voller Hoffnung an.

»Danke, dass du gekommen bist, Jack.«

»Du bist fantastisch, Nick«, sagte er und ging winkend davon.

»Warte, Jack!«, rief Nick und stand eilig auf, um zu seinem Freund zu gelangen.

»Ich werde morgen nicht kommen, sondern mit meiner Familie etwas unternehmen. Ich bin es ihnen einfach schuldig. Oder nicht schuldig, sondern …«

Jack legte seine Hand auf Nicks Schulter und strich ihm sanft über den Arm.

»Ich verstehe schon, Nick und das ist die richtige Entscheidung. Habt einen schönen Tag zusammen!«

Jack drehte sich um und ging weiter. Nick ging zurück zur Bank und setzte sich wieder. Für einige Minuten blieb er dort und dachte nach. Er schien wie ausgetauscht, seine sorgenvollen Gedanken, die Angst, die Trauer, alles war wie weggeblasen.

Es war nur wenige Minuten her, dass Nick geweint und sich als der größte Versager der Welt gefühlt hatte. Nur wenige Augenblicke zuvor hatte er aufgeben wollen. Doch jetzt waren alle diese Gedanken verschwunden. Von all den schlechten Gefühlen und Eindrücken, die Nick an dem Tag gehabt hatte, blieb nur noch die Erinnerung.

Wie nach dunklen, kalten Wintertagen der Sommer einzog, vollzog sich auch in Nick eine Wandlung, und das Licht schien mehr denn je. Alles, was er in den letzten Wochen gelernt und erfahren hatte, ergab jetzt wirklich einen Sinn. Durch jeden Gedanken, jeden Streit, jedes Gefühl, ja wirklich durch jede Sekunde seines Lebens wurde ihm die Möglichkeit gegeben, sich für eines zu entscheiden: für die Angst oder für die Liebe.

Wenn Nick jetzt nun Emily dachte, wusste er ganz genau, dass er bei der nächsten Begegnung die richtigen Worte finden würde und die Kraft hätte, sie wieder an das Leben zu erinnern.

Nick fragte sich, wie Jack das bloß alles machte. Jedes Mal, wenn Jack in seiner Nähe war, ging ihm alles so leicht von der Hand. Man konnte sagen, dass Nicks Verstand schärfer, sein Herz reiner und ihm seine Gefühle viel bewusster waren.

Nick stand von der Bank auf und atmete tief durch. Dann ging er langsam auf dem sandigen Weg durch den Park zurück zu seinem Fahrrad. Er hob es vom Boden auf, hängte seinen Rucksack an den Lenker und ging los, das Fahrrad neben sich schiebend. Es gab für ihn nun keinen Grund mehr zur Eile.

Jack hatte ihn immer wieder darauf hingewiesen, diesem Gefühl zu vertrauen, das sich so warm anfühlte. Und immer, wenn Nick voller Sorgen und Gedanken war, hatte er es nicht mehr wahrnehmen können. Jack hatte recht. Es konnte nur eines in seinem Herzen sein, entweder die Sorgen oder das Vertrauen, entweder die Unruhe oder die Stille. Bisher war irgendwie immer beides in ihm gewesen.

Als Nick die Hauptstraße entlangging, dachte er an seine Mutter, und der Wunsch kam in ihm auf, ihr Blumen mitzubringen. Der Gedanke kam ihm nur wenige Meter, bevor er Rosies Blumenladen erreichte, dessen Scheibe er zwei Wochen zuvor eingeworfen hatte.

Nick lehnte sein Fahrrad gegen die Hauswand und blickte durch die große neue Fensterscheibe ins Innere des Ladens. Hier hatte das Abenteuer angefangen, dachte er und erkannte, dass er trotz des vielen Ärgers, den er hatte, ohne die kaputte Scheibe Emily wohl niemals begegnet wäre. Und er hätte auch nicht abends im Park gesessen und wäre Jack nicht begegnet. Diese Scheibe hatte sein Leben verändert, grinste Nick innerlich und drückte gegen die Tür, um in den Laden zu gelangen. Sie war bereits verschlossen, doch Rosie, die kleine, rundliche ältere Frau, die sich hinter einer dicken Brille versteckte, war noch im Laden und hörte Nick. Sie schloss die Tür auf und staunte, als sie ihn sah.

»Oh, du bist es!«

Nick lächelte sie voller Dankbarkeit an.

»Hallo, Rosie! Mir kam der Gedanke, meiner Mutter ein paar Blumen mitzubringen, und ich war nur ein paar Schritte von Ihrem Laden entfernt«, sagte er ehrlich. »Und wenn ich schon einmal hier bin, dann möchte ich mich für die Unannehmlichkeiten entschuldigen!«

»Ist schon gut, Junge!«, sagte sie und trat einen Schritt zur Seite, um Nick hereinzulassen.

Von Nicks kleinem Unfall war nichts mehr zu sehen, die Scheibe war ausgetauscht worden.

»Ich hoffe, du bist mir nicht böse, dass ich es zur Anzeige gebracht habe.«

»Nein, das war das Beste, was Sie machen konnten«, antwortete Nick lächelnd.

»Wenn du meinst«, sagte sie und zeigte ihm ein paar schöne Blumen, die sie schon hinten ins Lager gelegt hatte. Nick suchte einen schönen Strauß für seine Mutter aus und verließ glücklich den Laden.

Nach einigen Minuten war er zu Hause. Er legte seinen Rucksack und das Geschenk für seine Mutter vor dem Eingang ab und brachte sein Fahrrad in die Garage. Anschließend richtete er sich auf, ging zum Eingang und klingelte an der Tür.

Seine Mutter öffnete ihm mit nassem Haar und einem Handtuch über den Schultern. Als sie Nick erblickte, trat sie erschrocken einen kleinen Schritt zurück. Nick spürte, dass sie unsicher war, was kein Wunder war, schließlich hatte er sich am Abend zuvor und am Morgen so aufgeführt, als sei er wieder der mies gelaunte Teenager von früher geworden.

Elegant holte er den Blumenstrauß hinter seinem Rücken hervor und überreichte ihn seiner Mutter. »Es tut mir leid, Mum! Ich weiß, dass du Angst gehabt hast, dass alles, was wir uns in den letzten Tagen aufgebaut haben, wieder zerstört sei, aber …«

Nick schluckte einen Moment, bevor er weitersprach. Er trat ins Haus und schloss die Tür hinter sich. »Du musst dir keine Sorgen machen. Ich erzähle dir gleich, wieso ich so mies drauf war, okay?«

»Ach ja, klar, kein Problem, Nick. Es ist alles okay«, spielte sie ihre Sorgen herunter. »Danke für die Blumen! Die sind doch für mich, oder?« Sie nahm den Strauß, eilte in die Küche und holte eine Vase aus dem Schrank.

Nick unterdrückte ein Grinsen. Seine Mutter würde nie zugeben, wie viele Sorgen sie sich gemacht hatte, aber das brauchte sie auch nicht.

»Wo sind Henry und Dad?«, fragte er.

Nicks Mutter deutete mit der Hand nach oben. »Sie spielen in Henrys Zimmer.«

»Ich geh mal hoch.«

»Ja, ja, mach nur.«

Nick bewegte sich zuerst noch in die Küche und gab seiner Mutter einen Kuss auf die Wange. Dann verließ er das Erdgeschoss und ging hinauf zu Henry und seinem Vater.

An diesem Abend blieben alle lange wach und saßen zusammen am Tisch. Nick erzählte seiner Familie von Jack und den Gesprächen mit ihm. Er erzählte ihnen von den Übungen, die er mit Jack durchgeführt hatte, und den Ratschlägen, die dieser ihm immer wieder gegeben hatte. Selbst über Jacks Fähigkeit, aufzutauchen, wenn man ihn brauchte, und innerhalb von Sekunden spurlos wieder zu verschwinden, berichtete Nick seinen Eltern, die genauso staunten, wie er es getan hatte.

Und Nick beschrieb seiner Familie auch den Moment, in dem er Emily begegnet war, und das Gefühl, das er dabei gehabt hatte. Er berichtete ihnen auch von dem Traum, auch wenn er für einen kurzen Moment unsicher gewesen war, ob er davon erzählen sollte.

Nick offenbarte sich völlig. Für mehrere Stunden saßen sie einfach nur beisammen und redeten bis in die Nacht hinein.

Als Nick sich schließlich müde von seinen Eltern verabschiedete, um ins Bett zu gehen, nahmen ihn beide gleichzeitig in den Arm.

Sein Vater strich ihm sanft über den Hinterkopf und sagte entschlossen: »Nick, ich bin stolz auf dich! Das sollst du wissen.«

Nick lächelte, und all seine Liebe und Dankbarkeit strahlten aus seinen Augen. Dann erwiderte er die Umarmung und drückte beide nochmals für einen langen Moment an sich. »Es tut mir alles so leid«, flüsterte er ihnen ins Ohr. »Ich war es, der sich von euch zurückgezogen hatte.«

»Ich habe dir nicht die Aufmerksamkeit gegeben, die du gebraucht hättest«, antwortete sein Vater mit einem Kloß im Hals.

Nick schenkte ihm als Antwort sein schönstes Lächeln und wünschte seinen Eltern eine gute Nacht.

Am Sonntagmorgen machte die Familie Parker genau das, was Nick sich die ganze Zeit gewünscht hatte: Wie vor vielen Jahren gingen sie alle zusammen an den Felsen und picknickten dort. Sie saßen Arm in Arm auf der Bank und blickten in die Weite der herrlichen Landschaft.

So, wie ein Sturm die Wasserfläche eines Ozeans aufwühlt, hatten die Parkers in den letzten Monaten aufreibende Situationen erlebt, und ein manches Mal hatte es geschienen, als ob die Ruhe nie wieder Einzug in diese Familie erhalten würde. Doch wie die Wellen sich legen und der stille Ozean die Sonne und die Sterne in ihrem vollen Glanz spiegelt, glätteten sich letztendlich auch für Nick und seine Familie die Wogen. Endlich war Frieden eingekehrt.

Den ganzen Morgen und Nachmittag verbrachten sie am Felsen und wanderten durch die Schlucht, nicht jeder für sich alleine, sondern alle gemeinsam als Familie.

Erst zum Abendessen fuhren sie wieder nach Hause, glücklich und zufrieden, jeder für sich mit einem Lächeln im Herzen. Sie blickten einander ohne Vorwurf an, und in ihren Worten war kein Urteil zu hören. Sie waren einfach wieder eine harmonische Familie geworden, jeder hatte seinen Platz.

Nick genoss jede Minute mit seinen Eltern und seinem Bruder. Und er saß bis in die Nacht hinein, als Robert und Henry bereits schliefen, mit seiner Mutter auf der Couch und unterhielt sich und lachte mit ihr.

Am folgenden Morgen, als Nick erwachte, schien sich die ganze Welt um ihn herum verändert zu haben. Die Vögel zwitscherten noch lauter als sonst, und selbst die Sonne schien anders zu strahlen.

Doch was Nick besonders auffiel, war eine ungewohnte Klarheit in seinen Gedanken. Er dachte irgendwie nicht mehr in der gleichen Art und Weise wie früher. Nach dem Erwachen stand er auf und ging ans Fenster, um es zu öffnen und frische Luft hereinzulassen. Normalerweise fing es in Nicks Kopf mit dem Öffnen der Augen schon an zu rattern, doch an diesem Morgen war es still in seinem Kopf. Es herrschte absolute Ruhe.

Diese Ruhe wurde auch erst wieder unterbrochen, als Nick am Frühstückstisch saß und mit seiner Mutter dort weitersprach, wo sie am Vorabend aufgehört hatten.

Eine Stunde, ein Frühstück und viel Gekicher später setzte Nick sich auf sein Fahrrad und machte sich auf den Weg in die Klinik. Vorher fuhr er wieder an Rosies Blumenladen vorbei und kaufte einen Strauß Lilien. Damit wollte er Beth überraschen, die am Samstag, indem sie Nick nach Hause geschickt hatte, seinen Tagesverlauf zu seinen Gunsten verändert hatte. Kaum auszudenken, was geschehen wäre, wenn Nick und Emily zusammengetroffen wären.

Das Erste, was Nick in der Klinik tat, war, Beth den Strauß zu überreichen. Sie rieb sich aufgeregt die Hände an ihrer Schürze trocken und rief laut: »Ich liebe Lilien!«

Nachdem sie Nick eine Anekdote aus ihrem Leben erzählt hatte, fiel ihr dann auch auf, dass er wieder gut gelaunt war und einen anderen Eindruck auf sie machte als vorher.

»Es ist alles wieder gut mit dir, oder?«, fragte sie.

»Nicht nur gut, sondern besser«, lachte Nick.

»Na, dann, pack mal mit an und hilf deiner alten Kollegin!«, erwiderte sie und klatschte Nick unsanft auf den Rücken.

Nick wusste, dass Beth ein liebevoller Mensch war und ihm wegen des Vortags nicht böse war. Dennoch hatte er ihr eine kleine Freude machen wollen und ihr als Zeichen der Dankbarkeit diese Blumen mitgebracht.

Später kam dann Dr. Morton in die Küche, um die Mahlzeiten für die nächste Woche zu besprechen. Natürlich machte er einen seiner üblichen Witze und sagte anschließend zu Nick, dass dieser Beth lieber nicht so verwöhnen sollte, weil sie sonst bald schon jeden Tag Blumen erwarten würde.

Nick bereitete gerade den Salat und das Baguette vor, als Dr. Morton einen weißen Klapptisch hinter den Schränken hervorzog. Er legte eine Liste auf den Tisch, setzte sich und wartete, bis Beth neben ihm Platz nahm.

»Es gibt bald wieder eine Person weniger, für die du kochen musst«, begann er die Unterhaltung.

Beth, die den kleinen Klappstuhl, auf dem sie saß, mehr als ausfüllte, gefiel das gar nicht: »Sie wissen, dass ich das nicht gerne höre!«

»Und ich sage es nicht gerne«, entgegnete Dr. Morton und wedelte mit der Liste in der Luft herum.

»Ich wünschte, diese bescheuerte Liste gäbe es nicht.«

Nick war gerade dabei, frisch gespültes Geschirr abzutrocknen.

»Wer ist es?«, fragte Beth neugierig.

»Emily!«

Nicks Atem stockte sofort, und fast wäre ihm der Topf aus den Händen gefallen. Er merkte, dass Beth zu ihm hinübersah, und schnell wandte er sich wieder seiner Arbeit zu und tat so, als ob er nichts gehört hätte.

»Es ist ein Jammer«, fuhr der Arzt fort, »sie ist so hübsch. Und sie ist so behütet aufgewachsen, nicht wie die anderen.«

Dr. Morton hielt inne, denn er war kurz davor, eine Regelung zu brechen, die er selbst aufgestellt hatte. Die Gründe für Essstörungen waren vielfältig und manchmal auch gar nicht aufzudecken. Die Lebensgeschichte der Patientinnen erfuhren einzig und allein die Ärzte. Selbst die Pfleger wussten nicht im Detail, was mit den Patientinnen geschehen war.

»Tut mir leid, Beth«, sagte er und fuhr sich mit der Hand über den Mund, ganz so, als ob er ihn verschließen wollte.

Beth lächelte. »Ist schon okay. Wie viele Kalorien nimmt sie denn im Moment zu sich? Hier unten isst sie ja nichts.«

»Sie isst gar nichts, Beth. Weder hier noch woanders. Sie isst nicht einmal heimlich.«

»Seit wann?«, fragte Beth erstaunt.

»Seit eineinhalb Wochen. Wir haben heute Morgen mit ihrer Mutter telefoniert und sie über unsere Maßnahme informiert. Emily hatte schon vorher Phasen, in denen sie tagelang nichts gegessen hatte, doch immer konnte ihre Mutter sie dazu bewegen, doch wieder zu essen. Aber so kann es nicht weitergehen. Ihr Körper wird mit jedem Tag schwächer. Sie muss Nahrung zu sich nehmen.«

»Wie hat ihre Mutter reagiert?«

»Sie wollte kommen und ihre Tochter abholen. Ich habe ihr klargemacht, dass sie Emily damit keinen Gefallen tun würde.«

Beth schüttelte traurig den Kopf, blickte dann noch einmal zu Nick und wandte sich wieder dem Arzt zu. »Ich verstehe einfach nicht, wieso die Mädchen diese Probleme haben. Ihr macht doch eine Therapie mit ihr, hat die denn keinen Erfolg?«

Dr. Morton schüttelte den Kopf. »Ach Beth, weißt du, wir können nicht viel machen, wenn die Mädchen nicht mit uns reden. Emily ist freundlich zu uns, und wir wissen, was passiert ist, aber sie macht ihren Mund einfach nicht auf, wenn wir mit ihr sprechen möchten.«

Dann fragte Beth etwas, was Nick nochmals aufhorchen ließ: »Ab wann stellt ihr um?«

»Übermorgen. Wenn sie bis Mittwoch nichts gegessen hat, werden wir umstellen müssen.«

Nick lief eine einsame Träne die Wange hinunter. Für einen Moment dachte er daran, wie Emily sich wohl fühlen müsste, wies diesen Gedanken dann aber entschieden ab. Es war weder für ihn noch für sie hilfreich, jetzt in Trauer zu versinken. Ganz im Gegenteil, jetzt war Zeit zu handeln.

Dr. Morton stand auf, nahm einen Schluck Kaffee und biss in das Croissant, das Beth erst wenige Sekunden vorher auf den Tisch gelegt hatte.

»Bis später, Beth. Bis später, Nick.«

»Warten Sie, so kommen Sie mir nicht davon!«, sagte Beth und hielt Dr. Morton an seinem Kittel fest.

»Hey«, lachte dieser.

»Mitnehmen oder aufessen. Vergeudet wird hier nichts«, sagte sie und deutete auf das Croissant. Er blieb noch ein paar Sekunden, aß das Croissant und verschwand dann schließlich.

Als Dr. Morton die Küche verlassen hatte, sagte Nick: »Beth, ist es in Ordnung, wenn ich nach dem Essen für eine Stunde weggehe? Ich werde bis dahin alles erledigen, was ich zu tun habe.«

Beth gesellte sich zu Nick, um Zwiebeln zu schneiden. Sie wusste genau, dass er das nicht leiden konnte. »Du willst dich mit Emily treffen, oder?« Sie drehte ihren Kopf nach links, sodass sie direkt in Nicks Gesicht blickte.

Dieser starrte weiter auf die Arbeitsfläche, nickte dann allerdings nach ein paar Sekunden. »Ja, ich will es versuchen!«

»Sie bedeutet dir etwas, richtig?«

Nick antwortete wieder mit einem Nicken.

»Ich kann das gut verstehen, sie ist wirklich ein außergewöhnlich schönes Mädchen, und sie wirkt so unschuldig und zart. Ich halte es zwar für unwahrscheinlich, aber vielleicht bist du ja wirklich die Person, die sie jetzt braucht. Wer weiß, vielleicht findet sie wieder Freude an ihrem Leben und fängt wieder an zu essen.«

Sie nahm einen Schluck Saft aus einem Glas und sprach weiter: »Denn eines kann ich dir sagen: Wenn sie wirklich zwangsernährt werden muss, ist der Spaß schnell vorbei.«

Nick entgegnete nichts, denn er wusste, dass er ihr helfen konnte. In ihm war nach wie vor diese Stille, und er wusste einfach, dass alles gut gehen würde.

»Das heißt, ich darf dann gehen?«

»Natürlich!«, sagte Beth, drehte sich um und ging zur Speisekammer.

Als die ersten Mädchen im Speisesaal eintrudelten, wurde Nick dann doch etwas nervös. Immer wieder schielte er durch die Tür, um nachzusehen, ob Emily bereits eingetroffen war. Dann schließlich kam sie mit Constantine und Dr. Simont durch die Doppeltür.

Nur für einen kurzen Moment blickte Emily in den Raum hinein, doch Nick hatte genug Zeit, ihr ins Gesicht zu sehen. Ihre großen Augen leuchteten immer noch, doch in ihnen lag auch der Glanz der Melancholie. Wahrscheinlich hatten die Ärzte mit ihr über ihr Essverhalten gesprochen und sie darauf hingewiesen, dass sie nicht länger zusehen konnten, wie sieihre Nahrung verweigerte. Nick wusste, dass Emily selbst erkannt hatte, dass sie in eine Falle geraten war, eine Falle, aus der sie ohne fremde Hilfe nicht mehr herauskommen konnte.

Auch dieses Mal blieb Emily sitzen, auch als die letzten Patientinnen aufgestanden waren und sich ihr Essen abgeholt hatten.

Nick beobachtete, wie Constantine seinen Kopf schüttelte und Dr. Morton ein Signal gab. Dieser machte sich anschließend eine Notiz auf seinem kleinen Block, den er immer in der Brusttasche seines Arztkittels dabeihatte.

Für einen Augenblick musterte Nick seine Umgebung, schloss die Augen und ging dann schließlich auf Emilys Tisch zu. Wie von selbst bewegten sich seine Beine. Jetzt war der richtige Moment gekommen. Er konnte es spüren. Wenige Meter vor Emilys Tisch bemerkte Dr. Morton den Jungen und hob den Finger. Doch Nicks Augen flehten ihn an. Beide brauchten in diesem Moment keine Worte. Der Arzt verstand genau, was Nick wollte, und langsam setzte er sich wieder an den Tisch und ließ ihn gewähren. Von seinem Platz aus beobachtete er dann ganz genau, wie Emily auf Nick reagieren würde.

Nick zog einen Stuhl vom Tisch weg und setzte sich Emily gegenüber. »Emily!«, sagte er sanft. Sie reagierte nicht.

Er holte tief Luft und sagte dann noch einmal, mit noch mehr Ruhe und Sanftheit: »Schau mich bitte an!«

Dann endlich erhob Emily ihren Kopf, und Nick blickte in die traurigsten Augen, die er je gesehen hatte. Es war schrecklich für ihn, zu sehen, wie diese wunderbare junge Frau, die ihm gegenübersaß, ihr Leben aufgab und wie ihr Leid sie auffraß. Für einen Moment wollte er ihre Hand nehmen, doch das traute er sich nicht.

»Ich weiß, wir beide kennen uns noch gar nicht wirklich. Aber ich bitte dich, mir zu vertrauen. Bitte komm mit mir in den Park. Jetzt!«

Beth schien die Situation auch zu überwachen, denn sie hatte sich ebenfalls an einem Tisch in der Nähe der Küche niedergelassen und schaute zu, wie Nick mit Emily sprach.

Nick streckte plötzlich seine Hand aus und legte sie auf Emilys. Der Impuls in ihm, dies zu tun, war einfach zu groß. Es war wunderschön für ihn, sie berühren zu können, und ein Schauer durchlief seinen Körper. Seine Hand wurde ganz warm, und es fühlte sich so an, als würden ihre Hände verschmelzen.

»Bitte!«, sagte Nick nochmals.

»Jetzt?«, fragte sie leise.

»Ja.«

Dr. Morton wurde sichtbar unruhig, als er sah, wie Nick Emily berührte. Für ein paar Sekunden schien er zu überlegen, wie er darauf reagieren sollte. Dann entschied er sich dazu, einzugreifen. Gerade als er loslaufen wollte, stand Beth ruckartig auf und kam ihm eilig entgegen. Sie fing ihn rechtzeitig ab, hielt ihn am Arm fest und flüsterte ihm ins Ohr: »Vertrauen sie ihm. Er ist ein guter Junge!«

Der Arzt war von Beths Eingreifen sichtlich überrascht und blieb erst einmal stehen. Er beobachtete die beiden weiter und sagte gar nichts.

»Okay«, antwortete Emily Nick schließlich und stand auf. Sie lief auf Dr. Morton zu und bat ihn, in den Park gehen zu dürfen. Dr. Morton nickte zögernd und schwieg weiterhin.

Dann ging Emily wieder zurück an den Tisch, an dem Nick noch immer saß und auf sie wartete.

»Gehen wir?«, fragte er behutsam.

»Ja, gehen wir«, antwortete sie leise.

Nick wurde mit jedem Schritt, den die beiden näher zum Park kamen, ruhiger, und er spürte, wie sich die Worte in ihm von selbst organisierten. Seine Angst war verschwunden, und das Einzige, was für ihn von Bedeutung war, war Emily. Er war wie geführt.

»Hier entlang«, forderte er sie auf, und sie gingen ein paar Meter den Sandweg entlang.

»Wo willst du hin?«, wunderte sich Emily.

Vor dem großen Marmorspringbrunnen hielt Nick schließlich an und setzte sich auf den Rasen. Er klopfte auf den Platz neben sich und ermutigte Emily so, sich ebenfalls hinzusetzen. Sein Herz schlug schnell, und er war sehr aufgeregt, doch trotz aller Aufregung wusste er, dass er die Chance ergreifen musste.

Emily überlegte einen kurzen Moment. Einerseits hatte sie keine Lust, sich zu unterhalten, doch gleichzeitig schien sich ein Teil von ihr dennoch danach zu sehnen, mit Nick zu sprechen.

»Und jetzt?«, fragte sie verunsichert, als sie sich zu ihm gesetzt hatte.

»Was immer geschehen ist, Emily, bitte hör auf, dich dafür zu bestrafen!«, platze es aus Nick heraus.

Emily fing an zu stammeln. »Wa… was …« Sie war völlig überrascht von Nicks Worten und seiner Direktheit.

»Wie kannst du das so einfach sagen?«, antwortete sie schließlich gefasst. »Du hast doch keine Ahnung, was passiert ist!« Dass Nick sie so offen darauf angesprochen hatte, schockierte sie, und sie wusste kaum, wie sie darauf reagieren sollte.

»Das brauche ich auch nicht«, entgegnete Nick liebevoll. »Es ist überhaupt nicht wichtig, was passiert ist. Das einzig Wichtige ist, dass du jetzt wegen einer Sache aus der Vergangenheit leidest!«

Nick sah Emilys Gesicht von Sekunde zu Sekunde verbitterter werden. Emily wollte am liebsten aufstehen, Nick eine Ohrfeige verpassen und wütend davonlaufen, doch etwas in ihr ließ sie genau dort sitzen bleiben, wo sie war. Sie war wie fest mit dem Boden verwurzelt. Sie schnappte nach Luft und stotterte leere Worte. Dann folgte der Verbitterung die pure Verzweiflung. Sie blickte Nick wieder ganz traurig an.

»Ich weiß, wie sich das für dich anfühlt. Ich weiß, dass du am liebsten tot wärst und es eine Qual für dich ist, nur einen Moment weiterzuleben«, sprach Nick sanft weiter. Die Worte flossen einfach so aus ihm heraus. Wieder legte er seine Hand auf ihre, doch dieses Mal ergriff er sie richtig, so, als ob er Emily festhalten wollte.

»Der Schmerz in dir ist so groß«, sagte er und deutete mit der freien Hand auf ihr Herz. »Du weißt nicht mehr, wie du ihn ertragen sollst.«

Ein paar Tränen liefen Emily die Wangen hinunter. Das erste Mal fühlte sie sich wirklich verstanden. Sie wollte das nicht zugeben, und ihr Wunsch war es eigentlich, mit ihrem Schmerz alleine gelassen zu werden. Doch Nick war so liebevoll zu ihr, jeden Buchstaben eines Wortes sprach er so sanft aus, dass selbst die härteste Wahrheit auf diese Weise nicht fähig gewesen wäre, jemanden zu verletzen. Voller Tränen schaute sie Nick an.

Auch Nicks Augen wurden feucht. Er war voller Mitgefühl zu ihr und drückte ihre Hand noch ein wenig fester. »Ich kann deinen Schmerz fühlen. Du kannst ihn mit mir teilen. Ich fühle ihn so deutlich, als ob er mein eigener wäre.«

Nick führte Emilys Hand an sein Herz, und Emily ließ es zu. »Ich wünschte, ich könnte ihn von dir nehmen«, flüsterte Nick leise, denn es war ihm nicht möglich, lauter zu sprechen. »Ich kann es nicht ertragen, dich leiden zu sehen!«

Mit jedem Blinzeln liefen Emily Tränen übers Gesicht und ihren Hals hinunter. Sie sagte nichts, sie hörte einfach zu. Doch mehr brauchte sie auch nicht zu tun. Nick wollte nur, dass sie den Schmerz herausließ, der ihr auf dem Herzen lag.

»Du darfst das Essen nicht verweigern, Emily! Denn dann verweigerst du das Leben. Du musst essen! Egal, was passiert ist, Emily, du musst essen!«

Emily schluchzte. »Ich kann nicht«, antwortete sie.

Nick entgegnete dem nichts und gab Emily so zu verstehen, dass sie weitersprechen sollte.

Emily wischte sich die Tränen vom Gesicht, und für ein paar Sekunden schien sie sich wieder zusammenzureißen. Wieder war da die Wut in ihr; sie wehrte sich innerlich dagegen, mit Nick zu sprechen. Sie wehrte sich, überhaupt irgendjemandem zu verraten, wie es in ihr aussah. Doch die Verbitterung konnte einfach keine Oberhand ergreifen. Sobald Emily den Mund öffnen wollte, um Nick abzuweisen, zeigte sich die Trauer in ihr noch stärker.

Sie vergrub den Kopf in ihren Armen und fing an zu schluchzen. Sie weinte immer lauter, und schließlich fing ihr ganzer Körper an zu zittern. Nach all der Zeit, die vergangen war, saß sie mit Nick auf dem Rasen der Klinik und erlaubte sich, ihre Gefühle herauszulassen. Sie öffnete Nick ihr Herz, obwohl sie ihn kaum kannte. Nick legte sanft seine Hand auf ihren Rücken.

»Es gibt einfach nichts mehr, wofür es sich zu leben lohnt! Es ist einfach so ungerecht, dass ich weiterlebe!«, weinte sie.

Nick legte seinen Zeigefinger an ihr Kinn und hob ihren Kopf zu sich nach oben. Ihre Augen waren verquollen und ihre Lippen spröde, doch Nick blickte nach wie vor in das schönste Gesicht, das er je gesehen hatte.

»Ich versteh wirklich, dass es für dich nichts Gutes mehr gibt, woran es sich zu klammern lohnt. Aber das Gute ist da, Emily. Halt es fest. Lass nicht zu, dass der Schmerz dein Herz zerbricht.«

Emily beruhigte sich wieder etwas und nickte.

Es war ein magischer Moment für Nick, sein Herz war erfüllt von einer unbeschreiblichen Dankbarkeit. Er saß mit diesem wunderbaren Mädchen in einem wunderschönen Park, und es öffnete ihm sein Herz.

»Kannst du mich einen Moment alleine lassen?«, bat sie Nick schließlich ganz leise.

»Natürlich!« Nick stand langsam vom Rasen auf. »Weißt du, Emily, wir können das Leben nicht kontrollieren. Und manchmal geschehen schreckliche Dinge, und die Welt scheint von einem Moment auf den anderen zusammenzubrechen. Wir haben nicht die Kraft, dies zu verhindern, doch wir haben die Kraft, danach wieder aufzustehen. Diese Kraft hilft uns, jeden neuen Morgen als eine neue Chance zu sehen, das Leben zu genießen und das Beste daraus zu machen. Diese Kraft ist auch in dir Emily. Erstick sie nicht.«

Nick ging, ohne ein weiteres Wort zu sagen, in Richtung Klinik. Er blickte sich nicht um, doch er spürte genau, wie Emily auf den Rasen starrte und seine Worte in ihr arbeiteten. Er hatte einen Samen gelegt, und jetzt musste er schauen, ob der Samen aufbrechen und Wurzeln schlagen würde.

Als er um die Tannen bog, sah er, wie Dr. Morton und Constantine vor der Klinik standen. Sie überlegten wohl, ob sie Nick und Emily suchen sollten.

»Was machst du, Nick?«, fragte Dr. Morton ruhig, doch zugleich mit Nachdruck, als Nick sich den beiden näherte.

Constantine verschränkte demonstrativ seine Arme vor der Brust. Es war klar erkennbar, dass beide nicht glücklich waren, dass Nick mit Emily in den Park gegangen war.

»Ich weiß, du führst nichts Böses im Schilde, doch was immer du mit Emily hier machst, es ist der gänzlich falsche Zeitpunkt!«

»Dr. Morton, ich möchte doch einfach nur, dass sie wieder glücklich wird«, verteidigte sich Nick.

»Das wollen wir alle, doch dazu bedarf es mehr als eines Spaziergangs im Park, Nick! Emily ist wie ein Fass voller Dynamit! Glaubst du, du könntest gefahrlos mit ihr umspringen, als sei sie ein normales Mädchen?«

»Aber sie ist doch ein normales Mädchen! Sie hat nur so viel Trauer in sich, dass sie damit nicht umgehen kann.«

Dr. Morton seufzte. »Das hat sie, aber sie braucht ihre Zeit, das Geschehene zu verarbeiten. Wir können das nicht beschleunigen.«

Für einen Moment sagte er nichts mehr, und seine Augen wurden wieder weich. »Ich hätte in der Küche nicht über Emily sprechen dürfen, das war falsch. Hast du Gefühle für sie?«

Nick dachte nicht lange darüber nach, sondern nickte.

Dr. Morton schlug die Hände über dem Kopf zusammen. »Und das jetzt!«

»Ich weiß, dass das für Sie keinen Sinn macht, aber ich spüre, dass ich ihr helfen kann. Vielleicht ist es nicht der Therapeut oder der Psychologe, den sie jetzt braucht, sondern einen Freund. Also, einen normalen Freund«, setzte Nick schnell hinterher, »einen Freund, der ihr zuhört, der ihr ebenbürtig ist, der sie tröstet und wieder an das Schöne im Leben erinnert.«

Dr. Morton hatte kaum die Möglichkeit, dazu etwas zu sagen, denn plötzlich kam Emily aus dem Park. Für einen kurzen Augenblick war Nick angespannt. Es war möglich, dass sie sauer auf ihn war und ihn jetzt einfach ignorieren würde, oder, schlimmer noch, sich sogar bei den Ärzten über ihn beschweren würde.

Doch Nick merkte schnell, dass er damit wieder in seinen alten Denkgewohnheiten gefangen war, und beendete diesen Gedankengang.

Emily hatte ihren Blick wie üblich auf den Boden gerichtet. Als sie sich den dreien vor der Klinik näherte, hob sie allerdings den Kopf und blickte Nick direkt in die Augen. Es waren noch Spuren der zahlreich vergossenen Tränen zu sehen, und doch sah sie erleichtert aus. Nick lächelte ganz zaghaft, dennoch voller Liebe.

Emily schlängelte sich zwischen ihnen hindurch und öffnete die Tür zur Klinik, zögerte jedoch noch einen Moment. »Können wir uns noch einmal treffen?«, fragte sie, bevor sie ins Innere trat.

»Heute, morgen und übermorgen, Emily. Jederzeit!«

»Wir haben nachher Gruppentherapie. Aber dich morgen zu sehen, wäre toll.« Sie ging zurück in die Klinik.

Dr. Morton wartete, bis die Tür geschlossen war. »Ich halte das nach wie vor für keine gute Idee. Die Wahrscheinlichkeit, dass du Schaden anrichtest, ist höher als die, dass du hilfst. Aber vielleicht hast du mit dem, was du gesagt hast, recht. Dennoch, Nick, pass bitte auf, was du sagst. Sei vorsichtig, tu nichts, was sie verletzten könnte.«

»Das werde ich nicht«, antwortete Nick selbstsicher und trat ebenfalls durch die Tür.

Dr. Morton nickte ihm noch zu und ging dann hinter ihm den Gang zum Speisesaal zurück.

Glücklich ging Nick wieder zurück zu Beth und half ihr beim Abräumen der Teller. Da die beiden ganz alleine in dem großen Raum waren, fragte Beth leise: »Und?«

»Ich denke, sie wird sich mir öffnen.«

Beth ging auf Nick zu, umarmte ihn und gab ihm einen Kuss auf die rechte Wange. »Das wäre so wundervoll!«

Nick lächelte sanft. Emily vertraute ihm, das wusste er jetzt, aber die Tränen, die sie heute vergossen hatte, waren bei Weitem nicht genug. Trotzdem war er einen kleinen Schritt weiter.

»Und jetzt? Wirst du später weiter mit ihr reden?«

Nick schüttelte den Kopf: »Nein, sie hat Gruppentherapie, und ich habe auch keine Erlaubnis, in die Zimmer der Mädchen zu gehen. Ich werde sie morgen wiedersehen.«

»Du kannst morgen gerne wieder gehen, wenn du das möchtest.«

»Danke, Beth, das wäre toll. Ich möchte so viel Zeit wie möglich mit ihr verbringen«

Seine letzten Stunden in der Klinik verbrachte Nick sehr konzentriert. Er freute sich so, dass er Emily ein Stück nähergekommen war, und seine Sehnsucht nach ihr war noch größer geworden. Er spürte so viel Liebe für sie in sich, aber noch konnte er sie nicht so ausdrücken, wie er es gerne getan hätte. Seine Gefühle des Verliebtseins mussten warten, denn zunächst musste er einen Weg finden, wie Emily die Trauer überwinden und wieder zu essen anfangen könnte.

Es war sehr windig und bewölkt geworden, als Nick mit dem Fahrrad in die Stadt zurückfuhr und wie jeden Tag die Hauptstraße verließ, um in den Park zu gelangen. Die dunklen Wolken über ihm brachten zwar noch keinen Regen, doch Nick war sich sicher, dass es nicht mehr lange dauern würde, bis es zu donnern anfangen würde. Immer wieder heulte der Wind durch die Straßen und um die Häuser und ließ Blätter und Kleinmüll in der Luft tanzen.

Jack stand an den Rand des Brunnens gelehnt und hatte die Augen geschlossen. Der Wind blies auch ihm ins Gesicht, und ein sanftes Lächeln hieß Nick willkommen. Jack öffnete die Augen, als er bemerkte, dass Nick vor ihm stand. »Hallo, mein alter Freund«, lächelte er.

Nick sah Jack für ein paar Momente an. Jack schien müde zu sein. Sein Gesicht strahlte weniger als in den letzten Tagen, und auch der Glanz in seinen Augen war verschwunden.

»Jack, was ist mit dir?«, fragte Nick, und Jack wirkte etwas traurig, als er die Frage hörte. Er legte die Hand auf Nicks Schulter und lächelte wieder.

»Nun, mein Freund, mich ruft die Zeit, sie drängt mich.«

Nick runzelte die Stirn. »Wovon redest du?«, fragte er. »Musst du sterben? Bist du krank?«

Für einen Moment spürte er eine leichte Panik in sich.

Jack schüttelte den Kopf. »Es ist nicht so, wie du jetzt denkst, Nick. Ich bin nicht krank. Doch nun lass uns erst einmal Unterschlupf finden. Dort oben sieht es so aus, als ob es gleich ein Donnerwetter gäbe«, sagte er und deutete mit seiner Hand zum Himmel.

Sie begaben sich zu einer Holzhütte, die am äußeren Rand des Parks stand und deren Vorplatz an sonnigen Tagen als Grillplatz genutzt wurde.

»Sag mir doch, wie es heute mit Emily war«, grinste Jack, und in seinen Augen blitzte die Neugier.

Nick überlegte kurz, ob er noch einmal auf Jacks merkwürdige Aussage zu sprechen kommen sollte, denn er hatte nicht verstanden, worauf Jack hinauswollte. Doch als er sah, wie gespannt und voller Freude Jack auf seine Antwort wartete, wechselte er das Thema, und begann zu erzählen.

»Ich bin heute mit ihr in den Park gegangen und habe mit ihr geredet.«

Nick beschrieb seinem Freund, wie er auf Emily gewartet hatte und dann einfach zu ihrem Tisch gegangen war und sie gebeten hatte, mit ihm in den Park zu kommen. Er wiederholte jedes einzelne Wort, das er gesagt hatte. Die Situation war ihm so in Erinnerung geblieben, als wäre sie erst vor wenigen Minuten geschehen.

Jack freute sich und schlug vor Freude auf den Holztisch, an dem sie saßen. An manchen Stellen aber, wenn Nick ihm von dem Gespräch zwischen Beth und Dr. Morton erzählte, wirkte er sehr traurig und nachdenklich. Er fühlte jedes Wort, das Nick von sich gab.

Als Nick mit seinen Erzählungen fertig war, blickte Jack wieder so intensiv auf Nick, dass es für diesen schon fast unangenehm war.

»Es wundert mich nicht, dass du das geschafft hast. Es ist einfach toll mit dir!«

»Ach, Jack, jetzt hör doch bitte damit auf«, lachte Nick verlegen. »Du bist wirklich peinlich!«

»Wieso sollte die Wahrheit denn peinlich sein? Du bist wirklich toll!«

»Jack!«, forderte Nick ihn abermals auf.

»Okay«, winkte dieser ab. »Und hast du Angst davor, sie morgen wieder zu treffen?«

Nick schüttelte den Kopf. »Nein, ich glaube, jetzt brauche ich wirklich keine Angst mehr zu haben.«

»Die hättest du die ganze Zeit nicht haben brauchen«, flüsterte Jack leise und strich sich durchs Haar.

Nick senkte den Kopf und nickte. »Ja, da hast du wohl recht.«

Der Wind wurde immer stärker, und Jack zog den Reißverschluss seiner Stoffjacke so hoch es ging.

»Ich sage dir das nicht, damit du schlecht dastehst, Nick, das weißt du. Ich sage es dir, damit du es dir nochmals ins Gedächtnis rufen kannst und in der Zukunft anders handelst: Du brauchst niemals Angst zu haben. Du musst dir einfach vertrauen, dass du alles richtig machst. Und du darfst darauf vertrauen, dass dein Herz dich führt.«

»Hm … es ist nicht leicht.«

»Weil die Menschen verlernt haben, auf ihr Gefühl zu hören. Dieses Gefühl in dir, die Sprache des Herzens, spricht unaufhörlich zu dir. Nur wenn du nicht bereit bist, sie anzuhören, verstummt sie mehr und mehr. Am Ende ist es nur noch ein leises Flüstern, das du nur noch hören kannst, wenn es still in dir ist.«

»Das habe ich bemerkt«, grinste Nick.

»Du hast in deinem jungen Alter schon viel Weisheit gesammelt. Wenn du dich an dein bisheriges Leben zurückerinnerst, so kurz es auch sein mag, siehst du, dass, wann immer du Angst vor etwas gehabt hattest, diese Angst am Ende doch gar nicht nötig gewesen wäre. Wie oft hast du dir in deinen Gedanken die übelsten Situationen und Ausgänge solcher Situationen vorgestellt, doch es kam immer anders? Fast alle Ängste sind unbegründet und erweisen sich im Nachhinein als falsch.«

Jack bemerkte, dass Nick schon längst wieder an einem anderen Gedanken festhing. »Woran denkst du?«, fragte er.

»Verzeih mir, Jack. Ich hör dir zu, aber gleichzeitig muss ich immer wieder daran denken, wie wütend Emily heute Morgen war. Es ist so … Diese Wut passt überhaupt nicht zu ihr.«

Jack blickte um sich, als würde er etwas suchen. Dann fuhr er fort: »Und dennoch ist diese Wut da und darf auch da sein. Sie ist ein wichtiges Werkzeug und darf nicht unterdrückt werden, in ihrem Fall ganz besonders nicht. Die Wut in ihr zeigt nur ihre Verletzung. Sie zeigt, dass in ihr eine Disharmonie herrscht, zerstörerische Gedanken und Gefühle, die sich angestaut haben. Es wäre gut für sie, diese Wut herauszulassen. Vielleicht kannst du ihr dabei helfen.«

»Wie kann ich das tun? Ich möchte nicht, dass sie wütend auf mich ist«, lachte er.

»Du musst nichts tun, du musst einfach nur da sein. Du musst sie halten, Nick, stützen. Hilf ihr im ersten Schritt, diese Wut herauszulassen. Gib acht, dass sie sie nicht wieder unterdrückt. Diese Wut ist ihr Schmerz. Solange in ihr Wut ist, ist da auch Leben, so blöd das auch klingen mag. Wenn die Wut sich in Frustration und Stillstand verwandelt, wirst du nicht mehr so leicht an sie herankommen. Hilf ihr also, diese Wut zu leben. Du wirst sehen, wenn sie der Wut erlaubt, da zu sein, kommen auch die Tränen, auf die du wartest. Dann wird sich ihr Herz gereinigt haben, und sie wird wieder essen können.«

Nick riss die Augen auf und seufzte, als Jack das Essen erwähnte. »Ich wünschte, sie hätte keinen Grund, wütend zu sein. Ich weiß immer noch nicht, was passiert ist, dass es ihr so schlecht geht.«

»Du wirst es erfahren, wenn sie so weit ist. Doch für den Moment ist es völlig unwichtig, was war. Manchmal bringt es nichts, nach hinten zu schauen, man muss seinen Blick gen Horizont richten.«

Nick atmete tief ein und seufzte noch einmal.

»Keine leichte Aufgabe hast du da«, grinste Jack.

»Du sagst es.«

Nick schloss die Augen und dachte an Emily.

»Du bist richtig in sie verliebt.«

Ein leichter Schauer lief Nick wieder über den Körper, gefolgt von einem wohlig warmen Gefühl.

»Oh ja. Das bin ich wirklich.«

»Und es ist schön, dass du dazu stehst.«

Ein Blitz schoss durch die dunklen Wolken, und ein tosender Donner folgte zugleich.

»Ah, jetzt gehts los!«, freute sich Jack. Er stand auf und machte ein paar Schritte nach vorne, um den Himmel betrachten zu können. Wieder blitzte und krachte es. Für Nick war das eher unangenehm, doch Jack blickte weiter in den Himmel. Dann öffneten sich die Wolken, und Regen fiel auf die Erde herab.

»Komm her, das ist herrlich!«, sagte Jack und streckte seine Arme zum Himmel.

»Peinlich!«, rief Nick laut, da sonst der prasselnde Regen seinen Kommentar überdeckt hätte.

Leicht durchnässt stellte sich Jack wieder unter das Dach.

»Zufrieden?«, fragte Nick gehässig und lachte.

»Wie schade, wie schade«, murmelte Jack und lächelte dann wieder. Wie ein Kind, das das erste Mal eine Wolke sah, starrte er noch einige Minuten lang schweigend in den Himmel. Nick schüttelte nur lachend den Kopf.

»So ist der Lauf der Dinge, Nick. Es ist dunkel, kalt und regnerisch, und darauf folgen Licht, Wärme und Sonne. Das eine wäre ohne das andere nichts.«

»Schon gut, schon gut« klopfte Nick seinem Freund auf die Schulter und lachte dabei. »Du wirst auf die alten Tage noch senil«, scherzte er weiter.

»Mach du nur deine Witze!«, erwiderte Jack.

»Solange ich noch lachen kann, ist doch alles in Ordnung!«

»Da hast du recht«, bestätigte Jack. »Und jetzt gehe nach Hause, und mache dir einen schönen Abend.«

»Du willst mich heimschicken?«

»Ja, ja. Ich mache es mir hier noch gemütlich und genieße die Atmosphäre. Die Luft fühlt sich nach dem Regen immer so herrlich an.«

»Sag mal, ist wirklich alles okay mit dir?«, fragte Nick erneut, denn irgendwie kam Jack ihm etwas merkwürdig vor.

»Ja, alles okay«, winkte Jack ab. »Geh ruhig!«

Nick packte seinen Rucksack und verabschiedete sich.

»Sehen wir uns morgen?«, erkundigte Nick sich vorsichtig.

»Natürlich!«

»Gut.«

Auch Nick dachte nach, als er nach Hause fuhr. Tief war er in seinen Gedanken versunken. Irgendwas hatte mit Jack nicht gestimmt, das spürte er, doch was genau los war, entzog sich seiner Kenntnis.

Er versuchte, sich in Jack einzufühlen, so, wie er es schon viele Male zuvor getan hatte. Doch es gelang ihm nicht wirklich. Er hatte einfach keinen Zugang zu ihm.

Bis er zu Hause ankam, grübelte er nur. Doch dann dachte er, dass er sich ebenso täuschen könnte. Vielleicht war doch alles in Ordnung mit Jack, und Nick hatte nur Angst, dass die Gespräche irgendwann ein Ende haben könnten. Er beschloss, sich keine Gedanken mehr darüber zu machen und lieber darauf zu warten, bis Jack ihm mitteilen würde, was in ihm vorging. Wenn er bereit wäre, würde er ihm die Wahrheit sagen, so lange müsste er geduldig sein.

An der Haustür wartete Nicks Mutter bereits auf ihren Sprössling und auf ›die Ergebnisse des heutigen Tages‹, wie sein Vater es nannte. Und so wiederholte Nick abermals seine Erzählung, nur dieses Mal vor seiner Familie.

Seine Mutter staunte immer wieder laut, wenn Nick die Worte wiedergab, die er zu Emily gesagt hatte, und immer wieder fragte sie: »Woher weißt du das alles? Woher kommt das?«

Nick zuckte mit den Schultern. »Es kommt einfach aus mir heraus. Ich spüre immer so eine Wärme in meinem Herzen, und dann kommt es.«

Nicks Vater zog eine Augenbraue nach oben und lachte dann, als Nick seinen Blick bemerkte.

»Jack hat mich das gelehrt. Mit ihm hat alles angefangen.«

Dann teilte er seinen Eltern auch mit, dass Jack sich merkwürdig verhalten hatte und dass ihm das etwas Kummer bereitete.

»Hast du dich denn nie gefragt, woher er kommt und ob er dort vielleicht wieder hingeht? Vielleicht macht er hier Urlaub und muss wieder arbeiten gehen. Vielleicht ist er nur auf der Durchreise«, sagte Robert.

»Das würde er mir doch sagen. Was wäre denn dabei?«

»Aber was macht dieser Jack denn, wenn er nicht mit dir im Park sitzt?«, fragte sein Vater abermals.

Nick zuckte daraufhin wieder mit den Schultern. »Ich weiß es nicht, wir haben nie darüber gesprochen.«

Nicks Vater wirkte ungläubig. »Du hast dich nie gefragt, wo er herkommt?«

»Doch, doch«, wehrte Nick ab. »Am Anfang dachte ich sogar, er sei ein Obdachloser oder ein Krimineller.«

Nicks Mutter kicherte leise. »Na, er scheint mir eher ein Heiliger als ein Krimineller zu sein!«

»Genau! Ich habe dann einfach nicht mehr darüber nachgedacht. Woher er kommt, war mir nicht mehr wichtig.«

Für einen Moment wurde Nick traurig, und er dachte daran, was sein Vater vor wenigen Sekunden gesagt hatte. »Es ist mir nur wichtig gewesen, dass er im Park war, dass er bei mir war. Alles andere war unwichtig.«

Für ein paar Momente schwiegen alle.

»Wir würden Jack wirklich allzu gerne einmal kennenlernen. Möchtest du ihn nicht einmal hierher einladen?«

»Hm … ich glaube irgendwie nicht, dass es zu einer solchen Begegnung kommen wird, aber ich lade ihn ein.«

»Wieso sollte er nicht kommen wollen?«, hakte seine Mutter nach.

»Keine Ahnung, Mum, das war nur so ein Gedanke.«

Nick stand auf, gab seiner Mutter einen Kuss auf die Wange und wünschte seinen Eltern eine gute Nacht.

Er war traurig geworden und lag noch für einige Minuten wach im Bett. Er hoffte, dass Jack am folgenden Tag besser gelaunt wäre.

Obwohl es eigentlich Sommer war, zog Nick sich am folgenden Morgen eine dünne Jacke an, bevor er sich auf sein Fahrrad setzte. Die Natur schien in Aufruhr zu sein, und das Wetter erinnerte doch eher an einen windigen, kalten Herbsttag als an Hochsommer.

Nick konnte, seit er aufgestanden war, wieder an nichts anderes mehr als an Emily denken. Seit er am vorigen Tag im Park mit ihr gesprochen hatte, waren seine Gefühle ihr gegenüber explodiert. Immer wieder dachte er an den

Moment, in dem er ihre Hand gehalten und ihr direkt in die Augen geschaut hatte. Er war ihr sehr nahegekommen, und der Gedanke daran löste wieder das gleiche kribbelnde Gefühl in ihm aus, das er auch wirklich empfunden hatte.

Nick hatte keinen Zweifel mehr daran, dass Emily sich ihm komplett öffnen würde. Er wusste genau, dass er bei ihr einen Punkt erreicht hatte, an dem es kein Zurück mehr gab. Sofort lächelte er. Alles schien einfach perfekt zu sein.

Gut gelaunt ging Nick in die Klinik und unterhielt sich am Empfang kurz mit Steph. Sie hatte schon mitbekommen, dass Nick mit Emily im Park gewesen war und sie sich nähergekommen waren. Beth hatte wahrscheinlich ihren Mund nicht halten können, so erklärte Nick sich das, ohne irgendwie böse darüber zu sein.

Er packte seinen Rucksack in den Spind und ging in den Speisesaal. Beth war bereits da und putzte den Boden. Nick wollte erst einen morgendlichen Scherz machen, doch als er Beths Gesicht sah, ließ er davon ab. Sie blickte drein, als ob jemand gestorben wäre. Ihre Mundwinkel waren nach unten gezogen, und ihre Augen waren voller Kummer.

»Was ist passiert, Beth?«

»Hallo, Nick.«

Sie hörte auf zu putzen und lehnte den Wischmopp an den Stuhl.

»Rebecca … ein Mädchen, du kennst sie nicht … als du gestern weg bist …« Beth atmete tief ein. »Ein Mädchen musste gestern unsere Klinik verlassen und in das städtische Krankenhaus auf die Intensivstation!«

»Was ist passiert?«

»Organversagen!«

Nick hielt sich die Hand vor den Mund.

»Wie, Organversagen? Was hat sie denn?«

Beth verzog ihr Gesicht. »Was, glaubst du, geschieht mit dem Körper, wenn er keine Nahrung erhält?«

»Aber wurde sie denn nicht vorher mit diesem flüssigen Zeug ernährt?«

»Ja, klar! Aber sie hat es wieder erbrochen.«

Nick setzte sich hin, und ihn überkam Angst, dass es mit Emily genauso enden würde. Mit aller Kraft versuchte er, sich gegen den Gedanken zu wehren, doch die Angst in ihm war groß.

»Wie lange dauert es, bis so etwas passiert?«

»Das kann schnell passieren, jeder Körper reagiert …«

Sie stoppte sofort und sagte erschrocken: »Nick, du weinst ja!«

Sie lief zu ihm und nahm ihn in den Arm. »Oh, mein Lieber, was sage ich dir denn da? Ich habe ganz vergessen … es tut mir leid.«

»Ist schon gut.«

Beth schüttelte den Kopf. »Du brauchst dir keine Sorgen zu machen. Emily wird wieder essen, ich glaube fest daran.«

»Ich eigentlich auch.«

»Es ist einfach schlimm, was mit diesen Mädchen passiert. Es ist einfach ein Jammer.«

Nick stand auf und ging in Richtung Küche. »Lass uns arbeiten, dann kommen wir auf andere Gedanken.«

»Ich arbeite ja schon«, antwortete Beth frech und deutete auf den Mopp. »Aber du könntest dich mal nützlich machen.« Ihr Lächeln und ihre Freude waren wieder zurückgekehrt.

Nick lächelte sie an und verschwand in der Küche, um sich sofort an seine Arbeit zu machen. Er würde nur noch wenige Tage in der Klinik verbringen, also blieb ihm nicht mehr viel Zeit für Emily. Wieder dachte er daran, dass

Emily wegen Organversagen in ein Krankenhaus kommen könnte, und wieder versuchte er, sich auf andere Gedanken bringen. Es durfte einfach nicht so weit kommen.

»Nick!«, rief es plötzlich aus dem Speisesaal.

»Was ist, Beth?«, rief Nick nach draußen.

»Komm!«

Nick legte das Geschirr beiseite, trocknete sich die Hände und ging nach draußen.

Beth saß mit Dr. Morton am Tisch.

»Oh«, flüsterte Nick leise und ging auf sie zu. Sein Herzschlag verdoppelte sich für einen Moment, und nervös blickte er in das Gesicht des Arztes, um irgendwie den Grund seiner Anwesenheit herauszufinden.

»Nick«, begrüßte ihn Dr. Morton, als er sich mit an den Tisch setzte. »Emily sitzt oben weinend auf ihrem Bett und bittet mich, dich zu holen!«

Nick schluckte, und Dr. Morton zog seine Augenbrauen nach oben. »Ich weiß nicht, wie ich das finden soll. Auf der einen Seite finde ich es gut, dass sie einmal ihre Emotionen zeigt und dass sie in dir scheinbar wirklich jemanden gefunden hat, bei dem sie sich aussprechen kann. Auf der anderen Seite hast du zweifelsohne keine ärztliche oder psychologische Ausbildung und arbeitest nicht für diese Klinik. Des Weiteren bist du hier in drei Tagen fertig. Was ist danach?«

Nick seufzte. Als ob Dr. Morton seine Gedanken gelesen hätte, sprach er genau das aus, worüber Nick wenige Sekunden zuvor gegrübelt hatte.

»Ich weiß es auch nicht. Kann ich nicht weiterhin hierherkommen?«

Dr. Morton schüttelte den Kopf. »Leider haben wir hier strikte Besuchsregeln, die auch du einhalten musst.

Dir wird sicher aufgefallen sein, dass es nur einen Besuchstermin in der Woche gibt.«

»Ich weiß nicht, was geschehen wird. Aber ich werde Emily nicht einfach aufgeben. Wenn es sein muss, stelle ich irgendetwas an, und dann lande ich eben wieder hier«, antwortete Nick schelmisch.

Dr. Morton stand auf und schüttelte grinsend den Kopf. Ihm gefiel Nicks jugendliche, freche und naive Art.

»Oh, Nick. Wir werden sehen. Irgendwie finden wir schon eine Lösung. Jetzt geh bitte hinauf zur ihr.«

Nick blickte fragend seine Vorgesetzte an, und diese machte ihm mit einer Handbewegung ebenfalls deutlich, dass er gehen sollte.

Nick lief, ohne ein weiteres Wort zu sagen, zum Aufzug und fuhr in den ersten Stock. Eine Pflegerin führte ihn zu Emilys Zimmer. »Da wohnt sie.«

Nick klopfte an die Tür und trat ein. Emily saß weinend auf dem Bett, und vor ihr kniete ihre Zimmergenossin mit den Zöpfen und versuchte, sie zu beruhigen. Als sie Nick im Zimmer stehen sah, stand sie auf, ging mit den Worten »Jetzt bist du dran« an Nick vorbei und verließ den Raum. Emily hörte auf zu weinen und blickte aus dem Fenster. Nick lief langsam zu ihr und zog einen Stuhl ans Bett. »Was ist denn passiert, Emily?«

Emily strich ihre Haare aus dem Gesicht und blickte ihn dann an. »Ich habe Angst, Nick. Ich habe Angst, dass mir das Gleiche wie Rebecca passiert.«

»Oh nein«, antwortete Nick und schüttelte den Kopf. »Das wird nicht passieren, Emily.«

Emily begann wieder zu schluchzen. »Ich habe es vorhin probiert, Nick, wenn ich etwas in meinen Mund nehme, dann geht mein Hals zu. Ich kann irgendwie nichts essen, es geht einfach nicht. Ich weiß nicht, was mit mir passiert.«

Nick nahm Emily zögerlich in den Arm. Sie war die ganze Zeit so verschlossen gewesen, und die Sorge, dass sie ihn wieder abblitzen lassen könnte, schwebte noch immer bedrohlich in seinem Kopf. Doch zu seiner Freude ließ Emily die Berührung zu.

»Wir schaffen das schon, Emily! Ich weiß, dass du essen kannst!«

»Oh, Nick, ich habe schon seit vielen Wochen Probleme, normal zu essen. Es hat einfach angefangen, als …« Sie hielt inne und schloss ihre Augen.

Nick bemerkte, dass Emily an den Armen Gänsehaut bekam. Sie schüttelte den Kopf. »Es ist so unfair!«

»Willst du es mir erzählen?«

Sie schüttelte langsam den Kopf und griff nach einem Taschentuch, das zusammengeknüllt unter der Decke lag.

Emily schluchzte wieder, und Tränen liefen ihr Gesicht hinunter. »Meine Mutter …«, weinte sie. »Meine Mutter! Was habe ich getan?«

Nick war verwirrt. Er wusste nicht, was Emily meinte. »Was ist mit deiner Mutter?«

Emily brauchte etwas, um sich wieder zu beruhigen.

»Ich habe vorhin mit ihr telefoniert. Sie macht sich so schreckliche Sorgen um mich. Sie hat doch jetzt niemanden mehr, und ich …«

Sie weinte noch einen Moment, dann trocknete sie ihre Augen und vergrub ihr Gesicht in ihren Armen.

»Verdecke deine Tränen nicht, Emily.«

»Ich wollte nie, dass das passiert. Ich wollte diese Probleme mit dem Essen nicht. Es hat einfach so angefangen, es fühlte sich so falsch an, zu essen.« Sie verzog ihr Gesicht. »Irgendwann konnte ich es nicht mehr kontrollieren!«

Wieder vergrub sie ihr Gesicht in ihren Armen. Nick schloss seine Augen und versuchte, sich zu besinnen. Für einen Moment war er mit der Situation überfordert, weil in ihm selbst die Angst aufstieg, dass Emily es nicht schaffen könnte.

»Was habe ich getan, Nick? Was passiert mit mir?« Emily presste ihre Lippen aufeinander und ballte die Hände zu Fäusten. Sie fing an, schwer zu atmen, drehte sich nervös um und blickte gegen die Wand.

»Ich bin so ein Idiot!«, sagte sie mit einer Stimme, die klar war und voller Selbstvorwurf. »Ich bin einfach ein Idiot!«, wiederholte sie. Sie nahm das Kissen, das neben ihr lag, drückte ihren Kopf hinein und ließ einen Schrei heraus.

Nick erschrak, als er den Schrei hörte. Sein ganzer Körper geriet ins Zittern. Er stand mit einem Ruck auf, sodass der Stuhl hinter ihm umkippte, und kniete sich vor Emily nieder. Sofort kamen ihm Jacks Worte wieder in die Erinnerung. Es schien, als hätte er gewusst, dass dieser Moment kommen würde.

»Das ist gut, Emily! Raus damit!«

Emily legte das Kissen beiseite, und wieder hatte sie diesen dumpfen, freudlosen Ausdruck in ihrem Gesicht.

»Du darfst nicht aufgeben, Emily! Keiner gibt dich auf, und du solltest es auch nicht tun!«

Emily blickte Nick an und flüsterte: »Aber er ist tot.«

Nick konnte ihre Worte kaum vernehmen, so leise sagte sie sie. Dann liefen ihr wieder Tränen aus den Augen.

Nick atmete erleichtert auf. Endlich öffnete sie sich ihm. Für einen Moment wollte er sie ermutigen, weiterzuerzählen, doch er sah, wie sie wieder ihre Lippen aufeinanderpresste und ihr Körper vor lauter Weinen bebte. Nick konnte ihren Selbsthass regelrecht spüren.

Emilys Augen schlossen sich immer wieder kurz, und Nick ergriff die Chance und rief: »Lass es raus, Emily! Lass es endlich raus!«

Nick fing ebenfalls an zu weinen. Er wollte einfach, dass sie aufhörte zu leiden.

Emily packte wieder das Kissen und schrie hinein. Sie schrie so laut, dass es durch die ganze Klinik schallte, trotz des Kissens vor ihrem Gesicht. Sie schrie und schrie und weinte dann wieder. Mindestens eine Minute lang schrie sie so laut, dass am Ende nur noch ein Krächzen aus ihrem Mund kam.

Dann riss plötzlich jemand die Tür auf, und Nick sah, dass Constantine im Begriff war, ins Zimmer zu kommen. Der Psychologe Dr. Simont war direkt hinter ihm.

Nick forderte sie mit einer Handbewegung auf, draußen zu bleiben. Emily hatte nicht bemerkt, dass die Tür aufgegangen war. Constantine und Dr. Simont zögerten und blickten einander an, doch dann erschien auch Dr. Morton hinter ihnen im Türrahmen und gab Constantine zu verstehen, dass er die Tür wieder schließen sollte. Er nickte Nick zu und lächelte. Nick lächelte zurück und weinte. Emilys Schrei ging ihm sehr nahe.

»Ahhhhh!«, schrie Emily wieder laut in das Kissen. Dann flüsterte sie: »Es tut so weh, Nick! Es tut so weh! Wieso? Wieso?«

Nick setzte sich wieder aufs Bett, und Emily legte ihren Kopf an seine Schulter. Für einen kurzen Moment war es ganz still und friedlich im Raum. Nick strich Emilys Haare aus ihrem verschwitzten und verweinten Gesicht.

»Was passiert mit mir, Nick?«

»Du lässt es endlich raus! Das ist gut, vertrau mir!« antwortete er leise. »Du kannst mir vertrauen!«, wiederholte er noch einmal.

»Ich weiß«, flüsterte Emily.

Einige Minuten saßen sie zusammen auf dem Bett, und Emily genoss den Halt, den sie von Nick bekam. Sie sagten nichts, und Nick gab ihr die Möglichkeit, in aller Ruhe über das Geschehene nachzudenken.

Er beobachtete sie mit einem sanften Lächeln auf den Lippen. Er hätte es nie für möglich gehalten, dass sie sich ihm so öffnen würde, ihm, einem fremden Jungen aus der Klinikküche, den sie kaum kannte. Doch die Verbindung zu ihr war stark, vom ersten Augenblick an, als er sie gesehen hatte. Seine Liebe zu ihr war vom ersten Augenblick an da gewesen, auch wenn er sie zunächst nicht als solche erkannt hatte. Vielleicht fühlte sie ja genauso.

Immer wieder wurden Emilys Augen feucht, doch sie schluchzte nicht mehr, und auch ihr Körper war ruhiger geworden.

»Danke, Nick«, sagte sie dann auf einmal. »Danke, dass du bei mir bist!«

»Ich kann nicht anders«, antwortete er schüchtern.

Für einen Moment waren ihre Gesichter ganz nah beieinander, nur wenige Zentimeter trennten sie. Nick bekam eine Gänsehaut am ganzen Körper, und eine Kraft in ihm wollte Emily noch näher an sich heranziehen. Ihm wurde beinahe schwindelig, als er so direkt in ihre wunderschönen Augen sah. Seine Lippen öffneten sich für einen Moment, doch er konnte nichts sagen.

Dann wandte Emily wieder ihr Gesicht ab und lehnte ihren Kopf an seine Schulter. Nick versuchte leise, die Spannung auszuatmen. Er wollte sie nicht unter Druck setzen und ihre gerade entstandene Beziehung nicht mit dem Wunsch nach Bindung zerstören. Doch der Wunsch in ihm, sie zu berühren, war sehr groß. So etwas hatte er noch nie in seinem Leben gefühlt.

»Können wir rausgehen?«, fragte Emily schließlich.

»Ja, natürlich«, stotterte Nick, der nach wie vor in seinen Gedanken versunken war. »Wo willst du denn hin?«

»Einfach raus«, antwortete Emily erschöpft.

»Dann lass uns gehen«

Nick ging voraus und öffnete die Tür für Emily. Ein paar Mädchen huschten auf dem Gang umher und wurden sofort ruhig, als Emily aus der Tür trat.

Zusammen gingen die beiden den Gang hinunter und gingen die Treppe hinab ins Foyer. Ohne ein Wort zu sagen, lief Emily in Richtung Park, und Nick folgte ihr einfach.

Beth blickte mit Dr. Morton aus dem Speisesaal und beobachtete, wie die beiden hinausgingen. »Sehen Sie, er kann das«, flüsterte Beth dem Arzt leise zu.

Nick öffnete die Tür, und Emily lief schweigend hindurch. Man konnte ihr ansehen, wie sehr sie mit sich zu kämpfen hatte.

»Wollen wir wieder auf den Rasen gehen?«, fragte Nick behutsam.

»Ja!«, war Emilys kurze Antwort.

Es war eine durch und durch idyllische Situation. Die Sonne schien, kleine Wolken bedeckten den Himmel, und immer wieder zog ein starker Windstoß durch die Baumwipfel und die Büsche um sie herum.

Nick legte sich auf den Rücken und blickte in den Himmel. Emily tat es ihm gleich. Es schien ihr überhaupt nicht mehr unangenehm zu sein, Nick in ihrer Nähe zu haben.

»Ist der Himmel nicht wunderschön?«, murmelte Nick.

Emily beobachtete weiter die Wolken, wie sie an der Sonne vorbeizogen und für einen kurzen Moment alles verdunkelten. Sie erinnerte sich an ihre erste richtige Begegnung mit Nick beim Picknick im Park und an die Worte, die er ihr gesagt hatte.

»Die Sonne ist immer da, auch wenn Wolken sie verdunkeln«, sagte sie zu Nick.

Ein breites Grinsen erschien auf Nicks Gesicht, so erfreut war er darüber, dass sie sich das gemerkt hatte.

Emily setzte sich auf und blickte etwas verloren auf den Sandweg vor sich. »Danke, dass du in mein Leben gekommen bist, Nick! Ich wusste von Anfang an, dass ich dir vertrauen konnte.«

Nick stützte sich mit den Armen ab und setzte sich dann ebenfalls hin. Er hätte das Gleiche sagen können und es nicht weniger ehrlich gemeint, doch er sagte gar nichts und genoss den Moment.

Emily drehte sich wieder um und schaute scheu auf zu Boden. »Es ist alles so seltsam. Bevor du in die Klinik gekommen bist, wollte ich wirklich mein Leben aufgeben. Ich sah einfach keinen Sinn mehr darin. Doch als ich dich dann neben Beth stehen sah, da … ach, ich weiß auch nicht«, beendete sie abrupt ihren Satz.

»Ich fühle das genauso wie du, Emily. Mein Leben war bis vor Kurzem auch noch völlig …«, er suchte nach dem passenden Wort, »… wertlos. Mein ganzes Leben hat sich in den letzten Tagen und Wochen gewandelt. Dank dir und dank …«

»Jetzt kann ich wieder glauben, dass die Welt gut ist!«

Nick nickte.

»Oh, verzeih mir bitte, dass ich dich unterbrochen habe!«, schämte sich Emily.

»Nein, nein, sprich ruhig weiter«, winkte Nick liebevoll ab.

»Hilfst du mir dabei, wieder mit dem Essen anzufangen?«

»Ich denke, das schaffst du ganz von alleine. Aber ich werde bei dir sein, wann immer du mich brauchst.«

»Ich möchte es versuchen«, flüsterte Emily leise.

»Ähm … wirklich?«, stockte Nick.

Emily nickte. »Ich muss nach vorne schauen, Nick. Das weiß ich jetzt. Es tut einfach zu weh, hinter mich zu blicken.«

»Dann versuch es. Aber, Emily, setz dich nicht unter Druck.«

»Dr. Morton hat mir gesagt, dass sie sich das nicht viel länger anschauen können. Wenn ich bis Mittwoch nichts gegessen habe, dann …«

»Ich weiß, Emily, aber du schaffst das vorher. Ich glaube fest daran!«

Emily biss sich unruhig auf die Unterlippe. »Ich muss das tun Nick, das weiß ich jetzt. Es gibt bald Mittagessen, und ich möchte es versuchen.«

»Hast du Angst?«, fragte Nick, und Emily bejahte.

»Vielleicht ist es etwas zu früh dafür. Ich meine, du hast seit Tagen nichts gegessen, und es wäre vielleicht gut, wenn du dich langsam darauf vorbereiten würdest.«

Nick wollte auf keinen Fall riskieren, dass sie wieder zurückfiele. Sie hatte sich schon lange genug Schuldgefühle gemacht, und wenn sie das jetzt nicht schaffen würde, würde sie vielleicht gar nicht mehr aus ihrer Situation herausfinden.

»Nein!«, antwortete Emily entschlossen.

Nick legte sich wieder aufs Gras zurück, und Emily tat es ihm nach. Sie drehte sich auf die Seite, legte ihren Kopf auf ihren Arm und blickte Nick an. Dieser drehte seinen Kopf ebenfalls zur Seite und sah ihr in die Augen. Wieder floss durch ihn ein warmer Strom der Aufregung, und eilig drehte er seinen Kopf wieder und blickte in den Himmel. Emily blieb weiter neben ihm liegen.

»Es ist schon komisch, mit dir hier zu liegen. Ich kenne dich gar nicht, und doch bist du mir so vertraut.« Sie zögerte einen Moment, bevor sie weitersprach.

»Geht es dir auch so?«, fragte sie plötzlich, und Nick wusste nicht, wie er darauf antworten sollte. Es war so wunderschön, das von ihr zu hören, und gleichzeitig so aufregend.

Er drehte seinen Kopf wieder zu Emily und lächelte. »Ich denke schon«, sagte er ruhig.

»Emily! Nick!«

Nick stand hastig auf. Das Mädchen mit den Zöpfen kam den Weg entlanggelaufen.

»Hier seid ihr also«, sagte sie und blickte verwirrt auf Emily, die auf dem Boden lag.

Dann lächelte sie frech und kicherte kurz. Nick strich sich verlegen durchs Haar. Ihm war die Situation sichtlich peinlich.

»Dr. Morton ruft euch, es gibt Essen. Du weißt, Emily, er will, dass wir alle dabei sind.«

»Ja, wir kommen jetzt.«

»Okay!«, rief sie und rannte schon wieder zurück zur Klinik.

Nick reichte Emily ihre Hand und half ihr aufzustehen. »Willst du das wirklich?«

Emily nickte.

Schweigend verließen sie den Park und gingen in die Klinik zurück. Als sie die Tür zum Speisesaal öffneten, verstummte für einen Moment das Geklapper des Bestecks, und Getuschel fing an.

Emily flüsterte Nick ins Ohr: »Kommst du mit mir?«

»Ja, mach ich.«

Sie gingen an Emilys Platz. Emily setzte sich mit einem Seufzer.

»Soll ich dir etwas zu essen holen?«

Emilys Augen wurden wieder feucht, und sie zitterte leicht.

»Du musst das jetzt nicht tun!«, wiederholte sich Nick.

Emily schüttelte vehement ihren Kopf. »Doch, Nick, ich muss es tun! Ich habe einfach alles um mich herum ausgeblendet, aber das kann ich nicht mehr länger tun. Ich verletze nicht nur mich selbst, sondern auch die Menschen, die mich lieben! Das geht jetzt schon viel zu lange so!«

Nick sah, dass Emily dabei an ihre Mutter dachte.

Also stand er auf, nahm sich ein Tablett mit einem Teller und häufte etwas Salat und Kartoffeln darauf. Er machte den Teller nur halb voll, doch er wusste genau, dass, wenn Emily es wirklich schaffen sollte, alles zu essen, der Spuk zu Ende wäre und sie es geschafft hätte.

Etwas zittrig kam er mit dem Tablett zurück an ihren Tisch. Beth hielt sich erstaunt die Hand vor den Mund, und auch die Ärzte bemerkten, dass Nick mit dem Teller zu Emily ging. Es wurde noch ein wenig ruhiger im Speisesaal, und immer wieder schauten die Mädchen gespannt auf ihren Tisch und tuschelten miteinander. Dr. Morton ging von Tisch zu Tisch und forderte die Mädchen leise auf, weiterzuessen und Emily nicht so anzustarren.

Es war für alle ein spannender Moment, und immer wieder blickten die Mädchen und selbst die Ärzte ungläubig zu Emilys Tisch. Keiner hätte das jemals für möglich gehalten.

Nick nahm seinen Stuhl und stellte ihn direkt neben Emily, die Nick auch sofort ansah und ihn bat, bei ihr zu bleiben. Mit der rechten Hand ergriff sie die Gabel, die linke Hand legte sie zu einer Faust geballt neben den Teller. Sie stach in ein Salatblatt und ließ die Gabel einige Zeit einfach in der Hand liegen. Schließlich legte sie die Gabel wieder auf den Teller und bat Nick, ihr etwas zu trinken zu holen.

Nick stand wieder eilig auf und holte schnell ein Glas mit Wasser. Er ließ sie dabei nicht aus den Augen und beobachtete, wie sie die ganze Zeit auf den Teller blickte.

»Hier!«, rief Nick und stellte das Glas vor lauter Aufregung so schnell auf den Tisch, dass der Inhalt fast herausschwappte.

Emily trank einen Schluck und nahm dann wieder die Gabel in die Hand. Sie öffnete den Mund und schloss die Augen. Während sie die Gabel zum Mund führte, rollten Tränen ihre Wangen hinunter. Dann verschwand das Salatblatt in ihrem Mund, und sie begann, es langsam zu kauen. Sie kaute mehrere Male, und es dauerte eine Minute, bis sie schluckte. Danach nahm sie ein Stück Kartoffel, zerdrückte es mit der Gabel und schob es in den Mund. Sie kaute wieder sehr langsam und vorsichtig, und immer wieder musste sie weinen. Nick reichte ihr das Glas, weil er befürchtete, dass sie sich verschlucken könnte. Immer wieder legte sie die Gabel beiseite und fing leise an zu weinen.

Nick nahm ihre Hand und machte ihr Mut, doch er wusste, dass dieser Moment Emily alleine gehörte. Sie musste es mit ihren eigenen Kräften schaffen.

Dr. Morton war mittlerweile von seinem Tisch aufgestanden und kam ebenfalls zu Emilys Tisch. Er legte seine Hand auf ihre rechte Schulter und flüsterte: »Du machst das prima, Emily! Ich bin stolz auf dich!«

Mit verquollenen Augen neigte sie ihren Kopf und lächelte Dr. Morton dankbar an. Auch Beth hatte Tränen in den Augen und knetete nervös ihre Hände.

Wieder und wieder führte Emily die Gabel zum Mund, und mit jeder Minute wurde ihr Teller leerer. Dr. Morton und Nick wichen in dieser Zeit nicht von ihrer Seite.

Zwischendurch fragte Nick vorsichtig, ob sie aufhören mochte, schließlich hatte sie schon einiges von der Portion gegessen, doch Emily schüttelte den Kopf. Sie wollte sich selbst beweisen, dass sie alles essen konnte. Für sie gab es in diesem Moment keine halben Sachen.

Sie aß immer weiter, bis der Teller leer war. Dann fiel sie Nick weinend in die Arme. Es waren Tränen der Erleichterung und Tränen des Loslassens.

Dr. Morton flüsterte noch einmal »Super, Emily!« und ging dann eilig wieder an seinen Tisch zurück.

»Jetzt hast du sogar den Morton dazu gebracht, dass er berührt ist. Ich habe Pipi in seinen Augen gesehen«, wisperte Nick Emily ins Ohr. Sie fing sofort an zu lachen und rieb sich die Tränen aus dem Gesicht.

Einige Mädchen standen auf und liefen zu Emily, um sie in den Arm zu nehmen. Andere lächelten sie einfach an oder strahlten vor Freude.

Emily war dankbar, denn sie sah, wie alle sie unterstützen. Doch die Situation war auch sehr ermüdend für sie. »Können wir auf mein Zimmer gehen?«, fragte sie Nick.

»Ja, lass mich nur Dr. Morton fragen.«

Dr. Morton sagte nur: »Ich glaube, nach diesem Ereignis können wir eine Ausnahme machen! Geht ruhig!«

Sie fuhren mit dem Aufzug hinauf und gingen in Emilys Zimmer.

Emily legte sich auf ihr Bett und blickte Nick für einen langen Moment an. Dann legte sie ihren Kopf aufs Kopfkissen und weinte leise. »Danke, Nick«, sagte sie noch, dann schlief sie erschöpft ein.

Nick ging zum Fenster und ließ das Rollo herunter. Als er sie im Bett liegen sah, näherte er sich ihr vorsichtig und gab ihr einen Kuss auf die Stirn. Voller Freude verließ er ihr Zimmer. Sie hatte es wirklich geschafft, wieder zu essen.

Nick war nicht stolz auf sich, er war nur unglaublich dankbar für den Segen, den er in den letzten Tagen erfahren hatte. Er wusste, er verdankte dies alles Jack, und in Gedanken gab er Emilys Dank an ihn weiter. Es war einfach unglaublich, was in dieser kurzen Zeit alles geschehen war. Nick ging den Gang hinunter und nahm schließlich die Treppe, um wieder nach unten zu gelangen.

Ein Teil der Mädchen saß noch an den Tischen und redete. Auch Dr. Morton saß mit Dr. Simont, Constantine, Peggy, Monica und Beth an einem Tisch und unterhielt sich angeregt.

Gerade als Nick am Tisch vorbeiging, um in der Küche das Geschirr zu spülen, rief Dr. Morton ihn zu sich.

Der Arzt stand auf und reichte Nick die Hand. Zögernd streckte auch Nick seine Hand aus und schüttelte die des Arztes. »Danke, Nick! Ich weiß nicht, wie du das gemacht hast, aber du hast es tatsächlich geschafft!«

Nick lächelte etwas verlegen. »Das hat sie ganz alleine gemacht!«

Dr. Morton nickte und setzte sich wieder. Jetzt stand Beth auf und nahm Nick in den Arm. »Du bist ein Goldschatz!«

Dann blickte sie zu den Pflegern und Ärzten und sagte: »Braucht ihr nicht noch jemanden hier in der Klinik?«

Nick wurde rot, ihm war der ganze Trubel viel zu unangenehm. Sein Wunsch war einfach, dass Emily wieder lachen und das Leben genießen könnte. Und in diese Richtung hatte sie an diesem Tag den ersten Schritt gemacht.

»Ich gehe jetzt in die Küche und hole meine Arbeit nach«, sagte Nick schnell, um eine Antwort der Ärzte zu verhindern.

»Ja, mach das«, sagte Beth sanft und versprach, gleich nachzukommen, um ihm zu helfen.

Nach zwei Stunden kam Emily wieder in den Speisesaal und klopfte an die Küchentür. Nick putzte gerade die Küche, und Beth war im Hof, um eine Lebensmittellieferung entgegenzunehmen.

Emily setzte sich an den kleinen Klapptisch in der Küche und schaute Nick zu. Immer wieder lächelten sie sich wie schüchterne Kinder an und kicherten.

Nick wollte seine Arbeit unterbrechen, doch Emily bestand darauf, dass er weitermachte. Sie wollte für einen Moment einfach die Ruhe genießen und nichts sagen.

Als die Küche sauber war, setzte Nick sich neben Emily.

»Möchtest du, dass ich heute Abend hierbleibe und bei dir bin, wenn es Abendessen gibt?«

Emily lächelte. »Du bist so lieb zu mir!«

»Das war keine Antwort«, schmunzelte Nick.

»Nein, das brauchst du nicht, du hast schon so viel für mich getan!«

»Du weißt, ich tue es gerne.«

»Ja, aber trotzdem«, antwortete sie. »Es wird schon gehen. Es hat ja vorhin auch geklappt.«

»Möchtest du, dass ich dir meine Nummer gebe? Dann kannst du mich anrufen, wenn du mich brauchst. Also, ich bin schnell hier oben, so in zwanzig Minuten ungefähr.« Er zeigte auf die Wand, um ungefähr zu zeigen, aus welcher Richtung er kam. Dann schüttelte er lachend den Kopf, weil er selbst bemerkte, wie verliebt er sich verhielt.

»Ich würde gerne deine Telefonnummer haben!«, antwortete Emily und strich sich ein paar Strähnen hinters Ohr.

Nick kramte eilig in den Schubladen. »Irgendwo habe ich doch … hier habe ich ein Blatt!«

Er schrieb seine Nummer auf den Zettel, faltete ihn einmal und gab ihn Emily. »Du kannst immer, Tag und Nacht, anrufen. Ich lasse mein Handy an!«

»Nick!«, rief es aus dem Hof.

»Das ist Beth, ich muss ihr helfen! Bleibst du hier?«

»Nein, mach du nur, ich gehe mit den anderen Mädchen in den Park.«

»Das ist schön«, lächelte Nick.

Emily hatte sich so sehr von allen abgegrenzt, und nun zu sehen, dass sie mit den Mädchen etwas unternahm, fühlte sich einfach gut an.

»Du gehst dann auch bald nach Hause, oder?«, fragte Emily noch, bevor sie die Küche verließ.

»Das ist richtig, ja.«

»Wollen wir uns morgen sehen?«

Nick grinste. »Natürlich will ich das! Aber versprich mir bitte, dass du mich anrufst, wenn du mich brauchst!«

Emily lächelte. Sie fühlte sich so wohl und genoss es, wie Nick sich um sie kümmerte.

»Danke«, flüsterte Emily und verschwand.

Nick lief nach draußen in den Hof, wo ein LKW stand und ein Mann Lebensmittel auslud.

»Da bist du ja. Pack mal bitte mit an!«

Nick schleppte einige Kisten in die Küche und räumte einen Teil der Ware in einen der beiden großen Kühlschränke.

»Die werden immer frecher, die Lieferanten«, fluchte Beth, als sie die Küche vom Hof aus betrat.

»Reich mir mal ein Handtuch!« Nick gab ihr eins, und sie wischte sich den Schweiß von der Stirn. »Teurer werden sie, unpünktlich und frech!«

»Sag mal, Beth, meinst du, es wäre möglich, dass ich morgen mit Emily ein Picknick im Park mache?«

Beth legte das Handtuch wieder beiseite und setzte sich auf einen Stuhl.

»Von meiner Seite aus geht das natürlich klar. Aber die Entscheidung trifft Dr. Morton und nicht ich.«

»Ja, ich weiß«, erwiderte Nick.

»Aber frag ihn doch einfach, er ist in seinem Büro.«

Nick ging in Dr. Mortons Büro, und ausnahmsweise genehmigte er Nick sein Picknick im Park. Er hielt es ebenfalls für sinnvoll, das Essen für Emily in nächster Zeit mit etwas Schönem zu verbinden, und deswegen hatte er nichts dagegen. Natürlich drückte er seine Zusage sehr medizinisch aus, doch Nick war klar, dass Dr. Morton ihm jetzt mit noch mehr Respekt begegnete als vorher.

Voller Vorfreude und mit einem großen Lächeln im Herzen verließ Nick das Ärztezimmer und ging zu Beth zurück.

»Aha, er hat also Ja gesagt?«, fragte sie ihn, als Nick strahlend in die Küche kam.

Nick nickte.

»Du solltest wissen, dass du ihn vorhin ganz schön beeindruckt hast. Ich habe ihn noch nie so sprachlos gesehen.«

»Ja, ich weiß«, antwortete Nick scheu.

»Und, bist du aufgeregt? Erzähl, was hast du morgen vor?«

Und wie aufgeregt Nick war! Jetzt fühlte sich ihre morgige Begegnung schon fast wie ein Rendezvous an.

Beth half ihm, ein paar Sachen zusammenzusuchen, und klapperte mit ihm Abstellkammern ab, die kaum jemand in den letzten Wochen betreten hatte. Und sie fanden tatsächlich alles, was man für ein schönes Picknick brauchte.

Immer wieder fragte Nick, ob das nicht zu viel sei, doch Beth war in ihrem Element und packte alles zusammen. Nur Blumen wollte Nick dann doch nicht mitnehmen. Auf alles andere, was Beth ihm vorschlug, ließ er sich ein.

Als Nick überlegte, was er zum Essen mitnehmen sollte, erwiderte Beth nur: »Lass das mal meine Sorge sein, ich bin schließlich die Köchin hier.«

Nick nutze die Gelegenheit und sagte zu Beth: »Bitte pass heute Abend besonders auf Emily auf! Ich werde nicht da sein. Ich weiß, dass sie dich mag, und es wäre toll, wenn du einfach in ihrer Nähe wärst.«

Beth machte sich keine Sorgen und war sich sicher, dass Emily den kritischen Punkt überwunden hatte und jetzt mit jedem Tag mehr und mehr essen würde, doch sie versprach ihm, bei ihr zu sein.

Nur wenig später war Nicks Arbeitszeit für diesen Tag vorbei. Er ging an den Spind, holte seine Sachen und verabschiedete sich. Immer wieder blickte er nach oben und dachte darüber nach, nochmals zu Emily zu gehen, um sich von ihr zu verabschieden. Doch keineswegs wollte er sie jetzt bedrängen, jetzt, wo er es endlich geschafft hatte, ihr wirklich zu begegnen, und sie sich bei ihm fallen lassen konnte. Etwas schweren Herzens verließ er also die Klinik. Er fühlte sich ein wenig traurig, von ihr wegzugehen.

Doch spätestens als er die Straße in Richtung Stadt hinabfuhr, hatte er einen neuen Grund zur Freude: Er würde gleich Jack treffen und ihm alles erzählen können. Endlich hatten sie es geschafft, und Emily hatte wieder gegessen.

Die letzten Tage mit Jack waren wie eine Vorbereitung für diesen Tag gewesen. Es war alles perfekt. Nick war Jack so dankbar, dass er in sein Leben getreten war, und so gerne würde er ihm seinen Dank zeigen.

Für einen Moment dachte Nick darüber nach, Jack ein Geschenk zu machen, jedoch fiel ihm beim besten Willen nicht ein, was er ihm hätte schenken sollen. Weder wusste er, was Jack mochte, noch, was er brauchte. Er wusste einfach viel zu wenig über ihn.

Als Nick durch die Stadt fuhr, wurde er bei jedem Geschäft, das auf dem Weg lag, etwas langsamer und warf einen kurzen Blick in die Schaufenster, doch es gab nichts, was ihn ansprach. Alles, was er sah, hatte irgendwie keinen Bezug zu Jack.

Ein paar Minuten später passierte er auch einen Herrenausstatter, und unerwartet hielt er tatsächlich vor dem Laden an, weil im Schaufenster eine Mütze ausgestellt war, die genau die gleiche Farbe hatte wie Jacks Leinenhose und Stoffjacke.

Nick schob sein Fahrrad den kleinen Weg entlang und stellte es dann vor dem Geschäft ab, um sich die Stoffkappe genauer anzuschauen. Sie war beigefarben und hatte ein Karomuster, so ähnlich wie ein Schottenmuster. Er lachte, kramte seinen Geldbeutel aus dem Rucksack und ging ins Geschäft. Ja, diese Mütze passte einfach zu Jack, dachte er, als er sich Jack mit dieser Mütze vorstellte. Es war so, als ob sie die ganze Zeit gefehlt hätte.

Nach ein paar Minuten kam er mit einer Papierschachtel wieder aus dem Geschäft, schnallte sie auf den Gepäckträger und fuhr weiter zum Park. Jack mit dieser Mütze auf dem Kopf zu sehen, stimmte einfach irgendwie. Sie passte zu ihm.

Stolz marschierte er durch Park und lief Jack entgegen, der, wie fast jeden Tag, auf der einen besonderen Parkbank auf ihn wartete. Jack neigte seinen Kopf zur Seite und lächelte, als er Nick auf sich zukommen sah.

Nick stellte seinen Rucksack und die Schachtel unauffällig neben die Bank und setzte sich zu Jack.

Dieser drehte sich um und schlug das eine Bein über das andere. Und dann lächelte er so sehr, wie er selten gelächelt hatte. »Ich sehe, es ist alles gut verlaufen.«

»Oh ja, Jack! Besser als gut!«, antwortete Nick, und sofort wurden seine Augen feucht vor Freude.

Zu Nicks Erstaunen wurden auch Jacks Augen feucht.

»Hey, was ist denn?«, erschrak Nick und berührte seinen Freund am Arm.

»Nichts, Nick, ich bin einfach so unglaublich dankbar und stolz auf dich.«

Jack rückte ein Stück nach vorne und nahm Nick in den Arm. Für lange Zeit verweilte er so.

»Hey!«, sagte Nick dann. »Ich bin es, der sich hier bedanken muss.«

»Ach so?«, entgegnete Jack frech und lehnte sich wieder zurück. »Na, dann lass mal hören!«, grinste er auffordernd.

Nick griff neben die Bank und holte die Schachtel hervor. »Ich habe keine Ahnung, was man dir schenken kann. Aber als ich vorhin an einem Laden vorbeigefahren bin, da habe ich das gesehen …«, und mit einem Ruck öffnete er den Deckel. »Sie hat die gleiche Farbe wie der Rest deiner Kleidung, schau! Ich konnte nicht anders, als sie zu kaufen.«

Sanft nahm Jack die Kappe aus der Schachtel und betrachtete sie freudig in seinen Händen. Dann legte er seinen Arm um Nick und drückte seinen Kopf gegen Nicks. »Danke«, flüsterte er. »Du weißt nicht, welche Freude du mir damit machst!«

»Wirklich? Ich meine, das ist doch nur eine Kappe.«

»Nein, Nick, es ist nicht einfach eine Kappe. Du bist deinem inneren Impuls gefolgt, Nick. Ich hatte vor wenigen Jahren noch eine Kappe, die fast genau so aussah wie diese. Doch auf einem Ausflug am Felsen habe ich sie verloren.«

»Du kennst den Felsen?«, fragte Nick erstaunt.

»Ja, ich war viele Male dort«, antwortete Jack verträumt. »Wieso auch nicht? Es ist ein heiliger Platz.«

»Das ist wahr.« Nick seufzte für einen Moment. Der Augenblick war einfach wunderschön. Es war so hell um ihn herum, und überall hörte er Kinderlachen. Jack setzte ganz langsam und feierlich die Mütze auf seinen Kopf. Sie passte perfekt.

»Jetzt erzähl mir aber, wie es dir mit deiner Emily ergangen ist!«

»Hey!«, protestierte Nick. »Sie ist nicht meine Emily!«

Jack beugte sich zu Nick vor, lächelte und flüsterte: »Oh doch, Nick, bald ist sie es.«

Nick wurde etwas rot im Gesicht. »Meinst du wirklich, dass ich eine Chance habe?«

»Oh, Nick, es gibt so vieles, was du noch nicht verstehst. Ihr seid schon so lange verabredet.«

Nick schüttelte ungläubig den Kopf. »Wovon redest du, schon wieder, Jack? Mit jeder Unterhaltung fällt es mir schwerer, dir zu folgen. Und eigentlich sollte es doch umgekehrt sein.«

»Ist auch egal, mein Freund, jetzt will ich wissen, wie es war! Erzähl mir alles!«

Nick gehorchte natürlich und erzählte Jack alles bis ins kleinste Detail, und für fast eine Stunde starrte Jack nur auf Nicks Mund und sagte kaum etwas. Am Ende wischte er sich eine kleine Träne aus dem Gesicht und forderte Nick auf, mit ihm spazieren zu gehen.

Nick faltete die Papierschachtel zusammen und warf sie in den nahe gelegenen Mülleimer, dann nahm er seinen Rucksack und ging mit Jack durch den Park.

»Es ist so wunderschön hier im Park, und ich liebe es, hier spazieren zu gehen«, sagte Jack plötzlich, nachdem er für einige Minuten geschwiegen hatte. Die Ruhe war geradezu unheimlich gewesen.

»Ja. Ich bin schon immer gerne hierhergekommen.«

Plötzlich blieb Jack stehen und hielt auch Nick mit seinem Arm zurück. »Schau mal, wen wir da drüben haben«, sagte er und deutete mit dem Kopf etwas weiter vorne auf dem Weg.

Nick blickte sich um und verstand erst nicht, was Jack meinte, bis er die Frau mit dem Kinderwagen sah, die ein gutes Stück weiter auf einer Bank saß. Er hatte sie zunächst nicht erkannt, weil sie ihr Haar anders trug und ein Kleid anhatte. Neben der Frau saß ein Mann und schaute gerade in den Kinderwagen. Die Frau lächelte und schien sehr glücklich zu sein.

»Siehst du! Das macht ein einziges Lächeln aus. Sie und ihr Freund haben sich wieder vertragen, weit mehr noch, sie haben ihre Beziehung von Grund auf verändert. Mit deinem Lächeln hast du ihr die Angst genommen.«

»Das kann ich kaum glauben.«

»Und doch ist es wahr«, sagte Jack, als sie an der jungen Familie vorbeigingen.

»Ein kleiner Moment, Nick, ein Lächeln, das aus dem Herzen kommt, reicht aus, um Welten zu bewegen. Merke dir das gut, Nick. Fühle, wann immer du einem Menschen begegnest, in dein Herz, und frage dich, was er braucht. Es ist deine Aufgabe, die Menschen daran zu erinnern, dass es immer einen Ort in ihrem Herzen gibt, der frei von allen Problemen, allen Sorgen und allen Ängsten ist.«

»Und das muss ich machen? Was ist denn deine Aufgabe?«

»Dir das zu sagen!«, entgegnete Jack sofort. »Aber das habe ich ja jetzt getan«, fügte er noch hinzu und lächelte Nick an.

»Das hast du, und noch viel mehr. Ich bin so dankbar, dass ich dich kennengelernt habe. Hoffentlich bleibst du, bis ich so alt bin wie du, mein Freund«, lachte Nick.

»Davon kannst du ausgehen.«

»Oh je, jetzt wird es wieder peinlich«, feixte Nick.

Ein leichter Wind wehte durch den Park und wirbelte ein paar Blätter vom Boden auf. Die Sonne ging bereits unter und schickte ihre letzten Strahlen durch die Wipfel der Bäume im Park.

Nick ergriff die Chance und fragte Jack, worum ihn seine Mutter gebeten hatte: »Sag mal, Jack, hast du nicht Lust, mit mir nach Hause zu kommen und mit uns zusammen zu Abend zu essen?«

»Oh, Lust hätte ich schon, mein Freund, aber ich muss mich leider schon wieder von dir verabschieden.«

»Das dachte ich mir schon«, antwortete Nick betrübt.

»Ja, deine Intuition ist bemerkenswert!« Er drehte sich zu Nick um. »Ich kann wirklich nicht mit dir kommen, und bald wirst du das auch verstehen.«

»Du bist ein Werwolf, oder?«, fragte Nick gehässig und ein klein bisschen enttäuscht.

»Ein Werwolf? Sehe ich aus wie ein Werwolf?«

»Na, du bist es doch, der sich immer aus dem Staub macht, wenn die Sonne untergeht!«

»He! Mir wird einfach kalt, wenn die Sonne nicht da ist!«

»Ach«, antwortete Nick halb frustriert, halb scherzend.

»Aber ich könnte morgen bei deinem Picknick vorbeischauen, wenn du jetzt schon solche Sehnsucht nach mir hast«, grinste Jack.

»Bloß nicht! Sonst habe ich keine Chancen mehr bei ihr!«

»Ho, ho!«, lachte Jack laut.

»Das war jetzt aber fies, verzeih mir.«

»Nein, nein, ich kann mit deinen Scherzen schon umgehen. Meine sind ja auch nicht besser.«

Jack legte wieder einen Arm auf Nicks Schulter, und, zufrieden mit dem Augenblick, gingen sie weiter.

Als sie ihre Runde gedreht hatten, kamen sie wieder zu den Bänken und dem Brunnen zurück.

»Heißt das jetzt wieder, dass ich gehen soll?«

»Nun, das ist deine freie Wahl, aber ich werde jetzt nach Hause gehen.«

»Ich würde ja allzu gerne mal sehen, wo du wohnst.«

»Ach, mein Zuhause ist ziemlich einfach, da gibt es nichts Spektakuläres. Bei dir zu Hause wird es viel lebendiger zugehen als bei mir.«

»Ja, aber das liegt an Henry. Die anderen sind eher ruhig.«

»Dein Bruder?«

»Ja, genau. Er ist ein frecher Junge.«

»Wie kommst du jetzt mit ihm aus?«

Nick seufzte. »Seit ich aufgehört habe, ihn als meinen Feind zu betrachten, gut.«

Jack nickte. »Du hast deine innere Welt gewandelt und damit deine äußere. Jetzt ist alles anders geworden.«

»Ja, ich möchte keine Sekunde lang mehr mein altes Leben zurück«, antwortete Nick und bekräftigte seine Worte mit einem Nicken.

»Dafür gibt es auch keinen Grund.«

Mit der Hand strich Nick über die Latten der Bank und setzte sich anschließend hin.

»Es lag alles an mir, und ich dachte immer, die anderen seien die Bösen.«

Jack setzte sich ebenfalls und streckte gähnend seine Arme gen Himmel.

»Dein Leben wird durch deine Sichtweise bestimmt. Es ist deine innere Einstellung, deine Sicht über die Dinge, die deine Erlebnisse im Außen bestimmen. Weißt du, manche Menschen kommen zu dieser Erkenntnis erst kurz bevor sie diese Erde verlassen. Du hast also einen großen Vorsprung.«

»Ich hätte mir aber viel Leid erspart, wenn ich es von Anfang an erkannt hätte«, sagte Nick.

»Das schaffen nur wenige«, grinste Jack. »So ein bisschen Lernen und Experimentieren ist doch auch ganz schön.«

Nick schwang seinen Rucksack auf den Rücken und band einen seiner Schuhe. Als er wieder aufstand, sagte er zu Jack: »Ich gehe jetzt.«

»Ja.«

»Danke noch mal, Jack. Ich bin so froh, dass Emily wieder isst.«

»Ich auch«, erwiderte er.

»Ich sage dir dann morgen, wie das Picknick mit ihr war. Ich bin so gespannt!«

»Tue das, mein Freund. Ich danke dir, dass du bei mir warst und dich mir geöffnet hast. Das bedeutet mir mehr, als du dir im Moment vielleicht vorstellen kannst.«

»Peinlich!«, rief Nick wieder, wobei er jeden Buchstaben betonte.

»Los, geh!«, forderte Jack ihn auf.

»Also, wir sehen uns«, sagte Nick noch und lief davon.

Jack blickte ihm lächelnd und ein wenig traurig hinterher. Er wandte seinen Blick nicht ab, bis er Nick nicht mehr sehen konnte. Dann stand auch er auf und nahm den entgegengesetzten Weg aus dem Park hinaus. Die rosaroten Strahlen der untergehenden Sonne, die die ganze Stadt erleuchteten, folgten ihm.

Auch Nick bemerkte den wunderschönen Sonnenuntergang, als er mit dem Fahrrad nach Hause fuhr. Immer wieder schloss er kurz die Augen und ließ die Farben auf sich wirken.

Als er zu Hause angekommen war, setzte er sich vor die Tür und blieb dort noch für einige Minuten sitzen, bis von der imposanten Erscheinung der Sonne nichts mehr zu sehen war. Voller Ruhe saß er dort, dann ging er hinein und begrüßte seine Familie.

Alle wollten sie natürlich gleich auf den neusten Stand gebracht werden, und so erzählte Nick zum zweiten Mal an diesem Tag, was er erlebt hatte. Jedoch kürzte er seine Erzählung etwas ab, denn er war sehr müde und wollte noch etwas Zeit mit sich selbst verbringen.

Deshalb ging er gleich nach dem Abendessen auf sein Zimmer und legte sich ins Bett. Erst hörte er etwas Musik, dann aber dachte er über sich und Emily nach. Er seufzte und kicherte vor Freude. Jede Zelle seines Körpers war in Emily verliebt und freute sich auf den nächsten Tag.

In seinen Gedanken stellte er sich immer wieder vor, wie er mit ihr in den Park gehen würde und dort schon alles für sie bereitstand. Er stellte sich vor, wie sie an ihn gelehnt im Gras lag und sie zusammen lachten. Und am Ende würde er sie küssen, zumindest hoffte er das, obwohl er gleich wusste, dass er sich das niemals trauen würde. Vielleicht konnte er Emily jetzt, nachdem sie wieder gegessen hatte, zeigen, wie er wirklich fühlte.

Als Nick am nächsten Tag den Berg hinaufradelte und die Klinik erblickte, wurde ihm bewusst, dass dies der vorletzte Tag war, den er dort verbringen würde. Doch er nahm sich vor, Dr. Morton, Beth und die anderen auch nach seiner Zeit regelmäßig zu besuchen. Es waren wichtige und lehrreiche Tage für ihn gewesen.

Sicherlich würde Emily bald entlassen werden. Jetzt, wo sie wieder angefangen hatte zu essen, gäbe es keinen Grund mehr, dass sie noch lange dort bleiben würde. Sie würde vielleicht einmal wöchentlich zu Gesprächen in die

Klinik kommen, doch ein stationärer Aufenthalt wäre nicht mehr notwendig. Vielleicht würde er Emily jede Woche zu ihrem Termin begleiten, solange sie es wollte. Dann hätte er genug Zeit, um mit Beth Quatsch zu machen und ihr in der Küche zu helfen, ehrenamtlich und nicht als Strafarbeit.

Diese Klinik und diese Menschen loslassen konnte er einfach nicht. Er hatte sie alle schon zu sehr in sein Herz geschlossen.

Gerade als sich die Glastür der Klinik öffnete und Nick ins Innere trat, kam ihm Emily schon entgegen.

»Hey!«, rief Nick erstaunt.

Emily sah fabelhaft aus, und ihre Trauer schien wie weggeblasen. Sicherlich hatte sie das, was geschehen war, nicht in einem Tag verarbeiten können, doch ein großer Teil ihres Schmerzes war von ihr gegangen, das war für jedermann sichtbar. Ihre Freude war wieder zurückgekehrt.

»Ich habe auf dich gewartet, ich muss dir unbedingt etwas erzählen«, sagte Emily und bat Nick, mit ihr in den Speisesaal zu gehen.

Nick legte seine Sachen gar nicht erst ab, sondern ging sofort mit Emily und setzte sich mit ihr an einen Tisch.

»Wie war das Abendessen gestern?«, fragte er erst, denn diese Frage brannte ihm schon den ganzen Morgen auf der Zunge.

Emily lächelte. »Es hat gut geklappt! Es fühlt sich halt noch etwas komisch an. Das ist alles.«

»Das freut mich. Dann erzähl mir, was du mir unbedingt erzählen musst«, grinste Nick gespannt.

»Ich habe gestern mit meiner Mutter telefoniert, und ich habe ihr von dir erzählt!«

»Oh je!«, antwortete Nick mit tiefer Stimme.

»Nein«, winkte Emily ab, »nein, sie hat sich sehr gefreut und will dich unbedingt kennenlernen!«

»Puh«, seufzte Nick. »Also, wenn sie das wirklich will, dann denke ich, lässt sich das in Zukunft einrichten.«

So wohl war Nick bei dem Gedanken natürlich nicht, und er hoffte, dass er bis zu dieser Begegnung noch ein bisschen Zeit hätte.

»Nicht in Zukunft, Nick, heute Abend!«, erwiderte Emily ganz hibbelig.

»Ist heute Besuchstag?«

Emily schüttelte den Kopf und presste dabei ihre Lippen ganz fest aufeinander.

»Was ist denn?«, fragte Nick, der sah, wie Emily sich das Lachen verkniff.

»Ich gehe später nach Hause!«

»Was?«, rief Nick erstaunt und fasste ihre Hände. »Wirklich?«

»Ja«, antwortete Emily und wischte sich eine Freudenträne aus dem Gesicht.

»Hast du … also, ich meine … hat Dr. Morton dich …«, stammelte Nick.

»Nein, er wollte mich noch ein paar Tage zur Beobachtung hierbehalten, aber meine Mutter hat ihn überredet, dass ich nach Hause gehen darf.«

»Wie hat sie das denn geschafft?«

»So schwer war das scheinbar nicht. Dr. Morton und ich haben gestern Abend lange geredet, Dr. Fisher war auch dabei. Und sie glauben mir, dass ich wieder normal essen werde. Er hat verstanden, dass ich jetzt meine Mutter brauche und sie mich. Dr. Morton lässt mich also gehen. Die einzige Bedingung ist, dass wir eine ambulante Therapie über drei Monaten machen, um, na ja …« Emily schluckte kurz, doch dann lächelte sie wieder, »um das Geschehene aufzuarbeiten. Aber ich darf gehen, das ist die Hauptsache!«

»Das ist … das ist fantastisch!« Nick umarmte Emily voller Freude. »Oh, Emily, ich freu mich für dich!«

»Du musst deinen letzten Tag morgen also ohne mich verbringen«, grinste sie frech.

»Ach«, entgegnete Nick nüchtern, während er sich wieder auf den Stuhl zurücksetzte, »das schaffe ich schon. Da ist ja noch Beth.«

Er rieb sich verwundert die Augen, und einen Moment lang dachte er daran, sich in den Arm zu zwicken. Er hätte nie im Traum daran gedacht, dass Emily noch während seiner Strafarbeit wieder mit dem Essen beginnen würde. Und er hätte es auch nicht für möglich gehalten, dass sie sich ihm so schnell öffnen konnte. Er erinnerte sich noch gut daran, wie sie vor nur wenigen Tagen auf dem Rasen gesessen und fast die ganze Zeit ihren Kopf nicht erhoben hatte. Sie hatte nichts sehen, nichts hören und nichts essen wollen. Und jetzt durfte sie sogar wieder nach Hause gehen, wenn auch mit etwas Überredungskunst.

»Wann holt deine Mutter dich denn ab?«, fragte Nick weiter.

»Um fünf! Ich hoffe nicht, dass das unverschämt ist, aber meinst du, du könntest so lange bleiben? Ich würde mich so freuen, wenn meine Mutter dich kennenlernen könnte.«

Nick nickte zustimmend »Klar, ich will doch nicht gleich beim ersten Treffen mit deiner Mutter einen schlechten Eindruck machen.«

Emily schlug Nick sanft auf den Kopf. »Du Witzbold! Das könntest du niemals!« Dann schaute sie ihn strahlend an.

Nick stand auf. »Ich muss jetzt Beth helfen. Wir sehen uns später, richtig?«

»Richtig!«, antwortete Emily forsch und stand auf.

Nick ging in die Küche, doch statt Beth zu helfen, die noch gar nicht dort war, packte er ein paar Sachen in einen Korb und stellte ihn neben sich.

Dann endlich kam Beth und zeigte Nick, was sie für die beiden zum Essen vorbereitet hatte. Nach ihrem Feierabend war sie am Tag zuvor noch zwei Stunden in der Küche geblieben und hatte einen italienischen Nudelsalat gezaubert. Als Nachtisch gab es Himbeercreme, und zum Trinken hatte sie einen sommerlichen Wassermelonen-Zitronen-Saft gemacht.

Als Nick das Essen im Kühlschrank sah, umarmte er Beth herzlich und sagte: »Danke, Beth! Danke!«

»Oh nein, mein Lieber! Ich danke dir! Es war so wunderbar mit dir hier. Du warst mit Abstand die beste Unterstützung, die ich je hatte.«

»Ja«, sagte Nick, der seine Umarmung löste. »Es ist jammerschade, dass ich morgen den letzten Tag hier bin.«

Beth grinste, als Nick das sagte. »Komm jetzt, ab, hinaus mit dir! Bereite dein Picknick vor! Und deck den Korb ab, nicht, dass die Vögel dir dein Essen stibitzen und ihr später nichts mehr vorfindet.«

Eilig kramte Nick seine Sachen zusammen und schlich durch den Gang hinaus. In seiner rechten Hand trug er den gefüllten Korb, und unter seinem linken Arm klemmte die orangefarbene Decke, die er in einer Abstellkammer gefunden hatte.

Als er an der Wiese ankam, auf der er erst gestern mit Emily gesessen hatte, breitete er die Decke faltenlos aus und stellte das Geschirr darauf. Einige Minuten lang rückte er immer wieder an den Tellern herum und blickte nervös in den Korb. Es sollte einfach alles perfekt aussehen.

Als er dann wirklich zufrieden war und wieder in die Klinik zurückgehen wollte, blieb er stehen und pflückte doch noch ein paar gelbe Blumen, die am Wegesrand wuchsen. Diese verteilte er dann auf der Decke.

Anschließend trat er ein paar Schritte zurück, um sich sein Kunstwerk anzusehen. Er stellte sich vor, wie er mit Emily im Sonnenschein auf der Wiese liegen und sie zusammen lachen würden.

Der Gedanke alleine reichte aus, um Nick ein wohliges Gefühl in den Bauch zu zaubern. Das mussten die berühmten Schmetterlinge im Bauch sein, von denen jeder sprach.

Nick ließ das Essen im Korb und ging schließlich wieder zurück zur Klinik. Der größte Teil der Mädchen war wieder in einer Therapiesitzung, von daher war die Gefahr gering, dass sich jemand an dem Korb vergreifen würde.

Glücklich half er Beth noch ein wenig in der Küche. Dann, kurz vor 12 Uhr, sagte er Dr. Morton Bescheid, dass er Emily jetzt für einen Moment entführen würde, und lief die Treppe hinauf zu den Zimmern der Patientinnen.

Nick klopfte an die Tür, und Emily rief von innen: »Ja!«

Sie räumte gerade ihre Kleidung aus dem Schrank. Als sie Nick erblickte, lächelte sie ihn dankbar an. »Es ist so schön, dass ich von hier wieder wegkann. Ich kann es kaum glauben!«, sagte sie und nickte. »Ich habe meine Mum viel zu lange alleine gelassen!«

Sie schien deshalb etwas betrübt zu sein, und Nick ging zu ihr, um ihren Kopf wieder zu heben. »Schau geradeaus, nicht nach unten! Es gibt keinen Grund, sich zu schämen. Du hast die Zeit gebraucht, und sie versteht das ganz gewiss. Wenn sie nur halb so toll ist wie du, wird sie keine Sekunde darauf verschwendet haben, böse auf dich zu sein. Also sei du es ebenfalls nicht!«

»Nick«, rief Emily, etwas errötet. Sie ergriff seine Hand, machte eine eilige Bewegung zu ihm hin und gab ihm schnell einen Kuss auf die Wange.

»Oh, ähm«, sagte Nick verdutzt, »wow! Also … egal … hör mir einfach nicht zu«, lachte er dann schließlich.

Emily kicherte ebenfalls und wandte sich wieder ihrem mittlerweile fast leeren Schrank zu.

»Kann ich dir helfen?«

Emily schüttelte mit dem Kopf. »Nein, ich bin gleich fertig. Was machst du eigentlich hier?«

»Es ist fast 12 Uhr!«

»Oh, schon wieder Zeit zu essen.«

»Stimmt etwas nicht?«

»Nein, nein, Nick. Ich bin es einfach nicht gewohnt, regelmäßig zu essen. Die letzte Zeit war es eine Qual für mich, nach unten zu gehen und die anderen dabei zu beobachten, wie sie etwas taten, was ich auch gerne getan hätte. Das war nicht schön.«

»Jetzt ist es vorbei, oder?«

Emily nickte stillschweigend und schloss die Schranktür. Sie öffnete sie dann noch einmal kurz, um sicherzugehen, dass sie auch wirklich alles ausgeräumt hatte, und dann rief sie Nick zu: »Fertig!«

Sie verließen das Zimmer und gingen den Gang entlang.

»Was gibt es denn heute zu essen?«, fragte Emily.

»Für dich oder für die anderen?«

»Was hat denn das wieder zu bedeuteten?«, lächelte sie. »Bekomme ich eine Extrawurst?«

»Viel mehr als das!«, erwiderte Nick laut.

Als sie am Speisesaal ankamen, sagte Nick zu Emily: »Warte kurz!«, und ging schnell hinein, um Beth Bescheid zu geben. Diese streckte ihren Daumen nach oben, um Nick Glück zu wünschen.

Dann ging Nick wieder hinaus und schloss demonstrativ die Tür hinter sich.

»Hier gibt es heute nichts für dich!«

Emily wunderte sich. »Sondern?«

»Komm mit!«, sagte er und reichte Emily seine Hand. Sie ergriff sie und folgte ihm. Zusammen gingen sie in den Park der Klinik.

Das Wetter war ausgezeichnet, es war sehr warm, aber nicht so warm, dass sie hätten schwitzen müssen. Durch den Regen vor wenigen Tagen waren alle Farben voller Kraft. Jede Blume und jeder Grashalm erstrahlte in vollem Schein.

»Komm!«, sagte Nick und ging mit Emily weiter in den Park hinein, bis sie die Decke auf dem Rasen sehen konnte.

»Ist das wahr? Hast du ein Picknick vorbereitet?«

Nick war ganz verlegen und traute sich kaum, sie anzuschauen.

»Ja! Wieso denn nicht?«

Emily löste sich von Nicks Hand und ging die letzten Meter schneller. »Das ist so lieb von dir!«, flüsterte sie mit hoher Stimme und himmelte Nick für ein paar Sekunden an. Doch sie war sich ebenfalls unsicher, wie weit sie gehen konnte, und setzte sich daher auf die Decke.

»Was gibt es denn?«, fragte sie grinsend und klopfte mit der Hand auf den Boden, um Nick zum Setzen zu bewegen.

»Also«, antwortete er und öffnete den Korb, »wir haben einen italienischen Nudelsalat, ein bisschen Obst, einen leckeren Saft und, hm … einen Nachtisch.«

»Ich nehme den Nachtisch!«, erwiderte Emily sofort, und Nick schüttelte energisch den Kopf.

»Nein, nein, nein! Wir wollen doch auch etwas Vernünftiges essen, oder?«

Nick wusste, dass sie nur Spaß gemacht hatte, und häufte jedem eine kleine Portion Nudeln auf die Teller.

Sie waren noch etwas auf Abstand, und jeder aß seinen Nudelsalat, doch die Spannung zwischen ihnen hätte wohl jeder gespürt, der an dem Rasen vorbeigekommen wäre.

»Nick, ich hätte dich das vorhin einfach gleich fragen sollen: Hast du vielleicht Lust, nachher mit zu mir nach Hause zu kommen? Dann kann meine Mutter dich ein bisschen besser kennenlernen als nur in den paar Minuten, wenn sie mich abholt.« Emily blickte etwas verlegen auf die Seite. »Also nur, wenn du willst. Und natürlich fahren wir dich dann wieder nach Hause!«

»Ähm, ja, ähm«, antwortete Nick überrascht, »natürlich, gerne. Ich kann euch mit dem Fahrrad hinterherfahren. Wohnst du unten in der Stadt?«

Emily schüttelte den Kopf und lächelte. »Mit dem Fahrrad wäre das ein bisschen weit. Wir wohnen außerhalb der Stadt. Kennst du die Schlucht?«

Nick Augen begannen zu glänzen. »Oh ja, die kenn ich!«

»Das ist nicht weit von uns, und manchmal lgehe ich zu Fuß dort hin. Ich liebe diesen Ort!«

»Ich auch!«, rief Nick und überlegte dann für einen Moment, ob es zu plump gewesen war, was er gesagt hatte.

»Vielleicht kriegen wir dein Fahrrad in den Kofferraum«, sprach Emily weiter. »Obwohl ich nicht glaube, dass wir es da hineinbekommen werden.«

Nick schüttelte den Kopf. »Nein, ich lasse mich morgen früh einfach von meiner Mutter hierherbringen. Das ist kein Problem.«

Emily grinste. »Das ist wirklich toll. Also, du kommst nachher mit mir?«

»Wenn das dein Wunsch ist, mach ich das!«

»Wirst du mir ab jetzt alle meine Wünsche erfüllen?«, fragte sie spontan und zugleich ganz bewusst.

Nick bekam eine leichte Gänsehaut und rieb sich mit den Händen über die Arme.

»Ich weiß ja nicht, welche Wünsche du hast, aber ich denke, ein paar deiner Wünsche könnte ich dir erfüllen!«

Emily war mit den Nudeln fertig und legte den Teller neben sich auf den Boden.

»Ist das alles echt?«, fragte sie leise.

Nick hatte gerade seinen Mund voller Nudeln und murmelte nur: »Ich denke schon!«

Emily wirkte wieder traurig, und Nick schluckte schnell die Nudeln hinunter. Er berührte ihren Arm und rückte ein Stück näher. »Lass die Vergangenheit hinter dir, Emily, und schau nach vorne. Auch mir kommt das alles manchmal fremd vor, doch ich bin glücklich damit. Du darfst auch glücklich sein! Du hast lange genug gelitten!«

Emily legte ihre Hand auf Nicks und sagte: »Ja, du hast recht. Ich bin einfach überwältigt vor Freude und gleichzeitig so traurig!«

»Das darfst du auch, denn ich glaube nicht, dass es einfach so schnell verschwinden wird.«

Emily nickte und lächelte dann wieder. »Es ist schön, dass ich wieder essen kann. Ich meine, das ist das Normalste der Welt, aber in den letzten Wochen fiel es mir wirklich schwer!«

Nick lächelte nur, denn er war ebenfalls froh, dass sie es geschafft hatte. Bei dem Gedanken, dass sie hätte zwangsernährt werden sollen, schmerzte sein Herz. Er genoss jede Sekunde, die Emily in seiner Nähe war. Er war so dankbar für das, was er in diesem Moment erleben durfte.

Noch für eine Weile blieben sie auf dem Rasen und unterhielten sich über die Klinik. Dann erzählte Emily von ihrer Mutter und lachte dabei immer wieder. Nick hatte etwas Bammel, und ab und zu übertrieb Emily auch absichtlich, um Nick zu ärgern. Sie fand eindeutig Gefallen daran, dass Nick wegen der Begegnung mit ihrer Mutter nervös war. Dass er so aufgeregt war, zeigte ihr deutlich, dass sie ihm wichtig war.

Genau so, wie Nick es sich vorgestellt hatte, saßen sie auf der orangefarbenen Decke auf dem von Blumen übersäten Rasen und lachten miteinander. Alle seine Wünsche waren in Erfüllung gegangen, und die einzige Bitte, die er noch hatte, war der, auch in Zukunft jeden Augenblick des Glücks mit Emily teilen zu können.

»Sag mal, wollen wir nicht den Nachtisch essen?«, unterbrach Emily Nicks Gedanken.

»Ja, hol ihn her!«

Emily stellte die Schüssel und zwei Dessertschälchen auf den Korb und füllte etwas von der Creme in die Schälchen. Für Nick gab es eine Riesenportion, und für sich selbst gab sie etwas weniger hinein.

»Lecker!«

Emily aß ein bisschen von der Creme und stellte ihr Schälchen dann beiseite. Nick beobachtete sie dabei. Emily aß zwar nicht sehr viel, aber sie hatte offenbar keine Probleme damit, überhaupt zu essen. Beth hatte aber wirklich die leckerste Himbeercreme gemacht, die er jemals gegessen hatte.

»Beth ist wahrlich ein Segen für diese Klinik!«, rief er.

»Das stimmt, ich mag sie auch sehr. Sie ist ein guter Mensch.«

»Ich werde sie wirklich vermissen«, sagte Nick nachdenklich.

»Ich auch. Aber da ich ja für die nächsten drei Monate noch zweimal in der Woche hier bin, bleibt noch genug Zeit, Beths Kochkünste zu bewundern und mit ihr zu quatschen.«

Zwei Stunden lang saßen sie auf der Decke und redeten miteinander. Emily erzählte nichts aus ihrer Vergangenheit, doch Nick akzeptierte das. Er wusste, dass sie sich ihm irgendwann ganz öffnen würde. Doch für den Moment war es gut so, wie es war.

Die Vergangenheit lag hinter ihr, und wenn sie sich ein Jetzt erschaffen würde, das ihr Kraft und Vertrauen gab, könnte sie immer noch in die Erinnerungen eintauchen, doch mit einem anderen Gefühl und anderen Gedanken. Dann würde sie vielleicht nicht mehr so leiden wie bisher, denn sie hätte etwas, worauf sie sich freuen könnte.

Als Nick und Emily wieder zurück zur Klinik gingen, wurden sie immer wieder vom Personal und von den anderen Mädchen angelächelt. Es war so offensichtlich, dass die beiden sich gernhatten, und alle freuten sich für sie. Emily ging hinauf, um ihre Koffer ganz fertig zu packen, und Nick ging in die Küche, um Beth zu helfen.

Als es schließlich Nachmittag geworden war, ging Nick noch einmal hinauf zu Emily. Es war mittlerweile 16.30 Uhr, und Emilys Mutter würde bald kommen. Wie aufregend das für ihn war! Es war nicht direkt Angst, aber er war wirklich sehr nervös, weil er nicht wusste, wie Emilys Mutter auf ihn reagieren würde. Vielleicht würde er ihre Erwartungen nicht erfüllen können, und das beunruhigte ihn. Emily war fertig, als Nick ihr altes Zimmer betrat. Er nahm ihre beiden Koffer, um sie hinunterzutragen.

Etwas wehmütig blickte Emily in den Raum, der ihr in den letzten Wochen ein Zuhause geboten hatte. »Gehen wir!«, sagte sie dann und lächelte.

Nick musste all seine Muskeln anspannen, um die Koffer auch wirklich tragen zu können. Doch er bestand darauf, sie ganz alleine hinunterzubringen. Dr. Morton, Dr. Simont, Dr. Fisher, einige Pfleger und Beth standen unten im Foyer und warteten dort auf Emily und Nick, denen es unangenehm war, so empfangen zu werden.

»Emily, wir möchten uns von dir verabschieden!« Dr. Morton reichte ihr einen kleinen Korb mit Präsenten und Erinnerungen an die Klinik. »Du bist wirklich ein besonderes Mädchen. Du hast wahre Größe bewiesen und das Unmögliche möglich gemacht!«

»Und wir freuen uns so, dass du wieder glücklich bist!«, fügte Beth noch hinzu und zwinkerte Nick zu, der verlegen seinen Kopf abwandte.

Für ein paar Minuten standen sie alle dort und redeten miteinander. Emily und Nick befanden sich dabei noch auf der Treppe. Dann verabschiedete sich Dr. Simont und ging wieder an die Arbeit. Auch die Pfleger und die Psychologin verabschiedeten sich bald. Am Ende standen nur noch Beth und Dr. Morton bei ihnen.

»Nick«, sagte Dr. Morton und reichte ihm die Hand.

»Was soll das? Ich bin doch morgen wieder da.«

Dr. Morton schüttelte den Kopf: »Ich glaube, du warst lange genug hier. Verbringe den morgigen Tag mit Emily und nicht hier bei uns!«

»Geht das denn?«, fragte Nick und stockte im nächsten Augenblick. Emily wusste ja noch gar nicht, dass er wegen der Strafarbeit hier war.

»Das geht.«

Dr. Morton lächelte Nick an und bedankte sich: »Ich danke dir, Nick. Für alles! Du bist wirklich ein toller Junge!«, sagte er dann und verabschiedete sich. »Ürbigens«, sagte er noch, bevor er im Durchgang verschwand, »falls du wirklich einmal darüber nachdenkst, Arzt zu werden: Du hast hier eine Stelle!«

Nick kicherte verlegen und bedankte sich. Als Dr. Morton verschwunden war, packte Beth ihren Schützling und drückte ihn an sich. Dicke Tränen kullerten aus ihren Augen.

»Oh, Beth!«, sagte Nick und tröstete sie. Beth war einfach wie eine Mutter und hatte Nick ins Herz geschlossen.

»Nein, nein! Es ist eine Schande, dass du hier nicht länger arbeitest! Es war so schön mit dir!«

»Ich werde wiederkommen! Vielleicht sogar öfter als dir lieb ist.«

»Das hoffe ich«, flüsterte Beth und winkte, als sie in den Speisesaal ging.

Plötzlich hörte Nick ein Geräusch und drehte sich um. Eine Frau mit halblangem braunem Haar stand in der Tür, und sofort lief Emily weinend auf sie zu. Auch die Frau fing an zu schluchzen und öffnete ihre Arme.

»Mein Schatz!«, sagte sie und hielt Emily ganz fest. Einige Augenblicke lang beobachtete Nick gerührt die Szene, dann löste Emily sich von ihrer Mutter, nahm ihre Hand und führte sie zu Nick. Dieser streckte schüchtern eine Hand nach vorne, um sich vorzustellen. Doch bevor er die Hand überhaupt ganz ausgestreckt hatte, hatte Emilys Mutter ihn bereits gepackt und umarmt.

»Du bist also Nick, der edle Ritter!«

Einige Sekunden lang hielt sie Nick fest, und dieser war kaum fähig, sich zu bewegen, so überwältigt war er.

»Mum, sag so etwas nicht, er wird ja ganz rot!«

»Sorry, du hast recht! Nick, ich danke dir von ganzem Herzen für das, was du für meine Tochter getan hast, und es ist mir eine große Freude, dich kennenzulernen!«

Nick konnte sehen, dass sie wirklich so empfand, denn ihre Augen wurden feucht, als sie das sagte.

»Mir auch!«, erwiderte Nick schüchtern. »Danke!«

Emilys Mutter ging noch für einen Moment in Dr. Mortons Zimmer, um den weiteren Ablauf mit ihm zu besprechen, doch schon nach wenigen Minuten kam sie wieder zurück und nahm Nick und Emily mit. Sie konnte es kaum erwarten, ihre Tochter wieder bei sich zu haben.

Nick ging zu seinem Spind und entnahm zum letzten Mal seinen Rucksack. Dann ging er ins Foyer, gab schweren Herzens den Schlüssel bei Steph ab und verabschiedete sich auch von ihr.

Emily und ihre Mutter hielten sich die ganze Zeit an den Händen. Als Nick beobachtete, wie Emilys Mutter ihr Kind anlächelte, konnte er für einen Moment spüren, wie schwer die letzten Wochen für sie gewesen waren.

Vor der Tür stand ihr Auto, und zusammen mit Nick räumte sie die beiden Koffer in den Kofferraum. Emily und Nick stiegen ein. Emilys Mutter schloss eilig den Kofferraum, setzte sich nach vorne hinters Lenkrad, blickte im Rückspiegel Nick und Emily an und sagte: »Dann mal los nach Hause!« Sie war so glücklich. Endlich hatte sie ihre Tochter wieder bei sich.

Sie fuhren die Straße hinunter in die Stadt, an den prächtigen Gärten und Häusern vorbei. Nick und Emily saßen einfach glücklich auf der Rückbank des Autos und sagten gar nichts. Als sie schon fast in der Stadt waren, nahm Emily Nicks Hand und umschloss sie ganz fest mit ihren Händen.

Nick drehte seinen Kopf zur Seite und lächelte Emily an. Welch ein magischer Augenblick. Es war das erste Mal, dass sie seine Hand nahm.

»Oh Gott«, rief Nick plötzlich. »Jetzt hätte ich beinahe … Entschuldigung, Frau Brown, aber ich muss noch einmal dringend in den Park. Können Sie mich dort rauslassen?«

»Barbara, du kannst mich ruhig Barbara nennen! Und wir warten gerne auf dich, ich habe dich ja noch gar nicht richtig kennengelernt.«

»Okay, das wäre toll«, antwortete er und wandte sich dann wieder Emily zu. »Emily, ich muss kurz in den Park, dort wartet jemand auf mich. Ich sage ihm Bescheid, dass ich morgen zu ihm komme. Wartest du hier auf mich, oder kommst du mit?«

»Ich warte hier.«

Als Emilys Mutter am Park hielt, stieg Nick rasch aus und sagte noch: »Ich bin sofort wieder da!«

»Kein Stress, kein Stress!«, erwiderte Emilys Mutter. »Wir warten auf dich.«

Nick packte schnell seinen Rucksack und rannte in den Park. Das war das erste Mal, dass er Jack vergessen hatte. Er hätte nie gedacht, dass das passieren könnte.

So schnell er konnte, rannte er zu den Bänken am Springbrunnen. Erst als er sah, dass Jack nicht dort war, wurde er langsamer.

»Mist!«, sagte er noch. Er hätte ihm so gerne erzählt, dass Emily draußen vor dem Park auf ihn wartete und er sie am nächsten Tag vielleicht einander vorstellen könnte. Das hätte selbst Jack wohl nicht erwartet.

Nick wollte schon umkehren, als er plötzlich etwas im Sonnenlicht auf der Bank liegen sah. Verwundert trat er ein paar Schritte nach vorne und ging auf die Bank zu. Es war niemand am Springbrunnen, obwohl das Wetter so wunderbar war an diesem Tag und der Park doch gut gefüllt war.

»Das ist …«, sagte Nick erstaunt und ging näher zur der Bank. Es war Jacks Mütze, die dort lag, genau auf der Bank, auf der sie sonst immer saßen.

Nick lachte kurz und war sich sicher, dass Jack in der Nähe finden würde. Er würde ihn sofort dafür zur Rechenschaft ziehen, dass er einfach die Mütze dort liegen gelassen hatte.

Nick blickte sich um, doch wohin er auch schaute, Jack war weit und breit nicht zu sehen. Er blickte um die Büsche herum und schaute nach, ob Jack sich hinter dem Baum versteckt hatte, doch leider war Jack auch dort nicht zu sehen. Dann ließ er sich auf die Bank fallen und hob die Mütze auf.

Unter der Mütze lagen ein zusammengefalteter Brief und ein Taschenmesser.

»Was ist denn das?«, fragte Nick sich und faltete den Zettel langsam auseinander. Zögerlich begann er zu lesen:

Mein lieber Freund Nick,
dorthin, wohin ich jetzt gehe,
kann ich deine Mütze leider nicht mitnehmen,
doch ich danke dir so sehr für die Freude,
die du mir mit ihr und mit jeder einzelnen Sekunde
unserer gemeinsamen Zeit gemacht hast.

Nick schluckte, und Tränen schossen in seine Augen. »Nein, Jack!«, flüsterte er leise und wischte seine Tränen ab. Er wusste, dass Jack sich mit diesem Brief verabschieden wollte. Er zitterte, als er weiterlas.

Ich kann dir gar nicht beschreiben, welch ein Segen du für mich warst.
Meine Dankbarkeit kann ich nicht in Worte fassen.
Ich habe ein Geschenk für dich, Nick.
Dieses Taschenmesser habe ich einst von meinem Vater geschenkt bekommen.
Sicherlich wirst du dich an die Gravur in der Bank erinnern.

Dieses kleine Herz habe ich vor 16 Jahren
an einem Wintertag ins Holz geritzt,
genau mit diesem Messer, das du jetzt in der Hand hältst.
Diese Gravur habe ich gemacht, als meine Tochter zur Welt kam.
Denn dies war der wunderbarste Augenblick in meinem Leben.
Nick, ich danke dir so sehr von ganzem Herzen,
dass du mein Kind wieder glücklich gemacht hast!

»Nein!«, sagte Nick und schüttelte unter Tränen seinen Kopf. »Das kann nicht sein!«

Es geschah als ich Emily von einer Feier abholen wollte.
Jugendliche waren auf der Straße,
und ich konnte einfach nicht rechtzeitig reagieren.
Als ich ihnen auswich und von der Straße abkam,
war alles vorbei.
Zu sehen, wie sehr sie unter meinem Tod litt,
war der größte Schmerz,
den ich in meinem so kurzen Leben erfahren musste.
Und zu sehen, wie sie lachend mit dir auf der Wiese lag,
erfüllte mein Herz mit größter Dankbarkeit und Freude.
Sie ist mein Ein und Alles, Nick.
Sie ist das größte Geschenk für mich auf Erden.
Pass auf sie auf,
und gib ihr jeden Tag die Liebe, die sie verdient hat.
Sie ist etwas Besonderes, genauso wie du, mein Freund.
Ich danke dir für jeden Augenblick, den wir gemeinsam hatten.

In Liebe, dein Freund Jack.

Nick legte den Brief beiseite und vergrub den Kopf in seinen Armen. Er konnte kaum atmen, so sehr weinte und zitterte er.

»Das kann doch gar nicht sein«, sagte er immer wieder, und dann hob er seinen Kopf und rief mit aller Kraft in den Himmel: »Jack!«

Doch Jack war gegangen, dorthin, wo er schon vor langer Zeit hätte hingehen müssen.

Noch ein paar Minuten lang saß Nick still auf der Bank, kaum fähig, etwas zu denken.

Jack war wirklich von ihm gegangen, und Nick musste zugeben, dass er dies die ganze Zeit gewusst hatte. Er hatte es gespürt, doch er hatte es nicht wahrhaben wollen.

Schließlich nahm Nick das Messer in die Hand und klappte es auf. Rechts unter das Herz, das Jack einst hinterlassen hatte, ritzte er vorsichtig ein weiteres und fügte in kleinen Buchstaben die Worte »Emily und Nick« hinzu.

Schließlich packte er das Messer und die Mütze in seinen Rucksack und erhob sich von der Bank.

»Danke, Jack!« flüsterte er und lief in Richtung Ausgang, wo seine Emily bereits auf ihn wartete.

ENDE

Besuchen Sie Georg Huber auf Facebook:
www.facebook.de/indeinerwelt

Werden auch Sie Teil der Geschichte um Nick, Emily und Jack.

Verfolgen Sie Jacks Ratschläge und Lektionen unter ***Jacks Gedanken.***

Lassen auch Sie sich von seiner Weisheit und seinem tiefen Verständnis für das Leben und das Gute inspirieren unter
Leser fragen, Jack anwortet.